Enz ELDEN

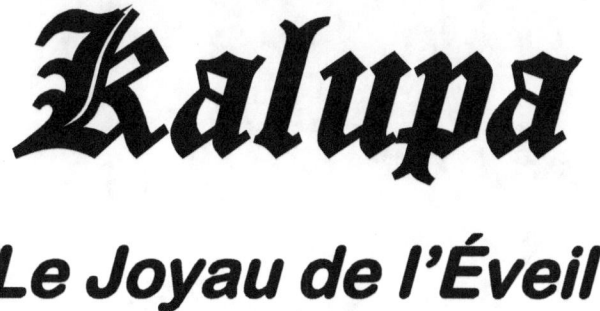

Le Joyau de l'Éveil

Roman

Pour la Délivrance de la maladie, la vieillesse et la mort, cette initiation à la vie intérieure et philosophique d'un guerrier pacifique.

Éditions Kalupa

Photo de couverture « *Chercher / sans chercher à se libérer de la maladie, la vieillesse et la mort* », création picturale abstraite de l'auteur, sur des couches successives de matière transparente, avec collages photos.

© Éditions Kalupa, 2èm édition 2020.
ISBN : 979-10-92797-12-1

Du même auteur

Passage vers l'Autre Rive
Roman autobiographique.

Être Kalupa
Recueil de textes qui accompagnent quelques créations picturales de l'auteur.

Hymne au Soi
Recueil photographique de quelques créations picturales de l'auteur et les textes qui les accompagnent.

Note de l'auteur

Lorsque j'écrivais ce livre, un ami qui en était témoin m'a dit « *C'est ton testament* ». Tout d'abord surpris, je me suis ensuite demandé si je devais l'entendre comme étant une prémonition funeste ou, à l'inverse, comme le couronnement heureux de mon existence, vaste et bien remplie en l'occurrence par ma créativité. J'ai opté d'emblée pour la deuxième opinion, étant plus positif que négatif, voyant d'abord le verre à moitié plein plutôt qu'à moitié vide.

J'espère, par ce roman, répondre aux interrogations fondamentales que se pose l'homme depuis la nuit des temps sur la vie, la mort, le bien, le mal. Il est également question d'alchimie existentielle, comment transformer le grossier en subtile, le vulgaire en noble, ce qui est vil, abject dans notre esprit et dans notre âme – effet et cause d'ignorance et de toutes les violences, les perversions, les crimes –, en feu transcendant de connaissance et d'éveil, le plomb en or. Il s'agit de trouver la Pierre Philosophale des alchimistes, le Soi pour d'autres, qu'a par ailleurs revendiqué Carl Gustav Jung et que revendique après lui la psychologie analytique. Pour l'écrire, j'ai donné libre cours à mon imagination en la nourrissant de mon vécu et de mes connaissances d'archéologie, d'ethnologie, de psychologie, de psychanalyse, de spiritualité, d'ésotérisme, de mythologie. J'ai également puisé dans les dernières découvertes scientifiques de pointes. Il ne suffit pas de connaître ce qui est, il faut aussi savoir pourquoi c'est ainsi. C'est la raison qui fait que je ne rien atténué ou caché de ce qui infâme dans notre esprit, cause des tragédies, des folies individuelles et collectives monstrueuses que nous n'avons que trop subis tout au long de notre histoire. C'est ainsi, modestement, que j'espère contribuer à ce que cessent ces débordements barbares partout à travers le monde.

Pour la Délivrance de la maladie, la vieillesse et la mort, cette initiation à la vie intérieure et philosophique d'un guerrier pacifique (1), en hommage et remerciement à Daisetz Teitaro Suzuki (2) et à Chögyal Namkhai Norbu (3) pour l'ensemble de leurs œuvres.

(1) En référence au livre « *Le guerrier pacifique* », Dan Millman, Éditions J'AI LU.
(2) Voir « *Essais sur le Bouddhisme Zen* », Daisetz Teitaro Suzuki, Éditions Albin Michel et Manuel de Bouddhisme Zen, Éditions Dervy.
(3) Voir « *DZOGCHEN ET TANTRA* », Chögyal Namkhai Norbu, Éditions Albin Michel 2006.

Achlovi

En traversant l'entrée de l'impasse pour rejoindre le trottoir d'en face, dans la pénombre au fond à droite Échlos aperçoit une personne étendue par terre, inerte. Sans prévenir sa compagne, il se précipite vers elle pour lui porter secours. Il s'agenouille à côté d'elle, dégage son visage de ses cheveux. C'est une femme. Couchée sur le ventre, le skyt qu'elle porte ne pouvait pas permettre de le savoir. Ces combinaisons agréables à porter, l'habillement à la mode de beaucoup d'hospticosiens, sont unisexes. Grise rayée de fines lignes verticales argentées, sa confection soignée laisse supposer que cette quadragénaire est d'un milieu aisé, qu'elle est une cynès. Il le pense en se disant que s'il est avéré qu'elle a bien été agressée, comme il le pense, ça peut être une raison. A Apartos, capitale d'Hospticos, ceux qui habitent le quartier huppé de Cynès sont ainsi nommés. Ce sont pour la plupart des gens fortunés, généralement cultivés, amateurs d'arts et de littérature – chefs d'entreprises, commerçants, artistes, écrivains de renom –. Pour les gens du peuple ce nom de quartier a dérivé pour nommer également ceux qui, selon eux, les exploitent, les patrons. Les cynès sont les boucs émissaires des bolocs. Nom d'une ville malfamée de banlieue et de ses habitants, il désigne désormais tous ceux qui sont dans la même situation de paupérisation. Les bolocs sont connus par leurs exactions que ne font pourtant qu'une minorité d'entre eux, ceux pour la plupart illettrés, violents, agressifs, continuellement sur la défensive et en guerre contre n'importe qui, avec ou sans prétexte. Sans se l'avouer, ils jalousent ceux qui ont réussi socialement, financièrement, en l'occurrence les cynès. En s'imaginant que ceux-ci s'estiment supérieurs, n'être pour eux que des subalternes, ils se considèrent exclus, rabaissés, humiliés par l'ensemble de la société.

Par crainte qu'elle soit gravement blessée il ne veut pas la bouger. Silou, sa compagne, s'agenouille à côté de lui pendant qu'il lui touche une joue du bout des doigts en demandant :

– Vous m'entendez ? Que vous est-il arrivé ?

Elle ouvre difficilement les yeux, s'efforce de tourner son visage vers lui :

– Kal... Kalupa, balbutie-t-elle d'une voix presque inaudible.

Sa tête bascule sur le côté, son regard s'éteint, se vide de toute expression. Il lui tâte le cou, se tourne d'un air déploré vers Silou en lui faisant non d'un signe de tête.

– Surtout ne touche à rien, dit-elle en se levant, je vais prévenir la pikélos (Police).

La matinée, qui promettait d'être agréable, fut affligeante et très agitée. Assis sur le sable chaud de la plage ensoleillée grouillante de monde, tous nus comme eux, ils observent l'horizon azur de la mer en se posant en boule les mêmes questions : qui est cette femme, comment et pourquoi a-t-elle été assassinée ? Elle n'avait aucune blessure ni trace suspecte apparente. Pourquoi a-t-elle dit dans son dernier soupir le nom de cette pudjol asphite bien connue, Kalupa ? Ils l'ont signalé dans leurs dépositions. Les pikélos, également étonnés, sont bien évidemment déterminés à en trouver la raison.

Début d'après-midi, ils n'ont toujours pas mangé. Échlos s'apprête à remettre son skyt, blanc, Silou assise près de lui prend le sien, rose pâle, commence à l'enfiler puis se ravise. Elle veut faire une dernière plongée. Elle se lève d'un bond et, sans le prévenir, s'éloigne vers la mer en courant.

Après avoir plongé, elle revient aussitôt. Il admire son corps svelte et musclé de sportive, à la peau bronzée, toujours étonné qu'elle puisse avoir une aussi opulente poitrine malgré sa minceur. Concupiscent, il la regarde ballotter de droite, à gauche à chacun de ses pas.

En marchant pour rejoindre le quartier de la Grande Ujol où se trouve leur maison, ils pensent au début de l'enquête des inspecteurs. Sans que rien ne leur en fut divulgué, ils en ont saisi l'essentiel par leurs conversations. A l'endroit où la victime se situait ils n'ont rien trouvé pouvant affirmer qu'il s'agissait d'une agression. Ce n'est qu'en trouvant son stylet-jo dans le parterre de fleurs à l'entrée de l'impasse, d'où l'avait aperçu Échlos, qu'ils en furent certains. C'est à cet endroit qu'elle a été attaquée pour ensuite être traînée au fond, leur a laissé entendre un pikélos. Si elle ne portait pas son stylet-jo à son emplacement habituel c'est qu'elle devait s'en servir. Cette poche d'un skyt spécialement conçue pour le contenir le long extérieur de la cuisse droite ou gauche, selon que l'on soit droitier ou gaucher, ne peut en sortir que volontairement. Ce fin tube, de la même dimension qu'un crayon de papier, sert de téléphone, appareil photos, caméra, dictaphone, bloc-notes, moyen de paiement, projecteur de films en trois dimensions et de visualisation holographique de la personne avec qui l'on communique si on le désire. Échlos se demande ce qu'elle en faisait à cet instant. Sachant que pour le savoir la pikélos a déjà consulté sa mémoire, comme celle de son capteur mnémonique endoscopique, nommé Élès, du nom de son inventeur, il se demande ce qu'ils ont trouvé.

D'un regard en coin sur lui, Silou devine à quoi il pense. Elle sait qu'il ne pourra jamais être indifférent à cette femme, comme la plupart des témoins d'un tel drame le sont après le temps d'empathie passé, et qu'il fera tout pour mener sa propre enquête jusqu'au bout. C'est son caractère de vouloir comprendre ce à quoi il est confronté. Rien ne pourra le contraindre à être et agir autrement, aussi elle ne va pas tenter de le faire changer d'avis ni d'émettre son opinion à ce sujet.

Les premières analyses de la pikélos scientifique et du médecin légiste qu'avaient reçu les inspecteurs pendant leur interrogatoire, leur ont fait comprendre qu'il s'agissait bien d'un assassinat. Ils sont tous deux frustrés de n'avoir pu connaître le nom de cette femme, malgré l'insistance d'Échlos auprès des inspecteurs. En sortant du poste, plutôt que d'aller à la plage comme prévu, elle savait qu'il se précipitait pour arriver chez eux afin de chercher sur cyberka (Internet) des informations sur cette pudjol. Voulant suivre leur première idée, pour ne pas la contrarier il s'est efforcé de lui donner raison, en disant qu'ils avaient en effet besoin de se détendre. Par mécontentement il rongeait son frein, sans parvenir à ne pas le montrer.

Elle soupire bruyamment en le suivant. Il se retourne vers elle pour s'excuser de marcher trop vite. En comprenant à quoi elle pense, il hausse les épaules en faisant une moue fataliste.

*

Olky et Shun, dans l'appartement de cette dernière, observent le mandala (1) que Kâ leur a donné, en leur disant de focaliser leur attention dessus jusqu'à ce qu'une fêlure de lumière blanchâtre en surgisse. Leur esprit sera alors immédiatement téléporté, avec leur corps éthérique. Elles se remémorent leur rencontre, réentendent ses propos en revoyant les visions qui les accompagnaient et se demandent pourquoi c'est à ce moment-là qu'il leur avait dit et montré tout ça, celui juste avant leur départ.

"Il y a quelques trois cent soixante-dix millions d'années les lobes charnus des cœlacanthes, qu'ils avaient en guise de nageoires, leur ont permis de sortir de l'eau et de se déplacer en traînant sur la terre ferme."

Elles revoient ses poissons crossoptérygien passer de leur existence aquatique à l'existence terrestre, puis, de cette origine, évoluer tous les vertébrés, jusqu'aux dinosaures.

Arrivés aux hominidés, elles le réentendent dire leurs noms en les voyant successivement évoluer chacun dans leur milieu :

"- Sept millions d'années : les premiers hominidés : Tournai, Sahelantropus tchadensis,

(1) Pour le tantrisme hindou et bouddhique, le mandale est un diagramme symbolique représentant l'évolution et l'involution de l'univers par rapport à un point central.

Orrosin tugenensis. Cinq millions d'années : Australopithèques anamensis, Ardipithécus ramidus, Australopithècus africanus. Quatre millions d'années : Lucy, Australopithècus afarensis. Trois millions d'années : Paranthropes, Australopithèques robustes, Singes anthropoïdes, Homo rudolfensis, Homo habilis, Paranthropus garhi. Deux millions d'années : Australopithèques Sediba, Paranthropus baisei, Homo ergaster, Homo erectus, l'homme de Neandertal, Homonéandertalensis. Moins d'un million d'années : Homo sapiens.

A propos de vos origines, sachez que les paléontologues, ethnologues, anthropologues et autres scientifiques ont longtemps cru que les hominidés vivant à la même période étaient dans l'impossibilité d'avoir entre eux n'importe quel rapport, si ce n'est d'opposition violente, et encore moins des rapports sexuels. Nous savons désormais qu'il n'en est rien pour les homo-sapiens. C'est par les acquis de leur mixité, par leurs unions sexuelles avec des néandertaliens, en étant hybride, qu'ils ont acquis des chromosomes et des gènes particuliers qui leur ont permis de s'adapter à des conditions extrêmes et qu'ils ont pu considérablement accélérer leur évolution, qu'ils sont devenus ce qu''ils sont, que nous sommes devenus ce que nous sommes."

Par ces rapports sexuels entre hominidés de la même période, considérés improbables, et de cette hybridation jugée impossible parce qu'incompatibles entre eux, Shun se souvient d'une émission qu'elle a vu à la télévision, « *Couples insolites* ». On y voyait des animaux d'espèces différentes liés affectueusement, lien parfois indispensable à leur survie réciproque : une biche avec un chien, un bébé rhinocéros avec un mouton, des ours avec des chiens...

L'extrémité d'un tunnel de brume scintillante d'où Shun se voit sortir, devient une lumière vive avant de disparaître. Son esprit et son corps éthérique sont aussitôt projetés dans une femme du même âge qu'elle : Paléas Fuchoïte. Debout sur la pelouse d'un grand parc, elle observe les alentours, surprise par la curieuse combinaison en tissu élastique noir brillant, collée au corps, qu'elle porte, avec des baskets assorties. Pas entièrement étonnée pourtant, car cet autre esprit avec le sien est habituée d'être ainsi habillée. En symbiose, il est à la fois familier, connu, et totalement étranger, inconnu. Indéfinissable. Elle ne s'arrête pas davantage sur cette troublante constatation en apercevant Olky à une bonne distance d'elle, dans l'esprit d'une jeune fille à la ressemblance physique frappante avec celle qu'elle était sur terre. Assise sur l'herbe au bord d'un lac qui serpente entre des vallons, elle a du mal à se remettre de ses émotions. Elle se précipite vers elle en courant. Avant d'y parvenir, elle la voit s'accroupir, se lever, observer les alentours et sa combinaison aussi singulière que la sienne, en tissu rouge vif, comme ses baskets.

Tout près d'elle, après avoir repris son souffle le buste plié en avant, mains posées sur ses cuisses, elle lui demande :

– Tu vas bien ?

– Oui ! Pourquoi tu cours comme ça ? répond Olky sur un ton de reproche. Il me faut un peu de temps pour réaliser, c'est tout. Dingue ce que l'on vit ! J'ignorais l'existence de ce truc, la téléportation. Et toi, ça va ?

Shun, rassurée, en se redressant opine de la tête en lui souriant, étonnée qu'elle ne lui dise rien de l'esprit de la personne dans lequel elle est. Pour ne pas la perturber davantage, elle s'abstient de lui en parler.

– Supers nanas ! dit Olky enthousiaste avec un grand sourire en écartant les bras et en tournant sur place.

Elles s'observent en ricanant nerveusement.

Étonnées par le silence de mort qui règne aux alentours et de ne voir personne, elles regardent autour d'elles pour tenter de saisir quel est ce monde où elles viennent d'arriver : Achlovi selon Kâ, une planète d'un univers parallèle au leur, qui ressemble à la Terre et dont la formation remonterait elle aussi à 4,5 milliards d'années, à la différence que la vie en général y aurait évolué beaucoup plus rapidement. Ce qui leur donne à penser que même si le début de leur civilisation date de la même période que la leur sur terre, en étant sûrement différente, elle est sans doute aussi plus évoluée scientifiquement.

Elles tournent la tête en direction d'un petit sifflement d'air.

Vient vers elles à grande vitesse, en volant à un mètre du sol, un curieux véhicule en forme d'œuf à l'horizontal, vert olive traversé en son milieu sur toute la longueur par une large bande jaune vif.

Il stoppe à côté d'elles, descend à une quinzaine de centimètres de l'herbe. Une porte s'ouvre en glissant sous le toit. Celui, ou celle qui en descend, agent de sécurité ou policier, policière, porte un casque intégral avec visière miroir sans tain, un pantalon et un blouson argenté, des bottines montantes de la même couleur. Son large ceinturon est muni d'un étui à sa droite contenant un objet blanc qu'elles supposent être une arme. Le petit appareil rectangulaire qu'il ou qu'elle a accroché sous son ventre comporte deux petits écrans lumineux bleutés. Ce qu'il y a d'inscrit en noir à l'horizontal sur l'insigne métallique convexe accroché à gauche de sa poitrine, une étoile de David bleu en relief, indique sa fonction, deux mots séparés par un éclair rouge: *Apartos ⁊ Sécure.*

Ayant soulevé la visière de son casque, elles constatent que c'est un beau quadragénaire aux yeux bleus, à la peau hâlée.

–　　Abas ! dit-il en plaquant la paume de son poing droit contre sa poitrine, en-dessous de son insigne.

Aussi surprises par ce bellâtre que par l'étrangeté de son véhicule et de leur situation, décontenancées, elles ne répondent que par un léger signe de tête et un sourire forcé. Elles remarquent qu'il est habitué à ce trouble qu'il procure. Son ego redondant ronronne sous la caresse de leur admiration.

Il avance un petit appareil proche du ventre de Paléas et observe un écran à son ceinturon, en le gardant tendu vers elle.

– Paléas, j'aime beaucoup ce prénom, dit-il en lui souriant.

En comprenant étrangement sa langue, aux sonorités aiguës presque nasillardes, Olky perçoit enfin cet autre esprit avec le sien et prend conscience que c'est celui d'Orête de Palne, qu'elle est dans son corps.

Pendant qu'il avance maintenant son appareil proche de son ventre, Shun le remarque.

– Vous êtes loin de Cylcre, pour quelle raison êtes-vous venues ici à cette heure matinale ? Si c'est pour vous détendre pourquoi n'êtes vous pas allées au parc Lilongue Badec ?

– Nous sommes dans le même clachi, répond du tac au tac Paléas. Amies depuis longtemps, une situation ou un acte de notre vécu à résoudre doit nous être commun. Pourquoi ici, nous l'ignorons.

Pour qu'il ne remarque pas sa surprise aux réponses qu'elle vient de lui donner, Olky, par son esprit, s'efforce de faire garder à Orête une contenance normale en fixant son regard sur lui. Elle se demande ce que signifie ce qu'elle vient de lui dire, clachi, vécu à résoudre, sans penser que ce n'est pas Shun qui a répondue mais l'esprit de celle en qui elle est.

– Vous n'avez pas vu que l'entrée du parc était interdite ?

Elles répondent non d'un signe de tête.

– Êtes-vous déjà venues hier ?

– Non !

Il les scrute encore un instant toujours avec suspicion, avant d'accepter la situation. Il les observe avec convoitise. "Chasser le naturel il revient au galop", pense Shun.

– Soyez très prudentes, hier on nous a signalé des krisos dans le parc. C'est la raison de son interdiction. Qu'il n'y ait aucun bruit signifie que ce danger demeure, qu'ils doivent encore être là. Vous devez partir. Même s'ils n'ont rien à faire avec vous ou avec moi – ils nous auraient déjà attaqués sinon –, il ne faut pas risquer le pire.

– Vous avez raison, répond Paléas. Nous partons sur le champ.

Il se cabre, tire ses épaules et sa tête en arrière d'un air martial, place son poing sous son insigne. Elle oscille la main droite pour répondre à son au revoir. Il se tourne vers Orête, se tire en arrière et la regarde elle aussi dans les yeux. Orête le salue du même mouvement délicat de la main. Il retourne à son véhicule, entre, la porte se referme pendant qu'il descend la visière de son casque. Il s'élève, fait demi-tour sur place, repart d'un jet d'où il était venue.

– Comment tu le perçois ? demande Shun à Olky en parlant de cet autre esprit avec le sien.

– Familier et pourtant totalement inconnu ! répond-t-elle visiblement respectueuse envers lui. Je suis heureuse de notre complicité, comme si nous nous connaissions depuis toujours, et très étonnée par notre ressemblance, physique et psychologique.

Orête, sachant qu'Olky veut comprendre, comme Shun, ce que Paléas a répondu à l'agent, leur dit :

– Il y a deux sortes de clachi, celui de l'âme et de l'esprit. Le premier est celui d'une âme qui s'associe à une autre dans un même corps. Les hébreux disent "sod ha ibbur". Ceci afin de s'améliorer mutuellement par leur contact ou d'aider l'une ou l'autre à évoluer. (1) Le deuxième, celui de l'esprit, fait revivre le mal que nous avons causé à quelqu'un mais en étant victime. Il est transféré dans celui d'une personne ayant souffert du même comportement néfaste afin d'en subir à son tour les conséquences et ne plus le reproduire à l'avenir. Il ressort du karma (2) à la différence que les conséquences ont lieu dans cette vie, immédiatement après ou plus tard, pas dans la prochaine incarnation.

- Je pige vaguement, dit Olky. Et les krisos ?
- Ce n'est pas le moment d'en parler, patience ! rétorque Shun agacée.

Elles marchent rapidement sur la pelouse en direction d'un haut et grand portail fermé, vert végétal. Les barres de fer rondes entrelacées, couvertes de feuilles métalliques à dents de scie, de ses deux battants ressemblent à des lianes. Sur l'un des battants une porte n'est pas fermée à clé.

Elles sortent.

Au milieu, à une dizaine de centimètres du portail, une projection lumineuse rouge indique :

« *Entrée temporairement interdite* »

L'avenue qu'elles traversent, d'une dizaine de voies, en a plusieurs autres au-dessus qui elles sont immatérielles et semi-transparentes. Elles sauront plus tard qu'il s'agit d'ondes magnétiques d'autoguidages rendues légèrement lumineuses par commodité pour les usagers. Celles-ci sont écartées d'environ cinq mètres des bâtiments, de chaque

(1) *LA CABBALE _Tradition secrète de l'occident*, Papus, Éditions DANGLES.
(2) Selon le bouddhisme., rétribution de nos actes par la loi de la causalité.

côté. Les véhicules qui y circulent peuvent néanmoins les rejoindre, sous des conditions qu'elles découvriront également : voitures, autocars à étages dont on ne voit pas les passagers, motos ayant la même technique de suspension dans l'espace et de propulsion silencieuse. Les occupants des motos, d'une à six places, ont leur corps et leurs engins, comme tous les autres véhicules, entouré d'un halo lumineux, qu'elles subodorent être un système de protection. En cas d'accident, ils restent enfermés dans cette bulle qui fait tampon entre eux et les obstacles. Bien que nous sommes en pleine journée, tous les véhicules ont leurs éclairages allumés : un ovale à l'avant et à l'arrière aux mêmes bandes horizontales de diverses couleurs. Ils circulent en ligne à une cinquantaine de centimètres du sol, solide en bas, magnétique en haut. A très grande vitesse sans jamais se doubler, celle en bas vont tous dans la même direction, celle où elles avancent. Sur la première au-dessus ils vont tous en sens inverse et ainsi de suite pour les autres au-dessus. Au milieu du large trottoir sur lequel elles marchent et sur celui d'en face, carrelé de grands rectangles de matières solides composites couleur saumon, sont alignés de longs parterres de fleurs tropicales multicolores, d'arbustes et de très hauts palmiers, avec entre eux des bancs avec dossier de couleurs pastelles en harmonies avec celle du sol. Il y a beaucoup de piétons, pour la plupart habillés de combinaisons comme les leurs, à jambes longues et courtes.

Olky regarde les bâtiments de l'autre côté, qu'on ne peut rejoindre que par des tunnels avec tapis roulant, à distances régulières les uns des autres. Ces bâtiments sont saisissants par leurs lignes dynamiques épurées, insolites, d'une hauteur vertigineuse, en majorité collés les uns aux autres. Sur divers niveaux, certains sont reliés à leurs voisins par des passerelles translucides fermées.

– Là-bas ! s'exclame Shun en montrant un abri de transport en commun du côté où elles marchent.

Couvert par un toit couleur jaune qui ressemble à une toile de tente rigidifiée des nomades du désert, retenue par plusieurs piquets intérieurs en diagonale, il souligne, de concert avec les parterres et les palmiers, l'exotique de cette ville. Arrivé à cet abri, Shun s'observe dans un haut et large miroir sur lequel elles peuvent lire, en écriture lumineuse, des informations et des horaires. Avec son teint blanc immaculé des gens du nord, son éphélide et ses cheveux roux, elle constate que la combinaison qu'elle porte, plus exactement que porte Paléas, lui va bien. Idem pour Orête avec sa peau diaphane et ses longs cheveux noirs bouclés d'une fille du sud, qui tombent jusqu'au bas de ses reins.

A peine assise, Olky en Orête demande :

– Et Cylcre ?

– Je suppose qu'il doit s'agir du quartier où nous habitons, ou d'une ville de banlieue.

Elles se demandent pourquoi elles n'ont pas accès à la conscience et la mémoire de la personne en qui elles sont.

Shun tâte sa poitrine à l'emplacement où l'agent avait approché son appareil, en disant :

– Les informations qu'il a reçues doivent être enregistrées dans une puce électronique implantée sous notre peau.

– C'est vrai qu'il a su immédiatement qui nous étions.

– Sur cette planète, corrige Shun en Paléas Fuchoïte. Il nous faut parvenir à connaître ces informations, à les visualiser comme il l'a fait.

– Ouais ! Reste à trouver le moyen ou les bonnes personnes pour ça.

Avec un peu d'agacement et de mécontentement, Shun lui dit sa constatation :

– Je ne comprends pas pourquoi l'esprit de celle en qui je suis n'intervient jamais, sauf tout à l'heure dans le parc avec l'agent, probablement pour me sauver la mise.

– C'est probablement inclue dans le fonctionnement du clachi, répond Olky ceci étant pour elle une évidence.

En continuant de tâter sa combinaison un peu partout, Shun ressent quelque chose de fin et flexible en haut et au milieu de la cuisse droite côté extérieur. Le petit cylindre noir qu'elle en sort, comporte aux deux extrémités un voyant lumineux, l'un bleu, l'autre mauve.

Olky tâte son vêtement au même endroit, en ressort un objet identique, de couleur blanche.

Shun place le bout de son index droit au bord du voyant bleu. Apparaît dans l'espace, à un mètre devant elle, un rectangle luminescent sur lequel elles voient une mappemonde et un point blanc étincelant sur un continent nommé, en filigrane gris semi-transparent et en caractères majuscules :

« *PTICOSIE* »

Elle dirige le bout de son objet dessus. S'affiche une carte géographique d'une cinquantaine de pays. Elles lisent sur l'un d'eux un nom, en même filigrane gris plus lumineux que les autres, sur lequel elle pointe son voyant :

« *HOSPTICOS* »

Une carte de ce pays apparaît avec plusieurs cercles gris de divers diamètres éparpillés dessus pour indiquer les villes les plus importantes, avec chacun un nom en gris luminescent. Celui qui porte le nom « *Apartos* » est plus lumineux que les autres. Après l'avoir pointé, elles observent une vue aérienne d'une ville sur une colline rocheuse escarpée au bord de la mer. Plus longue que large, elle a un point lumineux sur un espace vert au joli nom de « *Parc de la controverse* ». Elle y pointe le voyant de son objet, puis le dirige sur les lettres majuscules d'un alphabet rose apparu à côté et s'arrête par hasard sur la lettre G. Défile une liste interminable de noms de rues, d'impasses, d'avenues, de boulevards, de places, de squares et autres espaces verts commençant par G.

Olky, venant aussi de viser le voyant bleu de son objet et qui observe sa propre carte dans l'espace, s'exclame :

– Regarde !

Elle montre ce qu'elle vient de trouver parmi les noms commençant par B, le parc Lilongue Badec évoqué par l'agent. Il se trouve au centre de la ville sur lequel est écrit, en petits caractères gris semi-transparents à peine visible :

« *Cylcre* ».

– Ouah ! Chapeau ma vieille, lui dit Shun en lui donnant une petite tape sur l'épaule.

– Avec ce que nous a dit le "m'as-tu-vu", c'est notre deuxième indice. Nous devons y aller.

Shun, qui avait remarqué que leur attirance réciproque elle et l'agent l'agacée parce elle se ressentait exclus, lui sourit. Elle sait que son dénigrement provient de sa jalousie. Olky, qui a toujours été amoureuse d'elle, malgré leur grande différence d'âge – à trente-cinq ans, elle pourrait être sa mère –, désespère que son sentiment et son désir sexuel pour elle ne soient pas réciproques.

Olky dirige son voyant sur Cylcre.

Du point lumineux où elles se trouvent, elles suivent du regard un long et compliqué itinéraire de couleur rouge. Son tracé, de rues et d'avenues en sens unique, ne semble indiqué que pour les véhicules. Bien qu'à pieds il pourrait être plus court, pour être certaines de ne pas se perdre, sans s'être concertées elles décident tout de même de le suivre. L'avenue où elles se situent se nomme Jalol Voroux. Les noms lumineux bleutés sont projetés dans l'espace aux angles des rues. Cette avenue traverse toute la ville jusqu'à la corniche qui longe la mer, sur laquelle se trouve Cylcre. Pour l'atteindre, elles doivent aller jusqu'au croisement avec l'avenue Pesi Valto. Elles y chemineront, toujours par le trottoir de droite, jusqu'à la rue Chelal Moëlis. Elles décident d'observer la suite de leur trajet dans le square Oélisis Pisence, à l'angle de cette rue. Elles partent. Dans leur précipitation elles ont oublié de chercher à savoir quelle est l'utilité du voyant lumineux mauve de leurs objets.

*

La maison de Silou et Échlos, dans le quartier résidentiel de la Grande Ujol, dispose d'un grand et haut vestibule aux murs transversaux et plafond satin blanc, ceux latéraux rose saumon. Aux extrémités de ceux transversaux, d'un côté une lourde et large porte de bois sculpté, par laquelle ils sont d'entrée, de l''autre côté, une de petits carreaux sur toute leur surface, de la même largeur, avec un rideau derrière ne laissant rien voir de l'intérieur. Le mur latéral côté extérieur a trois hautes et larges fenêtres donnant sur un jardin que l'on voit au travers de fins rideaux rose saumon. Les épaisses et lourdes tentures de chaque côté, rose fuchsia, sont chacune retenue par un cordon de fil tressé de la même couleur que les rideaux. Les rideaux et les tentures tombent jusqu'au sol, en marbre rose. Le mur en face comporte trois portes à double battants aux mêmes petits carreaux et rideaux derrière que celle face à l'entrée. Les grands vases, remplis de gros bouquets de fleurs multicolores très odorantes, et les pots de plantes vertes, en faïence blanche, sont déposés sur des sellettes hexagonales laquées rose. Sur le mur, entre chaque porte est accroché un tableau de peinture abstraite de grandes dimensions. Ils attirent et retiennent le regard. Ce vestibule accueillant est sobrement meublé de chaises, aux sièges et dossiers capitonnés par un tissu du même rose que les tentures, et de trois délicates, hautes et étroites tables aux pieds en forme de pattes de gazelle et aux plateaux en même marbre rose que le sol. Le bureau d'Échlos est au fond à droite de l'entrée.

    – A table ! appelle Silou de la première porte.

    Elle retourne d'où elle vient.

    Échlos entre dans l'immense pièce, aux murs blancs zébré de noir mat, aux fenêtres du même orangé que le sol aux carreaux de terre cuite. Il traverse le salon jusqu'à la salle-à-manger. La grande table ovale – au plateau laqué jaune canari brillant, aux pieds en forme de lianes entremêlées et aux tranches du plateau couleur vert végétal – est dressée : assiettes hexagonales en fine porcelaine blanche, avec au pourtour trois fins liserés jaune comme le plateau, couverts en argent finement ciselé, trois verres en cristal. Il s'assoit en face de Silou, sur l'une des huit chaises aux pieds et barreaux aux mêmes formes de lianes que celles de la table, aux sièges et dossiers capitonnés par un tissu élastique jaune comme le plateau.

– Il y a énormément d'infos et de reportages ! dit-il. Kalupa est l'une des plus importantes pudjols asphites.

Elle pousse vers lui le saladier, grosse fleur de la même porcelaine blanche que les assiettes, en annonçant :

– Salade composée : œufs mimosa, pois des gousses de hong violet (légumineuse), raisins noirs séchés, carottes rappées.

Il saisit sa serviette, blanche brodée de fils d'or, posée en cône sur son assiette, puis prend la pince en argent ciselé déposée sur la salade et se sert, en continuant de parler :

– La place de cette pudjol et le comportement intérieur que son nom signifie prédominent dans leur philosophie et leur spiritualité. Je ne parviens toujours pas à savoir quelle est la signification philosophique et spirituelle de son nom ni quel pourrait être le rapport entre cette femme et elle, ou entre elle et son nom.

– Il y en a un, forcément, répond-elle en pressentant qu'il projette déjà d'y aller.

– Cette civilisation quasi mythique fascine tant par sa culture, les mystères de ses écrits, de ses peintures, de ses sculptures que par ses pyramides de pierres gigantesques, ses pudjols aux constructions et aux précisions géométriques énigmatiques au regard des techniques et des connaissances de l'époque. Des rapprochements et d'étranges similitudes ont été faites entre ses dimensions et celles de certaines données scientifiques d'aujourd'hui, nucléaires et astrophysiques.

Il sort son stylet-jo du long de la cuisse droite de son skyt, dirige son extrémité mauve sur sa droite, presse sur bord avec son index. S'affiche dans l'espace, à la transversale au-dessus de la table, un grand rectangle luminescent rempli de carrés de différentes couleurs vives. Il le pointe vers un jaune, faisant apparaître une photo de la victime étendue par terre encore vivante, après qu'il lui ait dégagé son visage de ses cheveux, le regard horrifié.

    –   J'ignorais que tu l'avais prise, dit Silou admirative qu'il ait eu cette présence d'esprit dans un moment pareil.

Il cadre son visage, rogne le tour :

    –   Je vais aller là-bas. Je te la transfère. Si tu viens avec moi, nous la montrerons aux vendeurs des commerces, aux personnels des hôtels, aux guides touristiques.

Nullement étonnée par cet imprévu – elle s'attend à tout avec lui –, elle est troublée par un pressentiment néfaste qui le concerne, qu'elle perçoit comme une mauvaise prémonition. Elle décide d'aller avec lui surtout pour le protéger s'il était en danger, bien qu'elle sache qu'il voudra partir le plus vite possible.

Elle lui demande :

Nous partons quand ?

    –   Demain si rien ne nous en empêche, si tu es d'accord évidemment, s'empresse-t-il d'ajouter.

Professionnellement indépendant, il peut s'absenter quand il veut, bien qu'il exerce sous l'autorité et le compte de l'O.H.R.S., Organisme Hospticosien de Recherche Secque. Il est l'un des rares spécialistes dans ce domaine scientifique de pointe inconnu du grand public. Ses recherches devant demeurer secrètes, Silou sait seulement qu'elles consistent à mettre en application des possibilités technologiques à partir d'une transformation de la lumière. Cela, selon la découverte d'une savante réputée pour ses découvertes dérivées de l'électromagnétisme, Olasi Botilste. Cette jolie et impressionnante quadragénaire osphorienne, qui vit depuis son enfance à Apartos, naturalisée hospticosienne, est au fil du temps devenue leur meilleure amie. Depuis longtemps, ils s'invitent régulièrement à leur domicile respectif.

– Avant de partir je veux obtenir un maximum d'informations sur la civilisation asphite, leur culture, particulièrement sur la pudjol Kalupa, exclusivement occupée par des femmes, nommées hachmichs. Je veux savoir quelles étaient les divinités qu'elles y vénéraient, les cultes qu'elles y pratiquaient. Cette pudjol est parmi les plus anciennes, de celles que l'on dit fondatrices avec celles nommées les trois mères, Préost, Hachvir, Shastu. Je veux surtout savoir quelle est la signification de ce nom. Je vais encore chercher par cyberka mais après le repas je te propose d'aller au Partos de Tul. Ce musée, consacré à l'histoire et aux cultures des peuples d'Ispokus à leurs diverses périodes depuis leurs origines, a tout un étage réservé à la civilisation asphite.

– Je connais, dit-elle.

Sachant qu'il se trouve au cœur de Cylcre il devine qu'elle va utiliser ce prétexte pour le convaincre de l'accompagner à flâner dans les boutiques. Quand il y va avec elle il ne parvient que difficilement à contenir son agacement pour ne pas le montrer. Il a horreur de ça, n'y trouve aucun intérêt, la suivre lui semble être du temps perdu.

Silou est une éminente scientifique de la Pariatagiste, application de la magnétique et de la cinétique. Ils se sont rencontrés lors d'un congrès sur les ondes directes, congrès en rapport avec leurs professions respectives. Elle occupe un poste clé au siège d'une entreprise privée d'expérimentation, la CAMACI. Bien que bénéficiant de nombreux jours de congés pour avoir été dans l'obligation de les reporter pour les besoins de l'entreprise, ceux-ci étant donc disponibles quand elle veut, elle se dit qu'il aurait tout de même été préférable de prévenir ses supérieurs hiérarchiques quelques jours avant. Ce départ précipité l'oblige à évoquer un cas de force majeure, sans préciser lequel. Consciente des difficultés d'organisation que son absence va engendrer, elle est gênée par ce mensonge, d'autant plus que c'est pour aller visiter une pudjol, faire du tourisme penseraient-ils si elle leur disait. Difficultés qui furent la principale raison de ses ajournements. Cependant cette fois elle est déterminée : elle part. Sans en connaître la raison, ou les raisons, elle pressent que ce séjour là-bas sera très important pour eux et surtout qu'elle devra veiller sur Échlos pour éventuellement le protéger, sans savoir de quoi ni pourquoi. Elle ne reviendra pas sur sa décision, quoi qu'en dise sa hiérarchie, en l'occurrence son responsable direct qui va lui faire obstacle, comme d'habitude. Depuis sa promotion et son arrivée au siège de l'entreprise, elle désespère qu'il la considère encore comme sa rivale, qu'il pense qu'à tout moment elle peut lui ravir son poste.

Échlos attend Silou aux commandes de leur otjet (voiture) neuve, suscitant l'admiration de son conducteur ou de sa conductrice. C'est une coupée sport Élissar, grande marque de véhicules hospticosiens vendus sur tous les continents, qu'elle lui a laissé choisir bien qu'elle soit pour eux deux. Il apprécie son confort, ses prouesses technologiques, son esthétisme futuriste : effilée à l'avant, vitre arrière s'ouvrant jusqu'au milieu du toit. Y allant comme toujours en conduite automatique téléguidée obligatoire, il détermine son trajet sur son scance (GPS) – système de navigation et de localisation –, en y indiquant le nom du musée. Un point lumineux, dans le quartier de Cylcre, et l'indication en rouge de l'itinéraire s'affichent sur son écran.

Il ne roule en conduisant lui-même uniquement sur certains trajet hors de la ville. Il y pense en se disant que ça fait longtemps qu'ils ne sont pas retournés dans leurs régions d'origines respectives, pour rendre visite à leurs familles.

"Qu'elles sont longues... Qu'est-ce qu'elle fout, merde ?"

Silou, qui s'installe à côté de lui, s'est mise sur son trente et un. Au lieu d'un skyt, elle porte une légère et courte robe blanche à bretelles en tissu léger, des souliers tressés à talons aiguilles assortis à sa robe, qui soulignent le galbe de ses jolies jambes et laissent voir ses pieds graciles. La clarté de sa tenue rend sa peau ambrée et le jais de ses cheveux épais encore plus séduisants. Son volumineux chignon tressé relevé au-dessus de son crâne, qui laisse apparaître son long cou délicat, amplifie la noblesse de son port de tête et sa beauté. Sa porte se referme en glissant de haut en bas, non comme celles de leurs otjets de fonction, garées à côté, qui elle se soulève. En regrettant de ne pas s'être changé lui aussi, il prend conscience du ridicule de sa précipitation et de son agacement, injustifié.

– J'ai téléphoné à la Camaci pour leur dire que je prenais mes jours de congés. Inutile d'y aller. Une chance, mon responsable n'était pas là.

L'otjet en suspension, prêt à partir, il ne peut s'empêcher de penser aux magasins qu'il va devoir se coltiner après la visite du musée. Il ne réalise pas qu'il n'en est agacé que lorsqu'il doit le faire avec elle, qu'au contraire il est satisfait lorsqu'il déambule seul ou avec des copains dans les rues commerçantes et les grands-magasins, en regardant et draguant les jolies filles. Par amour, il est cependant heureux de la voir excitée lorsqu'elle trouve quelque chose qui lui plaît. Il se demande alors comment elles peuvent être à ce point fofolles pour ça. Silou, gênée de devoir le traîner comme un boulet, soucieuse de le faire participer malgré tout, pour tenter de l'intéresser s'efforce de lui demander son avis.

Après un court tunnel sous le jardin, l'otjet sort du garage par une porte débouchant dans l'allée centrale en terre battue, invisible quand celle-ci est fermée. Un rectangle de pelouse la recouvre entièrement en glissant dessus. L'otjet traverse les massifs de plantes et d'arbres tropicaux, glisse silencieusement en descendant jusqu'au portail électrique, laissant leur grosse maison derrière eux. Bien que l'otjet soit en conduite automatique hautement sécurisée, Échlos reste instinctivement vigilant en gardant son siège tourné vers l'avant comme en commande manuelle. Silou, confortablement installée non à côté de lui mais au milieu des trois sur un côté, siège tourné sur l'intérieur regarde le dernier défilé de son couturier préféré projetée sur un écran plasmatique. L'otjet bifurque à droite, descend la colline rocheuse pour rejoindre la large corniche qui longe la mer d'un bout à l'autre de la ville, s'engage sur la voie la plus proche de la plage ensoleillée tout en bas, qu'Échlos peut admirer.

En s'interrogeant toujours sur l'excitation des femmes pendant leurs achats, comme des enfants pour de nouveaux jouets, il se dit que c'est aussi pour cette manière d'être qu'ils les aiment. De même pour leur émerveillement lorsqu'elles reçoivent un bouquet de fleurs, ou devant un beau paysage, un coucher de soleil. Sans vraiment le reconnaître, il est souvent admiratif de cette appréciation qu'elles ont de vivre ces simples moments, comme lorsqu'elles sont avec leurs enfants ou en s'abandonnant entièrement dans les bras de leur mari ou de leur amant.

    –   A quoi tu penses ? demande Silou.

    –   Rien de particulier.

Elle sourit en sachant qu'il pense à elle.

Échlos enregistre son otjet à l'estaf d'un kost, cabine d'un parking souterrain, à un angle du jardin botanique face au musée. Il y a plus de vingts kosts dans les environs. Leurs estafs prennent en charge les otjets et les otjetcos (motos) pour les descendre à un niveau du kost et les remonter automatiquement, sans leur conducteur. Certains sont uniquement réservés aux otjetcars (autocars), en majorité de touristes. Le nombre de kosts de ce quartier est le plus important d'Apartos à cause du Partos de Tul et parce que Cylcre est la partie ancestrale de la ville, devenu depuis peu un quartier branché. La majorité de ses rues sont réservées aux piétons. Ses immeubles et ses maisons du Moyen Âge contrastent en comparaison de l'architecture gigantesque du reste de la ville. Leurs façades, du rez-de-chaussée et du premier étage, viennent d'être restaurées dans le strict respect de leurs origines grâce aux subventions de l'État dans le cadre de la protection et de la restauration du patrimoine historique. Couvertes de peintures figuratives naïves et abstraites, de sculptures peintes, ce quartier fait partie des circuits touristiques nationaux et internationaux. Il est aussi très fréquenté pour ses boutiques de luxe, ses cinémas interactifs, ses théâtres, salles de concerts, cabarets de réputation internationale, casinos, galeries d'art, restaurants gastronomiques et traditionnels des régions d'Hospticos et de divers pays, dont des étoilés, fast-foods, cafés d'avant-gardes, dont certains voués à la poésie, la philosophie, la musique, le chant, l'usiole, ce nouvel art qu'il ne connaissait pas.

Il pense à cette soirée à laquelle il a participé, par l'insistance de Silou. N'ayant lu qu'un article de presse à ce sujet, il ne pouvait pas imaginer que ça lui plairait. Pour indiquer avec quelle perspicacité le public perçoit l'esprit de la personne choisie par le mentaliste, puis la connexion mentale avec elle et le public quelle que soit la durée de l'intervention, par métaphore ils font le rapprochement des termes usiole et luciole, cet insecte phosphorescent dans la nuit que tout le monde distingue immédiatement. Cependant, il se dit que pour vraiment savoir ce qu'est l'usiole, connaître sa portée émotionnelle et avec quelle acuité on perçoit cet esprit, les pensées ou le traumatisme qui accapare, déstabilise et conditionne la personne choisie, il faut le vivre.

« Usiole : transmission télépathique par un mentaliste des pensées récurrentes heureuses ou malheureuses d'une

personne à une assemblée, avec son assentiment,, et parfois la révélation d'un traumatisme, aboutissant à une catharsis collective.»

Silou l'attendait à l'entrée du tunnel face au musée de l'autre côté de l'avenue :

– Quel peuple ! lui dit-elle contrariée. On va devoir faire la queue.

Sur le long perron de l'imposant bâtiment, que l'on atteint par quelques marches, une file de gens de tous les continents avance lentement vers sa porte à double battants, grands ouverts.

Une passante à la peau immaculée, habillée d'un skyt rouge vif, les yeux noirs pénétrants, les cheveux de jais légèrement bouclés qui tombent jusqu'aux bas de ses reins, les interpelle sans gêne, sans même leur dire bonjour :

– Qu'est-ce que c'est ? demande-t-elle en indiquant du regard le musée.

– Abas ! répond d'abord Silou d'un ton appuyé pour souligner son impolitesse, en levant sa main droite paume tournée vers elle.

Olky esquisse un sourire gêné en levant sa main droite, la colle contre celle de la femme. Celle qui l'accompagne, plus âgée et aussi très belle, fait de même. Son port de tête et sa prestance incitent d'emblée au respect. Cheveux roux frisés mi-longs, yeux émeraudes, la blancheur de son visage à la peau diaphane, couvert de taches de rousseur, est rendue plus étonnante par son skyt noir.

– Le Partos de Tul, continue de dire Silou, est un musée d'archéologie, de paléontologie et d'ethnologie.

Olky, en Orête, après l'avoir remerciée, regarde Shun dans les yeux pour lui faire comprendre qu'il serait bien qu'elles le visitent afin de connaître un peu qu'elle est cette planète.

Silou s'est abstenue de leur dire que de ce musée ils ne vont visités que la partie du continent ispokusien et de celui-ci seulement l'Asphite.

Shun, d'accord avec Olky, fait comprendre à cette femme qu'elles sont étrangères et un peu paumées, qu'elles ne savent pas trop quoi faire ni où aller.

Avant leur rencontre, pour éviter de choquer et de rendre méfiants à leurs égards les gens qu'elles allaient rencontrer, Paléas et Orête n'intervenant que rarement, elles ont décidé de ne pas leur dire qu'elles étaient en clachi et venaient d'une autre planète. Elles cachent dès lors leur stupéfaction en voyant dans la file d'attente des gens totalement différents de ceux qu'elles ont l'habitude de voir, par leurs couleurs de peaux et leurs physionomies. Parmi les blancs de ce continent, en majorité, les noirs et les jaunes, elles n'en reviennent pas d'en voir des gris à la corpulence normale, des géants grenats, d'autres de la même taille mais bleus, et des verts clairs aussi très grands à la physionomie rebutante.

Silou et Échlos, ayant constaté leur gêne, subodorent néanmoins par habitude qu'elles sont en clachi. Ils le pensent mais ne peuvent pas s'imaginer qu'elles proviennent d'une autre planète.

Soucieuse de les aider, sur un ton amical Silou leur propose de visiter ce musée avec eux. Enthousiastes elles acceptent. Elles sauront plus tard que les hospticosiens, particulièrement les apartosiens, sont réputés pour leur gentillesse, leur convivialité, leur sens inné de l'accueil, que recevoir au mieux un hôte, qui plus est d'un autre pays, est pour eux une obligation fraternelle qui coule de sens. Ceux qui s'en dérogent sont fustigés comme étant minables, primaires, sans aucun savoir vivre.

En traversant le tunnel, sur le tapis roulant, ils se présentent en disant à tour de rôle leurs noms : Shun Monhingi, Olky Cilzeita, Échlos Wiesh, Silou Molk.

Olky et Shun sont interloquées par la profession d'Échlos : expert en lumière Secque. Silou, amusée par leur air niais en l'écoutant, leur dit que personne ne connaît cette nouvelle science. Tout en appréciant sa mansuétude et en la remerciant du regard, elles pensent qu'elles ne sont pas plus avancées, puis observent son compagnon avec l'espoir qu'il va les éclairer. Ce n'est pas le cas.

Olky se demande s'ils sont mariés, puis se dit que la relation de couple est peut-être différente dans ce monde.

Dans la file d'attente, Silou leur propose de venir dîner chez eux après leur visite. Échlos, sachant qu'elle ne fera pas les boutiques, est heureux d'échapper à cette corvée. Malgré tout contrarié par cette invitation, en s'efforçant de ne pas le laisser paraître, il leur dit, en se donnant l'air de le regretter, qu'il n'aura pas beaucoup de temps à leur consacrer, que ce sera une soirée entre femmes. Silou, embarrassée, s'empresse de rajouter pour l'excuser, qu'il doit préparer leur voyage, qu'ils partent demain en Asphite.

A la réception du musée ils enregistrent leur entrée en plaçant simplement leur bas-ventre devant un point lumineux vert au centre d'un petit miroir rectangulaire. Après quoi, un jeune homme en uniforme turquoise, avec casquette plate à visière, leur souhaite une excellente visite en leur remettant un dépliant de papier glacé sur le musée : plans des étages, photos, textes, itinéraires recommandés.

Silou et Échlos sont directement montés à l'étage de la civilisation asphite. Ils doivent se retrouver dans le hall d'accueil dans deux heures.

Shun et Olky visitent le rez-de-chaussée consacré à la préhistoire d'Achlovi, en partant du paléolithique, il y a environ 3 millions d'années. Elles visionnent maintenant un film interactif, en immersion dans un village enfoui dans un marécage d'une jungle tropicale obscure et menaçante. Les huttes en forme de bulbe, sur pilotis, sont faites de branches courbées collées les unes aux autres et jointes par un grossier torchis. Leurs sommets sont recouverts de plusieurs couches de larges et longues feuilles de musacée. Elles ont chacune une étroite terrasse circulaire à environ un mètre de l'eau, faites de troncs d'arbres et sont reliées entre elles par des passerelles de même composition, suspendues par des lianes attachées à des hauts piqués, en V inversé les pieds enfoncés dans la vase. Parmi les plantes aquatiques, flottent les feuilles de quelques nénuphars en fleurs. Volent des nuées d'insectes, de papillons, de curieux oiseaux. Les cabanes ont chacune une échelle de lianes tressées pouvant être remontées et rendre leur accès inaccessibles aux prédateurs et difficile en cas d'attaque par une tribu rivale. Elles pouvaient recevoir une famille d'une dizaine de membres, grands-parents, parents, enfants, qu'elles voient en action, la plupart couverts de peaux de bêtes.

Elles lisent les courts textes en luminescence orangée apparaissant en divers endroits.

– Qu'ils sont moches ! dit une gamine à Olky en pointant son index avec une grimace de dégoût.

Dès le début de leur visite, par les gravures, les photos, les clips, elles avaient déjà constaté ces créatures monstrueuses noires quasi irréelles comme des fantôme, accompagnant chaque personne. Répugnantes, mi-sauriens, mi-arachnides volantes de toutes tailles, leurs corps sont recouverts d'une carapace qui ressemble à celle d'un scarabée. Leurs têtes au bec corné au bout d'un long cou de vautour, aux gros yeux globuleux d'une mouche bien que reptiliens, vert strié de jaune et de rouge, elles épouvantent. L'une d'elles semble observer l'individu à laquelle elle paraît liée, prête à l'attaquer.

Elles lisent le commentaire au-dessus :

« *Nommés krisos par les kaloys, ancien peuple au nord d'Ispokus, terme adopté ensuite par les ispokusiens, sauf les asphites qui les nommèrent pumorvions, puis par les peuples verts éleusiens, bleus osphoriens et blancs pticosiens, ils sont représentés sur les peintures rupestres de ces quatre continents. Des ethnologues affirment que les premiers achloviens (équivalent de humains.) à les avoir pleinement intégrés dans leur culture, en les conceptualisant dans leur religion, leur philosophie, leur psychologie, furent les koanos d'Éleusis, les oustibecs d'Osphore et les asphites d'Ispokus. Ce qui est contesté par d'autres. Selon ces derniers, les krisos étant des projections psychosomatiques de nos pulsions de mort, le vécu des peuples primitifs et de leurs descendants ayant été différent, ces manifestations ne peuvent qu'être tout autre. Pour le justifier, ils disent que c'est probablement pour cette raison que ces représentations n'apparaissent jamais sur les peintures rupestres des continents rouge d'Ashanga et noire de Bolongo. Pour ceux des autres continents les krisos ne sont pas seulement du ressort des pulsions de mort, mais proviennent aussi des mondes démoniaques. Pour eux, ces caractéristiques psychologiques et spirituelles sont liées.*

Quoi qu'il en soit, un krisos, généralement aidé par d'autres lorsqu'il agit, accompagne en permanence chaque individu. Il intervient d'abord sans que la personne en soit consciente, par son influence et en restant invisible, puis se manifeste, agit visiblement selon son histoire. Par nos aspirations négatives, nos tendances malveillantes, nos actes néfastes, en étant nuisible de n'importe quelle façon, nous l'appelons malgré nous et renforçons ensuite sa présence. Il n'apparaît cependant qu'au degré extrême de somatisation qu'exprime notre mal, ou malaise, personnel. Ce qui signifie cependant, et paradoxalement, que nous avons alors les capacités de l'affronter et de le vaincre. En finissant par prendre conscience de ce qu'il manifeste et ce qu'il est en vérité, nous pouvons non seulement nous en défaire, mais en faire notre allié sur la Voie de la Délivrance. »

Shun ayant terminé de lire, Olky lui dit :

– Pourquoi devions-nous les redouter dans le parc, notre krisos ne pouvait pas être parmi eux ?

C'est une femme d'âge mûr aux cheveux châtains à côté d'elles, vêtue d'un skyt à rayures verticales violettes et blanches, qui lui répond :

– Par nos comportements néfastes du passé ou présent contre quelqu'un, un animal, la nature, en complicité avec le krisos qui nous est destiné ils peuvent agir sur n'importe qui. C'est ainsi qu'ils cherchent continuellement des occasions de nuire aux vivants, aux mourants et aux morts.

– Comment ça avec les vivants et les morts ? demande Olky.

– Les morts en influençant les âmes malfaisantes à hanter leur ancien lieu par exemple, en les incitant à se venger, en amplifiant leurs tourments, et en agissant dans ce que certaines croyances nomment le purgatoire.

– Ben dis donc, tu parles de bestioles ! dit Olky.

– Les revenants ne sont pas tous influencés par eux. Ceux qui sont positifs ne parviennent pas à s'éloigner du lieu où vivent toujours, ou ont vécu, ceux qu'ils ont aimés parce qu'ils cherchent à transmettre une information à leurs descendants, des proches, à n'importe quelle personne. Ce n'est que lorsqu'ils y parviennent qu'ils peuvent s'éloigner définitivement, de la même façon que le font les âmes malveillantes quand le lieu et elles-mêmes sont exorcisés.

Silou, de l'autre côté de la pièce où se trouve Échlos, regarde une projection en immersion d'un niveau souterrain d'une pudjol. Elle jette un regard sur lui, devant une vitrine fermée. Il le remarque et lui fait signe de venir le rejoindre. En arrivant vers lui, elle regarde les deux énormes livres identiques qu'il lui montre du doigt et constate à son tour que leur titre est le nom de la pudjol qu'ils vont bientôt visiter :

« 𝕶𝖆𝖑𝖚𝖕𝖆 »

Avec leurs épaisses couvertures et dos cartonnés, leurs charnières et gros fermoirs en cuivre doré, ils ressemblent à d'antiques antiphonaires. L'un d'eux ouvert, ils observent, sur les deux pages, de minutieuses enluminures aux couleurs vives. Ils cherchent à les comprendre en se disant que les écrits ancestraux qui les accompagnent, pour eux inconnus, doivent forcément être en rapport avec les personnages du moyen-âge asphite qui y sont représentés.

Il lui indique un petit texte luminescent, en bas à droite de la vitrine, qui informe que des reproductions à l'identique du livre, traduites en plusieurs langues, sont en vente à la réception de l'étage.

– Nous l'achèterons, lui murmure Échlos.

A côté de ce livre, elle admire la finesse d'exécution d'une statuette de danseuse nue, laquée bleue de cobalt.

– Je vois que Kalupa vous intéresse, dit une voix grave et profonde d'homme derrière eux.

Ils se retournent et restent médusés un instant en observant un étrange et grand vieillard droit comme un i. Visage buriné, longs cheveux blancs dégarnis tirés en arrière, sa prestance et son aspect vénérable sont renforcés par le skoukas qu'il porte, habillement traditionnel apartosien d'un autre âge : pantalon bouffant noué en-dessous des genoux sur des mi-bas de coton blanc, veste au bord évasé d'une vingtaine de centimètres serrée à la taille, l'ensemble en flanelle grise imprimée de motifs géométriques argentés, chemise de coton blanc avec jabot de dentelle adapté au plastron, col relevé, souliers pointus gris à collerettes fermées par des lacets, aux talons épais.le faisant encore bien plus grand qu'eux.

    – Oui ! répond Échlos. Mais nous ne connaissons rien de cette civilisation, si ce n'est des rudiments provenant des reportages sur les pudjols Préost, Hachvir, Shastu.

    – Ce sont les trois hypostases d'Obosqua, Dieu de la religion monothéiste asphite. Bien que considérées comme ses Manifestations elles sont en substance distinctes et vénérées comme telles.

    Voyant que Silou ne lui prête guère d'attention, apparemment toujours captivée par la statuette, il lui dit :

    – C'est une représentation de la déesse Kalupa, déité de Chumaka, qui personnifie l'état intérieur du même nom (1) de non-mental, non-pensée, ou plus exactement, en employant une circonlocution, c'est "être libéré de l'attachement au mental". Ce qui n'est pas la même chose. Plus de séparation sujet, objet, de dualité, kalupa reste encore aujourd'hui pour eux à la fois le moyen et la fin de leur parcours intérieur. Cette façon d'être leur permet l'union au Soi et d'être guidé par Lui. Autrement formulé par les asphites, d'être unis à l'Esprit d'Hachvir, celui de l'Unité d'Obosqua. Certes, c'est un peu confus pour ceux qui ne

---

(1) Pour le zen japonais « mushin », chinois « ou-hsin, », spontanéité, état d'esprit, ou intérieur sans objet ni sujet, sans dualité.

connaissent pas cette culture, je l'admets, ajoute-il pour répondre au désintéressement informulé de Silou.

Rejetant tout ce qui est religieux, elle est agacée lorsque le sujet est évoqué.

–   Pour aider à réaliser cet "état" kalupa, son intelligence était apportée par ceux l'ayant réalisé, vivants ou décédés, particulièrement leurs matriarches et patriarches. Cette façon d'être dans la Voie l'était aussi pour être en contact avec leurs divinités et pour acquérir des pouvoirs paranormaux : bilocation, guérison des malades, des handicapés, même résurrections des morts... En réalité, ceux-ci sont immanents en chaque achlovien mais inaccessibles et inutilisables par son conditionnement. D'où l'importance capitale de kalupa pour les rendre actifs. Des récits nous informent d'actes miraculeux des accomplis. On dit que par empathie, ils saisissaient le conscient et l'inconscient des gens comme ce que fut leur vie antérieure et ce que sera leur futur immédiat, même leur prochaine incarnation en connaissant leur karma. C'est pourquoi ils étaient parfois nommés guides. Toutefois, pour l'intérêt de ceux concernés, ces guides ne leur révélaient jamais ce qu'ils percevaient d'eux, sauf exception. Il est clairement établi dans leur spiritualité et leur philosophie que le plus important était que kalupa leur permette l'achèvement des purulences (1), dont celles du désir, du devenir, de l'ignorance, des opinions. Sans distinction particulière de sexe, d'âge ou de fonction, ils pouvaient être simples fonctionnaires, moines, mendiants, mères, pères de famille,

---

(1) Écrit par inspiration du livre « *LES DITS DU BOUDDHA _ LE DHAMMAPADA* », original Pali traduit et commenté par le Centre d'études dharmiques de Gretz, Éditions Albin Michel, 2004.

étudiants, écolières, enfants, des personnes ayant une vie rangée ou dépravée, dissolue, voire criminelle au regard du conventionnel. Kalupa leur permettait d'avoir le soutien de Séleusine (1), jadis Grande Prêtresse de cette pudjol, et leur donnait accès au seuil de Poêlés, où se trouvent les portes des Huit Mondes, selon leur spiritualité, pour entrer en Opalisciole (2). Ils y parvenaient par leur connaissance-sagesse et leur expérience, ou réalisation intérieure. Ils savaient alors quelle était celle à franchir et vaincre les démons et démones de Satnous qui agissaient avec hargne et virulence pour les empêcher d'entrer (3).

> – Je n'y pige que dalle à son charabia, murmure Silou à l'oreille d'Échlos, en lui faisant comprendre qu'elle en a marre..

> – Excusez-moi ! dit le vieillard qui a remarqué son agacement. Passionné par cette culture, dès que j'ai l'occasion d'en parler je m'emporte. Je suis Ulrich Hask, jadis professeur d'archéologie et d'anthropologie, spécialiste de la culture asphite.

> – Nous vous remercions pour ces informations, répond Échlos par politesse, gêné vis-à-vis de Silou.

> – Nous allons l'acheter, lui dit Silou pour se rattraper en indiquant le livre du doigt.

> – Sans connaissance de cette civilisation je crains qu'il vous soit amphigourique. Pour le saisir, je vous conseille le livre d'un confrère, Bokis Cotrais, *Les Asphites et les Huit Mondes*. Il est volumineux, rebute aux premiers abords, mais

---

(1) Équivalent de la Mélusine paracelsienne. Voir « *Synchronicité et Paracelsica* », C.G. Jung, Édition Albin Michel.
(2) Nirvana pour le Bouddhisme.
(3) Les puissances de Mara pour Siddhârta avant de devenir Bouddha.

c'est un ouvrage de vulgarisation remarquable par lequel vous apprendrez aisément l'essentiel de leur vie et de leur culture.

— D'accord, j'enregistre, répond Échlos en tournant son index en bas de son crâne.

— Nous allons visiter cette pudjol, ajoute Silou.

— Ah bon ? fait-il visiblement surpris. Il est vrai qu'elle est désormais plus accessible depuis qu'ils ont agrandi son aéroport, jadis uniquement destiné aux vols de notre continent.

Ils restent silencieux un moment, avant d'ajouter :

— Vous constaterez alors que les asphites, du moins leurs descendants car des étrangers le sont devenus en acquérant cette nationalité, ne ressemblent en rien aux autres peuples d'Ispokus. Ils ne sont pas jaunes, n'ont pas les yeux bridés et sont plus beaucoup plus grands. Cette différence sur ce continent reste une énigme. Pour cette raison on extrapole des théories sur leur origine, dont des plus farfelues. Dès le premier contact avec eux, ils interpellent d'abord par leurs particularités physiques : leur peau anthracite violacée, leurs lèvres violettes, leurs yeux en amande, pour beaucoup mauves, gris ou violets du plus clair au plus foncé. Ils interpellent par leur beauté, la finesse des traits de leurs visages, leur grâce, leur noblesse naturelle. Ce sont pour la plupart d'entre eux des gens cultivés, avenants, polis, respectueux des autres, de la vie animale et de leur environnement. Ils vivent en harmonie et en empathie avec les gens, les animaux, les insectes, les plantes. Ajouté à la finesse de leur physionomie, ce qui détonne est leur façon d'être en général. Ils sont naturellement directs, spontanés, simples, comme des enfants : si nous connaissons leur culture, nous disons qu'ils sont kalupa.

Il s'arrête subitement de parler :

– Je m'emporte encore.

Silou et Échlos lui sourient en haussant les épaules pour lui faire comprendre que ce n'est pas grave.

– Alors bonne visite ! Je vous envie. A cause de mon âge, il y a bien longtemps que je ne suis pas allé en Asphite, dit-il avec nostalgie. Je serai ravi de connaître vos impressions à votre retour, si vous le voulez bien.

– Bien entendu, nous le ferons, répond Échlos. Nous aurons d'ailleurs certainement beaucoup de questions à vous poser.

Il sort son stylet-jo de sa poche pour noter ses coordonnées.

En arrivant chez eux, en haut du quartier de la Grande Ujol, après s'être excusé Échlos a aussitôt disparu dans son bureau. Silou leur fait visiter leur immense maison, au centre d'un parc privé à la végétation luxuriante. Shun et Olky sont admiratives du luxe et de la grandeur des lieux, à commencer par le vestibule. Surprises par le nombre de chambres, chacune munie d'une salle de bain avec toilettes, Silou leur dit qu'ils organisent plusieurs fois par an des séminaires de quelques jours liés à leur travail respectif, qu'ils logent et nourrissent leurs participants. La majeure partie de leur maison qui donne sur l'extérieur est en verre. Les occupants des chambres qui y sont peuvent admirer le parc côté portail de l'entrée, de l'autre celui avec la piscine. Celles du deuxième étage sont des verrières qui remontent en toiture, permettant de voir le ciel. Silou leur a dit que c'est impressionnant et agréable la nuit lorsqu'on est couché de regarder les étoiles. Un système rend le verre opaque si l'on veut dormir pendant la journée. A l'intérieur un store blanc semble s'y dérouler. Dans les chambres côté piscine, on peut voir la mégalopole jusqu'à la mer au loin et, bien qu'enfouis dans la végétation, de longs rectangles de verre surélevés. Ils apportent la lumière du jour à la partie souterraine, leur a-t-elle dit, qui comprend une salle de réception, de conférence, de cinéma, un réfectoire pour des repas collectifs, une grande cuisine, un kost. Après le repas, Échlos ayant de nouveau disparu, elles se sont installées dans le salon, chacune dans un gros fauteuil en similicuir épais, zébré noir et blanc comme les murs.

Silou leur parle encore du clachi.

En observant plus intensément Orête et Paléas, elle constate que l'inversion de Shun et Olky dans leur esprit est particulière et subodore qu'elles ne doivent pas être en clachi ordinaire mais dans celui d'une de leurs spancions. Elle sait alors que dans ce cas, cela signifierait qu'il y est fort probable qu'elles viennent d'une autre biste de cette Galaxie, d'une autre de ce cosmos ou celle d'un des univers parallèles de leur Œuf cosmique. Selon les scientifiques, il est en effet extrêmement rare d'avoir un ou une spancion sur sa propre biste, bien que ce soit possible.

Tout en réfléchissant afin d'en être certaine, elle continue de leur parler comme si de rien n'était :

– Le clachi, déterminé par le mal que nous avons fait contre quelqu'un, opère par inversion dans l'esprit d'une autre personne en étant non plus l'agresseur mais l'agressé. Il s'agit de la loi de causalité karmique à la différence que le clachi applique les répercussions envers nous-mêmes non pas dans notre prochaine incarnation mais dans notre existence actuelle, immédiatement ou reportées pour quelque temps en fonction de la meilleure conjonction entre les deux personnes concernées. En subissant nous-même la souffrance que nous avons causée, lorsque le risque survient que nous répétions ce déplorable comportement, par le souvenir viscéral que nous en avons, consciemment ou inconsciemment, nous finissons par prendre conscience que par répercussion karmique nous nous infligeons aussi ce mal à nous-même. Nous savons que si nous agressons une personne nous serons nous aussi agressé ; que si nous insultons, méprisons, nous serons insulté, méprisé... Jusqu'à ce que nous nous rappelions que les conséquences de nos agissements mauvais ne le sont pas que pour nos victimes mais pour nous-mêmes par voie de conséquence et que nous ne les reproduisons plus.

    – Ouah ! fait Olky bien que décontenancée.

    – Il en est de la sorte pour n'importe quel mal que nous causons, volontaire, intentionnel, ou pas, contre les achloviens, et autrement néfaste pour ce qui est du mal fait envers les animaux, les insectes, les plantes, toutes formes d'existences [1]. Pour le respect de la vie, l'un des préceptes d'une confrérie spirituelle ispokusienne est de veiller en permanence à ne pas tuer d'insectes, en sachant que certains peuvent être des réincarnations de leurs ancêtres ayant été défaillants.

    Olky se souvient qu'enfant, lorsque sa mère voyait une araignée dans la maison, hystérique, paralysée de frayeur, sur la défensive elle lui criait « - Tue ! Tue ! », étant incapable de le faire elle-même par peur. Les araignées étaient sa

---

[1] Voir « *LE FOU DIVIN, DRUKPA KUNLEY, YOGI TANTRIQUE TIBETAIN* », Geshey Chaphu, Éditions Albin Michel, 2012, p.95,96.

phobie. Olky s'empressait alors de la couvrir d'un verre, en le plaçant sur elle, de glisser un papier dessous pour la capturer et aller la relâcher à l'extérieur. Elle faisait ça pour tous les insectes ne parvenant pas à ressortir de leur maison, pas seulement pour répondre à sa mère. C'était et ça reste instinctif pour elle parce qu'elle est continuellement en empathie avec tout ce qui vit en général, la nature, les plantes, les animaux, dont elle en perçoit l'extraordinaire complexité physique et l'intelligence, fruit de leur prodigieuse évolution naturelle pendant des millénaires. Tuer délibérément des insectes, les écraser sans aucun sentiment comme le font la plupart des gens, détruire des plantes sans conscience lui a toujours été impossible. Elle n'en a jamais voulu à sa mère d'être ainsi pour les araignées étant elle-même victime de sa phobie, ni à son père qui prenait plaisir à chasser et pêcher non par nécessité de se nourrir mais par plaisir. Au contraire, elle les plaignait, comme elle plaint tous ceux qui sont aveugles et insensibles envers ces vies en connaissant les répercutions karmiques de leurs actes néfastes que cela aura sur eux.

        – Nous ignorons généralement tout du vécu de la personne dans laquelle nous sommes et ce qu'il se passe au présent dans son esprit, poursuit Silou, alors qu'elle continue de vivre comme à son habitude. Ce qu'elle est et ce qu'elle vit nous est inaccessible, nous ne le percevons pas. Nous ne percevons consciemment son esprit que perçoit, sinon il nous parait habituellement effacé. Alors que, je le répète, elle continue d'être comme à son habitude. De toute façon, le savoir n'est pas nécessaire à l'aboutissement du clachi. Au contraire, ça pourrait être un obstacle à cette opération de correction et de transformation. Je le répète, ce qui importe est de ne plus avoir le comportement mauvais que nous avons eu, d'être amené à résipiscence pour ne plus jamais le reproduire.

Shun et Olky s'observent en se demandant qu'elle serait cette raison que Kâ aurait utilisée pour les faire venir ici.

– Celle en qui vous êtes s'interroge également à propos d'elle-même, dit Silou. Orête et Paléas aussi ont quelque chose à comprendre et à résoudre d'important. Votre clachi en elle a aussi bien évidemment une raison.

Olky se souvient de la réponse de Shun à l'agent dans le parc de la Controverse, puis, un peu revêche, elle rechigne en disant :

– C'est vachement compliqué tout ça...

Par l'expression de son visage, Shun demande à Silou de l'excuser.

Devant l'incompréhension et la perplexité d'Olky, Silou précise :

– Cette situation conflictuelle soulevée par le clachi se pose également pour celle en qui vous êtes. Elles y sont tout autant confrontées que vous parce qu'il s'agit aussi de leur karma. A votre avantage, sachez que le clachi est pour la plus grande majorité des gens vécu inconsciemment. Je veux dire qu'ils n'ont même pas conscience d'être dans un autre esprit, qui reste ignoré, sinon quelque peu ressenti. Équivalent à un mauvais rêve, ou à un cauchemar dont on ne se souvient que vaguement en sortant du sommeil, seuls de vagues fragments troublent, modifient leur humeur sans qu'ils sachent pourquoi. Pénibles à supporter, ils savent que leur sens est important, sans parvenir à le saisir. Alors bravo les filles ! le fait que vous sachiez être en clachi est à mettre au compte de votre évolution.

Avec l'accord implicite d'Olky, Shun répond à Silou :

– Non seulement nous le savons mais nous nous souvenons de notre existence d'origine sur Terre, une planète d'un système solaire d'un univers parallèle.

Paléas corrige en disant :

– Une autre biste.

– Je ne pensais pas qu'il était possible de s'en souvenir, dit Silou. Si nos scientifiques le savaient ils voudraient vous interroger. Il est préférable pour vous de rester secrètes à ce sujet, au risque sinon d'être appréhendé par les forces de l'ordre pour qu'ils puissent le faire.

– Ouais, c'est vrai ! répond Olky en regardant Shun, tu as raison. On n'y avait pas pensé.

– J'ignorais l'existence de cette biste, poursuit Silou. A ma décharge, il existerait quelque 100 000 milliards de planètes dans l'Univers et pas moins de 1000 milliards dans notre seule galaxie, dont quelques milliards de planètes potentiellement habitables (1).

Elles parlent avec exubérance de leur existence sur Terre, Shun celle de neurologue, natifs de parents professeurs, Olky d'étudiante d'un milieu ouvrier, jusqu'à leur rencontre avec Kâ et leur arrivée ici. Contrairement à ce qu'elles auraient pu imaginer, Silou n'en est pas étonnée, seulement très curieuse, en leur disant que cette possibilité d'inversion en provenance d'une autre biste est connue depuis l'antiquité et que la différence avec un clachi ordinaire sur Achlovi, est qu'il se fait dans l'esprit d'un ou

---

(1) Revue « *Science & Vie* », n° 1209 juin 2018, article « *Vie extraterrestre _ On sait où chercher* », de Mathilde Fontez et Benoît Rey, avec Arthur Le Denn.

d'une autre soi-même nommée spancion, de n'importe quel âge, niveau de conscience, de culture, de période d'évolution des peuples de la biste, de l'âge des cavernes à nos jours vers des futurs les plus éloignés.

Après un moment de réflexion, elle demande :
- Savez-vous pourquoi sur Achlovi ?
- Nous l'ignorons, répond Shun. Je suppose que Kâ devait le savoir, dit-elle en se tournant vers Olky.
- Il y a quelque chose qui me turlupine, dit Olky. Nous sommes en clachi dans l'esprit d'une de nos spancions comme tu dis, pourtant Paléas et Orête sont comme nous étions sur Terre, notre double en quelque sorte. Que nos esprits soient similaires, soit ! je peux le concevoir, mais physiquement j'ai du mal.

Par son caractère de feu, sa vivacité, cette jeune fille plaît à Silou.
- Tu as raison, vous n'êtes pas identique d'esprit mais similaire. La nuance est importante. Votre esprit et votre corps éthérique, en bilocation, le sont hors de votre espace-temps d'origine. En suspension en rapport au temps que vous passez ici, que ce soit des jours, des mois, des années, celui de votre biste n'aura été que de quelques secondes. Lorsque vous y retournerez, vous considérerez ce temps passé comme n'ayant été qu'une brève absence d'attention, sans que vous ne puissiez en connaître ni sa durée réelle ni sa teneur. A ce sujet c'est la même chose que pour un clachi ordinaire entre deux personnes d'Achlovi. Maintenant, par rapport à la constatation de votre ressemblance, soyez prudentes car vous pouvez être dupées. Si en vous regardant devant un miroir vous vous voyez comme vous étiez dans vos souvenirs, cela ne veut

pas forcément dire que vous n'êtes pas différente. Vous pouvez être dans un corps qui ne ressemble en rien à celle que vous étiez – et êtes toujours là-bas –, bien que vous puissiez croire le contraire. Même si je ne peux pas dire grand chose au sujet de l'existence d'origine d'un ou d'une spancion, par référence à ma connaissance du clachi commun je sais que cette ancienne mémoire peut être remplacée. L'inversion, tant par un clachi habituel que dans l'esprit d'une ou d'un spancion, peut l'être dans n'importe quel corps étranger, homme, femme, enfant, adolescente, adolescent, vieillard, dans un corps qui ne ressemble en rien à celui que vous croyez avoir dans votre mémoire originelle. Certains de nos scientifiques – controversés par la majorité des gens et la plupart de leurs confrères –, prétendent même que nous pouvons aussi être inversés dans un corps animal, une plante terrestre ou aquatique, un élément du monde minéral, n'importe quelle existence à qui nous aurions porté délibérément atteinte par malveillance. Vous pourriez donc être dans n'importe quel esprit et corps d'un achlovien ou achlovienne, de n'importe quel âge, dans ce cas vous ne l'auriez pas nécessairement constaté du fait du changement de votre mémoire en fonction de la personne où vous êtes en clachi. Malgré ce fait pour nous parfaitement établi, je crois néanmoins que vous êtes similaires psychiquement, – mis à part votre conscience – et physiquement à qui vous étiez et êtes toujours sur votre biste. Toutefois, si votre spancion est comme votre jumelle monozygote, il y a bien évidemment une explication à cela. Mais inutile de vous encombrer l'esprit pour le savoir. L'essentiel est de connaître ce qui a causé votre clachi, connaissance qui doit aboutir à vous corriger et à vous rendre meilleure.

Voyant qu'elles s'obstinent à connaître ce qu'est un ou une spancion, exaspérée Silou ajoute :

–   Si vous vous abandonner, sans attachement à qui vous croyez être et avait été, vous parviendrez peut-être à mieux percevoir l'esprit de celle en qui vous êtes. Vous sauriez dès lors tout cela. De même que pour évoluer dans l'existence, il faut savoir s'abandonner pour être autrement et considérer les choses différemment que nous le faisons habituellement, en ayant un tout autre point de vue.

Olky, surprise par son ton autoritaire, presque agressif, à la limite de l'invective, jette un regard furtif à Shun l'air de lui dire : ben dis donc, faut pas l'énerver...

Silou se maîtrise afin de poursuivre son explication :

–   Votre spancion est le plus souvent à un autre stade d'évolution dans sa réalisation intérieure, stade inférieur ou supérieur au votre selon la raison d'être du clachi. Son mode opératoire est le même que pour celui dans l'esprit d'un être de la même biste et procède de la même loi de causalité que celle du karma. Qui sème le vent récolte la tempête. On récolte ce que l'on sème... Pour ma part, je trouve étonnant de ne pas savoir que le mal que nous faisons nous le faisons indirectement à nous-mêmes par voie de conséquence. S'il n'y avait pas cette absence de conscience à ce sujet, notre monde serait sans doute meilleur. A mon avis, cette connaissance devrait être enseignée dans nos écoles. Bref ! voilà donc ce qu'est le clachi, sa raison d'être. Il perdurera jusqu'à notre contrition et notre changement définitif de comportement.

–   C'est similaire à ce qui se passe suite à un traumatisme, dit Shun. Nous revivons inconsciemment continuellement la même situation l'ayant provoquée, sous diverses formes, afin de parvenir à en avoir conscience pour nous en défaire, selon la psychanalyse.

– C'est vrai, répond Silou, puisqu'un qu'un clachi nous fait revivre la même situation en étant la victime de notre agression. Le pourquoi de la résurgence continuelle de ce vécu négatif est effectivement comparable : parvenir à en comprendre les tenants et les aboutissants pour en être libéré.

– C'est compliqué, mais je pige plus ou moins, dit Olky.

– La connaissance des clachis en des êtres sur Achlovi et dans nos spancions a commencé dans l'antiquité par celle de la gnose et de la philosophie badost, plusieurs fois millénaires, des oustibecs du continent bleu d'Osphore. Déjà à cette époque il était précisé qu'en plus de ces clachis exceptionnels, nous en vivons parfois pendant notre sommeil, en les confondant au réveil avec nos rêves et nos cauchemars habituels.

Il est tard. Silou se tait en pensant à Échlos qui doit les reconduire.

Elle dit :

– Pour terminer, je vous propose de visionner vos Élès.

Un peu surprises par son changement soudain, elles acquiescent, curieuses, en comprenant qu'il est effectivement temps de conclure.

– Prends ton stylet-jo, dit-elle à Shun. Pointe l'extrémité mauve devant toi.

Un rectangle holographique rempli de carrés de couleurs unies tous différentes, mis à part un blanc et un noir au centre, apparaît dans l'espace sur un côté.

    – Pointe sur le blanc.

Tout en bas, elles peuvent lire des informations, dont ceux de l'État Civil de celle en qui elle est. Elle se nomme Paléas Fuchoïte, fille de Viscos Ochate, professeure et maître verrier, et de Mahion Fuchoïte, enseignante d'art plastique et artiste peintre. Elle est professeure de philosophie Pactious à l'université Hupe de Valéas, habite 3 rue des Faiseurs d'or, dans le quartier de Cylcre à Apartos.

Constatant l'étonnement de Sun que Paléas porte le nom de sa mère et non de son père, elle lui dit :

    – La filiation en Apartos est bilatérale et bilinéaire, mais nous portons généralement le nom de notre mère. Notre société est matriarcale, bien que nous sachions qu'elle ne devrait être ni exclusivement patriarcale ou matriarcale. C'est pourquoi, bien que des règles s'imposent, chacun a le droit d'agir comme il l'entend à ce sujet. Notre code de la famille et nos lois administratives sont établis en conséquence. Les petites icônes ont d'autres fonctions. Vous les visionnerez plus tard. Je vous propose de regarder par flashs les vues essentielles de vos existences, en commençant par celle en qui tu es Olky.

Elle ajoute, après un instant de silence :

    – Attention ! Voir le vécu de ta spancion ne signifie pas que tu vas en connaître son ressenti, sauf exception.

Elle opine d'un signe de tête.

    – Pointe à ton tour le voyant de ton stylet-jo sur le carré blanc.

Elle se nomme Orête de Palne, fille de Mousta de Opking, châtelain, et de Élote de Palne, châtelaine, étudiante à l'université Hupe de Valéas, habite 3 rue des Faiseurs d'or, dans le quartier de Cylcre d'Apartos.

Sa naissance surprenante les laisse sans voix.

– Ce que vous voyez est symbolique et n'a pour but que de transmettre des informations spécifiques qu'Orête seule est à même de pouvoir saisir. Sa naissance ne s'est pas passée ainsi.

Dans une brune épaisse, elles voient une sorte de placenta humide, ovoïde blanc et rose translucide parsemé de veinules bleutées, qui flotte verticalement dans l'espace à près d'un mètre du sol. En approchant, elles aperçoivent à l'intérieur un bébé totalement formé. Au sommet de son crâne s'illumine un point lumineux violet, qui rayonne avec de plus en plus d'intensité.

Un sifflement d'abord à peine audible au-dessus d'elles leur fait lever la tête, en devenant plus fort.

Il provient d'un cercle lumineux du même violet que le point du bébé, duquel sort un mince ruban chromé. Du crâne du bébé jaillit un rayon allant dans sa direction. A leur contact, le ruban redescente en absorbant le rayon. Avant d'atteindre son cerveau elles peuvent voir qu'il est couvert d'inscriptions d'une écriture inconnue, sorte de hiéroglyphe, de signes géométriques, probablement ésotériques.

Une musique cosmique sourd tout autour d'elles.

Un couple d'une vingtaine d'années, à la peau blanche et aux cheveux noirs, s'approche de l'ovoïde. Elle est vêtue d'un skyt blanc à jambes courtes collé au corps, lui d'un noir à jambes longues. Il déchire le bas de la membrane de son index, s'écarte pour laisser approcher la femme. Elle met ses bras en croix, tire sa tête et ses épaules en arrière, regarde fixement le ciel. La vue s'agrandit pour ne laisser apparaître que son visage. Subitement défigurée par une expression de rage, elle semble hurler de toutes ses forces en tremblant de fureur, sans qu'aucun son ne soit perçu.

Avec effroi Orête et Paléas font un bond en arrière.

Revenue à sa position initiale, la femme, apaisée, murmure quelque chose d'inaudible. Aux mouvements de leurs lèvres, l'homme derrière elle semble dire la même chose, comme une litanie ou une prière.

La femme, rayonnante de sérénité et d'amour maternel, enfonce ses deux bras dans l'enveloppe et en sort doucement et tendrement l'enfant.

C'est une fille à la peau d'un blanc immaculé, aux grands yeux noirs ouverts, sans cillement des paupières, au regard pénétrant qui paraît scruter jusqu'aux tréfonds les âmes et les esprits de la femme et de l'homme.

Il saisit le bébé à son tour.

Après un bref instant, le couple s'observe puis semble accepter ce que leur transmet télépathiquement l'enfant.

Les visions défilent par périodes successives.

Orête, la cadette de la famille, vit dans un château médiéval au sommet de la colline d'Ésorix, dans le massif aux reliefs mouvementés des Albuniz. Sa famille, les nobles de Palne, lignée des Kodimas d'Aglès, est réputée dans tout le pays. A six ans elle suit l'initiation réservée aux Kodimas, aussi nommée achovi, dans la forêt sacrée de Calcicole Noire, où se trouve le caveau de ses ancêtres et où ils sont vénérés et contactés au moins une fois dans l'année, à la fête dite des morts. Elle y reçoit les clés nommées « *les arcanes des Ombres* », clés fondamentales différentes des achovis d'autres personnes. De cela aussi elles n'en sauront pas davantage. Sa sœur aînée, Évèlis de Palne, occupe souvent le rôle de mère. Par périodes défilent ensuite de courtes scènes de son existence, depuis sa naissance dans ce château médiéval, isolé dans les immenses plaines céréalières du plateau des Albuniz. Il comporte sur ses terres plusieurs grandes fermes. Malgré la désapprobation de ses parents, elle batifole régulièrement dans la plus proche du château, aide les paysans à soigner les vaches, les cochons, les moutons, les poules, les lapins, flâne dans leur exploitation. Sa scolarité débute dans une salle du château, en compagnie de cinq autres enfants, trois filles deux garçons, venus des fermes de leurs exploitations et d'autres environnantes, tous plus âgés qu'elles. A six ans elle quitte sa famille en prenant une otjet conduite par un homme râblé en uniforme bleu marine. Pendant deux ans, dans la forêt noire des montagnes des Hautes-Lichères, comme partout ailleurs en Hospticos elle effectue son achovi, initiation sexuelle, philosophique et intérieure en ayant accès à diverses religions et pratiques initiatiques. Cette initiation étant secrète, elles n'en verront que très peu et n'en connaîtront rien.

Elles voient Orête, à dix ans, qui hésite entre loger avec Paléas Fuchoïte ou dans un studio de la Cité écolière de Chase, à Apartos. Choisissant Paléas, elle lui est confiée par deux femmes. Leurs uniformes – tailleurs vert olive, chemisier blanc, bottines noires –, leur donnent une allure sévère, autoritaire, masculin. A hauteur du cœur elles portent chacune une broche avec l'inscription rouge, au-dessous d'une panthère en faïence jaune :

« 𝔒𝔯𝔡𝔯𝔢 𝔡𝔢𝔰 𝔄𝔩𝔟𝔲𝔫𝔦𝔃 »

Paléas apprendra plus tard d'Orête que c'est par cet Ordre qu'elle a été initiée durant trois mois par des koanos de la Cité d'Anquant, en Éleusis.

Silou stoppe la projection, en disant :
– Tu verras tout cela à ton aise une autre fois, d'accord ? Vise la flèche blanche en bas et garde le voyant dirigé dessus jusqu'à ce que je te dise de l'enlever.

La projection se poursuit en accéléré, traversée par des flashs de différentes couleurs.

Sur un marron, Silou lui dit d'enlever son doigt.

Paléas est grande et reçoit son titre de professeure. Plus tard, elle accepte d'accueillir celle nommée fille de partage, Orête de Palne, dix ans, le spancion d'Olky qui a aujourd'hui quatorze ans.

– C'est Orête qui a décidé de loger chez moi et que je sois de ce fait son mentor, dit Silou. Seule la personne concernée est à même de choisir qui sera son mentor pendant cette période capitale et décisive de son existence. Elle aurait tout aussi bien pu choisir une personne d'une institution, comme l'école de Chase, ou d'une association.

Le rectangle disparaît.

– L'ensemble du vécu de chaque personne est ainsi capté instantanément par l'Élès, une caque subnique microscopique continuellement active, implantée sous la peau du bas-ventre de tous les achloviens le deuxième jour de leur naissance, à part ceux des tribus originelles dont nous respectons la volonté de ne pas le faire et de rester tels qu'ils sont depuis toujours selon leurs traditions. Transmis à un centre national, dont nous ignorons l'emplacement, seuls les renseignements administratifs, juridiques, médicaux peuvent êtres visionnés par des personnes dûment accréditées, à la probité vérifiée par le Conseil National d'Éthique. Celui-ci veille à ce que la liberté et la confidentialité individuelle de chacun ne soient jamais atteintes.

    –   Encore heureux ! fait Olky.

L'Élès est aussi un traducteur immédiat de toutes les langues et dialectes de notre biste. Agissant comme une sorte de mémoire, ces traductions nous sont communiquées si la nécessité se présente. La langue autrement inconnue, étrangère, nous est alors familière comme étant notre langue maternelle.

Silou leur demande de ranger leur stylet-jo :

    –   Bien que vous n'en ayez pas vu grand-chose, vous avez tout de même constaté que les achovis de Paléas et d'Orête furent différents. Si vous parvenez à saisir pourquoi, ce sera le détonateur qui fera que vous retrouverez du même coup l'ensemble de ce qui leur a été transmis dans cette existence et celle de leur dernière vie antérieure. Il en a été décidé ainsi par ceux que nous nommons les Grands Anciens, qui le firent pour le bien de l'évolution de tous.

A la nuit tombée, Échlos voulait les conduire jusqu'au seuil de leur maison au 3, rue des Faiseurs d'or. Paléas a préféré qu'il les dépose un peu avant. Du trottoir Shun et Olky observent avec admiration et étonnement, la façade sans fenêtre, en matière caoutchouteuse rosée. Toutes celles des maisons de cette rue, accolées les unes aux autres, sont ainsi, seules les couleurs diffèrent.

Elles avancent vers l'entrée. Orête place sa main devant un voyant rosâtre à droite de la porte, qui s'ouvre aussitôt.

2

Clachi en Béthanie

- On en prend un autre ? demande Guiliane.
- Ouais ! répond Béthanie.

Buvant rarement de l'alcool – elle fustige habituellement les alcooliques, les fumeurs, les drogués pour leurs addictions sans comprendre qu'ils en sont victimes –, elle regarde son amie avec suspicion en se demandant si celle-ci n'aurait pas une idée derrière la tête.

Pour continuer leur défi, qu'elles considèrent comme un jeu, elles ont mis un skyt sexy très court montrant le haut de leurs cuisses. Leurs dos découverts jusqu'aux bas des reins, leurs décolletés échancrés à la limite des tétons, elles attirent les regards, suscitent la concupiscence.

Elles ont fait le pari de celle qui fera l'amour avec le plus d'hommes et de femmes avant le dernier jour des vacances.

Du même âge que Béthanie, Guiliane, qui paraît plus âgée, est fière de son opulente poitrine, qui surprend pour une fille de son âge. Comme un étendard brandit du haut de son adolescence, elle tire ses épaules en arrière pour la mettre en avant. Elle pense que c'est un grand avantage sur son amie, dont, sans se l'avouer, elle jalouse ses longues jambes fuselées. La poitrine naissante de Béthanie renforce son air de jeune fille naïve et ses jambes sublimes à la peau soyeuse retiennent également les regards. Toutes deux conscientes de leurs atouts, elles les mettent en valeur, souvent sans même s'en rendre compte.

–   Garçon !

Ce trentenaire brun à l'attitude virile, la peau bleuie par la barbe, accourt, troublé par ces sauvageonnes – oisillons excités qui viennent de quitter le nid –, qui l'ont maladroitement dragué histoire de s'amuser pendant qu'il les servait. Il s'imagine leur plaire et souhaite pouvoir échanger quelques mots avec elles afin d'obtenir un rencard.

–   Tu prends la même chose ? demande Guiliane.

–   Chais pas... Je commence par être pompette, répond-elle hésitante.

Agacée car elle pressent un piège, elle l'observe avec suspicion.

Dans l'intention de la mettre davantage mal à l'aise, Guiliane demande au serveur :

–   Vous finissez à quelle heure ?

Interloqué par cette liberté, il répond :

–   Dix-neuf heures.

–   En fait, c'est mon amie que ça intéresse. Elle n'osait pas vous le demander. Vous l'impressionnez.

–   Ah bon ? dit-il en détournant son regard de ses seins pour observer les lèvres pulpeuses de Béthanie, qui lui sourit sans se laisser décontenancer.

Bien qu'attiré par les seins de Guiliane, admiratif de la dentition parfaite d'un blanc éclatant de Béthanie, il est séduit par cette lolita aguicheuse, qui recule sa chaise en arrière en croisant les jambes. Ajouté à ses yeux noirs pénétrants, la finesse de ses traits, son teint immaculé, ses lèvres sensuelles rendue plus provocante par le rouge à lèvres, ses longs cheveux bruns qu'elle a ramenés sur l'une de ses épaules : le piège du jeu de sa séduction se referme sur lui.

Devant faire attention à ne pas se faire remarquer par sa direction, qui interdit tout rapport privé avec la clientèle, il reprend son air distant en disant :

– Je vais chercher vos consommations.

– T'as vu ? Pas gêné pour reluquer la marchandise ce bêcheur, dit Guiliane, bien que satisfaite de l'avoir attiré la première.

– Quel connard. Pourquoi tu me le fous dans les pattes ?

– Hou là ! rétorque Guiliane. Hé, on rigole ma vieille... Il te plaît pas, juste pour tirer un coup ?

Contrairement à ce qu'elle imaginait, Béthanie réalise, surprise, que son amie aimerait faire l'amour avec lui pas seulement pour gagner leur pari.

Elle répond en s'en souvenant, déterminée à ne pas le perdre :

– Le problème n'est pas là.

Depuis son enfance Béthanie aime commander, avoir tout sous contrôle, alors que Guiliane la devance dans la séduction l'exacerbe. Elle aimerait avoir une opulente poitrine comme elle, cependant elle sait qu'elle a néanmoins beaucoup d'ascendant pour se faire désirer, des jeunes boutonneux impatients d'essayés aux pépés et mémés rabougris qui tentent, vaille que vaille, de maintenir allumer les flammes vacillantes du désir avant l'extinction des feux.

Guiliane lui dit :

– Tu peux me le laisser si tu veux.

Béthanie, de nouveau motivée, ne voulant pas abdiquer, lui répond d'un ton ferme :

– Non ! Je suis énervée parce que tu n'as pas à décider à ma place qui je dois baiser, c'est tout.

– Chut ! chuchote Béthanie en regardant autour d'elles. Je blaguais, oh ! Tu ne vas pas en faire tout un plat. Pas la peine de monter sur tes grands chevaux.

– Voilà mesdemoiselles ! dit le garçon en tenant son plateau sur le côté.

Il pose le verre de Guiliane, le regard de nouveau fixé sur sa poitrine, reprend le vide, pose celui de Béthanie qui répond à son sourire par un air ingénu de gamine innocente et espiègle, qui aimerait bien, si si.

– J'espère te revoir, lui dit-il avant de s'éloigner.

Il pense qu'il les baiserait bien ensemble mais que pour l'instant mieux vaut ne pas chasser deux lièvres à la fois.

– Il me tutoie en plus ce con ! fait-elle furieuse en murmurant entre ses dents, écœurée par sa suffisance machiste. Il se prend pour qui ce larbin ?

Sournoisement, Guiliane se réjouit de son malaise et cherche à la déstabiliser un peu plus pour en tirer avantage.

Pour tourner le couteau dans la plaie en titillant son aversion pour lui, elle répond :

– Il se prend pour un mec qui veut te baiser, point final. Si tu ne le veux pas, tu peux me le laisser, répète-t-elle.

Piquée au vif qu'elle tente de la manipuler, elle rétorque :

– Je t'ai dit que non. Je m'en fous de ce con. Un de plus un de moins, je ne suis pas à un pauvre type près.

En regrettant aussitôt ce choix, elle fait un effort pour ne pas le montrer et changer d'avis.

Prise au dépourvu, Guiliane hésite, avant de lui demander, en insistant lourdement :

– Tu vas quand-même te le faire ?

Dans ce quartier en périphérie de la ville, à cette heure de la nuit les rues sont désertes. Béthanie se dépêche pour rentrer, rejoindre une station de métro. Elle a hâte d'être chez elle pour prendre une bonne douche et se purifier de cette saleté répugnante qui lui colle à la peau, la relation sexuelle avec ce type ignare, continuellement agressif sans qu'il s'en compte. Pour quitter sa chambre, sachant qu'il a du mal à contenir sa violence, pour éviter les problèmes elle a attendu qu'il s'endorme. Elle sait comment il aurait réagi s'il l'avait vu partir sans prévenir.

Elle revoit ce qu'elle vient de vivre :

Assis dans un fauteuil crasseux, il boit un alcool fort. Elle se déshabille en faisant un strip-tease, comme il lui a ordonné. Nue, elle sautille en écartant les bras et les jambes, se met à califourchon, marche à quatre pattes... En lui faisant comprendre qu'elle est fatiguée, qu'elle voudrait se coucher et dormir, pour qu'il l'accepte elle flatte son ego en faisant mine qu'elle a envie de lui...

Écœurée, elle se demande comment elles en sont arrivées là, à avoir ce défi stupide. Jamais auparavant elle n'aurait accepté de faire l'amour avec des hommes et des femmes pour qui elle n'éprouve aucun sentiment, encore moins avec ceux pour qui elle a de l'aversion. Consciente que ce qu'elle vit est une sordide déchéance dû à son inconscient qui la manipule, elle s'interroge. C'est depuis le début de ses relations sexuelles avec Leucate, le mari d'Angélise, sa sœur aînée, qu'elle ressent son mal-être, bien avant que celle-ci découvre leur secret. Elle les avait surpris pendant qu'ils s'échangeaient un baiser sur le perron de leur maison familiale. En pensant qu'ils devaient être amants depuis longtemps, qu'elle avait été trahie par son mari et par sa petite sœur qu'elle chérissait, elle fut bouleversée. Béthanie fut dès lors mise à l'écart, exclue de toutes réunions familiales, interdite d'aller chez Angélise. Elle ne fut pas chassée de leur maison que par l'intervention de sa sœur. A partir de ce jour elle n'a plus eu de lien avec personne, sauf sa mère qui continue à la soutenir en secret, en lui disant que ça ne durera pas pour la rassurer. Avec amertume, elle se souvient que le mari d'Angélise n'eut, lui, aucun reproche ni aucune remarque désobligeante. A croire qu'elle était la seule coupable. Ils soupçonnaient Béthanie de l'avoir séduit et prise dans son piège, de l'avoir subjugué par sa force de caractère et son charme. Tous savent combien elle peut être manipulatrice, ensorceleuse avec son air ingénu. Se remémorant les moments avec son beau-frère, elle revit douloureusement ces épreuves et se souvient qu'elle se forçait à boire de l'alcool pour le supporter. Ayant de l'aversion pour lui, elle ne comprend pas pourquoi elle cherchait et acceptait ces relations sexuelles. Angoissée par la culpabilité d'avoir fait tant souffrir sa grande sœur, qu'elle aime, elle se ressent cependant elle aussi victime pour être inconsciemment forcée d'être et d'agir ainsi, sans contrôle.

"Pourquoi n'aie-je pas commencé à avoir des relations avec lui avant leur mariage et non après ?" se demande-t-elle.

Elle le rencontrait souvent quand il venait chercher Angélise chez eux et jamais cette idée ne l'avait alors effleurée. En voulant connaître cette réponse elle pense à sa sœur. Seule l'idée que ce serait pour lui faire du mal lui paraît logique, mais un tel désir lui paraît impossible. Elle l'a toujours admirée, aimée, adulée. Elle ferait tout pour elle.

"Oui, mais inconsciemment ?"

Car il n'empêche qu'elle l'a trahie en lui volant son mari.

"Alors ?"

En poussant plus avant sa réflexion, elle se souvient qu'enfant Angélise la dirigeait, la commandait, qu'elle la punissait quand leurs parents étaient absents. Parfois elle l'enfermait dans leur cave. Elle en avait beaucoup souffert, en fut bouleversée.

Elle fait le rapprochement avec ce qu'elle vient de vivre avec ce type, en se disant que c'est peut-être pour la même raison.

Subodorant que pour trouver la cause de son mal elle doit chercher dans les marécages chthoniens de ses frayeurs enfantines, elle serre les dents, les poings en accélérant le pas, essuie nerveusement une larme tombée sur sa joue. En rage contre elle-même de faire tant souffrir, elle s'en veut, se méprise, se considère misérable, une pauvre fille sans morale. Elle s'insulte de paumée, de dépravée, de traînée en revoyant malgré elle encore la stupeur et la douleur de sa sœur lorsqu'elle les avait surpris.

Perturbée, nerveuse, elle revient au souvenir de cet homme mauvais qu'elle vient de quitter. Avec dégoût elle le revoit fouiller son corps. A quatre pattes, sa tête tirée en arrière par ses deux mains aux doigts enfoncés dans sa bouche, tirant ses joues de chaque côté, elle revit sa douleur pendant qu'il la sodomisait.

"Pourquoi je suis comme ça, pourquoi ?"

Elle pleure.

Encore endormie, elle croyait que les coups qu'elle entendait provenaient de son horrible cauchemar : ce sont ceux de la porte d'entrée que l'on cogne.

Elle se lève d'un bond de son lit, enfile son peignoir en criant et en marchant vers elle :

– J'arrive !

Elle ouvre. C'est Guiliane :

– Alors, qu'est-ce tu fous ? On va être à la bourre.

Elle devait venir la chercher à sept heures vingt pour qu'elles aillent ensemble aux cours de philosophie, suivis de ceux d'hospticosien donnés dans le même amphithéâtre. Elle regarde l'heure : sept heures quarante-cinq.

– Merde ! s'exclame-t-elle. Je me suis rendormie.

Elle se précipite dans la salle-de-bain, s'asperge le visage, s'essuie, se maquille rapidement, file dans sa chambre pour s'habiller. Elle met ses sous-vêtements, son chemisier blanc et son uniforme bleu marine, sa jupe au-dessus des genoux, s'assoit pour enfiler ses socquettes blanches, met ses souliers noirs à petits talons, brosse ses cheveux et fait une couette de chaque côté.

Par révolte contre cette obligation de porter cette uniforme, la plupart des filles exagèrent ainsi cette apparence d'écolière naïve sexy et écartent leurs cuisses lorsqu'elles sont assises devant un homme.

Guiliane nerveuse, habillée comme elle, fait les cent pas.

En marchant à grandes enjambées jusqu'à l'arrêt de l'otjetcar, curieuse, Guiliane lui demande :

– Alors, il baise bien, t'as pris ton pied ?

– Je n'ai pas envie de parler de ça ! répond-elle sèchement d'un air renfrogné.

– Oh là là ! T'es de mauvais poil ou ça s'est mal passé ? dit-elle avec une moue de suspicion.

Béthanie, qui ne comprend pas pourquoi elle adule ce type, regrette de ne pas lui avoir laissé comme elle le désirait. Elle se dit qu'alors elle aurait pu constater à quel point s'est un vulgaire boloc, primaire et violent, qui ne pense qu'à sa gueule.

En arrivant à l'arrêt de l'otjetcar, la présence des gens qui attendent leur fait savoir qu'il ne va pas tarder d'arriver, qu'elles ne devraient pas être trop en retard.

– Dis-moi, s'il te plaît ?

– ARRETE ! TU FAIS CHIER A LA FIN ! Crie-t-elle en élevant la voix, emportée par trop de tension retenue.

Tous les regards se braquent sur elle.

Après s'être éloignées des gens, elle lui dit :

– C'est un taré de boloc, un pervers, un obsédé sexuel, un fumier de macho qui roule les mécaniques, se la pète devant les autres pour compenser son complexe d'infériorité, un connard de première que je ne peux pas saquer. Il vole au ras des pâquerettes. Je ne veux plus jamais le revoir ni en entendre parler. J'ai dû beaucoup me forcée pour aller avec lui. Et puis j'en ai marre de cette connerie de défi qu'on s'est lancé. Ras-le-bol de me faire baiser par le premier venu ou la première venue, jusqu'à des laiderons de grosses vaches. Non mais tu te rends compte ? Tu te rends compte où on est dégringolées ma pauvre ? On est complètement barjes, ça ne tourne pas rond dans notre ciboulot si tu veux mon avis.

Guiliane, bouche bée, les yeux écarquillés, n'en revient pas de la voir comme ça, elle habituellement si mesurée, si posée.

Guiliane, prend ses cheveux derrière sa nuque, les ramène devant son épaule droite puis lit la feuille que son amie, assise à côté d'elle sur le gradin de l'amphithéâtre, lui a discrètement glissé : une poésie qu'elle a rédigée et va remettre au professeur d'hospticosien. Les élèves devaient utiliser à chaque début de strophe les lettres de l'alphabet dans leur ordre. Le sujet était laissé à leur libre appréciation.

« _ Alphabet de la désillusion

Acculée par saturation de
Baguenauder dans l'insignifiance,
C'est en vainqueur sur sa
Déshérence qu'elle revient à la vie.

Eccéité (1) par la révolte
Fulminante du rejet,
Germination de son être profond,
Hilarante inflation de la perdition.
Inavouable envie de
Jouissance de toutes les libertés,
Kamikaze de la transgression,
Lacération des bien-pensants.

Martyre des moralistes,
Nymphomane éperdue de désirs,
Obnubilée de perversion,
Pantagruélique du vice.
Quérir la fin de ses limites,
Revancharde, méprisante, méprisée,
Suppliciée par ses propres
Turpitudes pour être enfin elle-même.

(1) Ce qui fait qu'un individu est lui-même et non un autre dans la pensée scolastique. Caractère de ce qui se trouve ici ou là chez Heidegger.

Ubuesque guerrière contre la stagnation,
Volubile à démontrer le vide,
Wayang (1) de celle au
Xanthoderme (2) maladif.
Yole vers le
Zéro de l'artifice. »

–   La vache ! bonjour le rejet de la normalité. Je reconnais bien ton caractère rebelle, dit-elle à l'oreille de Béthanie en lui rendant sa feuille. En revanche, le prof...

De son bureau, installé sur une estrade au centre de l'amphithéâtre face aux gradins en demi-cercle, le professeur de philosophie – un blond au cheveux en brosse, maigrelet mal dans sa peau –, en continuant de parler dans son micro, jette parfois un regard agacé sur elles :

–   Avant le Grand Renversement, les Algonquins furent influencés par la prédominance des pensées d'Euclédie de Lucik. Philosophe et logicienne éclairée, ses propositions qui enchaînent les mots constituaient des images de la réalité et...

Béthanie entend qu'on l'interroge avec insistance :

–   Qu'est-ce... Qu'est-ce que tu as ? Réponds !

Semblant sortir d'un mauvais rêve ou d'un cauchemar, étonnée, elle observe de nouveau la fille assise à côté d'elle.

–   Et maintenant tu chiales...

En reconnaissant Faguci, elle revient à elle, essuie furtivement ses yeux en contenant ses larmes, se donne une contenance normale.

(1) Nom donné, à Java, aux différentes formes de représentations théâtrales.
(2) Se dit de quelqu'un dont la peau est d'une couleur jaune.

Au moment où elle allait lui répondre, le professeur, exaspéré par son manque d'attention, d'un regard courroucé lui dit :

– Orête de Palne, croyez-vous que vos privilèges d'aristocrate vous dispensent d'étudier notre sujet et de suivre mon cours ? Faites-nous votre exposé !

Bien que bouleversée par son clachi dont elle a exceptionnellement pleinement conscience, sa faculté à rebondir et à s'adapter dans l'instant à l'inattendu lui permet de se ressaisir et de se contrôler. Elle fait face, retrouve son aplomb et la pleine possession de ses moyens.

Contrairement à ce que semble imaginer d'elle le professeur à propos de son cours – *Brève historique de la psychologie et de la philosophie des multiples identités de l'individu en corrélations avec ses comportements sociaux* –, elle en fut d'emblée vivement intéressée. Elle l'a scrupuleusement étudiée, fut captivée par le siècle dit des Algonquins, dont les philosophes furent à l'origine de ce qu'ils ont ensuite nommé « *le Grand Renversement* », celui des valeurs morales et du changement révolutionnaire de certaines lois consécutivement établies.

Olky, qui a vécu le clachi d'Orête avec la même intensité, perçoit mieux ses souvenirs sur Terre au sujet de ses études de psychologie et de psychanalyse.

Confiante, Orête prend son micro, disposé devant chaque pupitre, se lève. Tous l'observent d'un regard curieux, ses exposés étant habituellement pertinents et surprenants d'originalité et d'ingéniosité.

Elle retient son souffle pour maintenir sa maîtrise sur son émotion, jette un coup d'œil à la gentille et jolie blonde Faguci, qui lui répond en croisant les doigts :

– Il est incontestable qu'au début du siècle des Algonquins, les pensées d'Euclédie de Lucik furent nourries par la psychologie transactionnelle de Chricos Narcantis, alors à la fin de sa vie.

Olky en elle fait le parallèle avec celle d'Éric Berne qu'elle a étudiée juste avant d'être téléportée. (1)

– Chricos adhéra à la psychologie de Soccar Gosum, un des fondateurs de la psychanalyse (2). Ce dernier étayait et imageait sa science en faisant référence à la mythologie et l'alchimie. Pour l'alchimie il s'agissait de trouver la Pierre Philosophale, dite d'immortalité, par les opérations du Grand-Œuvre de décomposition de la materia prima, de putréfaction, de calcination pour la purifier toujours plus et rendre cette matière grossière toujours plus subtile. Jusqu'à trouver l'or, puis, après sa destruction là encore, la Pierre Philosophale. Pour la psychologie analytique de Soccar Gosum, il s'agissait de réaliser le Soi par le parcours qu'il nomma individum (3), incluant des périodes de régression, de mal-être, de névrose, de destruction, de morts psycho-existentiels, qu'il nomma nigredo, terme emprunté à l'alchimie, périodes suivies de renaissance, d'évolution de plus grand et profond accomplissement. Contrairement aux autres psychologies qui considéraient, et considèrent toujours, ces périodes de régression, de mort, comme étant du ressort de la défaillance, voire de la maladie qu'il faut absolument soigner, il les considéraient comme indispensables, essentielles au mieux être dans tous les

(1) Voir « *Analyse Transactionnelle et Psychothérapie* », Éric Berne, Éditions Payot, 1971.
(2) Équivalent de Carl Gustav Jung. Voir « *Mysterium conjunctionis* », Carl Gustav Jung, Éditions Albin Michel.
(3) Individuation pour C. -G.Jung et la psychologie analytique.

sens du terme, jusqu'à atteindre le Soi. Il est important de savoir que le Soi indiquait pour lui à la fois le Tout dans le sens métaphysique et, en reprenant sa propre définition, je cite :

« (...) à la fois la totalité psychique et un centre qui ne coïncident ni l'un ni l'autre avec le moi mais l'incluent comme un cercle plus grand en inclut un plus petit. » (1)

Après un instant de silence, elle poursuit :

–   Selon Chricos Narcantis la façon d'être d'un individu serait en corrélation avec la place et le rôle qu'il avait pris, par contrainte implicite et inconsciente, au sein de sa fratrie. Cependant, si pour Euclédie de Lucik cette conception de Chricos Narcantis fut pertinente dans la cellule familiale, elle était insuffisante pour comprendre les comportements sociaux de ces mêmes individus, en l'occurrence pourquoi ils s'identifiaient à un clan. Bien qu'elle ait tenté de la transposer dans le domaine sociétal par des associations logiques avec le rôle tenu au sein de la famille, elle s'avérait pour elle trop limitée. Il était indéniable que d'autres facteurs, essentiellement d'ordre socioculturel, entraient en jeux. C'est néanmoins par sa réflexion sur elle, à partir de ses paramètres, qu'elle prit conscience que les processus des individus étaient aléatoires. C'est de cette constatation qu'elle en vient à créer sa psychanalyse, aussitôt controversée, qu'elle a nommée « atomisme logique ». Elle mettait en avant l'imprécision et la grande variabilité du langage et des changements de comportement de l'individu en fonction de ses situations. Son « atomisme » fut remis en question par Kalt de Naosi pour les applications sociologiques

(1) « *L'Âme et le Soi,* », Carl Gustav Jung, Éditions Albin Michel, 1990.

malheureuses qu'elle en faisait, passant sans transition des langages aux comportements. Comprenant cette controverse, Euclédie de Lucik abandonna presque aussitôt sa théorie et adhéra à la sienne. Pour lui ce n'étaient pas seulement les langages et les comportements de l'individu qui étaient aléatoires mais également ses identifications en corrélations avec ses multiples « moi ». En effet, ce sont ses recherches qui furent à l'origine de ce qu'il nomma « *moi multiple* », de ce qui était jadis perçu comme n'étant que de simples tendances comportementales, voire des humeurs. Il parla de « *république de la psyché* » en disant que ces individus, distincts au sein de chaque psyché, occupaient à tour de rôle la place de la conscience selon le besoin de la personnalité et des capacités de chacun pour répondre au mieux à la situation qui se présentait [1]. Il constata que ces changements identitaires s'effectuaient par sauts, théorie qu'il nomma ensuite « *Jeu des identités du moi et de leurs langages* », ou, « *Expressions comportementales du moi pluriel* ». Il précisa que la psychologie habituelle du moi unique tel qu'il était perçu habituellement restait néanmoins applicable, tout en privilégiant celle de son menteur Soccar Gosum, à la différence qu'elle l'était en prenant en compte chacun de ceux qui s'exprimaient dans sa psyché. Sa théorie, vulgarisée sous le nom de psychologie de la condition, apporta de nouvelles connaissances surprenantes sur qui nous sommes. Pour conclure, je dirais qu'on peut donc prétendre que c'est indirectement Euclédie de Lucik qui, en premier, fit émerger cette révolution des idées, dont l'aboutissement fut le Grand Renversement de la philosophie

(1) Voir « *Billy Milligan – l'homme aux 24 personnalités* », Daniel Keyes, Éditions Balland.

des Algonquins, et non celle de Kalt de Naosi.

Un brouhaha d'exclamations d'accords et de désapprobations, de contestations, perturbe l'assemblée.

Orête attend que le silence revienne, avant d'enfoncer le clou :

– C'est la pensée euclidienne qui a conduit Kalt de Naosi à discerner les identités multiples, identités forcément locales et momentanées, et de les accepter dans leurs particularités. A partir de cette découverte on employa l'expression « personnalités multiples ». Découverte qui permit un bon en avant prodigieux des connaissances de l'esprit, de la psyché, de l'inconscient, et de pénétrer plus profondément dans l'intelligence du clachi. Aussi révolutionnaire que la découverte de l'astronome Elgine Capercie et de son successeur Lilope Lagidése qui annihila à tout jamais la primitive et stupide conception qu'Achlovi était le centre de l'univers, le moi unique n'était plus le centre de notre psyché.

Olky en elle se remémore Nicolas Copernic et Galilée. Ce dernier, condamné en 1632 par un tribunal ecclésiastique parce qu'il enseignait que la terre tournait autour du soleil, ce qui était contraire à ce que disait la Bible, dû se rétracter et abdiquer, faute sans cela d'être excommunié, châtié et exécuté sur la place publique.

Paléas, qui vient de garer son otjet dans le kost le plus proche de leur maison, où elle a un emplacement réservé, passe la paume de sa main devant le voyant lumineux rose à droite de sa porte. Elle s'ouvre. Par les chaussures d'Orête dans des housses suspendues au mur de droite du vestibule, elle est étonnée qu'elle soit déjà rentrée. Habituellement elle le fait bien après elle. Ses cours terminés, elle aime flâner en ville, faire les boutiques, aller à la plage avec ses amis, dans un café ou un Chod.

Elles vont parfois ensemble dans un Chod, ces espaces de détente, avec salle de lecture confortable, self-service de boissons et de restauration.

Après s'être déchaussée et mis ses chaussures dans des housses, pieds nus sur la moquette verte, elle prend et enfile ses espantes, chaussons d'intérieur en toile marron.

Elle entre dans le salon.

Plus long que large, il est accueillant avec ses grandes plantes d'intérieur, ses meubles en formes végétales aux différents verts, son canapé jaune évoquant une banane avec son dossier en feuilles de musacée, le bas de ses murs blancs recouverts de jeunes bambous verticaux coupés en deux. Un grand miroir rectangulaire dans un cadre de feuilles argentées et deux grandes peintures abstraites contemporaines décorent les murs. La lumière filtre au travers d'un plafond translucide jaune citron et du sol pavé de grandes dalles carrées également translucides vert gazon.

Orête s'active à la cuisine mitoyenne, séparée du salon que par un large comptoir au plateau de bois vernis. En s'approchant d'elle, Paléas ressent son malaise et sait qu'il s'est passé quelque chose de grave.

— Salut ! dit-elle d'un air enjoué pour ne pas amplifier sans mal-être.

Après leur rapide baiser sur les lèvres, Orête se force à sourire.

Paléas fait toujours mine de n'avoir rien remarqué en demandant :

–   Que prépares-tu de bon ?

–   Calnocie au bistrol blanc de Caspe !

Paléas raffole de ce poisson de haute-mer grillé, accompagné d'une sauce au bistrol blanc de sa région.

Elle continue d'observer discrètement Orête pour tenter de comprendre la raison de son état. A bout de nerf, Orête n'est pas dupe et sait qu'elle s'inquiète à son sujet. Pour ne pas faillir et s'effondrer, elle se crispe un peu plus. Paléas pose doucement sa main sur son avant-bras pour qu'elle arrête de tourner machinalement sa cuillère dans la petite casserole, arrête le chauffage du plateau de cuisson et l'incite à la suivre pour s'asseoir sur le canapé.

Orête, toujours repliée sur elle-même, coude sur les genoux et tête entre ses mains, fixe le sol du regard sans rien dire.

–   Que se passe-t-il ? demande Paléas en lui caressant tendrement la nuque.

Le menton d'Orête frémit, ses yeux s'embuent de larmes. Elle reste silencieuse un moment, avant d'éclater en sanglots, tête baissée, le visage enfoui dans ses mains jointes.

Soulagée, elle se redresse dos contre le dossier, tire ses épaules en arrière, souffle un grand coup et explique son clachi, dont elle souffre viscéralement.

Sans l'interrompre, Paléas l'écoute jusqu'au bout.

Après un court instant de silence, Orête, voyant que Paléas ne dit toujours rien, ajoute :

–   J'étais dégueulasse. Je me faisais violer par le premier et la première venue, comme pour me punir, me détruire pour je ne sais quelle raison.

Pour ne pas s'effondrer de nouveau elle serre les poings, les dents en tremblant nerveusement, se penche encore vers le sol.

Paléas prend son épaule, la tire en arrière :

– Chut ! Ne dis plus rien, respire fort.

Orête se redresse, se tourne vers elle qui continue de lui dire :

– C'est très bien que tu réagisses comme ça. C'est la preuve que ton clachi n'a pas été vain, que tu as perçue ta blessure, jadis enfouie, cachée, inconsciente, certainement similaire à celle que tu as infligée à quelqu'un.

– A ma sœur, Évèlis, répond-elle, soudainement convaincue.

Constatant que se souvenir l'ébranle, la perturbe davantage, elle évite de l'interroger en poursuivant :

– C'est normal que cette douleur, en réponse à celle que tu as causée, te fasse mal. Mais parce que ton clachi t'a permis d'en prendre conscience, je peux te dire que cette blessure est désormais en voie de guérison, que tu vas finir par abolir la raison karmique de revivre cette déplorable situation.

– Je ne comprends pas pourquoi j'ai pu trahir ma sœur et..., commence-t-elle par répondre.

Sa voix s'étrangle dans un sanglot.

– Arrête ! N'y pense plus, ne dis plus rien. Laisse le temps te permettre de comprendre, d'intégrer et de dépasser ce vécu.

Orête fait le parallèle entre ce qu'a vécu Béthanie avec sa sœur Angélise et elle avec sa sœur Évèlis. Elle se souvient que dans sa petite enfance, comme pour Béthanie, sa sœur prenait parfois le rôle de mère et l'avait aussi puni.

Elle l'enfermait plusieurs heures dans un cachot souterrain obscur, sale et humide du château familial, où pourtant ils leur étaient formellement interdit d'aller. Tétanisée de peur, recroquevillée dans un coin, elle n'osait plus bouger, oppressée elle avait du mal à respirer. Elle sait désormais que c'est pour cette raison qu'elle fut inconsciemment forcée d'avoir des rapports sexuels avec son mari : pour se venger et crier sa colère.

3

Chumaka

Le voyage en Olpheset-5000 est très agréable. Ce nouvel euskou gigantesque de la compagnie Air-Hospticos, d'une technologie de pointe, a été conçu pour un confort maximum des passagers en offrant des services inexistants dans les autres appareils, faute de place. La prise en compte essentielle de ce bien-être a été inspirée par la philosophie de Sitale Ukos, consistant à éliminer les causes de perturbation. Nommée d'Ambre, elle l'a créée à la suite d'une étude effectuée par un groupe d'enfants surdoués de sa communauté écolière internationale d'avant-garde, au nord d'Hospticos. Désormais, l'objectif premier de la compagnie pour ses vols intercontinentaux, en adéquation avec l'augmentation de sa rentabilité financière, est de privilégier la quiétude et le bien-être des passagers. Elle fut incitée à le faire par l'État qui accorde, depuis la reconnaissance officielle de cette philosophie par l'Académie du Savoir, des subventions conséquentes aux compagnies aériennes, maritimes et achlovestres (1) de transport public qui privilégient ce bien-être. Ceci, parce que Sitale a démontré qu'une personne saine, épanouie, en harmonie avec elle-même, son existence et son environnement, occasionne beaucoup moins de frais à la collectivité qu'une personne en proie au stress, au mal-être, à la mauvaise condition mentale et physique. L'ensemble du personnel de la compagnie est

---

(1) Équivalent de Terrestre pour les achloviens.

surpris qu'à l'inverse de ce qu'ils supposaient, le surcoût élevé des vols non seulement n'impacte pas le nombre des réservations mais au contraire l'augmente. En plus de moyen de transport le plus rapide, ces vols sont désormais aussi choisis pour leur possibilité de s'y détendre, de se remettre en forme par le fitness, de s'initier à certaines pratiques de méditation et à la peinture, la sculpture, la photographie.

Échlos et Silou furent d'emblée décidés à profiter au maximum des services proposés, compris dans le prix de leur voyage. Car si le vol sera très rapide pour une distance de vingt-huit mille six cents kilomètres, il durera quand même un peu plus de treize heures. Échlos a fait le calcul : volant à dix mille mètres d'altitude à moins soixante degrés, ils voyagent à une vitesse supersonique de deux fois le mur du son, Mach 2.

Engendrant deux bangs soniques, les formes du fuselage et de la voilure étant adaptées à la formation du cône formée par les ondes de choc – avant du fuselage pointu, bords d'attaque en lame de couteau –, lors de ces passages les occupants n'en perçoivent que très peu les vibrations et le déséquilibre.

Ils viennent de sortir d'une séance de cinéma interactif en immersion. Silou pose sa main sur son avant-bras. Il se tourne vers elle. D'un mouvement en avant de la tête elle l'invite à regarder dehors. Ils admirent la mer éclatante de soleil au travers des nuages cotonneux épars. Ils s'éloignent enfin de l'immense continent pticosien, qu'ils aperçoivent encore au loin derrière eux, en n'ayant fait aucune escale. Impatients d'atterrir au cœur de la jungle tropicale des massifs montagneux équatoriaux d'Asphite, pays au cœur du continent ispokusien, ils tentent d'imaginer ce qui les attend là-bas.

Silou est allé à une séance de fitness, Échlos de photographie, puis ils sont allés ensemble se détendre au sauna mixte, en cabine prévue pour un maximum de cinquante personnes. Après une douche, ils sont allés à une séance de massage kèla, nom d'une ethnie d'Ispokus qui l'a inventé, séance liée à une de Ki – harmonisation par le magnétisme des circuits d'énergies subtiles de leur corps, circuits équivalent à ceux de l'acupuncture – , faite après que l'intervenant ait discerné leurs points de blocages et de tension. Silou est allée faire des soins de manucure, de pédicure, de la peau du corps et du visage. C'est avant d'aller au salon de coiffure qu'elle a commencé à lire le livre conseillé par le professeur rencontré au musée, « *Les Asphites et les Huit Mondes* ». Échlos, installé côté hublot – de quatre mètres de diamètre, tous côte à côte sur toute la longueur de l'euskou –, a commencé la reproduction en hospticosien du livre « *Kalupa* ». Il constate qu'il lui est effectivement inintelligible, comme les avait prévenus le vieil homme au musée. Il s'efforce tout de même d'en poursuivre la lecture en se disant qu'il doit s'habituer à ce langage pour parvenir à saisir cette culture. Ses textes et reproductions d'enluminures énigmatiques le fascinent.

Une enluminure et son texte le capte particulièrement, bien qu'il ignore pour quelle raison :

> « *Le Joyau Kalupa conduit à l'Unité d'Obosqua, par la Sagesse de Préost, la perception du Vide de Shastu et la Connaissance de l'Esprit d'Hachvir.* »

Pourtant il ignore la signification de ces noms, ne comprend pas ce texte et ne peut donc pas saisir le rapport entre celui-ci et son image. Il y voit un enfant imperturbable et détaché du monstre démoniaque qui l'assaille, bien qu'il fasse corps avec lui.

"Amphigourique, exact !" pense-t-il en se remémorant les propos d'Ulric Hask.

Il souffle d'exaspération.

En plus de ce que représente ce Joyau, dont il imagine le pouvoir de transcendance en faisant le parallèle avec la Pierre Philosophale des alchimistes, il se demande quelles sont les significations d'Obosqua, Préost, Shastu, Esprit d'Hachvir. Il s'interroge aussi pour savoir comment se manifestent leurs attributs, qui semblent être très importants étant écrits avec une majuscule.

Sachant qu'il aura beaucoup de questions à poser au vieillard rencontré au musée à leur retour, il enregistre au fur et à mesure celles qui lui viennent à l'esprit dans le bloc-notes vocal de son stylet-jo.

Ils viennent de sortir du restaurant gastronomique d'un chef étoilé réputé et prennent le temps de digérer, bien installés dans leur fauteuil, en lisant leur livre.

Ayant activé la position sommeil de leurs sièges – qui se sont allongés en les enfermant chacun dans une bulle hermétique insonorisée et obscure –, ni l'un ni l'autre ne parviennent à s'endormir. Sans s'être concertés, ils remettent étrangement en même temps la position assise de leur siège et reprennent leur lecture.

Échlos, parmi l'ensemble des textes de son livre et leurs images, est plus intéressé par ceux concernant le Joyau, bien qu'ils lui soient tout autant abscons que l'ensemble. Agacé, il en informe Silou. Elle propose de lui lire un extrait du sien. Avant qu'elle le fasse, il actionne l'enregistreur de son stylet-jo en ajoutant au mode sonore la fonction permettant de mettre par écrit ce qu'elle dit.

– Il s'agit d'une injonction faite aux asphites, dit-elle en préambule : « *Kalupa : présence intérieure, perception pénétrante, spontanéité. Jamais encombré par le mental pour en être détaché, le savoir inné de ce qui est en vérité, derrière les apparences, permet de vivre volontairement tous les présents, positifs ou négatifs, sans être conditionné tout en étant garanti de ne pas faillir par l'amour des achloviens et de l'ensemble du vivant. Par la transcendance, kalupa permet de cheminer sur la Voie de l'Éveil sans être arrêté, jusqu'à parvenir à entrer en Opalisciole.* »

La difficulté de bien saisir ce qu'elle lui a lu ne fait qu'augmenter son exaspération. Ce qui désole Silou, qui le perçoit intuitivement comme la majorité des femmes qui n'ont, elles, pas besoin de le raisonner pour ça.

Après un court moment de réflexion, sur le ton de la plaisanterie, par dénigrement il lui dit :

– Et ben dit donc bonjour la culture asphite ! Il avait raison le pépé du musée. C'est vachement compliqué. Tu le piges un peu, toi, ton bouquin ?

Par son air désabusé et bébête, en guise de réponse elle s'esclaffe : rire communicatif qui permet au moins à Échlos de ne pas s'arrêter sur ses difficultés.

Il ressent qu'elle n'a pas lu ce passage par hasard, car il lui semble être fondamental, sans qu'il sache pourquoi :

"Ce qui l'a certainement décidée à le choisir", se dit-il.

En ayant le sentiment que son sens affleure sa conscience, il se souvient du livre d'un chercheur des sciences anciennes, Olnoise Tillas, de son chapitre consacré à l'alchimie, particulièrement à sa nigredo. Sachant que

Soccar Gosum en a fait le parallèle avec les périodes névrotiques, de régression, de mort du parcours psycho-existentiel de chaque individu, il sait qu'il y a un rapport entre la Pierre Philosophale, le Joyau Kalupa et le Soi et qu'il va forcément le découvrir, tôt ou tard. Mais il se demande celui qu'il pourrait y avoir entre tout ça et le meurtre de Francus Jance.

De l'aéroport les neuf cents passagers, de nationalités en majorité hospticosiens, ont rejoint le Centre Kalupa par otjetcars. Il se trouve au cœur d'une jungle tropicale à huit kilomètres de Chumaka, village fortifié ancestral. Pendant leur trajet les amenant ici, la compagnie de transport les ont informés que la pudjol se trouvait en haut d'une colline proche, que des navettes font des allers-retours du Centre toutes les trente minutes, avec un arrêt à une porte d'entrée des remparts du village.

Ils sont dans le hall d'un immense bâtiment tout en longueur. Silou, surprise et interrogative que ce Centre ait pu être construit dans cette jungle luxuriante, n'en revient pas qu'il soit si différent de ce qu'elle a vu jusqu'à ce jour. Elle s'attendait à être étonnée mais pas à ce point. C'est grandiose, insolite, déconcertant. Échlos ne lui en avait rien dit pour respecter son choix de le découvrir en y étant. Elle ne voulait pas non plus en regarder les publicités, ni les reportages par cyberka qu'il avait visionné. Ce qu'elle lui a répondu par son insistance : « Que ce qu'elle savait de ce peuple et de leurs pudjols par leur visite du musée lui suffisait amplement », l'a déconcentré par sa stupidité, laissé sans voix. Ipso facto que le Centre est tout autre chose que ce qu'ils avaient vu et appris au musée.

En regardant le personnel, ils se souviennent de ce que leur avait dit le professeur à propos des asphites de souche : leurs esprits avenants, la finisse de leurs traits, la noblesse de leur physionomie.

Ceux n'allant pas vers l'un des guichets de réception attendent assis dans des fauteuils multicolores, la plupart en visionnant la projection 3D du Centre dans l'espace proche des hautes et larges portes par où ils viennent d'entrer : dans le parc central de nombreuses cases circulaires, kaspes dans leur langue, des piscines, des buvettes, des restaurants, des boutiques, l'ensemble enfoui dans la végétation. Il est indiqué que les kaspes sont des répliques des habitations primitives asphites, mis à part leurs dimensions adaptées au nombre d'occupants qu'elles peuvent recevoir et leur confort moderne. Comme pour celles d'origines, elles sont en torchis composé de kos (terre) rouge lie-de-vin de la région mélangée d'herbe, avec un toit bombé de même composition. Pour leur confort, bien que l'ameublement soit traditionnel, ils utilisent les dernières technologies. En périphérie, des bâtiments, répliques agrandies d'anciens et d'autres futuristes tout aussi étonnants et gigantesques. Pour chacun d'eux un encart luminescent indique son nom et sa fonction : bar, restaurant, hôtel, cinéma, théâtre, casino, cabaret, salle de concert, de basket, gymnastique, fitness, patinage... Silou est étonnée de constater que parmi les activités proposées, il y a la formation de couture, incluant le crochet et le tricotage ancestrale asphite.

A l'un des guichets d'accueil de ce bâtiment, nommé « *Porte d'Ausitous* », tous reçoivent d'office une carte de membre et de paiements du Centre, par laquelle ils pourront y régler les dépenses hors de leur forfait déjà payé, en étant enregistrées sur leur facture qu'ils devront régler à leur départ.

Sur le dépliant concernant les activités, il est indiqué que – sauf celles inclues dans le prix du séjour, dont archéologie, photos, écriture, peinture, sculpture –, tous ont des tarifs réduits.

Silou est d'emblée décidée à suivre les stages de too-po asphite (1), sorte danse de tranquillisation et d'harmonisation du corps et de l'esprit avec la nature et le cosmos, qui consiste à faire une série de lents et amples mouvements des bras et du corps dans l'espace.

D'autres bâtiments sont réservés aux activités silencieuses : bibliothèque, salles de relaxation, de méditation, de massage, d'isolation sensorielle. Certains servent de lieu de culte et de prière pour toutes les religions.

Échlos est étonné par ceux qui portent l'indication, en gros caractères gris :

« *Détentes libertaires* ».

En imaginant les pratiques sans tabou qui doivent y avoir lieu, il se souvient que les asphites dans leur ensemble sont d'esprit libertin. Est souligné en lettres rouges que, conformément à leur culture, toutes les activités, moralement désavouées, proscrites, voire rigoureusement interdites ailleurs, essentiellement aux mineurs, y sont libres, sans limite d'âge. Dans tous les continents, mis à part celui d'Osphore et ce seul pays en Ispokus, l'Asphite, les mineurs ne pourraient pas entrée dans ces bâtiments. Au Centre ils

(1) Équivalent du taï-chi-chuan, gymnastique chinoise.

peuvent donc le faire avec tout de même l'accord écrit de leurs parents, sauf s'ils sont de nationalité asphite ou d'un pays osphorien, leurs pièces d'identités demandées à l'entrée tout de même.

Échlos, ayant lui-même réservé leur séjour, est allé seul à un comptoir. Il a décidé de ne montrer la photo de la victime aux personnes du Centre et aux commerçants qu'à partir de demain. Le long du mur en longueur de la salle, face à celui de l'entrée par où ils sont arrivés, les comptoirs ont tous au-dessus d'eux un nom d'un continent d'une couleur lumineuse spécifique et sous lui celui d'un de leurs pays. Il va vers Pticosie, écrit en mauve, avec en dessous Hospticos, en violet.

Il attend son tour en observant les gens des autres pays pticosien et des autres continents reconnaissables par leur physionomie et leur couleur de peau : vert bouteille des éleusiens et cobalt de Koanos, jaune d'ambre d'Ispokus et anthracite violacé d'Asphite, bleue turquoise d'Osphore, magenta d'Ashanga, noir de Bolongo et un grand nombre de métis. Les pticosiens, qui détonnent par leur peau blanche autant que les noirs, sont largement minoritaires.

Silou, assise dans un des très nombreux fauteuils éparpillés dans la salle parmi toutes sortes de hautes plantes d'intérieur, feuillette un prospectus sur Chumaka et la pudjol Kalupa. Par sa lecture, elle comprend mieux pourquoi cette culture est aussi réputée : elle captive d'emblée. Cette civilisation, par ses constructions, son art, sa philosophie, sa spiritualité monothéiste, à leur origine était considérablement plus évoluée que les autres peuples d'Achlovi.

Jetant un coup d'œil sur Échlos, elle se demande ce qu'il a réservé dans l'espoir que ce soit une kaspe.

Elle entend malgré elle la conversation de deux mémères pticosiennes assises derrière elle, intéressée mais vivement opposée au terme de race dont elles désignent les peuples :

– Les ashanganiens seraient originaires de la Race Rouge, d'un continent disparu il y a des dizaines de milliers d'années lors d'un déluge planétaire (1). On dit aussi que beaucoup, à l'apogée de leur civilisation, se seraient téléportés sur une autre biste d'un univers parallèle. Avant leur disparition ils auraient transmis leur savoir à la Race Noire, à ceux que nous nommons aujourd'hui bolongosiens. Ce n'est qu'ensuite qu'évoluèrent les Races Blanche et Jaune. (2)

Cette opinion est simpliste et stupide pour l'autre, qui lui répond, sur le ton de la dérision :

– Ah bon ? Et les osphoriens, les ashanganiens, les éleusiens ?

Elle observe de nouveau le personnel, tous asphites de souche, se disant que le professeur avait raison. Ils surprennent par leur couleur de peau anthracite violacé brillant, leurs lèvres bleues marine, leur noblesse naturelle, la finesse de leurs traits. Il est écrit sur son prospectus que leurs vêtements traditionnels sont des répliques de ce qu'ils portaient à leur origine, il y a dix-sept mille quatre cents ans. Que c'est à partir du déclin de leur civilisation, six mille ans plus tard, que leurs vêtements ont commencé à changer. Elle admire le raffinement et la qualité de ce qu'ils portent, les longues tuniques en soie des hôtesses, pituès dans leur langue. De couleur unie jaune canari, fendue sur un côté

(1) Équivalent au mythe de l'Atlantide.
(2) Selon *La Cabbale*.

jusqu'au milieu de la cuisse, sans manche, petit col rigide qui monte sur leur cou, leurs tuniques, fermées au-dessus de leur poitrine, sont parfaitement ajustées et laissent transparaître leurs formes. Leurs souliers à talons-aiguilles, de la même couleur que leur tunique, sont attachés par des fins lacets qui entourent leurs chevilles. D'autres, qui doivent occuper des postes supérieurs, portent des tailleurs stricts en pituès de la même couleur mais délicatement brodés de rouge et d'orange aux bas des manches et sur les revers de leurs vestes. Leur chemisiers blancs à dentelle laisse apparaître leur bas-ventre, les rendant davantage érotiques. Les mêmes chaussures jaunes que les autres hôtesses soulignent le galbe de leurs jambes. Mis à part les jeunes grooms, les hommes portent une légère et courte veste de toile noire sans manche, ouverte sur leur poitrine nue, un pantalon du même tissu noir plissé en accordéons serrés à leurs chevilles. Ils nomment leurs bottines noires, aux talons et semelles cerclés de métal, « palates ». Les grooms, dont certains ressemblent à des jeunes filles pré-pubères, sont habillés d'un court et fin gilet rouge vif sans manche, ouvert sur leur poitrine nue, d'une jupette en tissu jaune montrant leurs jambes jusqu'au milieu des cuisses, portent un caleçon noir et les mêmes palates que les autres hommes.

Ils suivent l'un d'eux, rayonnant d'enthousiasme et de vitalité, qui leur a dit se nommer Miha Azuela. Ils sortent du bâtiment de l'accueil par une des portes opposées à celles de l'entrée. Silou, voyant qu'il les conduit à l'intérieur du parc, dans une kaspe, fait comprendre à Échlos en souriant qu'il a fait un bon choix. Elle constate, surprise, qu'il est subjugué par la beauté de Miha : yeux mauves en amande, pureté des traits d'un visage angélique imberbe, lèvres bleues sensuelles, belles jambes féminines à la peau soyeuse. Par sa maturité et son assurance, il est difficile de lui donner un âge. Par sa féminité elle s'interroge pour savoir si c'est vraiment un garçon. Miha étant un prénom asphite, ils ignorent s'il est masculin ou féminin.

De les voir ainsi pantois et incrédules vis-à-vis de lui amuse Miha, habitué à cette réaction qu'il suscite.

Deux autres grooms plus âgés les suivent en poussant chacun un petit chariot contenant leurs bagages et d'autres choses provenant du Centre. Ils croisent et sont doublés par des otjetcars du Centre, sans toit, transportant chacun une soixantaine de passagers. Miha leur dit qu'ils font régulièrement la navette dans le circuit intérieur. Ils longent une première piscine, une autre gigantesque de forme tarabiscotée, avec plongeoirs, toboggans et divers accessoires, où nagent une foule de gens, longent plusieurs terrains de tennis, de football, de basket-ball, de gymnastique, de volley, tous avec gradins, s'engagent sur un chemin étroit de terre rouge qui serpente dans la végétation. Ils croisent d'autres chemins qui s'enfouissent dans l'épaisseur des buissons, des rosiers en fleurs et des arbustes en observant particulièrement les arbres aux troncs d'un diamètre impressionnant et d'une hauteur vertigineuse.

Miha leur dit :

— Préservés à la construction du Centre, quelques-uns datent de plusieurs milliers d'années.

Au sol devant chaque chemin sont indiqués les noms des kaspes où ils mènent et « *Accès privé* ».

— Ils ne sont autorisés qu'aux occupants des kaspes où ils mènent et à leurs invités, dit Miha.

Celui qu'ils empruntent conduit à quatre kaspes. Ils en prennent un autre sur leur droite qui va vers celle leur étant réservée, qui porte le joli nom d'« *Opalon* ». Devant elle, Silou est surprise. Une bien plus petite aurait pu convenir.

Miha place une carte magnétique devant un voyant lumineux vert, la porte s'ouvre, il s'écarte et invite Silou à entrer la première :

– Bienvenue chez vous ! dit-il avec un grand sourire.

Derrière, sans un mot, les autres grooms déposent leurs bagages proche de l'entrée et sortent aussitôt.

La première pièce est un salon de la moitié de la surface circulaire. Par la température écrasante de cette fin d'après-midi, ils apprécient sa fraîcheur. Murs et plafond, concave, recouverts d'un mortier gras rouge comme la terre des chemins, sol de carreaux en terre cuite, elle est meublée d'une table-basse ovale en bois brut vernis, de sept fauteuils en tissu élastique écru, d'une étagère contre le mur de séparation, d'un comptoir en bois épais derrière lequel se trouve une cuisine. Face à eux, deux pans transversaux de cloisons, munies de portes, forme un étroit couloir.

– Cette pièce est transformable, dit-il en indiquant des voyants lumineux de couleurs sous le rebord du bar. Elle peut l'être en salle-à-manger, le bleu, et salle de projection cinématographique, le rose. Avant d'actionner la commande il faut veiller d'être tous à l'extérieur du cercle.

Il montre une étroite bande circulaire qui entoure les fauteuils et la table-basse, au carrelage plus vif.

Miha, dans le couloir, continue sa présentation :

– Salle de bain, toilettes, dit-il en ouvrant la première porte sur la droite.

Silou et Échlos entrent, observent, agréablement surpris par la grande baignoire circulaire creusée dans le sol.

Il ouvre celle d'en face :

– Sauna !

Ils jettent un coup d'œil, avant de le rejoindre au fond du couloir.

– Un bureau, dit-il en ouvrant la porte de droite, qui peut aussi servir de chambre si vous avez des invités.

Celle de gauche :

– Votre chambre.

Ils admirent le couvre-lit aux motifs abstraits de couleurs chatoyantes du grand lit à baldaquin – pied face à l'entrée, tête contre le mur –, d'où pendent de fins voiles blancs transparents servant de moustiquaires. Une large fenêtre laisse voir la végétation luxuriante et les fleurs, auxquelles les tentures jaunes bouton-d'or, de chaque côté, s'harmonisent.

– Tout ici provient de notre artisanat local, en osier tressés et en rotin, dit-il en faisant un large geste circulaire de la main.

Ils sortent et se dirigent vers la sortie.

– Je suis à votre entière disposition. Si vous avez besoin de quoi que ce soit, demandez-moi. Je viendrai le plus vite possible. Si je suis absent mon remplaçant viendra.

Il indique du doigt un appareil de communication accroché au mur, à droite de l'entrée, à côté de celui destiné aux communications extérieures si les locataires préfèrent ne pas utiliser leur stylet-jo.

– D'accord ! Merci pour ton accueil Miha, répond Échlos en souriant.

Il sort en refermant la porte.

Exubérante de joie, elle se jette au cou d'Échlos et l'embrasse longuement sur la bouche.

*

Pour cette première journée, Silou et Échlos ont décidé de visiter d'abord Chumaka, en montrant la photo de la victime aux gens, comme ils ont commencé à le faire au Centre. Des navettes régulières vont du Centre à la pudjol, en s'arrêtant au village, de huit heures du matin à dix-huit heures pour la pudjol, jusqu'à vingt-quatre heures pour le village. Assis sur leur siège, ils attendent le départ de la navette en lisant chacun un prospectus sur l'origine de ce village et de sa pudjol :

« *Chumaka, l'un des sites historiques asphites des mieux préservés, est composé de deux villages distincts. Le plus ancien, au centre, est nommé Chuma, nom du clan qui l'a créé en même temps que la construction de la pudjol, il y dix-sept mille quatre cents ans, quand leur clan eut le pouvoir sur tous les autres. L'autre, en sa périphérie, nommé Ka, fut construit pendant son occupation par les obosques, quand leur clan a eu à son tour le pouvoir. Il fut le seul à l'occuper. Les clans Chuma, Obosque, Acoum, Bouchou, Chire, Labrésises et Shatom ont eu, une ou deux fois, le pouvoir, non ceux de Berlust et Lysia. Le clan démocratiquement élu par le vote de tous les autres, sans pouvoir le faire pour lui-même, détenait alors dans sa pudjol le sceptre et le sceau de Préost, symbole de l'autorité suprême sur l'ensemble des asphites, qu'il avait pendant mille neuf cents ans. Cette durée et équivalente au cycle cosmique de la galaxie d'Ixos, où d'une planète d'un de ses systèmes solaires provient la première*

Accomplie de leur spiritualité, Obila Kansoi. Elle fut non seulement à l'origine de leur union, par le fait qu'ils avaient tous la même physionomie et couleur de peau, mais aussi de leur nom, asphite, leur philosophie, leur spiritualité, en honorant Obosqua, leur ésotérisme. Les précurseurs, qui servirent ensuite de modèles aux autres clans, furent les Shaton de la IV^{em} dynastie des Oylma Napeise. C'est après l'initiative de cette dynastie de s'unir aux autres clans que tous les autres acceptèrent de le faire. Pour les inciter, Obila Kansoi, la Messagère, était alors apparue au même moment, par ubiquité, à plusieurs Grands Anciens et Grandes Anciennes de chaque clan. A cette période, chaque clan était formé d'une soixantaine de tribus de soixante-dix familles d'une dizaine de membres. Un clan était donc composé d'environ quarante-deux mille individus, l'ensemble des asphites de quatre cent vingt mille. L'Asphite actuelle, au dernier recensement, en a sept cent soixante-dix millions, y compris les ressortissants d'autres pays naturalisés asphites. C'est pendant le règne des Chire qu'a commencé le déclin mystérieux et inexpliqué de cette civilisation, il y a cinq mille deux cents ans, bien après la séparation du clan Obosque qui fut cependant pour tous la racine de cette perdition. Les obosques se sont séparés des autres pendant leur période de pouvoir, par un schisme spirituel radical qui remettait en cause Obosqua. Sauf pour les athées – acceptés par respect de chacun –, pour des raisons qui restent mystérieuses et inexpliquées, sinon par des suppositions arbitraires et invérifiables, ils le remplacèrent par Satnous, Maître des Ténèbres, ou des Enfers, pour les autres asphites, Maître de Lumière, ou des Libérés, pour eux. C'est ce reniement d'Obosqua qui les a obligé à changer de nom, celui-ci étant la racine du leur, Obosque, pour le remplacer par Cmitanos, dont nous ignorons l'étymologie. »

Ces deux villages, qui n'en forment qu'un seul, sont bizarrement séparés entre eux par une ceinture de jungle laissée sauvage, nommée Obscali, large de deux cents mètres, sans aucune explication écrite sur sa raison d'être. Il est seulement indiqué que Chumaka ayant été fortifiée par les obosques lors de leur occupation. Pour satisfaire la demande des chumas, l'ensemble de la forteresse reste relié à la jungle environnante par quatre traverses – laissées elles aussi à la végétation –, de cinquante mètres de large séparées à distance régulière les unes des autres. Elles sont chacune terminée par une colossale Porte de pierre sculptée, munie d'une énorme porte en bois épais à doubles battants, continuellement ouverts si aucun danger d'invasion ennemie n'est déclaré. Il est souligné qu'il faut être prudent en traversant ces traverses et l'Obscali à cause des animaux sauvages qui peuvent s'y trouver. Chuma et Ka sont reliés entre eux par quatre chemins de terre de dix mètres de large.

Étonnés par sa conception, ils observent son dessin :

«   *Chumaka*

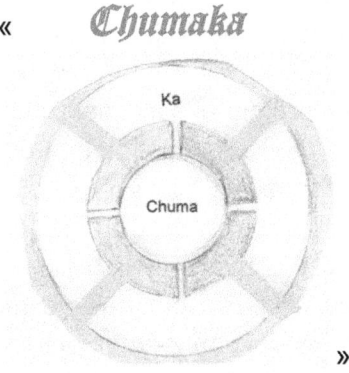

»

    –   Je me demande pourquoi ils ont laissé cette jungle entre ces villages et pour quelle raison ils l'ont reliée à celle du dehors, dit Échlos.

    –   D'autant plus qu'ils ont construit ces fortifications, c'est contradictoire. La raison doit forcément être très importante, vu le risque que ça comporte vis-à-vis des prédateurs et autres animaux sauvages extrêmement dangereux.

Malgré eux, ils entendent les propos réprobateurs d'un jeune couple derrière eux, parlant d'une maison de retraite, révoltés par le comportement de certains employés :

– Un vieillard n'est pas forcément gâteux pour lui parler comme à un demeuré ou à un gosse.

– La plupart ne doivent pas savoir qu'il était un scientifique réputé.

– Qu'il est ! rectifie l'autre en haussant la voix. Ce n'est pas parce qu'il est âgé qu'il a perdu ses capacités.

– En tous cas, personne n'aimerait voir son père traité comme ça, ou sa mère.

– Comme si avec l'âge on retombait en enfance, on devenait gaga. Savoir leur parler et les considérer devrait être compris dans leur formation.

Les portes de l'otjetcar se referment. Il s'élève et part aussitôt.

A la première halte de Chumaka, l'otjetcar descend lentement à quelques centimètres du sol de terre battue ocre d'une esplanade, devant une porte monumentale en pierre grise presque blanche. Comme celles des demeures du village qu'ils peuvent voir derrière. Ses deux énormes battants, couverts de plaques de métal vert de gris tenues par de gros rivets, sont grands ouverts vers l'intérieur.

Avant d'ouvrir les portes, le chauffeur s'adresse aux passagers, par haut-parleurs :

– Votre attention s'il vous plaît ! Je vous transmets une information provenant du Centre que je vous prie d'écouter attentivement.

Ceux qui s'étaient déjà levés se rassoient.

–   On vient de nous signaler la présence de zlinos, adeptes nuisibles, belliqueux, d'une secte malfaisante, qui sévissent en Ispokus. Les cisquosiens et les agents du FSI, Forces Spéciales d'Interventions, ont été appelés. Ils seront là dans une trentaine de minutes. En attendant les guerrières hachmichs de la pudjol assureront votre sécurité. Bien que nous puissions vous affirmer que vous n'avez rien à craindre, jusqu'à la fin de l'alerte nous vous demandons d'être prudents, d'éviter les endroits isolés et de rester groupés. Si les zlinos sont repérés, d'emblée hors la loi par leurs tenues vestimentaires obscènes et exhibitionnistes, ils seront immédiatement arrêtés. Nous nous excusons pour cette déplorable situation.

La transmission s'arrête.

Dans l'otjetcar, c'est l'affolement général.

Le chauffeur ajoute :

–   Pour ceux qui descendent à l'arrêt suivant et ceux qui vont à la pudjol le voyage continue. Ceux qui ont décidé de retourner au Centre peuvent rester à l'intérieur. Bonne visite malgré tout à ceux qui descendent. Soyez vigilants.

Plus tard, Silou et Échlos apprendront que selon les zlinos leur doctrine eschatologique du chaos – qui prône la violence et la mort –, aurait été transmise à Élnaust Koxling, leur fondateur et leader, par la redoutable et non moins ensorceleuse démone Kusmêlnas, émanation féminine de Satnous. Ils la vénéraient, lui feraient des sacrifices de femmes, d'hommes, d'enfants, d'animaux. Ils affirmeraient que leur philosophique et leur spiritualité sont similaires à celles de la Main Gauche asphite, qu'ils en suivraient les mêmes préceptes, en appliqueraient le même ésotérisme. Pour les asphites, leurs agissements prouvent que ce sont des usurpateurs et affabulateurs dominés par le Mal, qu'ils utilisent ces propos pour justifier leurs agressions, leur haine, leur perversion sadique, leurs crimes monstrueux, leur besoin viscéral de faire du mal sous prétexte qu'ils agissent pour que vienne l'Ère Nouvelle de Satnous sur Achlovi et tous les univers de notre Œuf Primordial. Ils sauront que les zlinos n'ont rien à voir avec les pratiques ancestrales secrètes, dites de la main gauche, des adeptes asphites, car si ceux-ci font corps avec les Forces Obscures, ou du Mal, c'est non par désir de pouvoir, de puissance, de jouissance, mais dans le seul but d'en saisir la vérité pour s'en libérer définitivement et d'en libérer les autres ensuite (1). En aucun cas ils doivent faillir et céder au Mal en causant la douleur, la souffrance, la mort, porter atteinte à la vie, à l'ensemble du vivant.

Les portes s'ouvrent. Dans un brouhaha de propos craintifs et d'agitation nerveuse, la plupart hésite à descendre. Silou et Échlos s'observent en se demandant, eux aussi, s'il ne serait pas préférable de retourner au Centre, de remettre cette visite à demain. En regardant Échlos, elle se souvient de son pressentiment négatif vis-à-vis de lui. Elle hausse les épaules d'un air décidé pour lui signifier qu'ils restent.

Ils observent les sculptures monumentales de la Porte d'Astis, puis traversent une place, aux grands pavés rectangulaires de pierre grise presque blanche – comme celles des bâtiments et du rempart –, pour rejoindre une ruelle aux même pavés. La matinée vient de commencer. Les commerces, les échoppes pour touristes et d'alimentation commencent à ouvrir, ils terminent d'installer leurs étals. Les

(1) Similaire au Bouddhisme Tantrique.

couleurs criardes et bariolées des produits de toutes sortes apportent de la gaieté : fruits, légumes, épices séchées finement moulues et disposées en petits tas coniques jaunes, oranges, verts... Les vieilles demeures antiques aux façades polychromes, décorées de bas-reliefs, leur rappelle Cylcre, bien que d'un style différent.

Passant devant un étal de primeurs, où la vendeuse termine d'installer ses fruits, Silou lui demande, en lui montrant du doigt des grappes de gros raisins rouges oblongs qu'elle manipule avec précaution :

– Qu'est-ce que c'est ? Abas, s'empresse-t-elle d'ajouter en levant sa main ouverte.

– Abas ! Des ctéris, originaires de la jungle, que nous cultivons désormais. Vous n'en trouverez qu'ici, leur conservation très limitée ne permet pas de les transporter sur de grandes distances.

Elle arrache un raisin d'une grappe, le tend à Silou.

– Merci !

Elle mange en bafouillant à Échlos :

– Mm ! Chais bon, pas to sucé, désatérant. Deux grappes s'il vous plaît !

La commerçante, attentionnée, en dépose deux sur le plateau d'une ancienne balance mécanique, lit le poids sur le cadran d'un disque tournant, les met dans un sachet de papier brun, les tend à Silou :

– Trois soles quarante-cinq !

Ayant déjà sorti son stylet-jo, elle place son voyant mauve devant l'œilleton lumineux de la borne de paiement dont le montant est affiché en luminescence.

Elle appuie pour effectuer le règlement.

– Où se trouve le musée Alvisar ? demande-t-elle.

–   Prenez cette ruelle, répond la vendeuse en montrant celle de l'autre côté. Au bout, vous arriverez sur une place. Il se trouve derrière sa fontaine.

En s'y engageant, ils lisent machinalement son nom sur la plaque accrochée au mur à l'angle de la première maison :

« *Passage Oliheï Verox,*
Poétesse, (3506-3618) »

Silou prend une grappe et lui tend :
–   Tu la veux maintenant ?
Il l'attrape.
Elle ajoute, à propos de la commerçante :
–   T'as vu la nana, aucun maquillage ni bijou, une robe simple. Nature !

Elle portait une robe blanche à bretelles en tissu léger et un tablier bleu clair noué autour de la taille.

A travers ses mots, il perçoit ce qu'elle veut dire. Lui aussi a constaté que cette femme avait quelque chose de troublant. Ils s'interrogent afin de savoir pourquoi.
–   Ouais ! Très belle en tout cas.
–   Dis donc ! dit-elle en lui donnant une petite tape sur l'épaule.

Silou, sachant qu'il pense la même chose qu'elle, rajoute :
–   C'est peut-être parce qu'elle n'a pas sa place dans un tel commerce, par sa beauté et son intelligence.

*

Très rapides, les itors disposent d'une technique de pulsion magnétique gravitationnelle inversée identique aux véhicules achlovestres afin de circuler comme eux, ajoutée à celle de propulsion aérienne d'un euskou, par mouvement d'oscillation des dipôles d'eau. Ces molécules prélevées dans l'air par aspiration créent une thermodynamique instantanée permettant la réaction silencieuse de ses moteurs qui lui permettent également de voler.

Leur itor s'est posé il y a quelques minutes sur une place du village, descendant à la verticale dans un parking.

Le gros Valkas – boulimique, accro à la bouffe, aux cheveux châtains hirsutes –, ronchonne au lieutenant :

– Je ne vois pas ce qui nous empêche de sortir histoire de prendre l'air, merde, faut pas déconner ! On restera à côté, ça ne risque rien.

Paléase Costal, exaspérée que celui qui n'est pour elle qu'un vieux porc stupide ne cesse de la ramener, crie :

– Ta gueule, tu fais chier gros lard ! T'as entendu comme nous Zelzate : on doit rester à l'intérieur ! Alors arrête de nous emmerder !

Étant la plus jeune femme du chef, Zelzate Tangjia, à qui il défère son pouvoir lorsqu'il s'absente, elle sait qu'il cherche à lui faire commettre un impair afin qu'il se détourne d'elle et cesse d'en faire sa protégée. Il pourrait alors de nouveau abuser d'elle sans crainte, comme il l'a fait avec ses amis jadis en la droguant. Son intention étant manifeste comme le nez au milieu de la figure lui démontre combien il est bête pour ne pas constater que tous la perçoivent.

Elle se dit :

"Comme les minables petits voleurs des rues de Bolongo recyclés en escrocs sur cyberka."

En se faisant passer pour de jolies femmes en quête d'amour sur le net, en y ayant pris des photos de belles femmes ils se font passer pour elles, en quête d'une relation sentimentale, et cherchent à se faire envoyer de l'argent par des prétextes grossiers.

Valkas, assis en face d'elle, l'admire avec dédain pour sa jeunesse, sa beauté de sauvageonne, son esprit vif.

Ses bottines noires à talons aiguilles cloutés d'argent attirent les regards sur ses longues jambes fuselées. Teint jaune plus clair que la majorité des ispokusiens, yeux gris très bridés, visage délicat, maquillage gothique aux lèvres violettes, crâne rasé de chaque côté avec au sommet, du front à la nuque, une ligne de cheveux noirs rigidifiées, elle est très provocante. Habillée d'un corsage et d'une mini-jupe, tout deux en latex noir moulant, piercings en lignes sur le lobe de l'oreille droite, petit anneau entre les narines, bien que harde, elle est très féminine et suscite la convoitise. A son arrivée, malgré son âge – elle n'avait que douze ans –, elle était déjà une redoutable guerrière Chtaolis, art martial ancestral qui lui fut enseigné par des moines de Palanquas, d'où il est originaire. Orpheline, elle a vécu son enfance parmi eux, dans leur monastère isolé dans les hautes montagnes du Shotoum (1), pays insulaire proche du Citonk (2), pays le plus grand et le plus peuplé des dix-neuf d'Ispokus. Dès son arrivée à Saong-bo, capitale économique du Shotoum, elle fut admise parmi les zlinos de la ville puis confiée à Zelzate, leur chef. Un an plus tard, bien qu'il préfère habituellement les femmes d'âge mûr ou, à l'opposé, des gamins et ados efféminés, il a été séduit par son caractère de

(1) Équivalent du Japon.
(2) Équivalent de la Chine.

chienne prête à mordre et sa ténacité. Malgré son corps de fillette malingre, elle est devenue une de ses femmes en étant dès lors promue lieutenant. Dès son arrivée, non seulement elle supportait sans faillir toutes les humiliations et ses viols à répétitions, mais elle parvenait à garder son sang-froid dans toutes les situations. Tous la considéraient déjà être au-dessus d'eux par son tempérament de conquérante et sa maîtrise d'elle-même.

Les trois hommes et l'autre femme qui attendent avec eux le retour du groupe conduit par Zelzate, ne disent rien. Ils évitent de la regarder et d'intervenir quand elle est énervée pour ne pas envenimer davantage la situation, sachant les répercussions que ça pourrait avoir.

Valkas maudit plus que jamais cette emmerdeuse de Paléase, avec l'espoir de pouvoir de nouveau « se la faire », comme il pense et le dit à ceux qui furent jadis les complices de ses viols.

N'en pouvant plus d'attendre, il insiste lourdement en regardant Paléase :

– Écoute, je…

Il n'a pas le temps de la voir venir. En furie, elle bondit sur lui, pied droit sur son visage. Il s'affale sur la banquette, le nez giclant le sang. Debout devant lui, les genoux légèrement fléchis, avant-bras gauche et main tendue tournés vers le ciel, coude droit replié sur le côté de sa poitrine, bras et poings fermés devant elle reste prête à le frapper de nouveau.

A moitié sonné, une main à plat sur son nez ensanglanté, il la regarde en hésitant à se redresser.

Il se rassoit en levant sa main couverte de sang vers elle, en disant :

–   C'est bon, c'est bon ! Excuse-moi, j'ai pété les plombs, tu...

–   TA GUEULE ! FERME TA GRANDE GUEULE PAUVRE CON ! hurle-t-elle hystérique et haineuse, son regard cinglant braqué sur lui, les lèvres et les narines pincées de colère et de mépris.

En le regardant elle se souvient de la jouissance qu'il a eue lorsqu'ils ont tué Ônal et pendant le rituel collectif à Kusmêlnas de nécrophilie et d'anthropophagie pour qu'Elle absorbe son âme.

Il baisse les yeux avec un air faussement soumis.

Tous savent qu'il ne peut que s'abstenir de réagir, Paléase étant bien supérieure à lui également pour ce qui est de combattre et que même sans cela, l'attaquer serait suicidaire car Zelzate ne lui pardonnerait pas. Ils sont aussi certains que s'il insistait, elle profiterait de cette opportunité pour se débarrasser définitivement de lui, en le tuant comme par accident, parce qu'elle sait qu'il est un danger permanent pour elle, une menace dont elle doit continuellement se méfier.

En saisissant ce qu'ils viennent de penser dans un lourd silence, elle jette un regard furtif vers eux. Ils font mine d'être indifférents en regardant ailleurs.

En quittant l'itor, sachant combien de temps mettront les cisquosiens et les Forces Spéciales d'Interventions pour arriver jusqu'à eux, Zelzate a dit à ceux qui partaient avec lui qu'ils devaient agir vite pour être de retour dans moins de vingt minutes pour quitter ce pays. Ils veulent ramener à leur cellule mère de Saong-bo deux adolescents frère et sœur pour qu'ils aient ensemble des rapports sexuels, dits rituels Copulâtes d'offrande à Kusmêlnas. Par leurs liaisons sexuelles incestueuses, consanguines, ils veulent qu'ils engendrent un être dégénéré. Lorsqu'ils l'auront fait ils seront aussitôt sacrifiés en offrande à Satnous, comme le sera leur enfant à son adolescence après qu'il ait lui aussi procréé avec une personne dégénérée par sa consanguinité.

Tous conscients qu'ils sont déjà recherchés par les hachmichs, expertes en arts martiaux, ils les craignent autant que les cisquosiens et les Fsi. Ce qu'ils redoutent de ces derniers sont leurs Hypnés (sorte de Taser), qui met en état hypnotique de stupeur par ultra-son annihilant toute réaction.

Bolos en premier, puis les autres à qui il a fait signe, se blottissent à un croisement d'une ruelle. Il a vu venir vers eux, dans l'autre ruelle à droite, un groupe d'une quinzaine d'étudiants.

Les trois hommes – Zelzate, Bolos, Lozon – et les trois femmes – Jinéha, Linsang, Chaltos –, ouvrent les rabats de leurs skyts – en latex noir– pour découvrir leurs sexes, leurs postérieurs et leurs seins pour les femmes, les agrafent sur un côté. Zelzate fait comprendre à Jinéha, une quadragénaire acariâtre au crâne rasé – piercings au nez, sur la langue, aux oreilles, au nombril, aux tétons, au vagin –, de surveiller l'autre extrémité de la ruelle d'où ils arrivent.

Jinéha, par sa haine viscérale, sa rancune, sa rancœur maladives, déverse sa tension sur n'importe qui. Pour Zelzate, elle est la plus incontrôlable d'entre eux. Elle peut, par ses excès, les mettre davantage en danger. Au premier contact avec les victimes il préfère l'éloigner. Lui, Bolos, Lozon, trentenaires, Linsang et Chaltos, des filles énergiques un peu plus âgées que Paléase, vont s'occuper d'eux.

Comme les hommes, les femmes sont toujours à l'affût de la moindre occasion de jouir en faisant souffrir. Chaltos à le même caractère pervers que Jinéha. La seule différence entre elles et que Chaltos, aux cheveux châtains en brosse, a plus ou moins une apparence normale, si ce n'est qu'elle est aussi gothique et harde. En revanche, sous un aspect feutré, imperceptible, contrairement à Jinéha, l'excès de cette dernière en ce qui concerne son comportement à l'égard des victimes la rend également extrêmement dangereuse. Pouvant aller jusqu'à tuer celle ou celui à qui elle a à faire, elle doit aussi être surveillée sans relâche par Zelzate lorsqu'ils sont en action. Experte en tortures lentes et ingénieuses, par son insensibilité à la douleur des autres, elle garde son sang-froid, pas comme Jinéha qui en est enivrée.

Zelzate a donné l'ordre de laisser faire Chaltos et Linsang pour ce qui est de les choisir. Bolos, penche sa tête à l'angle de la ruelle et se retourne aussitôt pour leur faire comprendre qu'ils sont proches. Zelzate, après avoir regardé à son tour, commande à Bolos et Lozon de s'occuper de la seule qui ne porte pas d'uniforme bleu marine d'écolière – les faisant fantasmer –, la responsable du groupe. Pour que personne ne s'échappe, avant que Linsang et Chaltos cherchent et trouvent ceux qu'ils sont venus chercher, elles devront se placer l'une et l'autre de chaque côté de la ruelle afin que personne ne s'échappe. Lui, sans prendre part directement, surveillera tout le monde en restant aux aguets, attentif au moindre changement pouvant survenir dans les environs afin de parer ceux pouvant intervenir contre eux, à commencer par les hachmichs, les cisquosiens et les F.S.I.

Bolos sort son chiffon d'une de ses poches et le petit flacon de Zherc, un psychotrope liquide puissant. Il le fera inhaler d'abord à celle sans uniforme, puis à ceux qui seront trop paniqués et bruyants pour les abrutir, les rendre silencieux et inoffensifs.

Zelzate sait que l'effet de surprise en les voyant surgir menaçants, sexes, culs et poitrine des femmes à l'air, va jouer en leur faveur. Il a constaté depuis longtemps que cet instant de stupéfaction et d'indécision est important pour qu'ils soient immédiatement sous leur emprise, les dominer, et faire d'eux ce qu'ils veulent.

Ils sortent chacun leur matraque télescopique de l'étui accroché à leur ceinturon et se précipitent sur eux.

    –   Restez immobiles et fermez vos gueules ! leur dit Zelzate d'un ton autoritaire, sans crier.

Les filles les bloquent dans la ruelle comme prévu. Bolos plaque son chiffon imbibé de Zherc sur le nez et la bouche de la grande, une brune d'une vingtaine d'années.

Une hystérique beaucoup plus jeune commence à hurler. Il se précipite vers elle, tire sa tête en arrière par les cheveux, plaque son chiffon de nouveau imbibé de Zherc sur son nez et sa bouche. Elle se tait, reste inerte, bras ballants le long du corps, le regard éteint.

Tous les observent paniqués, sans savoir quoi faire.

Bolos et Lozon déshabillent rapidement la responsable, qui reste sans réaction. Entièrement nue, Lozon joue avec elle en la tripotant et lui donnant des gifles. Ils passent à l'hystérique.

Linsang et Chaltos, tout en restant vigilantes prêtent à courir si l'un d'eux venait à s'échapper, après avoir remis leur matraque dans son étui, cherchent parmi eux ceux qui peuvent être frère et sœur. Sans un mot, de toutes ses forces Chaltos donne une gifle en aller-retour au plus petit d'entre eux, le faisant basculer à droite, à gauche, et lui ordonne :

– Déshabille-toi !

Lorsqu'il est entièrement nu, elle lui dit :

– Dis à ta sœur de regarder ailleurs !

Il tourne son regard vers une plus grande que lui.

– Toi aussi, à poil ! lui dit-elle en la giflant. Grouille-toi connasse !

Elle exécute en tremblant.

– Je ne suis qu'une merde : répète !

– Je... Je ne suis qu'une merde.

Zelzate les arrête :

– On les emmène !

Comprenant que Bolos veut dire à ceux qui sont nus de se rhabiller, il lui dit :

– Pas le temps. Qu'ils viennent comme ils sont !

– Vous ! ordonne Bolos en pointant du doigt tour à tour ceux qui sont nus – la grande, la petite, l'hystérique, le frère et à la sœur –, mettez-vous au milieu !

Jinéha, venue à la rescousse, donne à son tour deux gifles à la sœur, ramasse sa petite culotte et l'enfonce dans sa bouche en disant :

– T'as pas intérêt de l'enlever !

Elle prend l'adonis par les testicules, qu'elle serre fortement, le tire parmi les autres.

Au moment où Silou et Échlos débouchent sur la place, ils ont à peine le temps de voir les zlinos entrer dans leur itor, amenant avec eux un couple d'adolescents complètement nus, que déjà celui-ci décolle à la verticale. Haut dans le ciel, il disparaît d'un jet dans l'horizon ensoleillé. Des gens accourent des maisons alentours, plusieurs d'entre eux en portant de quoi recouvrir la nudité des filles. Une vieille dame recouvre la plus petite, qui pleure en tremblant de nervosité et en cachant son sexe des mains, d'un châle blanc sur ses épaules en la consolant.

Silou et Échlos, qui avancent vers eux, voient venir une dizaine d'hachmichs, chacune sur une otjetcos marron foncé, leur corps entouré d'un halo de protection comme n'importe quel motard. Elles s'arrêtent, descendent à quelques centimètres des pavés, quittent leurs véhicules, qui restent en suspensions dans l'espace, et se précipitent vers les jeunes. Ces amazones étonnamment musclées, portent des vêtements de guerrière en cuir synthétique marron. Cheveux très longs attachés en queue de cheval au sommet de leur crâne, elles sont habillées d'un short, d'un chemisier blanc, d'une veste sans manche à basque fermée par des lacets qui s'entrecroisent sur leur poitrine, sont chaussées de rangers en toile kaki qui remontent jusqu'aux mollets, avec des chaussettes couleurs ivoires, haut retourné sur leurs guêtres. Le gros fermoir rond en métal doré de leur large et épais ceinturon marron représente le sceau de Préost. Leur allure spartiate incite à la méfiance.

Au-dessus de la place deux itors bleus et blancs, l'un avec l'insigne de la cisquosien, l'autre celui des F.S.I., descendent, en donnant de longs coups de sirènes hurlantes, pleins phares pointés en bas indiquant aux gens de s'éloigner pour qu'ils puissent se poser.

Une dizaine d'agents, vêtus de combinaisons bleu marine avec un gilet pare-balles, en sortent. Les F.S.I. sont plus harnachés et plus armés que les cisquosiens. Ceux qui portent des barrettes argentées parlent aux hachmichs, pendant que des cisquosiennes le font aux victimes dénudées, recouverts d'un drap ou d'un châle.Toutes sont ensuite conduites vers l'itor des cisquosiens. Ils montent, les portes se referment, il s'élève aussitôt, fait demi-tour sur place et disparaît d'un jet d'où il est venu.

— Abas !

Silou et Échlos, surpris, ont sursauté avant de se retourner. C'est une hachmich dont ils n'ont pas entendu l'otjetcos arriver, aussi musclée que les autres, sanglée dans ses vêtements de combattante, telle un belluaire.

— Excusez-moi ! Je comprends que vous soyez tendus, choqués par ce qui vient d'arriver.

— Non non, nous, nous n'avons rien vu, commence par bafouiller Échlos, séduit par sa musculature qui ravive malgré lui son fantasme sadomasochiste.

Sérieuse, elle lui coupe la parole en les enjoignant d'un geste autoritaire de la main à rejoindre avec elle la terrasse d'un café.

Ils passent devant une fontaine en métal vert-de-gris, un gros serpent en cercle qui s'apprête à se morde la queue, en haut. En faisant une grimace menaçante et en tirant sa langue fourchue, tête tournée vers la place, il crache de l'eau qui dégouline dans une vasque en forme de lotus, corolles grandes ouvertes.

— Nous sommes au quatrième âge, le Shyleïs Kujo (1), dit-t-elle en montrant la fontaine du doigt, l'âge sombre où toute vérité a disparu. C'est pourquoi les forces obscures prolifèrent. Nous approchons de Manous Shalyos (2), celui de la grande dissolution par l'embrasement des univers.

(1) Kali-Yuga pour le Bouddhisme, l'ère sombre (le notre) de l'ignorance et de la violence, où toute vérité a disparue.
(2) Mahâ-pralaya.

116

Ils observent cette sculpture sans répondre, ignorants ce qu'ils viennent d'entendre.

La pergola, de poutrelles équarries et de croisillons de lattes en diagonales serrées, qui couvre et entoure la terrasse, est couverte de plantes grimpantes aux minuscules fleurs roses très odorantes. Les tables rondes en bambous sont entourées de chaises de même composition, avec sièges et dossiers matelassés en tissu imperméabilisé rosâtre. Ils s'installent. Une serveuse, habillée d'un sari rose tyrien, chaussée de souliers à hauts talons en lanières ajourées de la même couleur, vient aussitôt vers eux. Elle sidère par sa beauté : visage radieux aux traits délicats, nez grec, peau anthracite plus violacée que les autres asphites, yeux mauves en amande. Ses longs cheveux lisses teints en rose et tirés en arrière, tombent jusqu'à la cambrure de ses reins. Par la noblesse de son maintien, la déférence suscitée par son port de tête, si l'on ne remarquait pas sa gentillesse naturelle, on pourrait la croire hautaine.

– Vous êtes mes invités, dit la hachmich. Je vous propose un excellent jus de fruit, spécialité Chuma, un scaoute de ctéris.

Ils acquiescent. La serveuse retourne au comptoir..

– Je me nomme Élpa Morgilène. Enchantée et désolée de faire votre connaissance dans de si déplorables circonstances.

Ils se présentent à leur tour.

– Toutes celles de mon Ordre, les habitants de Chumaka, le personnel du Centre regrettent bien évidemment que vous ayez eu à subir cette folie criminelle des zlinos. Avez-vous entendu parler d'eux auparavant ?

Ils répondent négativement d'un signe de tête.

La serveuse, revenue avec un plateau, pose un grand verre rempli d'un liquide sirupeux rouge devant Silou, Élpa, Échlos, et repart aussitôt.

Ils trinquent.

– C'est bon, ça a vraiment le goût des fruits, dit Silou. Nous en avons mangé en arrivant.

– Ils sont redoutés pour leurs agressions verbales et physiques, poursuit Élpa, leurs viols, leurs assassinats.

Silou observe Échlos en se disant que le pressentiment qu'elle a eu à son égard doit provenir d'eux.

– Ils étanchent ainsi leur soif inextinguible de nuire, de détruire, de faire souffrir. C'est une addiction pour eux, un besoin maladif. L'adrénaline qu'elle leur procure doit les enivrer, leur donner des sentiments de puissance et de supériorité. Satisfactions qui leur seraient impossibles d'avoir à leur état normal. Sans cette identification zlinos, je suis convaincue qu'au contraire ils se sentiraient pitoyables, insignifiants. Ils vénèrent Satnous, Maître des Enfers, par l'intermédiaire de sa manifestation féminine, Kusmêlnas à qui ils donnent des offrandes d'achloviens, essentiellement des jeunes en âge de procréer. Quoi qu'il en soit, sachez que pour nous ces personnifications et manifestations du Mal ne sont pas ce qu'elles sont pour eux, à l'instar du commun des mortels. C'est pourquoi ils ne peuvent pas nous posséder. C'est une des raisons qui fait que certaines d'entre nous sont d'excellentes exorcistes pour qui les demandent.

Voyant Échlos surpris, perplexe, qui se pose des questions, et que Silou rejette ses propos, elle ajoute :

– Il faut être parvenu à un certain degré de connaissance de notre culture pour le saisir. Je ne peux pas vous en dire davantage. Néanmoins sachez que les possessions par les Puissances du Mal ne sont pas des exceptions. Continuellement à l'affût, prêtent à nous envahir à la moindre faiblesse, il suffit de peu pour qu'Elles nous manipulent.

Agacée de voir Silou arc-boutée sur son rejet, elle lui dit sèchement :

– Si tu n'acceptes pas ce que je dis sous l'angle religieux, parce que pour toi Dieu, Diable, anges, démons ne sont que des suppositions absurdes, aborde le sous l'angle psychologique. Pour ça, rappelles-toi que des peuples civilisés, ayant depuis des millénaires des règles de moralité et de fraternité, ont soudainement basculés dans d'infâmes et aveugles folies collectives, des bestialités de cruauté innommable. Ces Puissances Malignes en sont la cause, comme de toutes les violences, toutes les guerres, tous les génocides. Elles s'emparent des esprits, les assujettissent, les conditionnent afin qu'ils ne perçoivent pas que leurs pensées et leurs actes sont criminels, abjectes, mais au contraire nécessaires, légitimes, salutaires. Sous couvert d'un idéal fasciste ou sectaire, ce sont des extrémistes sanguinaires : puanteur de la xénophobie, du racisme, du sexisme, de l'homophobie grégaire et imbécile, de la haine de ceux qui présentent la moindre différence.

– Tu veux dire que n'importe qui peut un jour devenir comme les zlinos, avoir le même esprit et agir comme eux ? demande Échlos.

– Tu n'en vois pas les preuves au cours de l'histoire des peuples ?

– Si !

– Et notre devoir n'est pas seulement de lutter contre cela, les zlinos et autres regroupements de personnes malveillantes, mais de le faire d'abord vis-à-vis de soi-même.

– Comment ça ?

– Les bien-pensants s'offusquent d'entendre de tels propos. Confortablement installés dans leurs pseudo-vérités, leur normalité étriquée en guise de sécurité, ils s'estiment infaillibles. D'où leur réaction d'opposition pouvant être démesurée au moindre propos pouvant les remettre en question. Ils rétorquent qu'ils est impossible de devenir similaires à ces criminels pervers, à l'opposé de qui ils sont, de leurs préceptes moraux, de leur civilité. Et pourtant c'est un fait, c'est la base de toutes les dictatures, de tous les génocides. Lorsque ces masques tombent, ils apparaissent aussi monstrueux que les zlinos ou d'autres fanatiques meurtriers sans pitié, totalement aveuglés par leurs certitudes. Aussi, nous veillons à ce que ces manifestations du Mauvais ne soient plus banalisées et minimisées comme étant des exceptions surgissant ailleurs. Cependant, je le dis afin d'éradiquer ce mal, nous devons d'abord le faire dans notre propre esprit et cela en nous confrontant corps et âme à ce mal, à notre Ombre, lovée au tréfonds de nous-même..

– Pourquoi ? s'obstine Échlos, troublé par la résonance que ce propos a pour lui.

– Parce que ce n'est qu'en faisant corps avec que nous pouvons parvenir à le connaître, à savoir ce qu'Il est réellement et à le maîtriser, le vaincre en l'éradiquant à jamais. En restant dans son ignorance, au contraire, Il restera puissant et un danger mortel, pour nous, les autres, l'ensemble du vivant. Nous, hachmichs, sommes convaincus des vertus heuristiques de cette façon de procéder. Notre expérience au fil du temps nous l'a maintes fois prouvée.

Pas d'accord malgré la logique de ce qu'elle dit, en se regardant Silou et Échlos froncent les sourcils d'interrogation et de réprobation.

– Bien entendu, cela nécessite d'être disposé pour ça, sinon d'avoir une longue préparation ou une initiation comme pour nous, en étant formées, guidées par celles qui savent depuis notre noviciat.

*

Silou et Échlos ont décidé de remettre à plus tard leur visite de Chuma. Ils ne veulent pas prendre le risque de traverser la ceinture de jungle en raison de la présence toujours possible des zlinos. Ils se sont contentés de Ka, village ancestral obosque construit à l'époque baroque flamboyant de leur civilisation. Fatigués par cette visite, ils sont heureux d'avoir retrouvé le cocon douillet de leur kaspe et de prendre un bain ensemble dans leur baignoire circulaire, au revêtement apaisant de petits carreaux de céramique turquoise. Ils se remémorent leurs moments d'émerveillement devant les richesses du patrimoine asphite, les peintures, les sculptures. Par tous ces mystères et ceux des écrits de diverses époques, retranscris et traduits, leurs interrogations sont nombreuses. Silou se souvient particulièrement de la reproduction du sceau circulaire de Préost qu'ils ont vue au musée Alvisar, aux mêmes dimensions que l'originale était-il indiqué. Ce dernier, en or massif, de trois mètres de diamètre jadis à la pudjol de Préost, est aujourd'hui dans un musée d'Ouspika, capitale de Tuskoni. Les gouvernements asphites successifs ont bien tenté de le récupérer, argumentant légitimement qu'il s'agissait d'un patrimoine historique national, en vain. Dès leurs origines, toutes les pudjols en possèdent une reproduction en pierre dans une salle dédiée à son culte. Préost, présentée nue, chauve, extrêmement musclée, avec une opulente poitrine, symbolise la Grande Mère nourricière de tous les univers. Son trône, sur lequel elle est assise, a la forme d'une fleur de Bymis, une plante carnivore géante aux larges pétales vermillon. Elle peut engloutir des gros animaux et des achloviens. Si elle est touchée, impossible de s'en échapper par sa glu acide caustique qui colle ses proies sur elle pour ensuite être lentement dissoutes et ingurgitées. On ne la trouve que dans les marécages de Bâ, partie interdite de la jungle asphite, inaccessible sans autorisation exceptionnelle à cause de sa dangerosité. Majestueuse, buste tiré en arrière faisant pointer ses seins, dos cambré éloigné des pétales du dossier, avant-bras posés sur les pétales servant d'accoudoirs, jambes et cuisses puissantes écartées en grand, Préost,tient dans sa main droite son sceptre en forme de serpent levé. Tête en haut, il serre dans sa gueule un gros saphir ovale aux multiples facettes d'un bleu étincelant. La sphère posée sur le plat de sa main gauche, en fines lamelles de métal argenté qui forment des croisillons ajourés laissant voir le vide à l'intérieur, est nommée Sphère de Shastu. Au centre, une barre rouge écarlate la traverse de part en part en diagonale, en sort en haut à droite et en bas à gauche sur une dizaine de centimètres. La déesse Kalupa, ici toute petite, représentée à genoux entre ses jambes, tend à bout de bras vers son vagin glabre, qui affleure du siège, un calice d'or couvert de pierres précieuses.

Heureuse d'en avoir acheté une réplique miniature posée sur un chevalet en bois de Jāsk noir, Silou, ayant remarqué qu'il sait à quoi elle pense, lui dit :

– Elle est très érotique.

– Plutôt scatologique. Non ?

Il pense à une phrase du livre Kalupa qui avait particulièrement retenu son attention, celle-ci faisant écho à l'un de ses fantasmes qui lui traversent souvent l'esprit :

"Son élixir de vie est la transcendance de toutes ses substances."

Ils ont aussi acheté une statuette miniature d'une reproduction à l'identique de la déesse Kalupa debout. Jeune femme magistrale nue, cobalt, l'originale d'une taille d'achlovien, aussi très musclée, chevelure abondante qui tombe sur ses épaules, elle tient entre ses mains une pierre précieuse identique à celle du sceptre de Préost et semble l'offrir à ceux qui la regardent.

Il se souvient du moment où la femme assassinée a prononcé son nom.

Silou, qui le voit soucieux en croyant qu'il l'est encore à propos des zlinos, lui demande :

– A quoi tu penses ?

– Je tente de faire le rapprochement entre la pierre de ce sceau et le kalupa prononcé par la victime. D'après ma lecture la pierre d'origine de la statue dans la pudjol, qui auraient été volées pendant la période du pouvoir obosque, fut un peu plus grosse qu'un œuf de pálinkas, poule en asphite. Cependant je ne pense pas que la raison de ce vol fut sa valeur marchande.

– Cette information sur la période et les coupables de ce vol est importante mais vague quand on sait que celle-ci a duré mille neuf cents ans. Mon livre indique toujours cette pierre au singulier par Joyau Kalupa, qui signifie une réalisation intérieure essentielle, comme étant à la fois le moyen et la fin de l'Union au Soi. Bien que ces écrits me restent incompréhensibles, je commence à pressentir ce qu'elle est.

Il l'observe avec étonnement, en disant :

– Ah bon ? Tu m'en liras des extraits.

– Je mettrai plutôt des marque-pages à ceux qui m'ont paru les plus évocateurs.

Il acquiesce, partagé entre contrariété et assentiment.

– Tu me chatouilles, dit-elle en ricanant et en pliant ses genoux.

Assis en face d'elle sur le banc immergé de la baignoire, il lui frôlait le plat d'un pied du bout de son orteil.

La tête et le cou hors de l'eau, il s'approche d'elle par petits bonds faisant des clapotis. En lui caressant tendrement une joue, il admire son visage angélique. Séduit par sa sensualité, ses lèvres pulpeuses rendues plus désirables par leur humidité, il se penche et les embrasse de toute la fougue de son amour et de son désir. Il lui caresse en même temps une cuisse.

– Non ! Pas maintenant, dit-elle en retirant sa main avec douceur.

Ils ont décidé de prendre leur dîner dans leur kaspe, non au restaurant comme ils l'avaient prévu. Trop heureux d'avoir enfin Échlos pour elle toute seule, Silou veut profiter de leur intimité.

On sonne à la porte. Tous deux assis dans un fauteuil du salon à gauche de l'entrée, c'est Échlos qui se lève pour ouvrir. Trois grooms entrent, dont Miha qui porte deux sets de table blancs et deux serviettes blanches. L'un porte un panier d'osier, l'autre pousse un caisson à roulettes en inox miroir, fermé de chaque côté par deux portes coulissantes. Au-dessus de l'une d'elle, un cadran luminescent bleuté indique la température à l'intérieur. Après avoir déposé son linge sur le bar, Miha demande à Silou de se lever et de se mettre elle aussi hors de l'étroit cercle jaune qui entoure la table-basse et les fauteuils. Lorsqu'elle l'a fait, il appuie sur un voyant rose sous le plateau du bar. Cette surface, avec son mobilier, descend au sous-sol, pour être aussitôt remplacée par une autre avec, suspendue dans le vide à bonne hauteur, une table ronde en verre épais opaque, avec une fine bordure de rotin vert, entourée de six chaises en même rotin, au siège et dossier matelassés vert sombre.

–   Le Centre utilise aussi le diamagnétisme, leur dit Miha devant leur étonnement, communément nommée diama.

–   Cette technique porte le même nom en Hospticos, lui dit Échlos. Je ne m'attendais pas à ce qu'elle soit utilisée ici.

–   A d'autres époques on aurait parlé de psychokinésie, dit Silou. S'il s'agissait d'un achlovien, de lévitation. Comme quoi les faits dits paranormaux, décrits jadis comme étant des miracles ou des malédictions s'ils sont nuisibles, ne sont pas forcément du ressort d'un saint ou d'un démon. Pour toute chose il y a, sinon une explication, une intelligence.

Après que Miha ait glissé sa main sous la table, ils sont également surpris d'y voir projeter en 3D une clairière ensoleillée vue du ciel couverte de fleurs multicolores, la végétation balancée par le vent, avec au-dessus voler des insectes, des oiseaux, des papillons multicolores.

L'un des grooms, qui a pris une tarte aux fruits dans son panier la pose sur une desserte à côté de la table. L'autre sort d'un compartiment réfrigéré du chariot deux saladiers en céramique ocre, avec une pince d'argent dessus, qu'il dépose au centre de la table :

– Macédoine de légume, salade verte, œufs mimosa et crustacés.

Miha ajoute un long plat en céramique contenant des tranches de divers saucissons, du pâté en croûte, deux flancs, l'un de couleur orangée, l'autre marron.

Il dit, en indiquant du doigt d'abord le saucisson :

– Charcuterie végétale de Pudong, un village de nos montagnes de l'ouest !

Le flan orangé :

– Mousse de plantes herbacées.

L'autre :

– Choux brun broyés aux marrons et raisin sec.

Le pâté :

– Mélange de crucifères, de racines grillées, de champignons macérés dans de l'eau-de-vie de prunes.

Les autres groom sortent.

Après les sets blancs brodés de jaune, Miha dresse la table : couverts en argent ciselé, verres en cristal, assiettes en porcelaine ivoire, serviettes blanches qu'il pose en cône sur les assiettes.

– Ils sont très beaux, dit Silou en admirant un verre.

– Cristal de Sira, répond Miha, village d'une région septentrionale de notre pays.

Il pose une carafe sur la déserte :

– Eau minérale naturelle pétillante de Bassi, une source proche de Chumaka.

Il pose un seau à glace contenant une bouteille de bistrol, qu'il sort pour leur montrer l'étiquette :

– Bistrol blanc des hauts-plateaux d'Aqhan.

Il prend une bouteille au goulot entouré d'une collerette rouge et or, leur montre l'étiquette noire ornée de volutes or, avec écrit en blanc :

« *Chatyse de Lancas*, 101.
Mise en bouteille au domaine. »

– Bistrol rouge vieillit en fûts de gulice (chêne), dit Miha.

Après avoir mis un peu de bistrol blanc dans un verre, du rouge dans un autre, Échlos les ayant commandés il l'invite à les goûter. Les ayant apprécié, Miha remplit leurs verres, puis pose la bouteille de rouge sur la table, remet celle de blanc dans son seau.

En montrant du regard un compartiment du chariot à la porte fermée, il dit :

– Je laisse votre civet de zaron à l'intérieur.

Silou ne connaissant pas ce plat qu'Échlos a commandé, il lui dit :

– Lapin au bistrol rouge !

Miha ajoute :

– Avec sauce aux oignons et aux champignons, servi avec des tubercules de Jéa sautées – variété appréciée des gourmets –. Après votre repas, veuillez l'éteindre. Quand vous le voulez, vous nous appelez. Nous viendrons vous débarrasser et tout remettre en ordre.

Avant qu'il sorte, Échlos lui demande maladroitement, ayant tout autre chose en tête, s'il va bien. Il répond oui d'un signe de la tête avec un sourire espiègle. Échlos, gêné, sait qu'il a compris qu'il a perçu son désir qu'il a de lui.

Miha comprenant qu'il est gêné vis-à-vis de sa compagne, pour détourner son attention demande :

– Avez-vous visité la pudjol ?

Troublée et jalouse de cette relation qui s'instaure, Silou n'est pas dupe, sans le laisser paraître.

– Pas encore, répond Échlos, seulement Ka. Demain, si notre visite de Chuma nous en laisse le temps.

– La présence des zlinos ne vous a pas gênée ?

– Un peu tout de même, répond Silou. Elle nous aura au moins permis de connaître leur existence.

– Et celle d'une surprenante hachmich, ajoute Échlos, Élpa Morgilène

– Ah bon ? Elles ne communiquent que rarement avec les étrangers et je croyais qu'Élpa n'intervenait plus aux opérations de sécurité.

Échlos redoute que par sa perspicacité il perçoive son envie sadomasochiste d'elle. Miha, qui le scrute discrètement, cherche à comprendre pourquoi il est soudainement mal à l'aise.

Croyant que c'est à cause du souvenir des zlinos, il dit :

– Pour vous changer les idées, après votre repas vous devriez aller vous divertir au Centre.

– Pas ce soir. Nous préférons rester ici, répond Silou en souriant à son amoureux.

Après leur repas, ils ont prévu de visionner un reportage sur Chumaka.

Échlos ne parvient pas à masquer sa contrariété. Il espère passer la soirée seul avec Miha. Ayant du mal à reconnaître qu'il en est enamouré, qu'il a surtout une envie sexuelle irrésistible de lui depuis leur toute première rencontre, il tente de se convaincre que c'est pour lui parler de la femme assassinée.

– En dehors de ton service, j'aimerais que tu me parles de ta culture et te dire qu'elle est la raison de notre venue ici.

– D'accord.

Silou, agacée par son attirance pour Miha, comprend qu'il veut être seul avec lui pour faire l'amour et s'efforce à son tour de dissimuler son émotion.

Pour tenter d'amoindrir son mécontentement, Échlos dit à Miha :

– Nous n'en aurons pas pour longtemps. Silou viendra avec moi une autre fois. A quelle heure tu termines ?

Amusée par la façon qu'il a de répondre lui-même aux questions qu'il pose, ou d'en susciter les réponses, Miha sourit d'un air ironique en répondant :

– Dans une heure. Tu peux me retrouver à l'accueil. Tu me demandes à n'importe quel guichet. Inutile de te presser, je t'attendrai. Les gens de notre peuple savent prendre le temps de vivre, quelle que soit la situation. Comme les bolongosiens (1), nous ne sommes jamais pressés et bannissons la précipitation.

(1) Équivalent d'africains.

A son arrivée dans le hall d'accueil, il voit Miha accoudé à un guichet, conversant avec une hôtesse.

Proche de lui, celui-ci lui dit :

- Il y a un bar sympa et tranquille à côté, si tu...
- Je préférerais que nous allions chez toi.
- Comme tu veux. Mais c'est à Chuma, ça va prendre du temps et il est tard, ça ne te dérange pas ?
- Pas du tout. J'ai adopté votre adage, je prends moi aussi le temps de vivre, répond-il moqueur.
- Pour ne pas louper la dernière navette, tu devras partir avant minuit. Sinon tu serais obligé de retourner au Centre à pied. Sans parler de la distance, c'est tout de même risqué de traverser la jungle seul. Tu peux prendre un ciska (taxi), mais dans ce cas mieux vaut le réserver maintenant.
- Pas besoin. Je crois qu'avant minuit le temps de notre échange aura été suffisant. Tu n'as pas d'otjet ?
- Non, comme la majorité de ceux qui travaillent ici. Nous privilégions les transports en commun, tant par mesure d'économie que pour respecter l'écologie et pour la convivialité fraternelle qu'ils permettent d'établir.

Descendus de l'otjetcar devant la première Porte monumentale du village, après avoir traversé une place ils marchent dans des ruelles qu'Échlos s'efforce de mémoriser afin qu'il ne soit pas obligé de le raccompagner à son retour. A part quelques bars et des restaurants d'où un brouhaha de voix se fait entendre, il n'y a pas âme qui vive.

Devant son étonnement à ce début de soirée, il lui dit :

- Les habitants sortent rarement la nuit. Ceux que tu entends ne peuvent être que des touristes.

Après avoir traversé Ka, ils s'engagent sur un large chemin de terre rouge traversant la jungle. Bien qu'éclairé au ras du sol des deux côtés par des luminaires disposés à une dizaine de mètres les uns des autres, la jungle obscure alentour fait peser sa menace. En veillant à marcher au milieu, l'un et l'autre scrute instinctivement l'épaisse végétation, à l'affût du moindre mouvement.

Pour le rassurer, Miha lui dit :

– Il n'arrive jamais rien. Habitués à nos passages, les animaux nous évitent. Ce n'est pas une raison pour baiser la garde, pour ne pas se méfier.

– A fortiori que nous ne sommes pas armés, ajoute Échlos. Toi qui fais ce trajet régulièrement, pourquoi tu ne l'es pas ?

– Personne ne l'est ici, à part les cisquosiens et les F.S.I. Même les hachmichs, pourtant gardiennes de la sécurité , n'en n'ont pas. Les autoriser serait contraire à notre éthique, comme étant une acceptation implicite de tuer ou de porter atteinte à l'intégrité physique d'une existence. Sinon à quoi bon les avoir ? A part quelques rares opposants, qui rétorquent sans cesse la même rengaine à propos de la légitime défense, cette mesure fait depuis toujours l'unanimité partout en Asphite.

– Elles sont également interdites en Hospticos. Pourquoi cette ceinture de jungle ?

– A cause de l'Obscali. Je t'expliquerai plus tard.

Les demeures de Chuma sont faites de pierre grise presque blanche, comme pour Ka à la différence qu'aucune façade n'est peinte et qu'elles sont sans sculpture.

Entrés dans le vestibule de sa maison – murs de pierre, haut plafond blanc, sol pavé de dalles rectangulaires en pierres lissées par le temps –, Miha enlève ses palates pour mettre des cats grisâtre, sortes de babouches sans talons. Disposées dans des housses de toile rigidifiée, proche de la couleur du mur sur lequel elles sont accrochées, il lui demande de faire de même en lui montrant celles où est accrochée une feuille stylisée de métal peint en vert sur laquelle est gravé : « *Invité* ».

En franchissant le seuil d'une autre porte Échlos est surpris. Même si à l'extérieur cette maison ancestrale est imposante, l'intérieur, à la fois moyenâgeux et futuriste, est plus spacieux qu'il aurait pu l'imaginer. La grande pièce est éclairée par un long et large plafonnier. Sur le mur face à lui deux grandes fenêtres aux volets gris clair fermés, avec rideaux et tentures grenat tombant jusqu'au sol. Pour seuls mobiliers, une commode rustique laquée noire, à tiroirs avec poignées en cuivre doré torsadé, une table-basse moderne formée d'un mince rectangle aux angles vifs, également laquée noire, avec au milieu un long et étroit napperon rectangulaire blanc fait au crochet.

Étonné que dans un tel lieu elle soit immobilisée dans l'espace, à une cinquantaine de centimètres au-dessus d'un épais tapis safran, entourée de petits coussins chacun d'une couleur vive différente, Miha lui dit :

– Contrairement à la plupart des habitants, j'ai opté pour la modernité et la technique diama.

Dans un lieu antique et vénérable Échlos s'abstient de lui dire qu'il désapprouve.

Miha rajoute :

– L'intérieur de nos habitations étant privé aucun critère n'est imposé par le patrimoine historique, mis à part pour les cloisons qu'on ne peut pas modifier.

Les grandes tapisseries sur les murs, aux couleurs chaudes, sont éclairées par des spots au plafond.

Ayant suivi son regard, Miha lui dit :

– Elles sont très anciennes et ont été restaurées plusieurs fois au fil des siècles. Léguées à l'aîné(e) des enfants de la famille à chaque génération, elles représentent symboliquement des arcanes importants sur la Voie de l'Accomplissement. Selon nos initiés, leur intelligence ne peut être perçue que par ceux ayant atteints la connaissance transcendante. Bien que chuma et malgré leur hermétisme, ceux-ci peuvent donc être compris et pratiqués par des asphites d'autres clans et des étrangers s'ils sont parvenus au degré de réalisation intérieure nécessaire pour ça.

Voyant Échlos dubitatif, il ajoute :

– Si l'alchimie de la Voie est différente dans la forme selon les cultures et le parcours des individus, elle ne l'est jamais dans le fond. Cependant, il est vrai que les profanes, j'entends par là ceux qui n'ont pas réalisation intérieure, n'en perçoivent rien d'autre qu'un exotérisme religieux désuet. Contrairement à ceux qui le perçoivent en écho à leur vécu, cet ésotérisme leur demeure secret. Par exemple celle-là, dit-il en montrant du doigt une tapisseries, résume le retour, par le quatre de l'Incarnation et le deux du Manifesté, à l'Unité.

– Hou-la ! ça s'est trop compliqué pour moi. Je ne pige pas ce que ça signifie.

Étonné qu'à son âge il puisse avoir une telle érudition, il cherche quel serait le rapport qu'il pourrait y avoir entre cette phrase incompréhensible et ce qu'il a dit précédemment.

– Ton étonnement vis-à-vis de moi est récurrent. Tu ne dois pas te référer à mon âge physique. Même si selon l'expression populaire nous aurions celui de nos artères, il ne s'agit pas de celui de mon esprit. Eh oui ! Nous avons tous l'âge de nos incarnations, dont nous sommes le fruit ou l'aboutissement (1).

Échlos, fasciné par sa pugnacité, lui demande :

– Et la connaissance transcendante ?

– Connaissance instantanée du vrai de l'instant par-delà les sens habituels et le raisonnement. A un certain niveau de notre parcours intérieur, celle-ci s'illumine d'elle-même dans notre esprit lorsqu'il est disposé pour ça. C'est être kalupa. Rien ne peut parvenir à nous faire saisir cette vérité si ce n'est elle-même en nous-mêmes, comme la lumière chasse l'obscurité. (2) Par la nécessité de cette disposition, tu peux saisir pourquoi les spiritualités mettent en avant dans leurs enseignements l'abandon, l'humilité, la pauvreté, le lâcher-prise, l'ouverture, la disponibilité confiante de l'enfant. Il s'agit de ne pas être encombré par ce que nous nommons la maturité et le mental. Idem que par des amis, la famille s'ils deviennent pierre d'achoppement, obstacle sur la Voie.

– Ah bon ?

– Cela ne résulte pas d'un choix mais d'un acquis de l'existence.

Miha constate qu'il est envahi par son désir de lui.

Échlos, en faisant toujours mine d'être attentif à ce qu'il dit, suspendu à ses lèvres voudrait les embrasser.

– Celle-ci représente la fin du temps probatoire au noviciat des hachmichs, ajoute Miha. La novice va faire profession en prononçant ses vœux d'aide à tous les

(1) Voir *L'arbre généalogique karmique*, Irène ANDRIEU, Éditions Dangles.
(2) Voir livre cité réf. 2, p. 9, le passage École du Sud et école du Nord, p. 251 à 253

achloviens et à l'ensemble du vivant pour rejoindre l'Unité d'Obosqua et ne le faire elle-même qu'après eux. Je ne peux que me répéter en ajoutant que ce sont aussi les vœux des armitas (1) : œuvrer pour aider tous les autres à se réaliser pour sortir du cycle sans fin des morts et des renaissances, de l'existence conditionnée par la dualité, avec la volonté d'eux-mêmes n'en sortir qu'après eux.

En se disant que pour ça, il faut croire à la réincarnation, ce qui n'est pas encore vraiment son cas, il continue d'observer la tapisserie comme si de rien n'était en faisant une mimique d'appréciation pour sa finesse d'exécution. Malgré son intérêt pour cette culture, raison invoquée de sa venue chez lui, son désir sexuel l'accapare davantage en devenant une pulsion difficile à maîtriser.

Pour changer de sujet et l'amener en situation de pouvoir l'assouvir, il s'efforce de faire mine d'être surpris de ne voir aucune autre porte que celle du vestibule, en demandant :

– Tu ne cuisines pas ici ?

Au lieu de répondre, Miha, qui a ressenti son désir d'inhibé coincé en ce qui concerne son homosexualité et compris son intention, l'invite à continuer d'avancer jusqu'à l'estrade au fond. Celle-ci, laquée noire, haute d'une soixantaine de centimètres avec un garde-corps, occupe un côté de la pièce sur toute sa largeur et une profondeur d'environ quatre mètres.

Avant de monter les larges marches sur leur droite, Miha enlève ses cats en l'invitant à faire de même. Puis Échlos regarde les étagères, peintes en noir et pleines de

(1) Bodhisattva pour le bouddhisme tantrique. Voir livre cité note 1, p. 234.

livres, couvrant tout le mur de droite. Sur son sol recouvert d'une épaisse moquette jaune d'œuf, sont éparpillés des gros coussins ; un noir, un blanc et de différentes couleurs vives. Miha se laisse tomber sur un mauve, les bourrelets servant de dossier et d'accoudoirs. Il opte pour un rose face à lui.

– Je me change toujours en arrivant, dit Miha ayant visiblement changé d'avis Je ne l'ai pas encore fait pour ne pas te gêner car ma tenue d'intérieur est légère, tu risques de la prendre pour une provocation. Ce qui n'est pas la cas car c'est ainsi que j'aime être lorsque je suis chez moi.

Il descend, chausse ses cats, plaque sa main sur un endroit du mur à gauche en venant de l'estrade, entre deux tapisseries. Un pan de mur, de la dimension d'une porte, pivote silencieusement de l'autre côté. Il entre. Le pan se referme aussitôt.

Lorsqu'il revient, Échlos, qui a profité de son absence pour regarder, curieux, les titres des livres, encore debout feuillette l'un d'eux : « *Pratiques tantriques du plaisir des sens pour la délivrance* ». Il comprend la raison de son hésitation. Il ne porte qu'une courte nuisette vaporeuse sans manches, qui tombe jusqu'en haut de ses cuisses, fermées par des petits boutons nacrés, et a changé ses cats pour d'autres, avec petits talons, de couleur bleu ciel avec un gros pompon rose. Sans slip, la taille de son pénis le surprend pour quelqu'un de son âge. Gêné par son excitation, il ne parvient pourtant pas à s'empêcher de le regarder Mis à part son sexe, il est une provocante et envoûtante Lolita au corps svelte sculptural et aux jambes sublimes.

Assis sur le même coussin, elle lui dit :

– A vrai dire ainsi je suis moi-même, transgenre. Je suis contraint de l'être en secret pour ne pas gêner les touristes étrangers par demande des autorités du Centre. Chez moi et ailleurs à Chumaka ou partout en Asphite, je préfère être femme, ce que je suis réellement dans mon for intérieur. Les asphites acceptent toutes les différences, qu'elle soit philosophique, de nationalité, de couleur de peau, sexuelle : bisexualité, homosexualité, transgenres, travestissement.

Ne sachant quoi répondre, ne parvenant pas à reconnaître et à accepter son homosexualité pour les hommes glabres et efféminés, particulièrement les jeunes, il répond maladroitement :

– Je ne me permettrais pas de te juger. Sans connaître votre culture, avec quel critère pourrais-je le faire ? En Hospticos nous n'en sommes qu'aux balbutiements de notre libération sexuelle par l'acceptation juridique de l'homosexualité. Désormais ceux du même sexe peuvent se marier. C'est depuis peu sur les transgenres que le législateur se penche afin que ceux qui le désirent puissent changer de sexe dans leur État-Civil, qu'ils se fassent opérer ou non.

Miha attend qu'il pose ses questions.

Ne disant toujours rien, il continue de parler :

– Si je suis femme au plus profond de moi, j'aime tout autant être homme. Heureusement, je sais que cette ambiguïté séduit. Non ? demande-t-il pour avoir son avis.

Après s'être se levé en soulevant le bas de sa nuisette et tournoyer, il se rassoit.

Échlos restant muet, aguiché mais toujours divisé entre son désir et son inhibition, Miha ajoute :

– J'ai perçu ton envie dès notre première rencontre. Je ne m'y suis pas arrêter car j'ai été capté par la présence qui est en toi où en ta femme. Ça, je ne parviens pas encore à le discerner.

– Que veux-tu dire ? demande-t-il interloqué en s'interrogeant :

– Par quelqu'un que vous avez côtoyé ou rencontré, l'un de vous deux est investi d'une présence scoukos. Au seuil de ta conscience tu en as connaissance, ou elle en a connaissance s'il s'agit de Silou.

Échlos, reste bouche bée.

– Je ne suis pas le seul à l'avoir vu. Les hachmichs qui vous ont croisés et Élpa Morgilène ne peuvent que l'avoir remarqué.

Échlos veut lui poser une question. Il l'en empêche en tendant la main vers lui et continue de parler :

– J'ai d'abord pensé que cette présence était en toi du fait que tu m'aies choisi, mais Silou a pu faire ce choix par ton intermédiaire. Bref : je ne suis pas fixé. Élpa a été dans l'obligation d'attendre que toi ou ta femme la choisisse pour qu'elle puisse vous parler. C'est ainsi que procède l'entrée dans l'athanor des circonstances de cette opération.

– Que signifie scoukos et comment l'as-tu perçu ?

– Il ou elle est proches de que d"autres spiritualités nomment ange gardien parce que ses buts sont de nous protéger des Puissances du Mal et de nous guider vers l'Unité d'Obosqua en sachant "voir" par la vue transcendante. Nous ressentons sa présence, qui est indescriptible, mystérieuse et suspend nos pensées, comme dans un lieu sacré qui suscite d'emblée l'intériorité.

– Pas simple à saisir.

Échlos, restant accroché au fait que c'est par une personne rencontrée que lui ou Silou porte cette présence, lui vient à l'esprit la victime :

– Je dois te montrer ceci, dit-il en sortant son styletjo de sa poche.

Il fait apparaître dans l'espace la photo de la victime :

– Elle a été assassinée dans une impasse d'Apartos. L'ayant aperçu étendue par terre, je me suis précipité vers elle, suivie par Silou. Agonisante, dans un dernier soupir elle a dit « kalupa ». C'est pour cela que nous sommes ici, pour chercher à comprendre pourquoi et pour trouver une piste nous conduisant à ceux qui l'ont assassiné. Nous savons qu'ils étaient plusieurs par la pikélos. J'ai déjà montré cette photo à des employés du Centre, du musée Alvisar, des commerçants, personne ne l'a reconnue.

– C'est vrai, il est possible que ce soit par cette femme que l'un de vous deux est investi de ce ou cette scoukos. En tous cas ceci expliquerait cela pour trouver les coupables, bien que je ne voie pas quelle serait l'importance de cet assassinat pour justifier cette présence.

– Que signifie connaissance transcendante ?

– Transcendant : qui dépasse ce que nous vivons, par opposition à ce qui est immanent, qui sublime ce que nous vivons afin de l'accepter puis de le dépasser. En faisant ce que cet adjectif signifie nous ne sommes plus dans les opposés, « c'est bien, ce n'est pas bien », nous ne sommes plus arrêtés car nous savons que nous sommes dans le vrai en restant dans l'amour. On ne peut le comprendre que par l'expérience, non par la raison.

Miha devient subitement étrangement différent.

Le visage sans expression, les mouvements mécaniques à la manière d'un automate, il poursuit d'une voix monocorde :

–   Par cette présence au plus profond de soi, nous sommes intérieurement et psychologiquement kalupa : plus lié, arrêté par des pensées positives ou négatives, par des sentiments de bons ou de mauvais, par des n'importe quelles actions déterminées. Nous suivons ce qui se présente à nous en ayant la connaissance transcendante de ce qui est en vérité sans que la conscience puisse le formuler, le saisir, le comprendre, le raisonner. Kalupa permet d'accueillir et de suivre / sans suivre en conscience ce qui survient, sans discrimination de bien et de mal, en étant détaché. Pourtant, il ne s'agit pas d'une acceptation passive, sans esprit critique, ni de choix. Nous continuons simplement de cheminer sur la voie en référence à notre expérience.

Le voyant dubitatif, Miha redevient tel qu'il était et ajoute, cette fois en parlant normalement :

–   Nous ne causons aucun préjudice, aucune blessure, aucune souffrance, parce que nous avons acquis la faculté de rester vigilants, attentifs au plus profond de nous. Par notre présence au point, on ne peut pas faillir en allant jusqu'au bout de nos désirs en sachant garder allumée la flamme de l'amour. L'amour est notre repère, notre axiome, notre référence qui fait qu'on ne s'égare jamais. Sachant que l'ensemble de notre vécu est une résurgence de notre passé, les effets des causes néfastes de notre vie antérieure, du karma, nous parvenons ainsi à nous en libérer et à ne plus reproduire ces actes. Nous nommons cette façon d'être et d'agir kausta karma (1). Ceux parvenus jusque-là sont nommés guerriers pacifiques, ou vorces, opnos pour certains pticosiens. Je réitère ce paradoxe : au plus profond de soi, même dans le feu passionnel, nous restons détachés...

(1) Équivalent du yoga karma.

–   C'est contradictoire, dit-il en lui coupant la parole.

–   En étant guidé par sa ou son scoukos, poursuit-il sans tenir compte de sa remarque, qu'un précurseur du Soi et de la psychanalyse a nommé le ça (1). Le ça, ou scoukos, est plus éveillé que nous sommes. Nous pouvons alors "voir" que la nature de tous les phénomènes est vide, rien (2).

Il attend un peu avant de l'interroger de nouveau :

–   A propos des scoukos, tu as dit que leur présence était comme un clachi. Sont-elles ou sont-ils aussi liées au karma, comme n'importe quel achlovien ?

–   Tout comme les anges, les démons et les esprits malins qui y restent dépendants parce qu'étant toujours dans la dualité, dont le paradis et l'enfer sont les extrêmes. C'est pourquoi l'ange le plus élevé dans leur hiérarchie, enivré par l'inflation des connaissances et de la puissance a subitement sombré dans l'abîme infernal, est devenu l'inverse de qui il était : Ange de lumière, Ange des ténèbres, Satnous.

Miha se tait, avant de prendre une décision :

–   Je récapitule : la connaissance transcendance, apportée par l'expérience et un ou une scoukos, le ça, permet de "voir" que tout est Vacuité, Vide, et vice versa : voir le vide permet d'avoir la connaissance transcendante. Cependant, on ne peut pas dire que voir c'est percevoir le Vide puisqu'il n'y a rien à voir. S'il y a un objet de vision, ce n'est pas voir. Ce n'est donc pas par l'intellect que l'on puisse le saisir. Aucun repère et nul besoin de repère pour être garanti de quoi que ce soit. "Voir" est une certitude

(1) **Référence** à Georg Walter Groddeck. Voir « *Le livre du ça* », Georg Groddeck, Éditions Gallimard, et « *L'art, la maladie et le symbole* ».
(2) Nada de Saint-Jean de la Croix. Voir « *Saint-Jean de la Croix et la Nuit Mystique*, » Yvonne Pellé-Douel. Pour le bouddhisme shunyata.

inébranlable, sans qu'aucun adjectif qualificatif puisse y être ajouté. Elle ressort du Soi, hors la dualité, de l'être et du non-être, de l'ultime vérité, d'où le terme Illuminé à ce qui est de toute éternité.

Échlos le regarde sans rien dire, plein d'admiration et de respect pour lui.

–   Je te propose de rencontrer ce ou cette scoukos, en toi ou en Silou. Ne t'inquiète pas, ajoute-t-il en percevant son désir de ne pas rater son bus, nous serons hors du temps. Ce sera comme si tu retournais au Centre maintenant, et comme tu peux le constater, tu ne risqueras pas de le louper, même si tu t'égares.

–   Pour ta sécurité reste près de moi et fais ce que je te dis, même si ça te semble bizarre. Comme avec une drogue hallucinogène, ton esprit peut aussi voguer vers des sommets paradisiaques d'amour, de bonheur et de félicité, ou, à l'inverse, descendre dans des abîmes infernaux de haine, de cruauté et de souffrances. De la même façon, à cause de tes projections, tu peux revoir des personnes décédées que tu as connues dans cette existence ou dans d'autres, des amis, ta famille, tes plus lointains ancêtres.

Après un moment de silence, assis sur leurs coussins les yeux à demi fermés, Échlos entend un carillonnement. Des sons cristallins semblent tomber sur eux en une pluie à la fois tiède et glacée, apaisante et inquiétante.

Trou hors du temps et de l'espace : rien, nada.

Jetant un regard sur Miha afin de savoir si lui aussi perçoit la même chose, il le voit comme figé, le visage sans expression.

Dans le ciel aux nuages cotonneux, d'une fêlure noire en zigzag à l'horizon lointain, un éclair aveuglant surgit.

La fêlure s'approche en s'élargissant.

Projeté à l'intérieur, il est dans le vide sidéral obscure, émerveillé par le scintillement de myriades d'étoiles.

L'une d'elle grossit rapidement en s'approchant.

Les sons deviennent un tintamarre assourdissant et agressif. La lumière jaune étincelante de l'étoile occupe tout le champ de vision. Pour se rassurer, il regarde de nouveau Miha, maintenant debout à côté de lui.

Apparaît au loin un mince filet violet vertical, qui continue de s'allonger aux deux extrémités en s'élargissant.

Il occupe tout l'espace devant eux.

Un sifflement strident leur fait mal aux tympans.

Subitement passés de l'autre côté, ils sont précipités en avant à une vitesse vertigineuse leur faisant perdre l'équilibre.

Violemment basculés sur un côté par le souffle impétueux d'une bourrasque, ils sont aussitôt gobés à l'intérieur d'une nuée grisâtre qui tourne lentement en spirale dans les deux sens.

Dans une immense pièce de glace bleutée, au silence sinistre et inquiétant, ils entendent résonner les bruits des pas lourds d'une personne qui s'éloigne.

Les murs, le plafond, le sol disparaissent tout à tour laissant place en dessous d'eux à une vaste prairie ensoleillée. Dans la brise parfumée de cette matinée de printemps, qui fait frémir les herbes, ils entendent une incantation mystérieuse dite par une voix féminine sensuelle et envoûtante :

– Omaha ochka spentor toxize blatir !

*

Paléas voulait absolument voir cette exposition à la galerie *L'intempérance*. Bien que réputée pour son avant-gardisme, sa notion singulière non conformiste de ne privilégier aucune tendance artistique ni époque est la cause principale de sa controverse. Les professionnels, conventionnels, qui ne comprennent pas que l'on puisse ainsi mélanger les genres et les époques, crient au scandale en disant que c'est un amalgame incohérent révélateur de leur amateurisme. Y est exposé de l'art abstrait de toutes tendances avec du figuratif, artistes contemporains et anciens, connus et inconnus du grand public. Les responsables de cette galerie le justifient en disant que le principal critère du choix de leurs expositions est l'âme des créations et leurs particularités, non le hors-norme et le mélange des genres comme leurs détracteurs s'acharnent à vouloir le démontrer.

Située loin de chez elles, dans le quartier de la Grande Ujol où habitent Silou et Échlos, Paléas a dû insister pour décider Orête de l'accompagner. Elle avait le pressentiment que c'était important qu'elles y aillent ensemble sans qu'elle sache pourquoi, comme si quelque chose d'inattendu et de fondamental leur serait révélé.

Le vernissage semble avoir commencé depuis un bon moment. Étant la cause de leur retard, Orête s'excuse d'un regard déploré à Paléas.

L'artiste, Lisnaqi Wuloye, une osphorienne d'âge mur à la peau bleue luisante, est absente. Une grande projection d'elle en 3D est présentée proche de l'entrée.

– Il paraît que le brillant de leur peau est équivalent au bronzage des pticosiens, dit Orête en la regardant. C'est leur exposition au soleil qui en serait la cause.

Un critique d'art – quinquagénaire obèse vêtu d'un costume rose –, commente successivement les œuvres que les visiteurs regardent l'une après l'autre en arc de cercle devant elle. Il vient de le faire pour une sculpture au centre de la pièce, que l'artiste a nommé *L'indisposition*. Maintenant proches d'elle, Paléas et Orête l'observent. Composée de matière transparente, un bureaucrate grandeur nature semble assis en train d'écrire, l'air studieux, sans qu'il n'y ait de bureau, stylo, papier. Totalement absorbé, il semble ne rien voir d'autre que ce à quoi son mental est fixé. Dans la matière qui la compose, et la grosse goutte dans laquelle l'artiste l'a enfermée comme dans une bulle, est diffusée une lumière bleutée. Elle s'éparpille en un fin giclement par le haut, des gouttelettes de différentes grosseurs subtilement collées les unes aux autres.

– N'ayant ni achlovien, dit Paléas, ni rien qui ne soit que suggéré, par la philosophie de l'artiste, je dirais qu'en plus du signifié que l'attention fixée sur un objet limite le champ de vision et les acquisitions, est que tout est illusion.

– Hein ? répond Orête un peu fort.

Pour réponse, Paléas écarquille les yeux en mettant son index sur sa bouche.

Arrêtés devant un tableau microformat, avant de parler le critique invite les gens à le regarder de plus près. A tour de rôle les visiteurs terminent de le faire au moment où Paléas et Orête les rejoignent. Son abstraction, peinte sur des couches successives de matière transparente avec collage photo, suggère la brousse ou la savane : jaune, orange, marron, noire, vert, photo d'une otjet 4x4 grise métallisé en suspension au-dessus de ce qui pourrait être une piste de terre rougeâtre au milieu.(1)

Après qu'elles se soient écartées pour se mettre à une extrémité du cercle que forment les gens, le critique d'art commence son commentaire :

–   Les créations de Lisnaqi Wuloye fascinent par leur étrangeté et par leur âme pour chacune si particulière. En résonance avec notre propre histoire, elles suscitent d'emblée une irrésistible attraction et une adhésion enthousiaste ou, au contraire, un rejet immédiat. Virulent, agressif, il peut aussi l'être par un simple déni d'une trop grande indifférence pour ne pas paraître suspect.

Il observe les gens, puis interpelle une gamine vêtue d'un skyt raffiné turquoise :

–   Quel est ton prénom ?

–   Oâne !

Cheveux blonds, yeux gris, visage diaphane, nez aquilin, l'air canaille, sourire et regard malicieux, heureuse de cette soudaine attention qu'on lui porte, elle regarde ses parents, à la fois fière et pour se rassurer.

–   Tu aimes ? lui demande-t-il en faisant un large geste circulaire de la main.

–   Ouais, mais pas tout quand même parce qu'y en a chais même pas ce que c'est.

–   Et celui-là ? dit-il montrant un petit tableau. Tu peux t'en approcher.

Son père, la prend par la taille et la soulève pour que son regard soit à la bonne hauteur.

(1) Similaire à certaines créations picturales de l'auteur.

–   Peux-tu nous le décrire ?

–   Ben y a une otjet qui avance sur la piste d'une brousse.

–   Merci Oâne ! dit-il en se tournant de nouveau vers les autres pour poursuivre son propos. L'artiste nous indique-t-elle que notre perception est dépendante de l'interprétation que nous en faisons ?

Les gens s'observent en cherchant à comprendre.

Paléas et Orête sont allées manger dans un de leur restaurants préférés de Cylcre, à proximité du Partos de Tul. Après leur discussion à propos de cette exposition, Orête fut surprise et profondément affectée d'apprendre que Paléas a une relation amoureuse avec l'une de ses élèves. Choquée et agressive malgré elle envers Paléas, emportée par sa jalousie, prétextant vouloir être seule elle l'a quittée énervée en disant qu'elle rentrerait tard. En crise soudaine de déréliction, sans savoir quoi faire ni où aller elle vient de déambuler sur l'artère principale de leur quartier, aux cafés et restaurants qui restent toujours très fréquentés à cette heure tardive de la nuit. Elle est assise sur un banc du square proche de leur maison, bien éclairé par d'anciens lampadaires rétros en fer forgé. Dans la journée elle aime venir s'y détendre, lire ou réfléchir. Inquiète, elle se demande si Paléas et son amante ne vont pas vouloir vivre ensemble. Dès lors exclue de son existence en sachant que cela implique qu'elle devra habiter ailleurs, elle craint de mal le vivre, de ne pas pouvoir le supporter. Malgré qu'elle ait tant attendu le jour de sa majorité pour enfin pouvoir faire ce qu'elle veut, comme habiter seule, elle redoute maintenant cette solitude qui semble inéluctable. Nostalgique, davantage admirative et amoureuse de celle qu'elle croit avoir perdue, elle se souvient des moments de bonheur qu'elles ont vécus ensemble.

D'un sursaut de conscience, elle se détermine à réagir contre sa déprime, à cesser d'être emportée par ses pensées noires. Dos cambré, épaules tirées en arrière, les yeux mi-clos, elle inspire profondément, souffle un grand coup et fait le vide dans son esprit.

Lorsqu'elle est établie au plus profond d'elle-même, un déclic presque imperceptible se produit à la base de sa colonne vertébrale, immédiatement suivi d'un léger frétillement qui monte rapidement jusqu'au milieu de sa poitrine. Elle sort de son corps (1). Dans un espace lumineux grandiose indescriptible, constellé de points lumineux, elle se perçoit comme une nébulosité moutonneuse verticale en mouvements ondoyants gracieux.

Provenant de son esprit, elle entend une voix qu'elle reconnaît sans pourtant saisir de qui elle provient :

– Omaha ochka spentor toxize blatir !

Comprenant cette langue qu'aucun Élès ne peut traduire, n'étant pas achlovienne, elle constate que c'est celle d'Olky, dont l'esprit est à côté du sien, à qui elle a cédé la place de la conscience.

En même temps qu'avec Miha et Échlos, celle-ci communique avec elle par télépathie :

– J'ai retrouvé ma nature scoukos. Regardez ! J'ai aussi été, je suis, je serai par-delà cette incarnation et toutes celles sur Achlovi, sur Terre, une multitude de bistes dans des myriades d'univers de notre Œuf primordial.

(1) Fait vécu par l'auteur. Lire « *Passage vers l'Autre Rive* ».

Comme étant au centre d'un kaléidoscope, elle leur fait percevoir ses existences tout autour d'elles, des plus proches aux plus lointaines, celles de multiples passés – depuis son origine puis de la préhistoire sur Terre, sur Achlovi, bien d'autres planètes –, de présents et de futurs les plus éloignés. Leurs attentions sont surtout retenues par ses vies sur les planètes qui ressemblent à la leur, beaucoup plus qu'à celles qui ne leurs correspondent en rien. Explorateur terrien, au visage buriné, qui se fraie un chemin à coups de machette dans la végétation épaisse d'une jungle tropicale ; quadragénaire pticosienne en kayak qui dévale un torrent de montagne ; bédouin en gandoura bleue nuit, chèche enroulé en turban sur la tête, à dos de chameau dans une caravane d'un désert torride ; collégienne du Citonk assise à son bureau au premier rang d'une classe – chemisier blanc, jupe bleu marine, socquettes blanches, souliers noirs –, qui provoque son professeur quand il la regarde en écartant les cuisses ; enfant néandertalien qui observe avec défiance ceux de sa tribu excités qui crient, gesticulent, rigolent en mangeant leur gibier autour d'un feu à l'entrée d'une caverne ; détenue éleusienne obèse, velue, visage vert anguleux gras et épais, yeux globuleux, qui agresse avec d'autres la plus jeune d'entre elles dans les douches communes ; ectoplasme d'un vieillard ashanganien, assassiné par son épouse pour recevoir plus vite son héritage, qui hante son ancienne demeure par besoin de vengeance ; vizir ottoman qui sodomise violemment un jeune eunuque pour avoir mal gardé les femmes de son harem ; physicienne osphorienne spécialiste du champ unitaire, qui travaille sur la courbure du temps et de l'espace ; fillette tétanisée de peur en regardant son père ivre, à la trogne rubiconde, frapper et insulter sa mère ; pharaon de Haute-Égypte s'accouplant avec sa plus jeune sœur, tous deux heureux de perpétrer leur dynastie ; fonctionnaire acariâtre qui ronchonne à sa rombière en bigoudis que sa soupe est trop chaude ; imam qui acclame les louanges du Grand Miséricordieux en prêchant avec hargne et mépris la mort des infidèles ; pin-up à moitié nue qui chante sur une scène de concert, bras levés vers ses fans idolâtres ; ermite barbu en haillons, recroquevillé dans une grotte de montagne enneigée, réchauffé par toumo (1) ; gamin efféminé, à la sexualité brimé (2), qui jouit de la fellation d'un grand qui l'a coincé dans les toilettes ; japonais en méditation, assis en lotus face au mur d'une salle d'un dojo Zen, qui cherche en vain le satori ; femme qui accouche en hurlant dans le taudis d'un bidonville crasseux, aidée par ses voisines ; maigrelet aux cheveux hirsutes, mal dans sa peau, en manque de vie sentimentale et sexuelle, couché avec une belle prostituée heureuse et gratifiée de la substituer à défaut de pouvoir la combler ; déléguée syndicale révoltée, qui revendique avec véhémence les droits des travailleurs... Ils s'arrêtent sur un derviche tourneur de l'ordre mawlawi de Djalal al-Din Rumidont à Konya au XIII^em siècle. Tous ceux de son entourage sont convaincus qu'il deviendra murchid (3). Par sa pratique du tasawwuf (4), à l'instar de Rabia'a al-Adawiya dont il s'inspire (5), il refuse aussi bien la peur de l'enfer que la

---

(1) Faculté paranormale, siddhi en sanckrit.
(2) Voir « *Pour décoloniser l'enfant* », Gérard Mendel, Éditions Petite Bibliothèque Payot et lire les livres de Françoise Dolto.
(3) Maître de sagesse.
(4) Mystique soufie.
(5) Femme de condition servile qui, affranchie, vécut au désert puis à Bassora à la fin du VIII^em siècle.

récompense du paradis. Ne voulant aboutir ni à l'un, ni à éthérique translucide nue d'Orête, est assise sur la dernière articulation des phalanges du médius d'un énorme poing levé bleuté, index tendu vers le haut, en apesanteur dans l'espace. Éclairée en ombre chinoise par une gigantesque lune dorée derrière elle, un voile vaporeux immatériel tombe de ses épaules jusqu'en haut de ses cuisses.

En observant les corps éthériques argentés de Miha et Échlos, dont elle et Orête distinguent vaguement les reflets de leurs formes physiques lorsqu'ils sont incarnés, elle dit, pour répondre à leur inquiétude :

– Ici, plus de limite ni absence de limite, de fini et d'infini, de ce qui est et de ce qui n'est pas, bien et mal, vie et mort, plus de dualité et qui pourtant demeure : votre esprit profond le sait, à vous de savoir l'écouter. Là est le seuil de l'Opalisciole.

Échlos, qui reconnaît Olky en Orête, voudrait l'interroger. Elle l'en empêche en poursuivant :

– A vous de le savoir, par votre propre vécu.

Désemparé, il jette un regard à Miha qui dit à Olky :

– Je l'ai informé que par une personne rencontrée, lui ou sa femme était investi d'une présence scoukos. Je n'étais pas certain que ce soit lui. Je le sais désormais et je suis très heureux d'avoir ce privilège d'être en relation avec toi et par ce fait de pouvoir, moi aussi, recevoir ta protection et ton enseignement.

Elle se tourne un instant vers Échlos, puis décide de s'abstenir de lui dire qu'il pourrait les recevoir de sa propre scoukos, avant de leur répondre en général :

– Normal que vous vouliez savoir qui je suis à ce niveau de réalisation. Cependant vous n'obtiendrez jamais cette connaissance autrement que par celle qui transcende, connaissance acquise par l'expérience, le vécu. Inutile de chercher par le biais de quelqu'un d'autre ou d'un enseignement. Ils ne pourront tout au plus que vous donner des pistes pour savoir ce qu'elle est ou de piètres succédanés. Vous pouvez soumettre des questions, chercher cette intelligence, pratiquer je ne sais quelle pratique si cela peut vous aider, mais ne confondez pas ce que vous en recevrez avec ce qu'elle est en vérité. On ne peut l'exprimer, étant indescriptible parce hors de la dichotomie du deux. Aucune acquisition autre qu'intérieure, provenant du dehors qu'on ne peut réaliser que par les sens, l'intellect, les pensées conditionnées par lesquelles vous vous êtes identifiés, ne pourront vous éclairer.

Miha s'obstine à demander :

– Les scoukos sont aussi incarnés ?

– Étant également de l'Illusion, on peut parler d'incarnation mais nullement dans le sens où vous pourriez l'entendre par comparaison à la votre, car n'entre pas ici le cycle des morts et des renaissances. C'est pourquoi on dit que le paradis et l'enfer sont éternels, ce qui est une expression impropre, inadéquate au regard de leur réalité.

Il ne lui réponde pas.

– Vous me percevez selon l'interprétation de votre conscience momentanée, aléatoire. Que pourriez-vous imaginer si je vous disais que tous les autres scoukos aux multiples apparences, ceux et celles du passé, du présent, de l'avenir, tout en étant chacun et chacune distincte, unique, sont Un ? Quoi qu'il en soit, sachez que la seule constance qui demeure en tous, est qu'ils ou qu'elles guident, protègent, donnent l'intelligence, la force de surmonter tous les obstacles et procurent une énorme énergie par l'empathie avec les vies qui vous entourent. (1) Soccar Gosum a nommé cette action, ou mode d'être, par le Soi « participation *mystique* », dont malheureusement peu de praticiens de sa psychologie parviennent à faire l'expérience. De ce fait, ils ne peuvent qu'en sous-estimer l'importance.

Miha dit, en contenant son enthousiasme :

– Des souvenirs me reviennent en mémoire.

C'est à Échlos, qui le regarde surpris, qu'Olky répond :

– Je l'ai dit, ce qui est en vérité tout le monde le sait depuis toujours. Tu le retrouveras toi aussi quand tu quitteras la forteresse illusoire de ton identité, en étant kalupa, dans l'instant, ici et maintenant comme un petit enfant.

– A nous de la savoir, renchérit Miha.

– Vous dévêtir des oripeaux mentaux qui encombrent votre esprit, votre vie. Il en est ainsi pour tous les êtres, ceux qui naissent de l'œuf, d'une matrice, de moisissures, avec forme et sans forme...

– « *Nous sommes esclave de ce par quoi on a été vaincu !*» a dit un sage (2), ajoute Miha qui approuve.

– D'où la nécessité d'être kalupa, répète-t--elle ravie de sa pertinence, aboutissement de certains arts martiaux (3), votre esprit étant à la fois l'objet et le sujet, cette union provoquera l'éclair de Shastu (4). Vous aurez alors les réponses à toutes vos questions.

---

(1) Ceci a été vécu par l'auteur. Lire « *Passage vers l'Autre Rive* ».

(2) « *Nouveau*1) *Testament* », 2 Saint-Pierre 2-19.

(3) Voir « *Le Zen, dans l'Art Chevaleresque du Tir à l'Arc* », E. HERRIGEL, Éditions Dervy-Livres..

(4) Satori pour le Bouddhisme Zen, ouverture d'éveil spontanée.

Elle se tait un instant, avant de poursuivre :

– Échlos, Silou va continuer de t'aider à surmonter ce qui t'empêche d'évoluer. Apprend à l'écouter, comme elle l'a toujours fait pour toi. Par le pouvoir de l'empathie naturelle des femmes, elle sait ce que tu vis et pourra te guider.

Instantanément tout est changé.

Échlos observe Miha, les cuisses grandes ouvertes, son sexe en érection. Emporté par son ivresse sexuelle, il lui caresse les jambes...

Tout est redevenu comme avant, comme si rien ne s'était passé. Échlos, qui ne comprend pas, interroge Miha du regard.

Narquois, il lui répond de manière subliminale :

"– Le secret des passions !"

Après un instant de silence, Olky poursuit :

– Le kalupa prononcé par la victime, est l'état intérieur dont la représentation anagogique est le Joyau. Comme je viens de le dire, son secret vous sera révélé par l'éclair de Shastu. Pour cela, votre existence présente vous prépare. Voici maintenant la clé de votre accès à cet autre inexprimable, votre kylnis (1) : "par-delà ce que vous croyez, imaginer, la vérité demeure de tout temps inchangée. Par votre ouverture d'esprit et sa liberté vous la (re)trouverez et toutes vos réponses vous seront apportées."

Olky les observe par le regard pénétrant d'Orête, avant de dire :

– Dans l'état obscur et sale
d'une décomposition,

(1) Ko-ân pour le Zen, courte phrase, ou comportement incompréhensible d'un maître envers un disciple qui, lorsqu'il en saisira le sens, provoquera un satori (ouverture d'esprit hors de l'illusion, de la dualité).

qui peut les libérer
d'une mort ignorée,
ils demeurent
purs, sereins,
agités ou tranquilles,
immaculés et forts.
les Enfants-roi.

Ils observent,
sans observer,
sans attention fixée
qui empêche l'écoute,
trouble la vue,
voile la perception du Tout
auquel ils sont unis :
le Soi.

Du point,
présence immuable
à leur être originel
et à leur existence,
ils gardent en offrant
le Joyau
qui les guide :
Kalupa.

*

De nouveau à Chuma, assis face à face sur les gros coussins qu'ils semblent n'avoir jamais quitté, Miha parle le premier et contredit la pensée d'Échlos qu'il vient de saisir :

– Si, quelque chose a changé !

Il ne comprend pas.

– Ton regard sur moi.

Gêné, il rougit.

Miha, satisfait qu'il commence enfin à vraiment accepter ce qu'il ressent pour lui depuis leur toute première rencontre, écarte en grand ses jambes en se renversant en arrière pour bien montrer son sexe, en érection comme dans sa vision.

Tout en se demandant si elle était prémonitoire et si oui, pourquoi, Échlos, excité, ne parvient pas à s'empêcher de garder ses yeux fixés sur son pénis.

– Certes, poursuit Miha, je suis jeune mais majeur. La majorité juridique s'acquiert comme dans ton pays, à quatorze ans. Alors sois sans crainte, en Asphite comme en Hospticos pas de détournement de mineur. Je t'en informe afin que tu comprennes que ce ne sont que tes inhibitions qui t'empêchent d'avoir une relation avec moi. Pour t'aider à les contrer, dis-toi que contrairement au dicton qui dit que l'on a l'âge de nos artères, que si mon corps est jeune, au regard de toutes mes incarnations mon esprit est bien plus âgé que le tiens. Sais-tu d'ailleurs comment mon peuple nomme quelqu'un comme moi à sa naissance ?

– Non. J'ignore tout des asphites.

– Bébé-vieux sage. Sans prétention. Bébé-vielle sage s'il s'agit d'une fille.

Le mal-être d'Échlos reprend le dessus. Pour fuir son malaise et sa confusion il change maladroitement de sujet en revenant à sa première préoccupation :

– Selon toi, en quoi la révélation du secret de kalupa serait la cause de son assassinat ?

Avant de répondre, désabusé par sa persistance dans son déni, il soupire.

– A mon avis cette révélation ne concerne pas le contenu de ce secret proprement dit, mais du moyen de le découvrir là-bas, en étant kalupa.

– Hein ?

– Dis autrement, en ayant un esprit non dualiste, spontané, non attaché au mental et à la raison, sans toutefois les exclure.

Agacé, il lui coupe la parole :

– Oui, je sais. Tu radotes mon vieux sage, ironise-t-il. Mais ça ne me dit toujours pas en quoi et pourquoi ce serait la raison qu'elle ait été...

Miha, excédé que son refoulement l'accapare au point de l'embrouiller, lui coupe la parole pour mieux lui expliquer :

– Je me répète parce qu'il est fort probable qu'elle ait eu accès à un arcane occulte des anciens occupants devant être interdits, cachés à ceux n'étant pas obosque, ou cmitanos aujourd'hui. C'est pour cela que j'insiste en te précisant ce qu'est cet état. Il permet de rester entre les opposés, dans la Voie du juste milieu, tout en les vivant jusqu'à leurs extrêmes sans pourtant y prendre entièrement part. Pourquoi ? vas-tu me demander. Parce que c'est seulement ainsi que nous pouvons comprendre ce qu'est réellement cette dualité qui nous retient prisonnier, ce que sont en vérité nos dépendances, et que nous pouvons parvenir à nous en défaire, à nous libérer.

–   Ouais, je veux bien. Il n'empêche que c'est alambiquée, tirée par les cheveux ton explication, que j'ai du mal à saisir. Et puis, pourquoi il faut être ainsi pour trouver cet arcane ? Je m'interroge aussi pour savoir en quoi il est extrêmement important que les étrangers ne le connaissent pas, au point d'assassiner ceux qui l'ont découvert, ou en voie de le découvrir, pour les empêcher de le divulguer.

–   Le connaître en y allant et étant kalupa, pour ma part c'est la seule raison possible que cette femme assassinée a prononcé son nom dans son dernier soupir. Pourquoi, je n'en sais rien. J'y ai bien évidemment réfléchi. Je me suis dit que pour les chumas et ceux des autres clans asphites toujours fidèles à Obosqua, Kalupa permet de ne pas être arrêté sur la Voie et d'y progresser jusqu'à atteindre les portes des Huit Mondes, puis de savoir laquelle franchir pour entrer en Opalisciole. Qu'il en est peut-être de même pour ce qui est de la Voie des obosques et pour entrer en ce qu'ils nomment Affranchisciol.

–   Affranchisciol ?

–   Pour les autres asphites, entrer en Opalisciole signifie être libéré du cycle sans fin des naissances et des morts ; entrer en Affranchisciol pour eux c'est le faire dans le Monde des Ténèbres. Pour les obosque ce dernier terme signifie s'affranchir de toutes limites, toutes dépendances, être libre. A quelques nuances près, les deux paraissent similaires, ce qui n'est pourtant pas le cas. Leur schisme vient de là, qui fait qu'ils renièrent et s'opposèrent à Obosqua parce que, selon eux, assujettis à Lui, nous devons finir par disparaître en Lui.

–   Je ne vois pas le rapport avec l'arcane devant rester secret.

158

– Pour cela nous devons être là-bas en ayant cet état intérieur. Et puis, je te rappelle les paroles d'Olky : "par-delà ce que vous croyez, imaginer, la vérité demeure de tout temps inchangée. Par votre ouverture d'esprit et sa liberté vous la (re)trouverez et toutes vos réponses vous seront apportées."

– Je ne l'ai pas zapper de ma mémoire, bien que ce soit dans le même registre abracadabrantesque et énigmatique que ta réponse.

Après un moment de silence, pour qu'il ne loupe pas la dernière navette Miha conclut par un propos plus prosaïque :

– Le joyau est un saphir d'une valeur marchande inestimable. C'est la motivation principale de ceux qui continuent à le chercher. Parce qu'il aurait été volé à la période du pouvoir obosque leurs recherches ont toujours lieu sur leur territoire d'origine, dans les marécages de la jungle du nord, malgré l'interdiction d'y aller. Elles sont faites essentiellement aux emplacements retrouvés ou supposés de leurs villages et de leur pudjol, qui ont mystérieusement disparu, mis à part quelques ruines. Cette jungle reste en grande partie inexplorée. Pour justifier l'interdiction de l'explorer, les autorités soulignent sa dangerosité, où prolifèrent des plantes carnivores géantes pouvant engloutir jusqu'à des gros animaux, des achloviens, d'autres plantes tous aussi redoutables. A la frontière du règne animal, elles se déplacent et peuvent nous empoisonner par un seul contact. Des insectes et des serpents venimeux y pullulent, des animaux féroces. Sans oublier les sanguinaires tribus indigènes cmitanos pour ceux leur étant étrangers, dont on dit qu'ils seraient cannibales pour posséder les esprits de leurs victimes, leurs énergies, leurs facultés.

– Eh ben dis donc, rien que ça... fait-il en se moquant. T'as pas l'impression que c'est un peu exagéré ? Ça me fait penser à un épouvantail pour faire fuir les moineaux. C'est quoi la récolte qu'ils veillent à protéger ?

– C'est vrai, c'est exagéré, au point d'en être absurde. D'autant plus qu'elle serait maudite, qu'il faut même éviter d'évoquer son nom pour ne pas attirer sur nous les puissances maléfiques et les esprits malins qu'ils adoreraient et qui y régneraient. Le fait est en tous cas que beaucoup de ceux qui s'y sont aventurés n'en sont jamais revenus.

– Frankus Jance en est revenue, elle !

Comprenant qu'il s'agit de la femme assassinée, il lui répond :

– Je suppose que c'est Olky scoukos qui t'a donné son nom ? Qu'elle veuille t'aider dans ton enquête signifie qu'elle reconnaît sa nécessité dans l'intérêt de tous. Pour cette raison, j'adhère donc pleinement à ta requête.

– Je dois trouver des guides, s'empresse-t-il de lui dire.

– Ça ne peut être que des hachmichs.

– J'aimerais leur montrer la photo. Comment faire pour les rencontrer ?

– Impossible de ta seule initiative, mais l'une d'elle va venir au Centre pour vous accueillir. Et puis, vous avez rencontré Élpa, je suis certain qu'elle a déjà fait le nécessaire pour ça auprès de leur kalupé, Oléas Chuos.

Voyant qu'il s'interroge à son sujet, il précise :

– C'est ainsi qu'elles nomment la supérieure de leur communauté, attachée depuis plusieurs incarnations à notre pudjol. En catimini elle et les autres hachmichs ont des relents sulfureux. On dit qu'elles suivraient la Voie Interdite, la Voie Noire, et que certaines seraient maléfiques. Elles sont craintes et considérées avec méfiance et suspicion.

Il le regarde à moitié étonné en se souvenant ce que lui et Silou avaient ressenti d'Élpa Morgilène.

–   Combien sont-elles ? demande-t-il encore.

–   Nous n'en n'avons aucune idée. On dit qu'une minorité vivraient ici, dont les plus jeunes. Beaucoup de celles-ci sont désignées pour entrer dans leur ordre avant leur naissance. Elles viennent y vivre à leur adolescence si elles confirment cette vocation.

–   Où habitent-elles ?

–   Là encore nous n'avons que des suppositions, voire des extrapolations : on parle d'une pudjol souterraine qui se trouverait au milieu des marécages de la jungle, proche du territoire obosque. Le plus farfelue est que leurs corps physiques y resteraient inertes, en une sorte d'hibernation, et que leurs corps éthériques et leurs esprits seraient dans une cité parallèle à Chuma, d'où elles agiraient pour le bien de tous les achloviens et l'ensemble du vivant.

–   Ah bon ? En quoi elles agissent pour le bien ?

–   Elles guérissent les défaillances psychiques et physiques de ceux qui le demandent, explicitement ou implicitement. Cependant, c'est avant tout parce qu'elles parent les Puissances du Mal.

Échlos, sceptique, en pensant à Silou, par mimétisme, a envie de le tourner en dérision. Il s'en abstient par respect pour lui et sa culture, sans parvenir à dissimuler vraiment son esprit persifleur. Revenant à sa première préoccupation, il se dit pour que des gens les sollicitent explicitement ils doivent forcément connaître le moyen d'entrer en contact avec elles. Miha, qui sait à quoi il pense, lui dit :

– Pour que tu rencontres les hachmichs, je vais faire la demande à Élpa Morgilène. Avant, je viendrai à votre kaspe avec Eugilène Tergir, c'est elle qui accueille les nouveaux arrivants actuellement. Nous vous préviendrons.

– Que signifie la sagesse des fous, les pratiques interdites du feu ardent ? s'empresse de demander.

– Tu sais de quoi il s'agit, nous en avons déjà parlé. Brièvement : pratiques interdites parce que contraires à la normalité, la morale, la loi. Pratiques liées aux secrets des passions au feu ardent, parce qu'on ne peut les découvrir qu'en y étant dépendant. Sagesse des fous parce que du point de vue de l'Éveil, leur folie permet d'agir pour le détachement des liens de l'ignorance, par leur connaissance, de se libérer.

4

Le Joyau

Échlos, rentré au milieu de la nuit, en se couchant à côté de Silou a compris qu'il valait mieux ne pas lui parler, qu'elle était fâchée. Attablé pour le petit-déjeuner, il lui raconte ce qu'il a vécu avec Olky, métamorphosée en retrouvant sa nature scoukos via le corps éthérique d'Orête par clachi dans son esprit.

– Ce fut époustouflant. Ce n'est qu'après notre retour chez Miha que j'ai pleinement réalisé la portée de ce que nous venions de vivre.

– Excuse-moi, lui dit-elle, je ne savais pas.

Attendri par son air d'enfant sage qui cherche à se faire pardonner une bêtise, il répond :

– Pas grave. C'est normal de t'être sentie délaissée. A ta place j'aurais sans doute été beaucoup plus vexé et en colère.

– Comprends-moi aussi, tu ne penses qu'à cette femme et n'agis que pour ton enquête.

En sachant qu'il joue un rôle pour cacher son attirance irrésistible pour Miha, il répond comme si rien de spécial ne s'était passé avec lui :

– C'est vrai. Je reconnais que de ne pas séparer ma recherche d'avec notre vie de couple est un tort. Pardonne-moi ma chérie.

Il se lève, lui donne un rapide baiser sur les lèvres, se rassoit en disant :

– A ma décharge tu dois tout de même admettre que nous sommes là pour ça.

Elle acquiesce d'un signe de tête penchée sur le côté, tout en continuant de le scruter pour chercher à savoir ce qu'il cache.

Il le perçoit et s'empresse de changer de sujet :

– Olky m'ayant indiqué son nom, en les attendant je vais chercher par cyberka.

Ils s'apprêtent à recevoir Miha et une hachmich.

– A mon avis tu n'auras pas assez de temps pour le faire, ils ne vont plus tarder.

– Après leur visite, tu préfères que nous visitions Chuma ou la pudjol ?

Il préférerait visiter la pudjol.

– Comme tu veux, ça m'est égal.

– J'ai hâte de retrouver Orête et Olky en elle, Paléas en Shun et Shun, pour voir comment elles ont vécu tout ça., ajoute-t-elle l'air pensif.

– Tu penses déjà à repartir ?

– Pas du tout. Je suis bien ici avec toi, à part ma soirée d'hier, et j'apprécie ce que nous sommes en train de vivre. Je m'interroge simplement à propos d'elles en me disant que leurs vies doivent être chamboulées du fait qu'Olky est redevenue scoukos.

Comprenant son intention, il lui dit :

– Je ne pense pas qu'il faille leur en parler par stylet-jo. Mieux vaut attendre de les retrouver à Apartos.

Plus ou moins contrariée, elle hésite en réfléchissant, avant de lui répondre :

– Ouais, t'as raison. Le sujet est trop important. D'ailleurs leur vie n'est pas forcément changée.

– En tous cas Olky rayonnait d'une sérénité que je n'avais jamais constatée auparavant. Sa connaissance aussi semblait prodigieuse. Par son intermédiaire, nous percevions et communiquions avec tout le vivant autour de nous. Nos esprits étaient unis, nous faisions qu'un avec notre environnement en étant affectivement avec à lui. Entre moi et Miha et nous avec elle, il n'y avait plus rien d'un rapport habituel entre personnes, plus d'ego.

Il reste silencieux en se remémorant ce moment fabuleux.

– Ce que j'ai vécu me semble capital, déterminant pour la suite de mon existence.

Il se tait de nouveau en réfléchissant.

– A quoi tu penses ? lui demande-t-elle.

– J'ai dit environnement, mais en fait il n'y avait rien qui puisse être comparé à notre réalité habituelle, mais à part les apparences. La sculpture de la main sur laquelle Olky était assise, nous-mêmes, l'espace, le monde tel que nous le connaissons, qui apparaissait au loin, tout était vides, inexistant comme des mirages, des illusions. Pourtant, c'était aussi concret que notre monde. Inexplicable. Je pense qu'il me faut l'intégrer pour parvenir sinon à le comprendre, mieux le saisir. C'est une question de temps.

– Ou d'expérience.

Il la regarde surpris par sa réponse pertinente, puis se souvient des propos d'Olky à son sujet :

" Apprends à l'écouter, comme elle l'a toujours fait pour toi. Par le pouvoir de l'empathie des femmes, elle sait ce que tu vis et pourra te guider. "

On sonne à la porte. Il se lève pour aller ouvrir.

– Abas ! dit Miha en franchissant le seuil suivi par une grande hachmich impérieuse.

Ils la reconnaissent, elle était intervenue contre les zlinos.

– Eugilène Tergir ! dit Miha en la présentant du regard.

– Abas ! dit-elle d'un ton décidé en leur souriant, la paume de sa main droite tendue vers eux.

Silou se présente à son tour en claquant la sienne dessus, puis Échlos. Après avoir salué Miha, Silou les invite à s'asseoir sur les fauteuils autour de la table-basse. Ils s'installent en l'observant discrètement afin de savoir qui elle est.

Eugilène Tergir porte les mêmes vêtements que les autres hachmichs, à quelques détails près : un corsage blanc avec un grand décolleté laissant voir son énorme poitrine jusqu'aux mamelons tumescents, un blouson à basques, un short, l'ensemble en stretch marron. Son ceinturon à le même fermoir en cuivre doré qui représente le sceau de Préost. Ses sandales jaunes tressées à petits talons, attachées par des lanières enroulées autour de ses chevilles, soulignent la musculature et le galbe de ses longues jambes. Ils admirent la finesse des traits de son visage, au nez droit, à la peau anthracite pure comme celle d'une enfant, la sensualité de ses lèvres brillantes violettes. Sa longue et épaisse crinière de guerrière, comme toutes celles de son Ordre est attachée en queue de cheval au sommet de son crâne. De même que pour Élpa, il est difficile de lui donner un âge. Avec ses abdominaux d'acier qui apparaissent sous le court corsage, la largeur et la puissance de ses hanches et du haut de ses cuisses, ses jambes aux muscles saillants, elle est impressionnante. Par sa prestance de conquérante, son port de tête légèrement en arrière comme si elle vous regardait de haut, elle pourrait paraître présomptueuse, imbue d'elle-même, outrecuidante. Comme d'ailleurs Élpa et les autres hachmichs qu'ils ont vues lors de leur intervention contre les zlinos. Elles ont toutes quelque chose qui leur donne un air pouvant sembler être de l'arrogance, de la condescendance, donner à pensée qu'elles s'estiment supérieures.

Ce qui titille les fantasmes sadomasochistes d'Échlos, fait ressurgir ses pensées chthoniennes.

– Que voulez-vous boire ? demande Silou en se levant.

– Scaoute de ctéris, répond Eugilène.

– Jus de piso, dit Miha.

– Pareil, dit Échlos assis à côté de lui.

Après avoir raconté ce qu'ils ont vécu depuis la découverte de cette femme assassinée, il lui montre sa photo en lui disant son nom. Comme Miha, elle ne l'a jamais vue. Échlos est déçu qu'elle n'était pas parmi ses guides dans la jungle, comme il l'avait espéré.

De son stylet-jo, Miha projette une carte géographique d'Asphite, formé de neuf régions avec leurs noms indiqués sur chacune : Chuma, Acoum, Chire, Obosque, Labrésises, Shatom, Berlust, Lysia, Oléa. Sauf l'Obosque, la plus vaste entièrement couverte de jungle, dont les cercles jaunes ne comportent qu'un seul nom, Sitpa, elles ont toutes une multitude de villes et de villages indiqués par des cercles vert clair de tailles différentes avec leurs noms inscrits, eux, au-dessus. Les cercles surmontés d'un petit triangle rouge vif pointe en haut indique la présence des pudjols avec leurs noms écrit en blanc au-dessous. Échlos en profite pour les enregistrer. Il prévoit d'y ajouter au fur et à mesure les informations essentielles qu'il obtiendra sur elles. Ils lisent que ces neuf régions furent jadis les territoires des clans.

Eugilène se lève et indique du doigt en Obosque le seul cercle jaune avec un nom :

– Au centre de ses marécages, Sitpa devait être leur village principal avec peut-être leur pudjol. Depuis leur schisme, nous n'avons que peu d'informations sur eux et leurs pratiques occultes.

Elle montre d'autres petits cercles jaunes à l'intérieur, en ajoutant :

– Les seules ruines des villages qui ont été trouvées, eux encore sans nom. Sitpa fut découvert par un ethnologue bolongosien, Omate Taloum. Avant et après la séparation d'avec les autres clans, les obosques connurent plusieurs périodes de puissance et de prospérité. Dès l'origine il fut le plus important des clans en nombre d'individus et en superficie. Pour les autres asphites, ceux-ci étant maléfiques dès leur schisme par leur alliance avec Satnous, leur territoire, leurs ruines aujourd'hui, tout ce qui provient d'eux est maudit. Nous ne sommes pas certaines que leur pudjol, jadis consacrée à la vénération et aux cultes de Satnous, est bien à Sitpa mais nous avons de bonnes raisons de le penser.

– A propos de Satnous, l'interrompt Miha, pour les asphites non obosque il y a sept péchés capitaux, personnifiés chacun par un Démon ou une Démone.

Il regarde Élpa avant de poursuivre pour avoir son assentiment.

– Mieux vaut qu'ils en soient informés, lui dit-elle.

– J'ai hésité à vous dire leurs noms et leurs attributs, dit Miha à Silou et Échlos, parce qu'en parler équivaut à les invoquer : Moumon, masculin : richesse, avarice ; Satnos, masculin : colère ; Kusmêlnas, féminin : envie ; Belzoath, masculin : gourmandise ; Amsadèse, féminin : luxure ; Lusfir, masculin : orgueil ; Belgras, masculin : paresse. (1)

– Actuellement en ce qui vous concerne sévit Kusmêlnas, insinue Eugilène, moqueuse.

D'un air complice, Miha regarde Échlos, honteux d'être ainsi découvert, qui lui répond par un sourire forcé.

– Nous pensons que leur pudjol est là du fait des morts mystérieuses d'Omate et de Frankus beaucoup plus tard, toutes deux toujours inexpliquées. Celle d'Omate le fut quelques semaines après son retour chez lui, un village de brousse en Bolongo. Sans pouvoir l'affirmer, nous avons de bonnes raisons de croire que les salles souterraines qu'il a mises à jour font partie des accès à leur pudjol, que sa mort en serait la conséquence. Idem pour Frankus qui les a également fouillées bien après lui. Pour ces raisons et probablement d'autres que j'ignore, notre kalupé vous sait en danger car vos recherches vous orientent inévitablement vers ces ruines et vont vous conduire, vous aussi, à Sitpa.

Silou et Échlos se regardent décontenancés.

– Depuis toujours, nous veillons à faire barrage mentalement aux obosques et à leurs descendants cmitanos, à éviter de les évoqués et à rester éloignés de leurs lieux. Nous y sommes très vigilantes, y prêtons la plus grande attention pour notre propre défense et celle de tous, dont les explorateurs de leur territoire que nous veillons à protéger en allant avec eux.

---

(1) Parallèle avec les figures du Diable, Satan ou Lucifer selon la religion chrétienne : Mammon, Léviathan, Belzébuth, Asmodée, Belphégor.

Elle se tait un instant, avant de répondre à ce qu'ils pensent :

– Nous nous interrogeons nous aussi sur la disparition mystérieuse de tout ce qui provient d'eux.

Elle les observe et ajoute :

– Pour votre mise en garde, j'ai reçu l'instruction de notre kalupé de vous informer de l'existence des cmitanos. C'est la raison de ma venue. Ils vivent toujours dans les immenses marécages au centre de la jungle du nord.

Silou, maintenant convaincue de la vérité de son pressentiment négatif, veut en savoir plus sur eux.

Eugilène, qui perçoit ses pensées, lui dit :

– Tu seras rapidement informée.

– Je dois aller à Sitpa, dit Échlos qui au lieu d'être devenu réticent à y aller en est boosté. J'ai la conviction que c'est là que je peux trouver les réponses que je cherche.

Silou soupire, résignée.

– Combien de temps faut-il pour y arriver ?

Eugilène, hésitante, jette un regard sur Miha, avant de répondre :

– Pour nous, en moyenne quinze à vingt jours, selon la saison. Avec nos meilleures sportives ce délai est plus court. Quelle est la durée de votre séjour ici ?

– Neuf jours. Silou ne peut dépasser ce délai mais elle peut repartir seule. Pour ma part, indépendant professionnellement, je suis libre de gérer mon temps.

Inquiète, Silou l'observe en fronçant les sourcils.

– Je vais rendre compte de notre entretien à notre kalupé. Je lui soumettrai ton inquiétude Silou, dit Eugilène en indiquant Échlos du regard. Rassure-toi, je suis certaine qu'une hachmich sera dépêchée au plus vite pour vous protéger en permanence. Il y va de l'intérêt de tous. Miha vous tiendra informé.

– Comment faire pour vous contacter ? lui demande Échlos.

– Je ferai le lien entre toi et elles, répond Miha. En cas d'urgence tu me contacteras.

– D'accord !

Agacée par ce qu'elle considère n'être qu'une complication inutile, Silou lui indique de son index la poche de son stylet-jo sur le côté droit de son skyt, noir à jambes courtes.

– Non, lui répond Miha. Les hachmichs ne communiquent pas avec des gens de l'extérieur et s'ils doivent le faire ce n'est jamais de cette façon. Ce serait trop long de t'expliquer pourquoi maintenant.

– A cause des cmitanos, notre kalupé vous demande de rester très vigilant pendant toute la durée de votre séjour. Ils vous guettent probablement déjà.

Eugilène s'apprête à se lever pour partir.

– Encore une question s'il te plaît ! dit Échlos. Tu as dit connaître peu de choses sur eux, vous avez bien une idée à propos de la disparition de tout ce qui les concerne, comme l'ensemble de leurs habitations et de leur pudjol ? C'est étonnant en comparaison de ce qui reste des autres asphites.

– Ta question est récurrente. Je te l'ai déjà dit, nous en ignorons la raison, ou les raisons, et n'avons aucune supposition. Ce qui est important de vous souvenir c'est de vous protéger et de savoir que depuis leur séparation d'avec les autres clans, les obosques sont damnés, que tout ce qui provient d'eux l'est de ce fait irrémédiablement, ainsi que leurs descendants cmitanos.

Descendus de l'otjetcar du Centre – garé parmi ceux alignés devant l'entrée d'une immense esplanade au sol de terre battue, entourée de murets –, ils avancent vers le long et imposant bâtiment d'un étage de l'entrée, apparemment aussi ancien que la pudjol. Devant sa haute porte massive à double battants, ouverts en grand et rabattus sur les cotés extérieurs, les attendent de nombreuses hachmichs côte à côte, avec leur longue et épaisse queue-de-cheval au sommet de leur crâne mais habillées différemment, de manière plus féminine. Au lieu d'être caparaçonnées, elles sont habillées d'un fin corsage blanc échancré à manches courtes, au col en dentelle amidonné remontant sur leur cou, d'une mini-jupe blanche, chaussées de sandales blanches à petits talons.

– J'ai lu que dès leur entrée dans l'Ordre, leurs cheveux ne sont jamais coupés, dit Échlos à Silou, la plupart depuis leur naissance, leurs parents étant aussitôt informés de leur destinée.

– Cette queue de cheval est probablement un signe d'appartenance à leur communauté, répond Silou.

– Il est aussi écrit que chacune est tirée au Ciel par elle ; une métaphore pour indiquer que par ce moyen elles reviennent régulièrement au divin. (1)

Droites, dos cambrés, par leur noblesse naturelle et leur prestance qui impressionnent, elles peuvent paraître altières, alors qu'elles sont avenantes, chaleureuses.

– Abas ! saluent-elles de concert, en levant leur main droite devant les nouveaux arrivants.

(1) Référence à une pratique de certains adeptes du taoïsme, religion chinoise populaire fondée par Lao Tseu au VI^{em} siècle avant J.-C.

Elles créent chacune leur groupe. La trentenaire qui prend en charge celui où se trouvent Silou et Échlos, leur dit :

– Je me nomme Ésbaèle Liviates. Soyez les bienvenus à la pudjol Kalupa ! Je serai votre guide. Celle-ci étant toujours active, je vous en parlerai au présent. N'hésitez pas à m'interroger.

D'un signe gracieux de la main elle les invite à la suivre sur l'esplanade :

– Que cette visite vous soit agréable et bénéfique à l'élévation de votre âme dans la paix et la fraternité.

D'autres groupes que les leurs, conduits chacun par une hachmich, marchent déjà vers la pudjol, certains sont arrêtés sur les côtés. Étant au sommet d'une colline, ils contemplent la canopée de la jungle à l'entour, à perte de vue, au loin le Centre et l'aéroport, tout en bas Chumaka et la route sinueuse qui monte jusqu'ici, à moitié enfouie dans la végétation.

– Elle n'était jadis qu'un sentier laissé abrupt et exigu afin de rendre difficile l'accès aux éventuels envahisseurs, dit Silou à Échlos en suivant son regard.

Le long des murets latéraux, proche du sol, des fontaines sont disposées à distances régulières les unes des autres, toutes identiques : des serpents dressés en métal vert-de-gris crachent continuellement des filets d'eau dans de petites vasques aux trois quarts enterrées.

Admirant, impressionnés, la gigantesque pudjol tout au fond, une pyramide à la pointe tronquée, Ésbaèle, arrêtée à une fontaine après qu'ils se soient regroupés, leur dit :

– Ce qu'elle représente et la signification intérieure de son nom sont capitales pour la culture asphite. Construite au début de l'ère chuma, il y a plus de sept mille quatre cents ans, sa base carrée est de deux cent trente mètres de côté, sa hauteur de cent cinquante. Comme vous le voyez par leurs paliers en terrasses, elle comporte quatre niveaux principaux, chacun d'une hauteur de trente mètres, ajouté de la même hauteur tout en haut. Je vous indique ses dimensions parce qu'elles ont une symbolique ésotérique très importante que vous découvrirez probablement.

    – Pourquoi tout ça ? demande un pticosien.

    – Il s'agit d'accéder à l'ultime Unité.

Par dénigrement, celui-ci hausse les épaules.

    – Le premier niveau était voué à la déesse Kalupa, le second à l'Esprit d'Hachvir, le troisième à Préost, le quatrième à Shastu. Aller de l'un à l'autre ne pouvait l'être qu'en fonction de son évolution. Arrivées au sommet, leurs connaissances pouvant leur procurer un sentiment de puissance, d'inflation, elles étaient initialement prévenues de ne pas y succomber afin de pas être précipitées, au moindre, dans un monde inférieur, au pire en enfer (1). Il était donc impératif qu'elles veillent continuellement à rester kalupa pour être détachées. Au sommet, elles pouvaient également éveiller la puissance du serpent (2) pour entrer en Opalisciole, s'unir à Obosqua. Je précise qu'il s'agissait d'union pas d'absorption, de disparition selon les obosques d'hier et leurs descendants cmitanos d'aujourd'hui.

(1) Métaphore de l'inflation dans la mythologie grecque : Icare s'évada du Labyrinthe, où Minos les avait enfermés, grâce à des ailes fixées aux épaules par de la cire. Il s'éleva si près du Soleil que la cire fondit, qu'il perdit ses ailes et fut précipité dans la mer. Pour la religion chrétienne, l'archange Gabriel porteur de Lumière au paradis, fut précipité en enfer, en devenant Lucifer.
(2) Shakti en sanskrit. Voir « *La Puissance du Serpent* », Arthur Avalon, Éditions Dervy-Livres.

Silou, par l'expression de son regard et de son visage fait comprendre à Échlos qu'elle commence par en avoir marre.

– Chaque niveau à une salle majeure d'initiation et de célébration qui peut être visitée. Ils comportent plusieurs sous-niveaux avec des dédales de couloirs, d'escaliers, de salles de diverses dimensions presque tous inaccessibles aux visiteurs. Elles sont toujours destinées aux habitations et aux préparations des officiantes. Pour cela elles ont chacune en permanence une laïque à leur disposition pour les servir, nommée Kilaè. Par exemple celle consacrée à une hachmich vouée aux protections occultes et aux arts divinatoires est chargées de trouver les composants nécessaires à la création de ses talismans, de ses amulettes et, si nécessaire, de nouvelles tiges d'achillée qu'elle utilise pour interroger l'oracle du Tchikli. (1). Tout ceci reste encore aujourd'hui très important pour beaucoup d'entre nous, hachmichs et autres asphites venant nous consultés, particulièrement l'astrologie et le Tchikli. Pour mieux vous informer vous trouverez des livres et quelques dépliants à l'accueil du bâtiment où vous êtes arrivés.

Un adolescent pticosien hésitant, gêné de l'interrompre, lui dit :

– J'ai lu que les hachmichs communiquent avec les esprits de la nature et de leurs ancêtres.

Étant plutôt une constatation qu'une question, par son expression et un hochement de tête Ésbaèle lui donne seulement raison.

---

(1) Équivalent de la pratique ancestrale chinoise du Yi King. Voir « *YI KING, LE LIVRE DES TRANSFORMATIONS* », version allemande de Richard Wilhelm, traduit par Étienne Perrot, Librairie de Médicis.

– Je termine en vous disant que si nous vouons notre existence à l'Illumination, pour nous-mêmes, tous les achloviens, l'ensemble du vivant, nous avons également pour tâche essentiel d'éradiquer le Mal, sous toutes ses formes.

– Excuse-moi, dit Silou, tu as dit que vous avez chacune une servante.

Ésbaèle perçoit ce qu'elle a à l'esprit :

– Je comprends que tu puisses le penser, car effectivement chacune consacre toute son existence à celle à qui elle est attachée, dans la plus complète abnégation d'elle-même. Mais contrairement à ce que tu imagines, en aucun cas la hachmich à laquelle elle se consacre la considère comme une subalterne, pouvant au demeurant être maltraiter et lui manquer de respect. Au contraire, elles sont toutes deux complices, par leur fraternité, de leurs vies intérieures.

Silou jette un regard suspicieux à Échlos, qui reste indifférent.

De nouveau tournée vers Ésbaèle, agacée elle insiste lourdement en étant ironique pour bien lui montrer sa réprobation :

– Je suppose que la pudjol n'est plus aussi active que jadis, pourquoi chacune a toujours sa servante ?

Perplexes, tous observent Ésbaèle répondre, incisive :

– Vas-tu systématiquement continuer de t'opposer à tout ce que je dis par des polémiques inutiles, ou es-tu ici pour connaître notre culture par le biais de cette pudjol ?

Silou, décontenancée par sa réaction agressive, est contrainte d'attendre un peu avant de répondre :

– Je ne suis pas croyante. Pour moi, votre Obosqua, vos anges, votre Diable, vos démons ne sont que des extrapolations, des projections mentales de nos situations heureuses ou malheureuses. Par exemple, votre Belzoath n'est qu'une justification du besoin incontrôlable de beaucoup d'obèses de baffrer à longueur de journée. C'est évidemment plus facile de le croire que de reconnaître que bouffer est devenu leur addiction. Ce n'est pas Belzoath qui les possède mais le besoin irrépressible de se faire plaisir. Ce n'est pas d'un exorcisme qu'ils ont besoin mais de volonté pour retrouver leur liberté.

—   Permets-moi de développer, la prend sur le vif Ésbaèle. Un obèse ne peut pas se passer de manger, de baffrer comme tu dis. Accro à la bouffe, il se déculpabilise en se disant que c'est à cause de Belzoath, sinon que c'est une maladie. Soit ! Il peut continuer en refoulant ses questions récurrentes, bien qu'il ait du mal à respirer quand il fait le moindre effort, qu'il soit vite essoufflé quand il marche, qu'il lui est nécessaire de s'arrêter souvent. Même mettre ses chaussures est une épreuve, sans parler de monter les escaliers, de sa gêne et de sa honte lorsque les autres l'observent...

Silou la regarde l'air de lui demander "et alors ?"

—   Tu ne te souviens pas de ce que j'ai dit de kalupa ?

Elle lui fait comprendre qu'elle ne voit pas le rapport.

Ésbaèle exaspérée qu'elle ait fait si peu cas de ses informations, au point de ne pas faire le lien, lui dit :

—   Il lui suffit de savoir se détacher du mental, de ses pensées possédantes, en l'occurrence ici de son besoin démesuré de ce que la psychanalyse nomme satisfaction-plaisir. Tu as là un exemple de la nécessité pratique d'être kalupa. Car si cette personne, qu'elle soit victime d'elle-même ou de Belzoath, pouvait acquérir cette faculté, elle ne se laisserait plus accaparer par ce besoin mortifère de manger avec excès et se détournerait naturellement des aliments dont elle n'a pas besoin autrement que pour se nourrir normalement.

Silou reste coi, les bras ballants.

– Je peux poursuivre ? demande Ésbaèle un peu moins irritée. Sinon c'est Satnos qui risque de se manifester, par une colère qui risque de te surprendre bien davantage.

Sidérée de s'être fait rabaissée le caquet en étant aussi directe et menaçante, elle acquiesce.

– L'entrée de cette pudjol était jadis précédée d'un rituel de purification devant l'une de ces fontaines suivi d'un serment. Pour vous mettre en diapason vous pouvez les faire après moi.

Les gens, étonnés, s'observent, hésitants.

Agacée par des dissipés et bruyants, elle leur dit sèchement, en élevant la voix :

– Je ne vous le propose pas pour répondre à un besoin de folklore culturel pour touristes en mal d'exotisme mais pour vous imprégner de notre culture afin de mieux la connaître. Sachez toutefois que ces actes restent pour beaucoup d'entre nous nécessaire de parfois renouveler pour affirmer notre détermination à tendre vers la libération. Il va de soit que faire ce rituel et dire ce serment n'est bien entendu pas une obligation.

Elle enlève une sandale, met un pied au-dessus de la vasque, sous le fin filet d'eau qui sort de la gueule du serpent. Après l'avoir frotté des deux mains, elle le pose sur le rebord, remet sa sandale, fait de même avec l'autre pied. Rechaussée, elle se frotte les deux mains sous l'eau, les joint pour en prendre, s'asperge le visage.

Elle se redresse, lève ses bras à l'horizontale devant elle face à la pudjol, paumes des mains tournées vers le ciel, et dit :

– Pour la paix, l'harmonie, je fais le serment d'agir au mieux par fraternité et solidarité avec tout le vivant.

Ses bras et ses mains de nouveau dans la même position, elle invite à faire de même une géante osphorienne à côté d'elle, en se répétant lentement.

Ésbaèle fixe d'un regard courroucé un couple de ratatinés rebutants d'Éleusis à l'écart de leur groupe, à la peau verdâtre tirant sur le moutarde, aux visages anguleux ridés comme des vieilles pommes, qui les observent en se moquant, elle et l'osphorienne, de leurs yeux globuleux. Tous comprennent que c'est à eux qu'Ésbaèle s'est adressée lorsqu'elle disait qu'il ne s'agissait pas de folklore.

En approchant de la pudjol ils sont tous davantage fascinés par son gigantisme, son mystère et le sentiment de puissance sacrée qui en émane. Faites d'énormes blocs de pierre blanchâtre, elle n'a subi que peu l'érosion du temps.

En bas du premier niveau, ils franchissent une porte monumentale en bois noir, sculptés de motifs géométriques qui semblent étrangement s'opposer.

– Ce lieu est très important pour celles qui y pénètrent la première fois, commence par dire Ésbaèle. Elles y prononcent leurs vœux d'entrée dans notre communauté.

En s'habituant à la pénombre, ils s'attroupent autour d'elle montée sur une dalle centrale de pierre circulaire d'environ quatre mètres de diamètre. Au milieu, posé sur un autel formé d'une épaisse plaque rectangulaire de marbre noir aux angles tranchants, un point luminescent rouge, au cœur d'une petite pyramide translucide, attire leur attention.

La lumière du jour ne jaillissant que des meurtrières verticales tout au long du mur extérieur perpendiculaire, la demi-pénombre accentue sa présence et son mystère.

– Ce point, dit-elle en montrant du doigt le voyant, symbolise la présence au plus profond de nous, nécessaire pour ne pas perdre. C'est le Melekh Roi dont dépend notre vie. Sans elle, même un ange peut devenir démon.

Surpris par son propos incompréhensible, tous cherchent à le saisir en suivant son regard vers un gamin ispokusien jaune abricot pour qui, apparemment, ce qu'elle dit est évident.

– Tu piges le rapport toi ? murmure Silou l'air renfrogné, à l'oreille d'Échlos.

Celui-ci faisant mine de ne pas comprendre, elle précise, agacée :

– Le point lumineux, l'ange devenant démon, ce gamin eh, patate !

Au lieu de répondre il fait une moue dubitative.

– Pour ne pas faillir, ne pas être attiré par l'une ou l'autre rive du fleuve, cette présence au cœur de notre esprit permet de rester au milieu, entre les opposés, jusqu'à l'entrée en Opalisciole.

Ésbaèle descend de la dalle, avance vers une porte au fond de la pièce. Toute aussi imposante que la première, les deux battants s'ouvrent automatiquement en pivotant à l'intérieur. Les grincements stridents de ses énormes gonds, aux bouts des armatures, résonnent dans l'espace.

En entrant, elle dit :

– La salle des cultes à Kalupa !

Majestueuse et immense, elle est éclairée par des torches, aujourd'hui électriques, portées par des candélabres d'une taille achlovienne. Les voûtes du très haut plafond sont soutenues par d'énormes colonnes torses gaciennes (corinthiennes) du même marbre que l'autel :

A mis hauteur des murs latéraux et transversaux sont accrochés une multitude de bas-reliefs colorés de pierre de diverses dimensions, de celles d'un livre à plusieurs mètres de long et de large. Surprenants par leur nombre et leur diversité, ils donnent à cette salle une flamboyance proche de l'ostentation. D'autres portes fermées similaires retiennent également leur attention.

Ésbaèle monte sur une dalle de pierre au centre, beaucoup plus grande que la première, entourée d'un chapitre arrondi de plusieurs niveaux de sièges, en bois sculpté de personnages monstrueux et de diables difformes et grimaçants. Elle avance vers l'autel identique au premier en plus imposant par sa taille.

En s'attroupant dans le vaste déambulatoire autour de cette dalle, ils observent les pierres tombales à ras du sol, les hauts orientées vers l'autel. Patinées, lustrées par le temps, elles portent des inscriptions mêlées de signes profondément gravées pour ne pas être effacés par l'usure des pas.

– Tout ici, dit-elle en faisant un large geste circulaire de la main, avait pour but d'être kalupa. Seul cet état intérieur pleinement réalisé, leur permettait de passer au niveau suivant de leur initiation, celui d'Hachvir.

    – J'ai envie de me barrer, dit Silou agacée.

    – Le cycle sans fin des existences successives, provient de notre propre esprit et le Narmika (1), sa libération, provient aussi de notre esprit. Tout plaisir et toute douleur n'existent nulle part ailleurs que dans notre esprit. Kalupa nous permet d'être totalement détaché jusqu'à pouvoir percevoir l'illusion de l'ego et de tous phénomènes qui nous semblent réels. (2) N'étant alors plus accrochées à l'idée erronée d'un ego, nous savons qu'il est la cause de notre souffrance et que celle-ci est accrue au moment de la mort et pendant le passage du devenir après la mort. (3) Ainsi confiant, en se disant à quoi bon craindre puisque aucun mal ne peut advenir à une non-personne, au moment de la mort nous nous souviendrons qu'elle n'est pas une fin mais un autre commencement pour poursuivre notre vie. (4)

Des grommellements d'assentiment et de réprobation perturbent l'assemblée.

Silou se tourne vers Échlos, toujours dans l'intention de se plaindre. Pendu aux lèvres de cette hachmich, elle est étonnée qu'il soit vivement intéressé, ignorant que dans ses propos il a la conviction que quelque chose peut lui être révélé sur son enquête ou répondre à quelques-unes de ses nombreuses questions. Davantage exaspérée, elle trépigne

(1) Terme jaïnisme équivalent à Nirvana, à Mokta pour l'hindouisme.
(2) Écrit selon les paroles de Tsélé Natsok Rangdol, maître tibétain des plus accomplis du XVIIe siècle.
(3) Écrit d'après des extraits du livre « Le Livre tibétain de la vie et de la mort » Sogyal Rinpoché, Éditions de la Table Ronde, Paris, 2003.
(4) Le Dalaï-lama. « Sages paroles du Dalaï-lama », présenté par Catherine Sary, Éditions J'ai Lu, 2001.

d'impatience.

Une petite pticosienne fluette, vêtue d'un skyt rouge cerise, lui sourit l'air de dire qu'elle est d'accord avec elle, que c'est trop long, beaucoup trop compliqué.

Échlos, qui n'a pas suivi Silou lorsqu'elle est partie précipitamment, après qu'Ésbaèle ait terminé sa présentation vient de monter les escaliers intérieur jusqu'en haut du premier niveau sans prendre le temps de s'arrêter aux sous-niveaux, impatient de la rejoindre. Il sort sur le palier.

–   Qu'est-ce que t'as ? lui demande-t-il étonné de la voir aussi tendue.

–   Qu'est-ce que t'as, répète-t-elle sur un ton sarcastique en le mimant avec une grimace. J'en ai par-dessus la tête de son baratin dévot incompréhensible et de sa fatuité. Pas question de me convertir, je ne vais pas me laisser inoculé sa religion asphite. Merci !

–   Ce n'est pas son but. Et puis, c'est normal que ce soit en partie incompréhensible. Il faut s'imprégner de cette culture pour parvenir à la connaître et la comprendre.

–   Ben voyons, répond-elle toujours ironique.

–   Calme-toi, lui dit-il en voulant l'apaiser d'une main sur son épaule.

Crispée, elle pivote nerveusement sur le côté pour la retirer, en disant :

–   Écoute, lorsque tu m'as parlé de ce qui s'est passé avec Olky, je pressentais ce que tu avais vécu. Il n'empêche que je n'en n'ai pas pour autant perdu mon esprit schopésien (cartésien). Ce n'est pas pour ça que je vais considérer ce vécu comme tu le fais. Il peut être tout autre que ce que tu imagines, avoir une explication rationnelle, non surnaturelle mais causale, logique comme celle des mirages dans nos déserts torrides par exemple. Je perçois ce que dit cette nana, dit-elle en parlant d'Ésbaèle, qui cherche à nous faire prendre des vessies pour des lanternes, de la même façon. Eh ! Je suis une scientifique, pas une bigote déçue du matérialisme parce qu'il n'offre pour perceptive d'avenir que la réussite sociale et financière. Je ne suis pas en quête d'un paradis où tout le monde est beau et gentil. Je ne me ferai pas embobiner par son sophisme de pseudo-vérité.

– Hein ? Je ne perçois pas du tout ce qu'elle dit ainsi.

– Tiens ! ne t'en fais pas, c'est illusoire, lui dit-elle en lui donnant un coup de poing dans le ventre.

– Ah d'accord ! dit-il plié en deux plus par surprise que par douleur. En tous cas, ça confirme pourquoi Ésbaèle a approuvé Miha à nous dire quels étaient leurs attributs. Je peux savoir avec quel mâle tu me trompes.

– Arrête de parler par énigmes comme elle !

– Avec le démon Satnos, celui de la colère.

– Ah c'est ça. Ben voyons ! Comme toi avec Kusmêlnas. Tu crois que je n'ai rien remarqué entre toi et Miha ?

– Kalupa ! entendent-ils derrière eux une voix féminine qui les incite à se calmer.

Ils se retournent et voient l'impérieuse Ésbaèle qui leur sourit d'un air malicieux.

– Satnous agit de manière sournoise pour rendre l'esprit querelleur et mauvais, ajoute-elle.

Ils s'observent l'un l'autre et éclatent de rire en prenant conscience de s'être bien fait avoir par ce que Silou nommerait des humeurs maussades.

Curiosité architecturale, c'est de ce palier, au sommet du premier niveau, qu'ils entrent au deuxième niveau, dans la salle des cultes et des rituels à Hachvir. Sauf ses dimensions, moins importantes que celui du dessous, elle est similaire et aussi impressionnante, avec son autel, son chapitre, ses bancs, ses bas-reliefs en nombre surprenants. Montée sur une dalle circulaire, dos à l'autel Ésbaèle attend que tous se regroupent face à elle dans le large déambulatoire.

Lorsqu'ils sont réunis et silencieux, elle dit :

– L'ensemble des initiations qui amènent à l'unité d'Obosqua, symboliquement représentées par ces trois cent trente-trois bas-reliefs, est désigné par l'énigmatique indication : « *Renforcement de la cohésion à l'Esprit d'Hachvir par les confrontations extraordinaires et ordinaires avec Satnous.* »

Une géante ashanganienne l'interrompt :

– Quelles confrontations, cohésion ?

– Confrontations extraordinaires allant d'actes délinquants mineurs à ceux d'une extrême gravité. Confrontations ordinaires parce que liées au simple quotidien, par n'importe quelle addiction, des comportements néfastes envers soi-même, les autres, l'environnement, la nature. Mal dans sa peau, on fuit par un activisme forcené ou, à l'inverse, par l'oisiveté, la passivité. La suractivité et l'oisiveté mènent à l'indifférence des autres, de la vie profonde, intérieure, et à la bêtise par dissipation, engourdissement de l'esprit par le futile, le dérisoire, le détournement des valeurs essentielles de la vie. Confrontations incubatrices des morts-vivants qui répètent en boucle les mêmes pensées et dires répétitifs, les mêmes actes journaliers machinaux. En créant ainsi la rancœur, la rancune, le mépris, le mal-être, est engendré en corollaire le racisme, l'hégémonie fasciste, la xénophobie sous couvert de patriotisme, l'homophobie imbécile, l'intolérance des différences, le besoin de boucs émissaires pour décharger sa tension maladive.

– La cohésion, celle à l'Esprit d'Hachvir, au Soi, apportée par la disponibilité de kalupa, permet heureusement de se ressaisir et de ne pas commettre l'irrémédiable. Il faut savoir que, paradoxalement, plus proche nous sommes d'Obosqua, plus proche nous le sommes aussi de Satnous. Cependant seules ces confrontations, qui ne résultent pas d'un choix mais d'une nécessité, permettent d'en saisir l'intelligence, puis l'illusion et de s'en libérer à jamais. (1) C'est ainsi, et par cette manière d'être, que nous détenons les clés de la mort et du séjour des morts (2). L'esprit achlovien tend vers la mort, celui d'Hachvir vers la vie et la paix, par la puissance de l'amour. (3) Par kalupa et cette cohésion à l'Esprit, ni la mort ni la vie, aucune force de conditionnement ne peuvent nous séparer de l'amour. Au plus profond de nous-mêmes ouvertes à l'Esprit (4), nous évitons spontanément toutes attitudes pouvant être nuisibles, pour nous-même, pour d'autre, pour l'ensemble du vivant.

---

(1) Pour s'assurer à la fois de sa totale détermination et de son abandon en confiance, Marpa, le maître tibétain de Milarepa, l'a contraint de construire et détruire successivement cinq tours, avant de lui donner le moindre enseignement. Voir « Milarepa ou Jestsun-Kabbum », Lama Kazi Dawa-Samdup, Édition Librairie d'Amérique et d'Orient.
(2) Référence à Apocalypse 1-18, « La Bible, Nouveau Testament ».
(3) D'après Romain 8-5-7, Nouveau testament.
(4) D'après Romain 8-37-39.

*

Silou, engagée pour traverser la rue, est évitée de justesse par une otjet, qui se gare le long du trottoir, à quelques mètres d'elle. En regardant autour d'elle, par les publicités dont elle ne connaît pas la langue, les panneaux de signalisations et les passants à la peau blanche, elle se rend compte qu'elle n'est plus en Asphite mais dans un pays de Pticosie autre qu'Hospticos.

" En clachi ! " se dit-elle.

Ce qui explique son manque d'attention, habituel la première seconde après être entré dans l'esprit d'une autre personne.

Son clachi lui est confirmé en voyant les vêtements qu'elle porte. Jamais auparavant elle n'aurait pu s'habiller ainsi : pantalon et blouson en latex noir couverts de rivets d'argent, chemisier noir, large ceinturon au gros fermoir argenté en forme de tête de bouc au regard menaçant.

Elle souffle un grand coup pour se remettre de sa grande émotion, avant de rejoindre le véhicule.

La conductrice, prostrée, qui ne se sent visiblement pas bien, s'empresse de lui dire, redoutant qu'elle l'agresse :

– Je ne vous avais pas vue et j'avais par mégarde désactivé ma protection. J'ai tort, je sais. Je vous prie de m'excuser.

– Ce n'est rien, répond-elle en souriant pour la calmer. Vous voyant arrêtée, je me suis inquiétée.

– Ça va, seulement choquée c'est vrai.

A cet instant Silou perçoit la pensée de cette autre en qui elle est, son esprit avec le sien :

"Je dois me grouiller, je vais encore être en retard. Elle fait chier avec ses rencards à la con en pleine journée !"

    –   Je vous laisse.

    –   Je peux vous déposer quelque part si vous voulez ? répond la conductrice qui la regarde toujours un peu craintive.

    –   Non merci, je suis presque arrivée.

Elle marche d'un pas décidé, surprise de voir les gens s'écarter sur son passage avec des regards méfiants et désapprobateurs.

"Quel est son nom ?" se demande Silou de son hôte, qui répond :

"- Lou Piskos, dite chienne enragée."

"Ah d'accord ! se dit-elle pas habituée à cet esprit primaire. Bonjour la grossièreté et la vulgarité, ça promet..."

Elle se dit que ses vêtements sont en adéquation avec l'individu et comprends l'appréhension de la conductrice et des gens en la voyant.

La loubarde ringarde arrive à sa destination, un café que Silou considère trop sélect pour elle. Pourtant le portier, en livrée grise et casquette galonnée assortie, lui ouvre la porte sans hésiter. Elle se dit qu'elle doit être une habituée. La salle obscure, l'obligeant à attendre un peu que ses yeux s'habituent, venant d'une journée ensoleillé, est bondée de gens de tous les continents, bleus, verts, noirs, jaunes, magentas, en majorité pticosiens blancs. La musique hard-rock est assourdissante.

Lou s'installe sur un tabouret du bar, en observant discrètement les gens. Son regard arrêté sur un jeune éleusien aussi laid que ses congénères, Silou se dit qu'elle ne s'habituera jamais à ces visages anguleux à la peau verdâtre suggérant la maladie. Elle se tourne vers un couple d'osphoriens, d'un bleu radieux. Visiblement très amoureux, tous deux à moitié dénudés ils sont fiers d'exhiber leurs corps d'athlètes. Une jolie serveuse blanche aux cheveux mi-longs tirés en arrière, elle aussi à peine vêtue, un plateau vide en main, passe devant elle pour retourner derrière le bar.

– Un Polkos ! lui commande Lou d'un regard caressant en lui faisant d'emblée du rentre dedans. J'aimerais beaucoup être ton compagnon.

" Bonjour la drague épaisse !" se dit Silou.

– Carrément ! répond la serveuse. Comme ça, sans préliminaire ni savoir si je suis de ton bord ? Nous en reparlerons une autre fois peut-être, parce que c'est maximum aujourd'hui avec elles.

Elle lève son menton pour indiquer le groupe de musiciennes gothiques qui enflamment la salle.

Silou, surprise que l'allure hommasse de Lou plaise à cette serveuse, sait qu'elle-même suscite parfois ce désir ambigu d'être dominé pour les deux sexes, dû à son caractère autoritaire. Consciente qu'elle a toujours rejeté son attirance pour les femmes, qu'elle a du mal à l'accepter, elle se demande si ça ne serait pas la raison de son clachi. En s'observant dans le grand miroir de l'autre côté du bar, elle ne s'apprécie guère, trop vulgaire à son goût. Néanmoins, malgré sa caricature masculine, qu'elle trouve complètement con, et cette envie de vouloir filer une baffe au premier qui l'observe un peu trop, elle s'apprécie avec son petit nez aquilin, ses yeux vert émeraude, ses cheveux roux coupés à la garçonne, son éphélide. Ce qui, dans les temps anciens, l'aurait mise aux bancs des sorcières vouées à finir au bûcher.

189

Bien qu'elle n'en ait jamais bu – elle ne boit que rarement de l'alcool –, elle connaît ce cocktail que Lou a commandé. Composé de bistrol rouge supérieur, de liqueur de fraise, ici nommé Kan, et d'eau-de-vie de pomme Jios, il porte le même nom en Hospticos.

La serveuse de l'autre côté du bar, pose son verre devant elle et s'éloigne. Lou lui fait signe d'attendre, le boit cul-sec, lui dit d'en resservir un autre. La serveuse désapprouve.

"Ma pauvre, ta séduction vient de prendre une grande claque dans la gueule", se dit Silou en employant son langage pour être au diapason de la situation.

Bien que n'appréciant pas ce côté brut de décoffrage de Lou, elle réalise que sous ses aspects raffinés, elle est aussi parfois comme elle et emploie ce langage ; qu'en fait, malgré les apparences, elle lui ressemble un peu.

– J'avais trop soif, dit la barbare à la civilisée, qu'elle aimerait bien baiser, quand elle remplit son verre.

– Ben dis donc, ça fait une paille ! lui dit une magnifique gamine sexy qui l'accoste.

De par son âge, Silou est étonnée que le portier l'ait laissée entrer.

– Chou ! lui répond Lou en l'étreignant.

– Tu es toujours en retard, je traînais dans une boutique de fringues à côté. Je serais venue plus tôt sinon.

Cheveux mauves tressés, entortillés en chignon conique sophistiqué au-dessus de son crâne, elle est habillée hard-gothique et maquillée vampire ou mort-vivant, comme la plupart des gens ici : jupette blanche, court débardeur violet criard, qui laisse apparaître sa taille de guêpe, étonnante cambrure qui renforce la protubérance de son joli petit cul, longues jambes nues fuselées, bottines noires à talons-aiguilles couverts de rivets en métal argenté. Elle vampirise davantage par son visage de poupée plutôt que par son maquillage blanc cadavérique, ses yeux bleus aux longs cils artificiels couverts de mascara violet, entourés d'une large couche inesthétique de poudre grisâtre, la sensualité de ses lèvres exacerbée par leur couleur noire.

Elles s'échangent des banalités sans parvenir à dissimuler qu'elles n'ont qu'un seul désir : baiser.

Silou charmée par Chou, reconnaît qu'elle a aussi envie. Elle se revoit, inhibée coincée, critiquer cette liberté sexuelle qui n'était pour elle que perversion malsaine, sur laquelle pourtant son attention était souvent fixée.

"Faux jeton", se dénigre-t-elle acerbe.

Lou fait comprendre à Aolisé Schéli, dite Chou, de la suivre aux toilettes.

Elles s'enferment dans un cabinet, s'embrassent fébrilement. Lou enlève sa culotte, s'assoit sur le bord de la cuvette, Aolisé s'agenouille.

L'alarme incendie retentit, un hurlement strident discontinu qui fait mal aux tympans.

En sortant précipitamment elles voient que le feu a pris dans une cabine proche de l'entrée sur lequel une petite pancarte indique qu'elle est réservée aux fumeurs de tol. Dehors, elles apprennent qu'une femme y a jeté le contenu de son verre d'eau-de-vie au visage de son petit-ami pendant qu'il allumait son joint. Son visage et sa poitrine embrasés, il a provoqué l'incendie en renversant leurs verres.

Elles ont pris une otjetcar qui vient de les laisser sur une avenue d'un quartier malfamé en périphérie de la ville, aux rues et ruelles bordées de détritus, aux immeubles délabrés crasseux.

Par la mémoire de Lou, Silou voit celle qu'elles sont venues rejoindre – une grande brune pticosienne mature, aux yeux noirs pénétrants d'intellectuelle blasée, le visage austère et sévère à la peau très blanche –, et connaît son nom, Achyte Kmalto. Elle se dit que décidément elle préfère les gothiques trash et hard, puis, en pensant à Échlos, qu'elle titillerait ses fantasmes sadomasochistes, qu'elle subodore depuis longtemps.

Se sachant en milieu hostile, en marchant dans la ruelle sordide Okam Lascada, elles observent les portes et les fenêtres pour s'assurer que rien de suspect n'apparaît, jusqu'au numéro 9, un perron encombré de pots de fleurs aux plantes desséchées. La peinture écaillée de sa vieille porte grise et les toiles d'araignées poussiéreuses qui pendent aux angles de son encastrement, leur fait savoir qu'elle n'a pas été ouverte depuis longtemps. Elles descendent l'étroit escalier sous le palier. Face à une porte qui détonne de l'ensemble – fraîchement peinte d'une laque bleue marine, gonds, paumelles, poignée, heurtoir en cuivre doré soigneusement astiqués –, Lou prend le marteau en forme de diable difforme et visage grimaçant. Avant de le cogner, par prudence, à demi-mots chuchotés elle fait comprendre à Aolisé de se saisir de son shocker électrique, souvent appelé taser, et de l'armer, sans le sortir de son holster dissimulé sous son épaule gauche, puis frappe trois coups forts et espacés.

La porte s'entrebâille. Quelqu'un regarde sans se montrer, referme puis l'ouvre en grand pour les faire entrer dans un large et long vestibule haut de plafond, éclairé par un néon rectiligne central sur toute sa longueur, carrelé de faïences rectangulaires ivoires, au sol revêtu de grands carreaux de céramique saumon, aseptisé comme un atelier de boucher. C'est l'intello longiligne, encore plus échalas par les très hauts talons aiguilles de ses chaussures, vernis noires, Achyte Kmalto, habillée d'une mini-jupe en cuir noir et d'un chemisier vaporeux noir brillant à demi-transparent.

Lou-Silou, Aolisé, le sommet de leur tête arrivant à ses épaules, matent sa volumineuse poitrine, sans soutiens-gorge, qui paraît plus étonnante encore en rapport à sa maigreur.

Penchée dehors, elle jette un coup d'œil de chaque côté avant de rentrer en refermant la porte à clé. Elle donne un baiser appuyé sur les lèvres de Lou, avec amour, un bref à contre cœur sur celles d'Aolisé, puis indique la porte faisant face à celle de l'entrée, au fond du vestibule, en disant :

   –   Allons en bas. Ils sont déjà tous là.

Les vitres troubles aux bords biseautés des portes, deux de chaque coté, devant lesquelles elles passent, ne permettent pas de voir à l'intérieur. De la dernière sur leur droite proviennent des éclats de voix d'hommes et de femmes, à moitié étouffées par une tonitruante musique hard-rock saccadée, entrecoupée de hurlements.

Aucune des hôtes connaissant ce lieu, elles ignorent où mène le grand escalier de pierre qu'elles descendent.

Elles traversent un corridor aux mêmes dimensions que le vestibule, éclairé par deux imposants lustres de cristal, aux murs et plafond tapissés de satin noir, le sol recouvert d'une épaisse moquette à bouclettes rouges. Elles lisent les noms indiqués sur les portes en métal rouillé des murs transversaux, aussi deux de chaque coté, écrits en lettres gothiques rouges. Achyte leur dit les avoir nommées selon les pratiques et attributs des divinités qui y sont évoquées, démons et démones pour les étrangers à leur communauté : *Meskeiscre, Ésuros, Supplices de Bernice, Vices d'Istoulos*. Sur celle du fond, que l'échalas ouvre, elles lisent : *Jfeu de Luchnofer*. Elles entrent dans un vaste vestibule en demi-cercle, éclairé par un lustre identique à ceux du corridor. Murs, sol et plafond recouverts de miroirs, elles sont étonnées qu'il n'y ait aucune autre porte que celle de l'entrée.

Pendant qu'Achyte se dirige au fond à gauche d'où elles arrivent, elles matent dans le miroir du sol le reflet de ses longues jambes nues et de ses fesses, sans culotte.

Elle plaque sa main à un endroit du mur. Une surface de la dimension d'une porte pivote de l'autre coté. Elles entrent. L'entrée se referme aussitôt.

L'immense salle où elles sont – murs, sol et plafond également recouverts de miroirs –, comporte deux armoires, une commode, un bar avec quatre hauts tabourets, deux canapés en arc de cercle face-à-face avec entre eux une table-basse, tout ce mobilier moderne rouge vif flamboyant. Une des trois pièces contiguës, comme les autres séparées de la principale que par un rideau semi-transparent ondulant qui pend sur une tringle, comporte un grand lit à baldaquin. Les montants et traverses ronds de sa haute charpente – en laquelle la literie est encastrée, recouverte d'un couvre-lit en damier de cases rouges et blanches –, sont recouverts de petits morceaux de miroirs brisés joints par un enduit noir. En haut tout autour, sur les rideaux de tulle blanche, d'épais brocarts noirs de soie, terminés de dentelle en dents de scie de diverses longueurs, sont brochés de maximes ancestrales or au-dessus et en-dessous de motifs armoriés colorés, entourés de volutes végétales verdoyantes. Les rideaux, qui retombent en arrondi, sont attachés en bas de chaque colonne par un gros cordon de fils d'or torsadés, terminé à chaque extrémité par une épaisse et longue houppe du même rouge que le mobilier et des cases du couvre-lit.

Elles sont de nouveau intriguées par l'inscription rouge sur le brocart à la tête du lit :

« *Feu de Luchnofer* ».

Une autre pièce sert de bureau, la dernière fait savoir à Silou que sa pensée pour Échlos, en rapport à cette femme, était une intuition. L'échalas est bien une Maîtresse sadomasochiste : le pan d'un de ses murs est couvert d'instruments de torture, une sorte de cheval-d'arçon noir, moins haut, a des sangles d'attache à chaque pieds, l'une de ses deux structures métalliques noires est munie d'un godemiché à la place du siège, avec dossier et accoudoirs munis de sangles, l'autre est un cadre rectangulaire pouvant contenir une personne debout bras et jambes écartés en grand, également munis de sangles de chaque coté.

D'un signe de la main Achyte les invite à s'asseoir autour de la table-basse, en disant :

— Je vais me servir un cocktail Janus, vous en voulez ?

— Qu'est-ce que c'est ? demande Aolisé.

— Alcool de poire au sirop de noix de coco.

— Ça me va.

— Je préfère rester au Polkos, répond Lou.

Pendant qu'elle prépare leurs boissons, Lou répond mentalement aux questions que Silou se pose à propos d'Aolisé :

" - Ses connaissances et son assurance n'ont rien à voir avec sa jeunesse. C'est une élèwés. "

Silou, dubitative, lui fait comprendre son ignorance.

" - Tu ne connais pas ? Pourtant chaque achlovien a son Élès. L'invention de l'Élès a été faite par un élèwés osphorien. Ce terme désigne partout en Achlovi une personne, mâle ou femelle, ayant un esprit surdoué, parfois avancée dans sa réalisation intérieure mais pas forcément. Être élèwés est acquis entre deux existences dans le passage de la mort dit du devenir, en conséquence de son altruisme pendant l'une de ses vies antérieures. C'est karmique. Il arrive que cette acquisition ait lieu pendant la vie, mais c'est extrêmement rare. Le conditionnement socio-culturel et familiale empêche généralement cette possibilité. "

" - Je l'ignorais. Merci de me l'apprendre. "

" - L'étymologie d'élèwés est élèwis, qui signifie principe intérieur qui entraîne la vie, la maturité psychique, l'intelligence. Malheureusement, comme pour toutes choses l'élèwés a son antagoniste, létalés, qui a pour étymologie létale, qui signifie principe intérieur qui entraîne la mort, l'immaturité, la stupidité. Celles et ceux qui sont létalés, sont continuellement négatifs, agressifs, mauvais. Ceux qui sont particulièrement violents, criminelles, sont souvent considérés possédés par le Mal aux vues de leurs exactions. C'est une erreur, ce n'est que rarement le cas. Être létalés, également acquis dans le passage du devenir, est karmique, en conséquence de sa malveillance lors d'une de ses existences antérieures."

– Tu veux qu'on t'aide ? demande Lou à Achyte.

– Non, j'ai presque terminé.

Elles observent le haut bouquet de lys blancs dans le vase de cristal à facettes disposées sur la table. Intriguées par les dépliants rectangulaires posés à coté, en papier glacé noir bordés de filets blanc et rouge entremêlés, elles en prennent chacune un. Sur leurs couvertures, au-dessous d'une flamme symbolique rougeâtre au centre, est écrit en même caractères et couleur que les autres inscriptions qu'elles ont lues : *« Feu de Luchnofer »*.

A cet instant Achyte pose son plateau sur la table. Elles comprennent pourquoi elle a mis tant de temps. Avec leurs boissons elle a amené un plat d'appétissants petits fours qu'elle s'est visiblement empressée de composer.

Ayant remarqué leur regard intrigué sur le titre, elle dit :

– Luchnofer, autre nom de Lucifer pour ses adorateurs, est le Maître de notre confrérie, que nous nommons Confrérie des Obscures Étincelants, comme vous pourrez le lire à l'intérieur. Pour entrer dans notre communauté, que nos détracteurs nomment une secte, nous devons prononcé le vœux d'être unie à Lui maintenant et à l'heure de notre mort, pour l'éternité dans l'en-dehors de toutes coercitions.

– En-Dehors ? interroge Aolisé.

– Ceux qui ne le perçoivent pas de l'intérieur, ne peuvent pas le saisir. Les personnes lambda, brebis dociles pour les pasteurs religieux, pour nous moutons de Panurge, le nomment l'Enfer en référence à leurs propres connaissances. Elles perçoivent Luchnofer comme elles le font de Lucifer, ainsi que ceux qui le représentent et tout ce qui provient d'eux comme étant diaboliques, sans même supposer qu'elles peuvent se tromper.

Elles s'abstiennent de répondre pour ne pas montrer son scepticisme pour Lou, leurs désaccords pour Aolisé et Silou dans l'esprit de Lou.

Elles sont soudain stupéfaites de voir à l'intérieur du dépliant, écrit sous l'inscription « *Confrérie des Obscures Étincelants* », « *Thoot Écklmess Achyte Kmalto* » avec une photo d'elle entièrement nue, accroupie sur le sol jambes écartées, mains posées à plat sur le haut de ses cuisses, coudes tournés vers l'extérieur, qui défèque et urine dans une jatte dorée.

– Que veux dire Thoot Écklmess ? demande Lou précipitée par sa gêne afin de la dissimuler en détournant son attention.

– C'est le nom donné à des initiatrices et initiateurs de l'Ordre des Luchnofer. Traduction littérale : Ministres de Luchnifer. Pour ses disciples, une ou un Écklmess, sans la particule Thoot, est l'équivalent de Prêtresse et de Prêtre, des officiants qui effectuent les sacrements de sanctification divine, les rites, les rituels et transmettent la Parole de la Manumission.

Nullement troublée d'apparaître ainsi nue dans cette position, elle ajoute :

– Nos eucharisties sont nos sacrements fondamentaux. En similitude avec l'exclusion de Luchnofer du Corps de Rétention – que les étrangers à notre Ordre imaginent être et nomment Corps de Vérité et autres adjectifs positifs –, elles sont tout ce qui est rejeté du corps de l'Écklmess maîtresse ou maître de la cérémonie, ou des Écklmess pour les grandes assemblées : matière fécale, urine, morve du nez, salive, règles de menstruation. Par leur consécration et leur bénédiction ils sont purifiés et transmués

; les excréments en ambroisie d'immortalité, la miction en élixir de longue vie, idem pour le reste, et surtout, ils contiennent réellement le principe vital du corps éthérique de Luchnofer. C'est une transsubstantiation. Ne subsistent que leurs apparences que nous absorbons alors avec une profonde dévotion.

" Pouah !! " pense Silou dégoûtée avec un haut-le-cœur.

Puis, en faisant fi de sa répugnance, fascinée par la transgression elle se dit :

" Quoi que... "

–   C'est l'Écklmess responsable de l'office qui décide ce qui est spécialement donné en communion, selon l'office. Évidemment, la liturgie à laquelle réponde alors les fidèles lui correspond. Pour les plus importantes l'antienne chantait par deux chœurs qui alternent les versets, se nomment « *Être en Toi* ». Vous pourrez lire l'intégralité de ce chant plus loin dans le dépliant.

Soudain, Achyte fixe méchamment Aolisé du regard, avant de se ruer sur elle. Folle de rage, elle lui arrache le dépliant de sa main gauche, de sa main droite lui donne coup de poing en plein visage, de toutes ses forces.

Elle hurle :

–   Comment peux-tu oser avoir de telles insanités à l'esprit, ces pensées d'infatuée orgueilleuse à mon égard, pour qui tu te prends connasse ? REGARDE-MOI QUAND JE TE PARLE !

Trépidante de colère, les lèvres et les narines pincées, elle la fixe dans les yeux d'un regard courroucé pour affirmer sa supériorité et son autorité, prête à la taper de nouveau.

Aolisé, sonnée, essuie le sang qui coule d'une narine.

Achyte, retournée au bar, en revient avec un petit plat en porcelaine blanche sorti du four, qu'elle tient avec un gant de cuisine, rempli d'allumettes fourrées fumantes, le pose sur la table et s'installe entre elles sur un canapé :

–   Pic ! dit-elle à Lou comme si rien ne s'était passé, curieusement apaisée, en levant son verre vers elle.

–   Poc ! répond-elle en trinquant avec un sourire forcé.

Elles font de même avec Aolisé qui s'efforce de paraître détendue.

Après qu'elles aient bue une gorgée, Lou se penche sur le visage de son amante, qu'elle prend entre ses mains, l'embrasse longuement sur la bouche pour la consoler, en faisant attention à ne pas toucher son nez tuméfié qui commence à enfler.

–   Il est peut-être cassé, dit-elle à Achyte, sur un ton de reproche.

Au lieu de s'excuser comme elle le souhaitait, pour justifier sa violence elle lui répond, sans explication :

–   Je sais que tu aurais agis comme moi.

Bien que Lou opine de la tête, elle n'admet pas cette violence contre sa protégée, même en sachant qu'Achyte ne l'a jamais aimée.

–   Je ne l'aurais pas acceptée en formation sans ton insistance, tu le sais. Je ne la sentais pas prête, rajoute-t-elle à la fois pour la convaincre et excuser sa dulcinée.

Silou, d'abord choquée par ce comportement d'Achyte, constate, à son grand étonnement, qu'elle voudrait être comme elle, que ce fantasme l'excite, que l'entité fasciste la fascine. Imaginer posséder Aolisé et en faire ce qu'elle veut, qu'elle soit sa poupée, son jouet, son objet lui procure un étrange sentiment de puissance qui la trouble et lui plaît.

Achyte, qui perçoit la pensée de Lou à propos de sa venue ici, lui dit :

- Ils vont se décider maintenant. Ils savent que tu es là, pas avec ta femme évidemment, dit-elle en regardant Aolisé d'un air désapprobateur. Je serai aussitôt informée. Rassure-toi, même si leur réponse est négative ils te laisseront partir, nous avons conclu un accord pour ça.

- De toute façon ils savent qu'ils me retrouveraient dans l'heure, que je ne peux pas leur échapper.

- C'est avec eux que tu aurais dû t'expliquer, je m'y suis fermement opposée en prétextant que ça aurait été un tribunal à charge, pas un comité devant examiner les faits avec neutralité avant de décider.

Lou sait que dans ce cas, ils l'auraient d'emblée condamnée.

- Ils ont une totale confiance en moi et se fient à mon opinion à ton sujet. Je te défends parce que je t'apprécie Lou. Nous savons toutes les deux ce que tu encours s'ils te jugent coupable et je ne veux pas te perdre. J'espère qu'ils parviendront à se convaincre que tu n'es pas concernée par cette affaire, comme je les ai assurées. A mes risques et périls, car j'ignore si oui ou non tu es responsable de sa disparition. Je ne leur ai pas dit qu'il s'agissait d'un enlèvement. Alors, quand tu seras convoquée ne leur dit rien à ce sujet, même pas que tu le connaissais.

Très important : évite Parislave. Sachant que tu en es amoureuse, dit-elle en indiquant du regard Aolisé, elle utiliserait ce prétexte pour t'amadouer en la menaçant de la kidnapper et de la torturer pour te faire avouer. Souviens-toi que Jilis est l'un de ses jeunes novices. Du fait qu'elle ait accepté de le former elle en est responsable et devait le protéger. Nos commandeurs considèrent qu'elle a gravement failli, inacceptable pour eux. C'est elle pour l'instant qu'ils considèrent coupable et accablent de griefs. Ils ignorent que pour elle c'est toi qui es blâmable. Elle en est intimement persuadée parce qu'elle connaît tes liens amicaux avec ses probables agresseurs. Pour que tu sois inculpée elle fera tout pour leur en apporter la preuve. C'est pour ça que je suis étonnée qu'elle ne t'ait pas suivie, que j'ai regardé dehors à votre arrivée. En sortant, fais attention, c'est elle surtout que tu dois craindre désormais.

Lou, peinée de savoir que Parislave, qu'elle adule, ne sera jamais son amie mais au contraire sa pire ennemie, est inquiète. Parislave Pilamiës est une redoutable Smotok – art martial dont la moindre prise peut être fatale –, aux facultés et possibilités exceptionnelles du fait qu'elle soit élèwés.

Pour qu'elle comprenne qu'en aucun cas elle aurait laissé Jilis en danger, elle veut lui parler de la relation quasi filiale et fusionnelle qu'il avait avec elle.

Achyte, qui lit dans ses pensées, l'arrête :

– Je sais. Inutile d'insister, dit-elle en lui faisant savoir qu'Aolisé en a déjà beaucoup trop entendu.

Elle sait que pour ce motif Achyte pourrait être réprimandée, voire jugées et condamnées, exclue de leur communauté devant impérativement rester sécrète.

*

Après avoir monté les escaliers jusqu'en haut du deuxième niveau, curieux de connaître d'abord l'ensemble de cette pudjol, sans prendre le temps là encore de s'arrêter aux sous-niveaux, ils sortent sur son palier.

–   Quelle vue ! dit Silou en observant l'horizon.

–   Ce sera encore mieux de là-haut, répond Échlos en tournant son regard vers le sommet.

Ils entrent au troisième niveau, dans la salle dite des cultes à Préost. Plus petite que les précédentes, les bas-reliefs y sont beaucoup moins nombreux et tous de grandes dimensions, elle est tout de même immense et aussi impressionnante. Ce qui retient leurs regards en premier lieu sont les sculptures au centre, dont une gigantesque au-dessus de l'autel, vers lequel ils avancent.

Comme aux niveaux plus bas, ils se réunissent dans le vaste déambulatoire. Lorsqu'ils sont tous là et ont fait le silence, en montrant du doigt la sculpture d'une femme bleu de cobalt debout au bord de la dalle, face à eux Ésbaèle leur dit :

–   Pourquoi la Déesse Kalupa est-elle nue et nous tend-t-elle cette pierre précieuse, quelles sont leurs significations ?

D'une taille achlovienne, très musclée, à l'abondante chevelure tirée en arrière, les bras tendus à l'horizontal, elle tient des deux mains un saphir, de la taille d'un œuf de poule taillé en facettes, qu'elle semble leur offrir.

–   Pourquoi est-elle placée ici et non en bas, la salle réservée à son culte ? Il y a bien entendu une raison importante à cela. Nous ne l'indiquons pas, et nous ne l'écrivons pas, parce qu'il est difficile, voire impossible de le faire ainsi, par une explication verbale et écrite. Vous pourrez toutefois le comprendre par l'observation de ces bas-reliefs, qui sont utilisés pour les étapes essentielles du parcours initiatique nommée Accueil des Substances vitales.

Elle fait un large geste circulaire de la main.

– Vous pourrez en effet constater que sans être en état kalupa, ou kalupa, en soi sans être totalement détaché, spontané et ouvert, il est impossible de le faire, le mental possédant prenant inexorablement le dessus et y faisant obstacle, ici essentiellement en terme de mal, de mauvais.

L'air renfrogné, Silou dit à Échlos :

– C'est quoi encore ce truc ?

En la regardant agacé, son index sur la bouche puis en tournant son regard vers Ésbaèle, il lui fait comprendre de se taire et de l'écouter. Celle-ci leur montre l'énorme roue noire – d'une circonférence rectangulaire d'une vingtaine de centimètres de long sur une dizaine de large, d'environ trois mètres de diamètre –, suspendue au-dessus de l'autel par deux grosses chaînes de métal :

– Préost !

A l'intérieur de ce cercle, sur un trône en forme de fleur aux larges et longues pétales blanches couvertes de minuscules rubis scintillants, se trouve une sculpture de femme nue assise jambes écartées. Chauve, très musclée, de la même couleur que la peau des asphites, anthracite violacé, ses avant-bras posés sur les pétales formant des accoudoirs, elle porte sur le plat de sa main gauche une sphère en treillis d'argent de la grosseur d'une balle de tennis et tient de sa main droite un sceptre avec à son sommet, proche de son poignet, un rubis taillé en quinconce.

– C'est une fleur de Binis, plante de nos marécages, dit-elle en indiquant le trône. Nous ne savons pas qu'elles étaient les connaissances géographiques des asphites à la période de la construction de la pudjol et s'ils savaient que diverses variétés de celle-ci se trouvent sur tous les continents. Pour ma part, il ne peut pas s'agir d'une coïncidence. Quoi qu'il en soit, son choix étant universel est judicieux pour représenter son trône, car elle n'est pas que la Déesse des asphites mais celle de tous les achloviens et de l'ensemble du Manifesté. Pourquoi ? Parce que ce qu'elle représente est la principe même de la vie dans toutes ses manifestations, incarnées ou non, visibles et invisibles.

– Je ne comprend toujours rien à ce qu'elle baragouine, chuchote Silou à Échlos. Et pourquoi est-elle aussi musclée ?

– Probablement pour la même raison que les hachmichs, chuchote-t-il en réponse.

– Et pourquoi est-elle chauve alors ?

– Peut-être pour la raison inverse qui fait qu'elles gardent leurs cheveux longs.

– Hein ! Qu'est-ce que tu veux dire ?

Il met de nouveau son index sur ses lèvres en l'incitant d'un regard vers Ésbaèle à continuer de l'écouter.

Ésbaèle montre la statuette bleu à genoux entre les jambes de Préost, qui tend des deux mains un calice d'or serti de pierres précieuses sous son vagin glabre à fleur du siège, en disant :

– Kalupa !

Ce symbolisme étrange dérange, provoque une gêne et un lourd silence.

– Étonnante et choquante cette représentation, j'en conviens. Ne s'agissant bien évidemment pas celle d'une perversion scabreuse, qu'elle en est la signification ?

Dans l'expectative, tous s'interrogent et l'observent.

– Je vous ai dit que ces bas-reliefs sont utilisés pour l'initiation de l'Accueil des Substances de vie. L'une de ces substances qu'elle s'apprête à recevoir semble sacrée puisqu'elle tend un luxueux calice pour la recevoir. Ces Substances de vie seraient-elles uniquement constituées de ce qui est évacué – les résidus solides et liquides –, du corps, en l'occurrence ici celui d'une Déesse ou d'un ou une Écklmess, et si oui pourquoi et cela comporte-t-il aussi une symbolique mystique et si oui laquelle ? Autre question, la déesse Kalupa, tenant là une pierre, dit-elle en indiquant celle debout, ici un calice, peut-il y avoir un rapport entre elle, ou ce qu'elle représente, à savoir l'état kalupa, Préost et ces substances et si oui, lequel ? Pour le savoir analysons sommairement ces deux sculptures. Que pourrions-nous dire de la pierre ? Que sa valeur marchande inestimable indique, par anagogie, celle de sa signification spirituelle. Reste à savoir ce qu'est exactement cette signification. Nous parlons de ce Joyau en lui attribuant le qualificatif d'Unité, les deux termes écrits avec une majuscule sûrement en référence au Soi. Que savons-nous de Préost ? Qu'elle représente la Grande Mère dans la trinité d'Obosqua, qui forme l'Unité, avec Shastu le Père et Hachvir l'Esprit. Préost, Grande Mère dans ou de l'Unité, Joyau de l'Unité. L'Unité serait donc ce rapport. Mais qu'en est-il de ces substances de vie ? Qu'ont-elles à voir avec Préost, Mère cosmique du Manifesté dont tout provient, du temps et de l'espace, de tous les univers, de l'ensemble du vivant ?

Elle leur montre un œil au-dessus de Préost :

– C'est bien entendu délibérément que cet œil est posé sur le cœur jaune et orangée de la fleur servant de dossier, sur le calice de son périanthe qui contraste avec sa corolle. Plus précisément sur l'androcée, qui regroupe les étamines contenant les cellules reproductrices mâles, les grains de pollen, et sur le gynécée, au centre, qui contient un ou plusieurs carpelles contenant le pistil, organe femelle qui porte les ovules. Nommé Œil d'Obosqua, de l'Unité donc, il signifie à la fois la vue pénétrante et celle transcendante, l'une apportant l'autre et vice versa, qui engendre la création. Vous constaterez qu'il est aussi représenté sur les quarante-six bas-reliefs des univers, les quarante-six de l'espace et du temps, les cinquante-deux de la connaissance. La vue qu'il permet doit forcément être nécessaire non seulement pour saisir cette Unité et pour être en rapport avec Elle, mais également pour être en Elle. Bien ! Mais qu'a à voir là encore cette vue, cet œil, avec les substances de vie ?

Silou soupire d'exaspération en regardant Échlos, en pensant à quoi bon entendre tout ça , savoir tout ça, qui n'a aucune utilité pratique, concrète dans notre vie quotidienne ?

– Une phrase étrange est gravée au-dessus de cet œil : Sphère de Shastu. Que vient faire là cette indication, visiblement très importante puisqu'elle est écrite partout, quel peut être la relation entre cet œil et cette sphère, car il doit bien y en avoir une ? Pour le savoir il nous faut chercher à saisir aussi quelle est la signification de cette Sphère. Nous tenterons de le faire au niveau suivant, dans la salle dite des Cultes à Shastu. Ce qui nous ramènera à cet Œil, aux Substances de vie, à Préost et à Kalupa.

Elle se tait un instant, avant d'ajouter :

– A ce sujet, si vous voulez connaître ce parcours intérieur universel, je veux dire de chaque achlovien – bien que différent dans la forme selon les individus, non du fond, extérieurement, "exotériquement", et intérieurement, ésotériquement, de dogmes et de noms selon leur culture –, je vous recommande de lire les écrits d'un moine du Shotoum ancestral, Jisko Natag, maître de sagesse et philosophe avisé et réputé, dont voici un extrait.

Elle projette un texte luminescent dans l'espace :

> *« La Vue pénétrante ne peut être définie, expliquée. Celle-ci, et non vision, est par-delà la présence et l'absence de perception visuelle et mentale. Néanmoins, bien que pas de perception ni celui qui perçoit, il s'agit de Voir dans la condition originelle de l'esprit dans l'Unité, équivalente à celle d'un nouveau-né.*
>
> *Cette vue est de tous les instants et couvre tous les états psychologiques et existentiels, toutes les situations. Pourquoi ? Présent ici et maintenant dans l'Unité, le Soi, plus de bien ni de mal, de vie ni de mort, plus de dualité pouvant nous séparer et faire obstacle à ce qui est dans l'instant, de toute éternité. »* (1)

Comprenant qu'Ésbaèle vient de clore sa présentation, Silou s'empresse de lui demander :

    – Pourquoi Kalupa est bleu, Préost chauve et sont-elles nues et aussi musclées ?

    – Ces interrogations étant récurrentes vous pourriez aussi me demander pourquoi ne pas d'emblée en donner les réponses ? Eh bien parce qu'elles ne peuvent provenir que de soi-même. Elles sont de l'ordre d'un kylnis (2) parce que leur intelligence ne peut être saisie que par-delà le mental, l'intellect, le raisonnement. C'est en le comprenant que l'esprit, en un éclair fulgurant, saisit la vérité de ce qui est, sans aucune condition. Là est l'unique raison d'être d'un

(1) Voir livre cité réf.1, p. 50.
(2) Équivalent du ko-ân zen. Voir livre cité réf, 2, p. 9.

kylnis : l'Éveil, l'Illumination. C'est la raison qui fait que je ne peux répondre à tes questions que par ce qui va te paraître abscons. Pourquoi Kalupa est bleu : être sans limites dans le temps ou l'espace. Pourquoi Préost est chauve : plus de souillure, nul besoin de divin. Pourquoi sont-elles nues : non séparées. Pourquoi sont-elles aussi musclées : la Connaissance transcendante est un corps de puissance.

Après avoir observé les bas-reliefs, ils attendent sur le palier que tout le monde soit réuni pour poursuivre leur visite au niveau suivant. Accoudés au parapet, en observant la jungle à perte de vue ils s'interrogent.

Comprenant que Silou, qui l'observe d'un regard en coin, cherche à saisir à quoi il pense, Échlos lui demande :

– Tu as une idée de ce que signifie Connaissance transcendante ?

– Je fais le rapprochement avec ce que le pactious nomme synchronicité (1) : Jacques téléphone à Pierre en regardant son jardin de sa fenêtre. Un hanneton entre dans la pièce et se pose sur un meuble. Il en informe Pierre. Au même instant, celui-ci en promenade à l'extérieur, voit également un hanneton se poser sur son épaule. Synchronicité. Son sens, transmis par l'Esprit d'Hachvir ou d'Obosqua pour les asphites, par le Soi pour certains et une psychologie, pour une autre le Ça, dépasse l'entendement logique parce que non causale. A mon avis, cette intelligence n'est accessible que par cette Connaissance transcendante.

– J'ai le sentiment qu'il a un rapport, ou une synchronicité selon toi, entre les propos d'Ésbaèle, ce que

(1) Voir livre cité réf. 1, p. 46.

nous a dit Olky lorsqu'elle a retrouvé sa nature scoukos et l'assassinat de Frankus Jance. Le savoir est peut-être une piste qui nous conduirait à connaître ce rapport.

– Peut être. Mais il me semble que ce n'est pas une synchronicité car ces événements n'ont pas eu lieu en même temps, répond Silou. Je dis il me semble parce que la notion d'espace et de temps ne m'apparaît pas ici forcément évidente, existante. Cependant il est vrai qu'on ne peut également le saisir que de la même manière, par la transcendance.

– Une sorte d'empathie en quelque sorte.

Elle opine de la tête, en étant aussi troublée que lui de constater qu'il y a effectivement un lien. Reste à savoir lequel. Ils s'observent, constatent à quel point ils sont captés, emportés par cette culture et passent du sérieux de leur réflexion à un éclat de rire nerveux les libérant de leur tension, avant de s'embrasser longuement, heureux de leur complicité.

Les murs de la salle du quatrième niveau ne comporte qu'une seule porte en plus de celle de l'entrée et aucun bas-relief ni banc ni chapitre autour de la dalle circulaire de l'autel au centre. L'attention de tous est accaparée par l'énorme sphère suspendue au-dessus de l'autel par deux chaînes. D'environ quatre mètres de diamètre, composée d'un treillis d'argent aux larges mailles, une longue barre ronde rouge vif la traverse en diagonale en passant au milieu, pour en sortir sur une cinquantaine de centimètres en haut à droite et en bas à gauche.

Lorsqu'ils sont tous réunis face à elle, Ésbaèle commence à parler :

– C'est dans cette salle que s'achevait les initiations, par l'union en Obosqua. Quelle est la signification de cette Sphère et pourquoi est-elle composée d'un treillis qui peut nous faire penser aux barreaux d'un cachot ? S'agirait-il d'un symbolisme d'enfermement et si oui, la barre qui la traverse serait-elle la représentation de sa libération ? Probablement, mais réfléchissons afin d'en être certain. Que comporte-t-elle de particulier : son treillis, la barre qui la traverse, mais encore ?

Silou jette d'abord un regard furtif à Échlos, avant de répondre :

– Le vide à l'intérieur !

– Parfaitement ! dit-elle étonnée par sa lucidité et sa perspicacité. Le Vide, Vacuité, Nada. Pourtant, Shastu étant une Manifestation masculine d'Obosqua, signifie à la fois l'ensemble de tout ce qui existe et la Vie éternelle, sans début ni fin, en complémentarité, pourrais-je dire, avec sa Manifestation féminine, la Grande Mère Préost, et Haschisch son Esprit hermaphrodite. Ainsi, selon cette symbolique, l'ensemble du Manifesté – ce qui compose les cosmos, vie éthérique, minérale, végétale, animale, etc... –, serait vide.

Pour en souligner l'importance, elle se tait un instant.

– Saisir cette vacuité c'est Voir par l'Œil d'Obosqua.

– En étant Kalupa, souligne Silou sous le regard de nouveau étonné d'Échlos.

– Oui ! lui répond Ésbaèle. Vous pouvez maintenant continuer de visiter l'ensemble de la pudjol à votre convenance.

On touche délicatement le dos de Silou à hauteur de sa taille. Elle se retourne. C'est la petite femme à la combinaison rouge avec qui elle a communiqué, qui lui dit :

–   Excuse-moi ! Je dois te le donner.

Elle lui offre un caillou blanc en forme de cœur.

–   Je l'ai trouvé dans une forêt il y a bien longtemps. Je sais qu'il est pour toi désormais, j'en ai la certitude depuis que je t'ai vu. Garde-le précieusement. Ne me pose pas de question s'il te plaît. Il doit en être ainsi.

Sans comprendre, elle le prend en la remerciant. La femme s'éloigne aussitôt. Elle ne la reverra jamais.

5

Miha

« Les émotions, et particulièrement les désirs, ne doivent pas être supprimées mais purifiées. Ainsi, libre de toute motivation égoïste dans l'accomplissement du Samaya (l'engagement de se consacrer à la conscience ultime), est-il d'usage de donner à tous les êtres le moyen de couper leurs illusions et d'atteindre la conscience éveillée. »

Keith Dolman (Kunzang Tenzin)
*LE FOU DIVIN, DRUKPA KUNLEY
YOGI TANTRIQUE TIBETAIN,*
Geshey Chaphu, Éditions Albin Michel.

Dans l'otjetcar qui les ramenait de la pudjol, plutôt que de retourner directement au Centre, Silou et Échlos ont décidé de s'arrêter à Chuma dans l'intention de rendre visite à Miha pour s'entretenir avec lui sur la culture asphite. Sachant qu'il n'est pas au Centre, ils savent qu'il y a de forte chance qu'il soit chez lui. Échlos, afin de poursuive ses investigations en allant à Sitpa, veut aussi lui demander d'en informer les hachmichs et qu'il désire pour cela les rencontrer.

En traversant l'espace de jungle séparant Chuma de Ka, Silou lui demande :

– Tu sais maintenant pourquoi ils l'ont laissée ?

– Miha m'expliquera plus tard. Je sais seulement qu'ils nomment cette ceinture l'Obscali.

Ils sonnent à la porte de sa maison.

A leur grande surprise c'est un vieux asphite barbu aux longs cheveux blancs qui ouvre, habillé d'une ample tunique blanche tombant jusqu'aux mi-cuisses d'un fin pantalon noir soigneusement repassé. Après les avoir fait entrer, pendant qu'ils chaussent des cats réservés aux visiteurs, il retourne dans la pièce d'où il est venu. Silou, qui le regardait s'éloigner, le voit s'asseoir sur l'un des coussins autour d'une table-basse sur laquelle sont posés deux gros livres. En se demandant si c'est son père ou son grand-père, elle tourne son regard sur Échlos pour lui demander d'une mimique faciale s'il le connaît, celui-ci ne leur ayant dit que son nom, Boname Chahin, et que Miha sera là dans un moment. Échlos lui répond non en pivotant la tête.

Silou, qui apprécie le sol pavé de dalles rectangulaires de pierre sur lequel ils marchent pour aller le rejoindre, admire les grandes tapisseries anciennes figuratives aux couleurs chatoyantes pendues sur les murs, badigeonnés de chaux.

D'un geste de la main Boname les invite à s'asseoir sur les coussins en face de lui et continue d'écrire sur son cahier sans leur prêter plus d'attention.

Les deux manuscrits posés sur la table, aux épaisses couvertures cartonnées serties de deux grosses charnières d'un côté et d'un fermoir au milieu de l'autre, en cuivre doré, ressemblent à d'ancestraux antiphonaires. Ils observent les enluminures polychromes des pages de celui ouvert.

Après avoir terminé d'écrire, Boname leur dit :

– Excusez-moi, je devais prendre ces notes de crainte d'oublier. Miha sait que vous arriviez et la raison de votre venue. Ce n'est ni Élpa Morgilène ni Eugilène Tergir qui va venir vous voir mais Oclos Bernâmes.

Devant leur étonnement à propos de la prescience de Miha, il leur demande :

    –   Vous ne saviez pas qu'il était mika ?

    –   Non ! répond Silou tout en lui demandant implicitement ce que ça veut dire.

    –   Les étrangers et ceux qui ne sont pas asphites de souche traduisent ce terme par chaman ou sorcier, interprétation imparfaite pour nous mais c'est en partie juste. En les attendant vous pouvez m'interroger. Il m'a demandé de répondre au mieux à toutes vos questions.

    –   Pourquoi cette séparation entre Chuma et Ka ? demande Silou.

    –   C'est une Obscali, découverte puis activée par les Mères de la première dynastie chuma, celle des Suylis il y a des milliers d'années. Activée car pour être effective une Obscali avait et a toujours besoin de certaines conditions que seuls peuvent apporter volontairement des initiés, des personnes réalisés, et involontairement ceux disposés à recevoir aide et révélation, comme les médiums, les enfants, les personnes vulnérables et en grandes difficultés affectives, psychologiques, physiques, existentielles. Pour essayer de vous faire saisir au mieux ce qu'elle est, je dois d'abord vous informer du contexte dans lequel furent construits Chuma et sa pudjol.

Ils acquissent d'un regard en le remerciant.

    –   De tous les clans, seuls Chuma et Labrésises étaient et restent matriarcaux. Lorsqu'ils ont le pouvoir, tous les asphites respectent les décisions des femmes et tous les clans sont gouvernés par des femmes. C'est pendant le premier règne des chumas qu'ont été édifiés ce village et sa pudjol. Neuf cents ans plus tard, lorsque le clan Obosque eut à son tour le pouvoir – tous les clans étant dès lors devenus ou redevenus patriarcaux –, ils occupèrent Chuma et créèrent Ka. Cependant il fut toujours convenu par l'ensemble des asphites que lorsqu'un clan occupe le territoire d'un autre, suite à un conflit n'ayant pas pu être résolu pacifiquement, pour des raisons occultes sa pudjol reste au seul commandement de ceux qui l'ont construite et personne d'autres que ceux de ce clan n'y ont accès, sauf dérogation donnée par ce clan. De la spiritualité et de la philosophie des obosques après leur schisme et leur séparation d'avec les autres clans, nous n'en connaissons rien, si ce n'est qu'elles sont pour nous démoniaques ceux-ci ayant prêtés allégeance à Satnous en reniant Obosqua. Nous ignorons également tout de leurs villages et de leur pudjol ainsi que leurs emplacements dans les immenses marécages de la jungle du nord, mis à part quelques ruines.

– Pourquoi les Mères ? demande Silou.

– Parce qu'elles sont des matriarches ayant une grande réalisation sur la Voie de l'Éveil et des connaissances pour la majorité d'entre nous inaccessibles. Elles sont aussi des mikas. nous apportant aide et secours pour évoluer dans notre vie intérieure, à l'instar de nos guides incarnés parmi nous. J'en parle au présent car certaines d'entre elles restent vénérées et sollicitées étant toujours actives dans une autre dimension ou un monde d'un univers parallèle. Je fais une parenthèse pour vous dire que Miha est particulièrement apprécié et sollicité parce qu'il a été instruit par l'une d'elles réputée pour sa mansuétude, son altruisme, sa compassion.

– Et l'Obscali ? demande Échlos.

– Il en existe sur tout le territoire asphite et sur Achlovi. Étant compliqué à saisir pour un profane, nous hésitons à en parler. C'est pourquoi peu de chose son écrite à leur sujet. Situé à un endroit de son cercle, à son point d'influence dirais-je – d'où ce produit sa circonférence qui est une sorte de frontière immatérielle invisible –, ce trouve une ouverture, un passage supra-naturel, ou surnaturel, vers d'autres dimensions temporelles ou intemporelles, spirituelles ou non, ainsi que dans l'espace-temps. Pour la désigner les scientifiques ajouteraient probablement l'expression frontière fractale. Cet endroit d'une Obscali est aussi ce que nous nommons un lieu de pouvoir. Des êtres de civilisations temporelles plus évoluées et des êtres intemporelles, divins ou non, peuvent y intervenir pour des personnes présentes, en étant visibles ou pas. Ils peuvent les guérir si elles sont malades ou handicapées, leurs apporter des solutions s'ils sont en difficulté, les métamorphoser s'ils sont au seuil de pouvoir l'être selon leur propre parcours, voire même leur prodiguer des facultés paranormales, que les religions attribuent habituellement à Dieu par l'intermédiaire de leurs saints.

Constatant le scepticisme de Silou, Boname n'y attache pas d'importance, sachant qu'il est souvent nécessaire de le vivre pour y croire et savoir.

–   Tous les villages possédant une pudjol ont été construits sous l'influence d'une Obscali.

–   Cet endroit en elle dont tu parles, c'est un croisement de courants telluriques ? demande Échlos.

–   Tu peux faire ce rapprochement – certaines cathédrales, temples, mosquées et autres principaux lieux de culte ont jadis été construits ainsi, en effet, sur des points telluriques forts –, mais ce n'est pas vraiment ça. C'est donc dans une Obscali qu'ont été édifiés les villages ayant une pudjol. Chuma le fut, pas Ka en s'étant de lui-même exclu par ce que sont devenus les obosques. Pour nous, cela apporte une différence fondamentale entre ces deux villages, du point de vue de notre vie intérieure et des possibilités occultes d'évolutions positives permissent à l'un pas à l'autre. L'Obscali signifie bien des choses que je ne peux vous faire que vaguement pressentir. Inaccessible à l'intelligence cognitive, au raisonnement, pour savoir ce qu'elle est, le mieux et d'en faire soi-même l'expérience. Étant dans l'incapacité d'en donner la moindre explication rationnelle, parce que de nature non causale, je peux seulement vous dire qu'elle est fabuleuse, inqualifiable par ses nombreuses et diverses possibilités.

Rassuré que malgré l'étrangeté de son propos ils demeurent attentifs, il poursuit :

– Cet endroit précis d'où surgit l'Obscali, qui lui donne son existence, permet des transformations radicales de certaines personnes, des métamorphoses comme je l'ai dit, cependant il est nécessaire pour ça qu'elles soient disposées, consciemment et volontairement ou inconsciemment et involontairement, c'est-à-dire en quête de vérité en ayant l'esprit disponible, ouvert. Prédisposition difficile à exprimer. Pour les individus dit matures enfermés dans leur suffisance, cette possibilité d'accueil est souvent possible que par un rejet de soi et de tout ce qui va avec, état de désespoir, choc, panique, anxiété, culpabilité, sur ce que la psychologie nomme un moment de crise, une dépression ou une névrose.

– Ah bon ? fait Silou étonnée.

– Pour renaître en un être nouveau, il faut d'abord que l'ancien meurt.

"Ben voyons...", se dit-elle sarcastique en réaction à ce propos religieux.

Elle dit, mi-interrogation mi-affirmation :

– Ta description étant similaire à celles des lieux de pèlerinages, conversion plutôt que transformation, non ?

Sans tenir compte de sa dérision, il poursuit :

– Je le répète, l'emplacement qui permet une Obscali est un lieu de transformation par des interventions d'une personne élevée, par les connaissances scientifiques de sa civilisation plus évoluée que la notre, ou par sa réalisation intérieure. Pour les religieux une sainte, un saint, ou un être divin en effet, ajoute-t-il à l'intention de Silou. (1)

Satisfaite que sa réponse lui confirme que cette culture Asphite est archaïque, elle jette un regard à Échlos pour lui souligner qu'elle avait bien raison.

– Je comprends ta dénégation, lui dit le vieillard. Sache que pour nous les dogmes des théologies et les pratiques religieuses exotériques sont inappropriés. Ils n'ont que peu à voir avec notre métaphysique, notre philosophie, notre ésotérisme sinon quelques vagues ressemblances.

Elle oscille sa tête de droite à gauche.

– Cet emplacement précis d'une Obscali est aussi un accès, ou une porte, vers les univers parallèles et d'autres dimensions temporelles, supérieures, plus évoluées scientifiquement que la notre, positives, ou moins évoluées, mais aux mêmes valeurs achloviennes (2) de fraternité, d'entre-aide, de partage, jusqu'à celles intemporelles dont certaines paradisiaques, mais également vers celles temporelles supérieures et inférieures scientifiquement, mais

(1) L'auteur à lui-même vécu cette métamorphose à la grotte de Lourdes.
(2) Similaire à humaines.

négatives, égoïstes, et celles intemporelles également néfastes dont certaines infernales.

Il se tait, subitement soucieux et inquiet.

– Tu peux nous en dire plus ? demande Échlos, intrigué.

– Pour que vous compreniez, il faudrait que vous en connaissiez certains arcanes. Je ne peux que vous redire que cette espace d'une Obscali est un passage et un lieu de transformation. Quant à l'Obscali dans son ensemble, elle est un accélérateur des potentialités de chacun, en bien comme en mal, et pour les personnes positives une protection lorsqu'elles sont à l'intérieur. Le contraire pour celles négatives, attirés par le mal qui le sont dès lors bien davantage.

– Je suppose qu'il s'agit d'une protection contre le Mal, ton Diable, souligne Silou. Reste qu'il faille y croire.

– Je le répète, poursuit-il en passant outre sa remarque désobligeante, l'Obscali amplifie aussi malheureusement la malveillance de ceux attirés, fascinés par le besoin de nuire, de détruire. Dans ce cas, son passage est pour eux funeste. S'il permet toujours des interventions d'êtres du dehors ce sont celles d'une civilisation mauvaise, violente, avides de conquêtes et de puissance ou provenant des mondes des esprits avides, suceurs d'âmes et de vitalité, et infernaux, de ce que nous nommons des démons ou démones. Ce lieu exacerbe leur régression, leur ignorance, leur méchanceté, leur besoin de nuire, de détruire.

Interloqué, Échlos le regarde en s'interrogeant.

– Ton étonnement est justifié. Mais je le répète, l'Obscali est avant tout un lieu bénéfique. Elle ne fait qu'accentuer et accélérer ce qui est déjà dans l'esprit des personnes présents, la régression pour celles malsaines, réellement ou en devenir, ou la progression pour celles saine, elles aussi réellement ou en devenir. C'est selon la disposition d'esprit et l'orientation des gens qui s'y trouvent.

– Ben dis donc... fait Silou, ça ne .donne pas tellement envie d'y avoir à faire à ce truc. Je préfère rester comme que je suis, merci.

– Nous n'avons pas le choix, dit le vieillard.

Silou le regardant sans comprendre, il précise :

– Qui n'avance pas recule. On ne peut que progresser ou régresser, il n'y a pas d'autre alternative parce qu'il n'y a pas d'état statique. Agir pour acquérir toujours plus de connaissance et de sagesse de surcroît, et ainsi toujours plus s'émanciper du joug de l'ignorance, ou à l'inverse ne pas agir ainsi et s'engluer toujours plus dans l'aliénation de sa condition, de son incurie, de sa stupidité grégaire.

Boname hésite un moment avant de leur demander :

– Miha sera plus en retard que prévu. Je peux en profiter pour vous faire vivre une expérience concrète en rapport à ce que je viens de dire, si vous le désirez.

Pris au dépourvu, sans savoir de quoi il s'agit ils s'observent hésitant, avant de balbutier leur accord, l'air de dire : pourquoi pas.

– Oui ou non ? Vous devez en être certain, ce ne sera pas un vécu anodin et vous pouvez mal le vivre, à l'inverse de ce que j'espère pour vous.

– Oui oui ! Moi j'accepte, affirme Échlos.

Silou hausse seulement les épaules.

– Les yeux fermés, faites le vide dans votre esprit.

Trou hors du temps et de l'espace : rien, nada.

Sans savoir si c'est de l'extérieur ou provenant de leur propre esprit, ils perçoivent au loin dans la pénombre une étincelante lumière blanche qui s'agrandit en venant vers eux. Le son aigu qu'ils entendent s'adoucit lorsqu'ils glissent à l'intérieur, d'une chaleur apaisante.

Tournant lentement dans une spirale de nuages cotonneux éparses, ils entrent en un éclair dans une fissure noirâtre. Suspendu debout dans un espace infini bleu nuit où scintillent des milliers de points lumineux, surgit devant eux une ligne jaune verticale qui s'allonge et s'élargit en arrivant vers eux, à moins que ce soit eux qui avancent vers elle.

Dans un fracas de sons aigus stridents assourdissants, ils sont précipités à l'intérieur.

Nus l'un à côté de l'autre, recroquevillés en position fœtale sur un sol spongieux de mousse, de feuilles mortes, d'herbes d'une jungle faiblement éclairée par les rayons du soleil traversant difficilement la canopée, ils entendent une voix de femme ferme et autoritaire :

–   Échlos, les mots qui surgissent dans ton esprit, expriment les maux enfouis dans les profondeurs de ton inconscient où grouillent tes saloperies accumulées tout au long de tes vies. Cesse de les refouler pantins manipulé par ces ficelles. Si tu acceptes de les entendre, ils te conduiront là où ça fait mal pour les saisir et enfin en guérir. Ces mots de tes maux sache les écouter par le biais de tes dénis, de tes peurs, tes humeurs, tes pulsions, tes envies, tes désirs interdits qui sournoisement t'envahissent et enveniment toujours plus ta vie. Cesse de fuir, de refouler encore et encore. Accepte de vivre en vérité tout ce qui se présente à toi malgré le danger d'être irrémédiablement emporté et rejeté de tous. Pour briser les chaînes qui te retiennent captif, à cause de ton karma et de ton ignorance, il te faut descendre dans tes marécages chthoniens nauséabonds. Vas-tu être un guerrier sur la Voie de la délivrance ou continuer de fuir et de te mentir en démultipliant dès lors le malaise qui te mine, te lamine ?

Silou, qui vient de s'asseoir, surprise et inquiète pour lui, toujours couché, l'observe en voulant le réconforter par son âme de femme, ces mères réelles ou potentielles voulant rassurer leur enfant.

L'estomac noué, ayant envie de vomir, il perçoit la caresse de ses pensées apaisantes, avant de commencer lentement à se calmer. Il s'assoit, ouvre les yeux et tourne lui aussi son regard en direction de cette voix.

Ils observent une amazone à moitié nue qui les fixe de ses yeux gris-bleu en amandes, debout devant eux jambes écartées, au corps blanc sculptural très musclées, les seins fermes comme en celluloïd pointés vers eux comme par défis. La beauté de son visage de madone, au teint immaculé, est soulignée par ses longs cheveux blonds bouclés, qui tombent jusqu'au bas de ses reins.

D'un ton plus impératif, en regardant toujours Échlos, elle ajoute :

–   Esprits bornés.sur que tu étais, es, seras, qui répète sans cesse la même programmation de ta condition mortifère, tu ne vois pas, ne comprends pas que tu te scléroses toujours plus, jusqu'à ta mort, pour revenir ensuite dans une autre vie répéter ton malaise ! Accepte de te perdre afin de te retrouver plus proche de ton être profond, réel. Tes acquits artificiels sont les murs de ton conditionnement où tu es prisonnier. Ils ne te permettront jamais d'échapper à ton karma néfaste accumulé tout au long de tes vies, ni de cesser de le créer pour être libéré, accepte de les abandonner. Seul issu : kalupa.

Dans une langue qu'ils ne comprennent pas, ils l'écoutent dire une incantation en élevant la voix :

– OM KOUMARA ROUPA DHARA MEMBE CHA SAMBAHVA ANGUITSA LANGO LANGO DROUM HOUNG DZINA DZIKA MENZOU CHIRYE KARAYA MAM SARNA DOUKEBE PE SAMAYA SAMAYA AMITOBHA BODAWA PAPAM CHAYASOHA ! (1)

Silou et Échlos, de nouveau dans la maison de Miha, assis face à Boname qui les regarde en souriant, se demandent si ce qu'ils viennent de vivre fut bien réel.

– Miha et Oclos arrivent, dit-il avant de s'adresser particulièrement à Échlos. C'est regrettable que ta transformation n'ait pas pu se réaliser. Heureusement, j'ai la conviction qu'elle va bientôt se produire parce que tu sauras vivre ce qui se présentera à toi en acceptant de te confronter à toi-même. C'est ainsi que tu pourras enfin te débarrasser de ton moi fini, dépassé, limité, pour moi similaire à celui d'un zombie.

Ils entendent la porte extérieure s'ouvrir. Miha et une hachmich géante et impérieuse entrent.

Silou et Échlos sont étonnés que Boname, un homme de son âge, ait tant de déférence pour cette quadragénaire, jusqu'à en être obséquieux, limite flagorneur. Entièrement

(1) Incantation bouddhiste en sanskrit.

vêtue de noir –chemisier sans manches au ras du bas-ventre, aux abdominaux d'acier, mini-jupe de cuir, sandales noires –, bien qu'elle ne soit pas blanche et blonde mais grise anthracite aux cheveux noirs et lisses en queue de cheval au-dessus du crâne, adepte du bodybuilding intensif comme toutes les hachmichs qu'ils ont pu voir, ils reconnaissent la femme qui était avec eux dans la jungle. Elle le constate d'un air moqueur, en les observant de ses mêmes yeux gris-bleu.

Lorsqu'ils arrivent vers eux, ils se lèvent.

Ils se claquent la main en se présentant :

– Oclos Bernâmes ! leur répond-t--elle

Assise face à Échlos, elle le scrute dans les yeux, hésitante à continuer de lui parler. Elle jette un regard sur Boname et Miha en leur demandant implicitement leur avis. Ils l'affirment d'un hochement en avant de la tête.

– Dans la jungle, c'est toi qui as interrompu ce que je devais te transmettre. Bien davantage que ta crainte de découvrir le côté obscure de toi-même, que tu as enfouie dans ton inconscient il y a bien longtemps afin de l'oublier, tu as eu peur de franchir le seuil d'un monde de perdition dangereuse qui à la fois te révulse et t'attire. Pourquoi ce rejet et cette attirance à la puissante réciproque, que tu le redoutes tout en le recherchant ? Parce que cette obscurité te fait peur tout en te fascinant, comme l'oiseau face au serpent, en sachant plus ou moins consciemment qu'il te faudra inévitablement le vivre un jour, en ne sachant pas s'il y va vraiment ou non de ton intérêt. De quoi s'agit-il exactement ? Je le redis autrement : de ta confrontation avec ton ombre, ton côté obscur, malsain, malfaisant, que chaque individu possède inéluctablement et dont il doit un jour se défaire. Mais pourquoi devoir nécessairement m'y confronter ? peux-tu légitiment te demander. Non seulement afin de le connaître pour ne plus en dépendre, pour t'en défaire comme je l'ai dit, mais pour accéder par ce moyen, cette prodigieuse énergie intérieure plus exactement qui sera alors produite, à une réalité qui dépasse ton entendement présent. Autre question : pourquoi maintenant et pas avant ? Parce que c'est à ce stade de ton parcours que tu peux le vivre, que tu en as les capacités sans te perdre entièrement ni porter atteinte à qui que ce soit autrement qu'en apparence pour ceux qui en seraient témoins. Voilà la raison qui fait que cette ombre nauséabonde devient de jour en jour plus manifeste, évidente, t'accapare de plus en plus souvent et intensément. Pour te rassurer, sache que cela a toujours lieu parallèlement à l'avancée, la progression sur la Voie de la vérité et de la liberté. Paradoxalement, c'est ce progrès profond vers la lumière qui fait qu'aujourd'hui tu es plus que jamais confronté tout autant à ton obscurité. Tourmenté, attiré par le mal, la transgression des interdits par la recherche des plaisirs défendus, pour chercher à le refouler par crainte de cet extrême danger pour eux-mêmes et autrui, certains s'enfouissent dans n'importe quelle addiction, celle d'acquérir un haut statut social, du pouvoir, de la richesse, la boulimie ou son contraire l'anorexie, la cigarette, l'alcool ou autres drogues, flambent aux jeux d'argent, se lancent dans n'importe quelle compétition, exploit ou performance scientifique, économique, sportive, politique, artistique, littéraire... Cette confrontation, tous les achloviens l'ont vécues depuis la nuit des temps, la vivent et la vivrons toujours jusqu'à leur narmika (1). Pourquoi aujourd'hui et pas avant ? Je le redis autrement, parce que tu as atteint le

(1) Voir réf. 1, p. 182.

niveau nécessaire de capacité pour t'en débarrasser, en ne te laissant pas totalement envahir et manipuler par ton esprit mauvais. Parce que désormais, tu es en mesure de ne pas faillir en allant malgré toi jusqu'au bout de tes envies, de tes pulsions, en étant dès lors criminel. Tu n'as jusqu'à ce jour que vaguement perçu et écouter les signes t'avertissant de cette confrontation à venir, c'est pourquoi ils s'intensifient, deviennent plus manifestes. Ce qui t'arrive est un signe de ton destin. Ces signes chacun les perçoivent dans le cours de son existence. Ils sont là pour nous enseigner mais nous sommes généralement aveugles lorsqu'ils surviennent les toutes premières fois (1). Alors garde confiance en toi. Sur tout cela Miha va t'éclairer, te donner des clés dont tu auras besoin, en rapport au monde d'Ausitous (2). Souviens-toi que cette confrontation n'est possible qu'à ceux étant aptes à la vivre sans totalement se perdre pour en démasquer les pièges en découvrant leur vérité. Tu le feras en percevant son illusion, parallèlement à celle de toi-même et de l'ensemble du vivant.

Silou, de nouveau revêche et voulant défendre Échlos en sachant qu'on le considérait pervers, lui demande :

– Pourquoi chacun n'est pas apte à cette confrontation puisque qu'ayant aussi un côté obscur ?

– Pour nous il y a trois sortes d'êtres : hestis (3), ceux qui suivent passivement leur existence au gré de ce qui se présente, sans s'interroger ni se remettre en question ; vorces (4), les guerriers de l'Éveil qui agissent pour

(1) Rabbi Menahem Mendel de Klotz.
(2) Kâma, sanskrit, divinité indienne du désir.
(3) Hylique pour les gnostiques judéo-chrétiens. Paçu pour le bouddhisme.
(4) Psychique pour les gnostiques judéo-chrétiens, Vira pour le bouddhisme tantrique.

qu'advienne la Connaissance, le fin de l'ignorance ; dovircis (1), qui transcendent toutes les situations et qui peuvent à tous moments entrer en Opalisciole selon leur volonté. Parmi eux, au lieu d'y entrer certains (2) optent pour rester dans le cycle des existences successives (samsara) pour aider les vivants à se libérer du joug de la dualité.

Après un moment de réflexion mutuelle, elle en vient a ce que sa kalupé lui a demandé de leur transmettre :

– Nous connaissons la femme sur la photo transmise par Eugilène. Frankus Jance, archéologue pticosienne de Testauxi, a fait une expédition en territoire obosque, en effectuant des fouilles à Sitpa. Son assassinat a mis notre communauté en émoi et en alerte car il indique la mise en danger de notre communauté en particulier mais aussi et surtout de tous les achloviens.

Surpris et inquiets, Silou et Échlos s'observent, dubitatifs.

– Nous ignorons quelle est la raison de son assassinat. Pour la connaître, nous cherchons à obtenir un maximum d'informations sur Frankus, comme nous l'avons fait et continuons de le faire sur Omate Taloum. Notre kalupé vous fait savoir que nous vous communiquerons immédiatement celles que nous trouverons. Elle vous demande d'en faire autant pour nous par le biais de Miha. Même des choses inhabituelles qui se passeraient, suspectes ou non, prévenez-nous aussitôt.

Étonnés par ce branle-bas de combat et de tant d'attention à leur égard, Silou et Échlos acquiescent.

(1) Pneumatique pour les gnostiques judéo-chrétiens. Divya, ou Être de Diamant, pour le bouddhisme tantrisme.
(2) Les bodhisattvas pour le bouddhisme.

–   Échlos, étant l'investigateur de cette enquête, tu seras sous la protection permanente d'une hachmich. Elle ne sera pas avec toi mais à proximité, sans que tu l'aperçoives. Cela ne signifie pas pour autant que tu peux baisser ta garde. Tu dois rester très vigilant car elle n'est pas infaillible, quelque chose peut lui échapper révélant la présence de cmitanos. De plus, ils sont experts pour paraître autre que ce qu'ils sont, en simulant être des asphites lambda, et ils peuvent utiliser des étrangers pour t'atteindre. Par mesure de sécurité, tu ne connaîtras pas cette hachmich, à moins que ce soit indispensable.

Silou le regarde quelque peu rassurée, toujours en lui souriant pour le réconforter et le mettre en confiance.

–   Frankus Jance a été attaquée à Sitpa par les cmitanos. Sans respecter nos consignes de sécurité, elle s'était isolée sans prévenir personne. Heureusement, un concours de circonstances nous a permis au même instant de lui porter secours et de les chasser. Selon ce que vient de nous dire notre supérieure, son assassinat ne peut qu'être lié à cette attaque. Si ce sont bien les cmitanos qui l'ont tuée – elle n'en est pas encore vraiment certaines –, elle pense qu'elle l'a peut-être été par une projection occulte à rebours au moment où ils l'ont attaquée à Sitpa. Ne quittant jamais l'Asphite, elle doute qu'ils soient allés à Testauxi. Les interrogations concernant l'assassinat d'Omate en Bolongo sont similaires aux siennes. Si les coupables sont avérés, cela signifierait que cette raison serait liée à ce qu'ils auraient trouvés à Sitpa, peut-être même ramenés avec eux.

–   Je croyais que les explorateurs devaient vous présenter ce qu'ils ramenaient pour être répertorié, ne rien emmener sans votre accord ? demande Miha.

–   C'est vrai, mais ils ont peut-être dérogé involontairement à cette règle en pensant que c'était sans valeur. Par exemple il ne peut s'agir que d'une indication ou d'un indice qui pour les obosques, les cmitanos aujourd'hui, devait rester secrète.

–   Le fait est que son importance est telle qu'ils ont lâchement été assassinés, souligne Échlos.

Silou, sachant qu'il est préférable qu'il ait lui aussi un maximum d'informations sur cette femme, murmure à son oreille qu'après être allée à la Camaci pour informer ses supérieurs qu'elle rallonge ses congés, elle ira à Testauxi.

Considérant sa décision pertinente, il dit à Boname, Oclos et Miha :

–   Je vais aller à Sitpa, j'ai besoin d'être guidé. Silou va à Testauxi dès son retour à Apartos pour chercher des informations sur Frankus. Avant de partir je vais attendre qu'elle ait terminé ses investigations. Les informations qu'elle peut trouver peuvent m'être très importantes, inutile de me précipiter. Je vais en profiter pour mieux connaître la culture asphite.

–   Je te répète que je vais demander la prolongation de mes congés, lui dit Silou agacée qu'il n'ait pas compris qu'elle veuille partir avec lui et veut toujours l'exclure de ce voyage dangereux.

–   Très bien, s'empresse de répondre Oclos pour parer le différent, sage décision. Plus d'informations ne peuvent être que profitable en effet. Pour ce qui est d'aller en territoire obosque, c'est une autre affaire ; les cmitanos sont sur les dents. Bien entendu, comme pour n'importe quel autre explorateur, nous ne sommes pas en mesure de pouvoir vous l'interdire et nous vous accompagnerons.

D'ailleurs, il serait préférable que vous fassiez cette expédition en étant en étroite concertation avec notre kalupé, dans votre intérêt et celui de tous. Je vais l'en informer. Miha vous dira sa réponse.

Oclos regarde Silou, avant de lui dire :

– Je te raccompagne au Centre. Échlos doit rester un peu seul avec Miha, qui doit l'entretenir sur quelques sujets le concernant tout particulièrement.

Silou, surprise, jette un rapide coup d'œil interrogatif à Miha en haussant les épaules et obtempère :

– Ah bon ? D'accord.

Elle se lève, embrasse Échlos et murmure à son oreille :

– Ben dis donc, quel bordel.

Inquiète et troublée, avant de franchir le seuil, elle jette encore un regard sur lui en faisant un signe d'au-revoir de la main.

L'éclairage central de la pièce est éteint. Seules sont éclairées les tapisseries sur les murs et l'estrade au fond. Échlos regarde d'abord Miha en monter les marches avant de se lever pour aller le rejoindre. Il s'assoit sur un coussin jaune, face à lui sur un rouge.

Comme s'il reprenait naturellement le fil de leur discussion qu'ils venaient d'interrompre, Miha lui dit :

– Afin que tu puisses saisir ce qui te mine, il faut que tu l'exprimes.

– Hein ? J'ignorais être miné, comment pourrais-je l'exprimer ?

– Par tes envies sexuelles, particulièrement avec des jeunes filles et des jeunes garçons, qui te viennent aujourd'hui à l'esprit et qui te dérangent, que tu n'oses pas avouer, accepter et encore moins assouvir parce qu'allant à l'encontre des bonnes mœurs et de la loi.

Échlos, sidéré, l'observe avec des grands yeux, n'en n'étant que peu conscient, croyant que ce besoin n'était que de l'ordre d'une sexualité débridée influencée par les films pornos qu'il visionne depuis quelques temps.

      –   Contrairement à ce que tu crois, est venu pour toi le temps de ne plus le refouler mais de le vivre, avec toutefois – afin de ne pas aller jusqu'au bout en commettant l'irrémédiable –, pour garde-fou ton amour naturel des gens, et des jeunes donc, afin de ne jamais abuser d'eux et de rester respectueux. Il te faut l'assumer parce qu'il y va de ton évolution sur la Voie de ta conscience ultime de ce qui est en vérité. Attention, le vivre ne signifie pas que tu dois délibérément susciter je ne sais quelle envie, désir, fantasme et chercher à te satisfaire pas tous les moyens. Cependant, il n'est pas facile de faire l'un sans forcément être tenté de faire l'autre, j'en conviens.

      Silencieux, il reste abasourdi.

      –   Obsédé par cette envie, tu ignores que c'est parce qu'elle fait partie de ton alchimie, pour ta progression sur la voie de l'Éveil. Bien que ce soit du ressort de la perversion, c'est ton être profond qui le permet, là encore paradoxalement pour que tu sois libéré, en particulier, de ta perversité, et par ce biais de la dualité, en général.

      –   C'est compliqué, dit-il inquiet.

      Miha s'abstient de répliquer sachant qu'Échlos reconnaît tout de même la réalité de ce qu'il dit.

      –   La différence d'être volontairement dominé en étant consciemment actif, et celle d'une domination involontairement subie, inconsciemment passif, sera que par la première façon, du plus profond de ton esprit tu pourras tout arrêter en cas de danger, pour autrui et pour toi-même, et cela en étant détaché, malgré le feu passionnel dont tu seras embrasé. Pas du tout par la deuxième façon qui débouchera inévitablement sur ta criminalité.

    – Ah bon ? Ce serait extrêmement grave en effet. Mais c'est impossible d'être détaché, comme tu dis, en étant enivré de passion ?

    – Pour que ce détachement, par-delà ton moi conditionné, puisse te permettre de t'en libérer, il te faut connaître cette passion, cette pulsion, en la vivant afin de l'observer. Pour te rassurer, je le répète : bien qu'emporté par ce besoin, par ta présence au point de ta conscience, de ton esprit, n'étant pas totalement possédé, sous l'emprise de cette folie ou du Mal, de Satnous, Kusmêlnas, autres démons ou démones, tu sauras voir en vérité ce qu'il se passe et tout arrêter avant de commettre l'irrémédiable, un très grave préjudice (1). C'est à l'instant même de ce blocage, ou plus exactement c'est par ce blocage, que tu éveilleras malgré toi le feu paranormal de ta siucane (2). Je le redis, cette prodigieuse énergie surgissant de sa racine, de son premier krasis (3), t'ouvrira à des réalités que tu ne peux même pas imaginer. Il s'agit là de la Voie Obscure que nous ne pouvons prendre qu'en ayant des dispositions indispensables pour ça, acquises par notre vécu. Celles d'entre-nous qui l'a choisisse en entrant dans notre Ordre les acquirent pendant leur noviciat. Tu peux maintenant

---

(1) Équivalent du rituel kâlachakra tantrique. serpent
(2) Kundalini pour le Bouddhisme Tantrique. Voir livre cité réf. 2, p. 174.
(3) Muladharachakra pour le Bouddhisme Tantrique.

comprendre pourquoi les hachmichs veillent à ce qu'elle reste secrète.

Il oscille la tête, encore perplexe, en disant :

–   Sauf que je ne vois pas vraiment pourquoi il faille obligatoirement en arriver là, en quelque sorte à devoir faire le mal.

–   Faire le mal ; ce serait considéré ainsi en effet par n'importe quel quidam, oui. Seulement ça ne l'est qu'en apparence parce qu'en vérité il n'y a aucun mal ici parce qu'il n'y a pas d'acte accompli répréhensible mais qu'un comportement de séduction, bien qu'il soit lui aussi interdit étant considéré comme le prémisse du délit. De plus, je te l'ai dit, par-delà la quête du plaisir, de la jouissance, ce moyen te libéra de cette domination. Là est le mensonge des zlinos à ce sujet qui prétendent que leur voie est similaire à la notre. C'est ainsi que procède cette opération alchimique, que ce qui autrement serait le poison de l'expérience dualiste, est la voie pour demeurer dans la contemplation de ce qui est en vérité, derrière les apparences, et permet, par ce "voir", d'aller au-delà du dualisme, jusqu'à la Délivrance. (1)

Dubitatif, Échlos l'observe en comprenant qu'il vient de citer quelqu'un.

–   Malgré qu'il ne s'agira pas d'un acte de transgression, mais de sa seule volonté, il n'empêche que ton comportement ne pourrait qu'être considéré criminel s'il était découvert, répréhensible pour ceux qui en seraient témoins ou auraient à le juger. Choqués, scandalisés, ils te mépriseraient, t'insulteraient, te condamneraient sans hésiter en te considérant comme une personne abjecte devant être

(1) Écrit selon un extrait du livre « *DZOGCHEN ET TANTRA* », Chögyal Namkhai Norbu, Éditions Albin Michel.

enfermer pour qu'elle cesse de nuire (1). Si cela t'arrivait tu ne pourrais que l'accepter et non t'y opposer – là encore en étant Kalupa, libre et détaché –, ne pouvant pas te justifier même en sachant qu'en vérité personne ne serait atteint. Sauf que ceux qui en seraient témoins en jugeraient autrement au regard de la morale et de la loi que pour eux tu aurais enfreint. Par leur seule conviction, ils convaincraient même implicitement celle, celui, ceux qu'ils considéreraient comme étant ta victime ou tes victimes à adhéraient à leur opinion.

– Ben dit donc ! Il n'empêche que je reste incrédule. Il faut dire que c'est la première fois que j'entends de tels propos.

– Bien que nous le fassions souvent par prétérition uniquement pour répondre aux questions, on ne le révèle jamais ouvertement sous prétexte plus ou moins fallacieux qu'il s'agit d'ésotérisme inaccessible aux non-initiés. Imagine les conséquences que cela aurait si une ganache, attirée par le vice, l'apprenait. Elle se croirait autorisée à tout pour assouvir la moindre de ses envies en allant jusqu'au crime.

Échlos, toujours dubitatif, reste silencieux.

– Tôt ou tard, cette confrontation avec notre ombre arrive dans le cours du parcours de chacun. Pour se préparer et s'en protéger au moment où elle arrivera, les hachmichs de la Voie lumineuse font des cultes et des rituels à Hachvir, comme tu l'as vu au deuxième étage de la pudjol, celles de la Voie obscure à Satnous. Comprends bien que je ne fais pas ici l'apologie du crime, d'une transgression par la contrainte, la violence physique, psychologique, mentale.

Il acquisse d'un hochement de tête.

---

(1) Voir « *Le Yoga Tantrique* », Julius Évola, Éditions Fayard.

–   Le paradoxe : être volontairement dominé, possédé, pour être libéré. Libéré comment ? L'énergie montante dans ta siucane ouvrira ton troisième œil. Par la vue pénétrante tu pourras voir que ce qui te manipule, comme toi-même et le tout de surcroît, est illusion, vide, sans substance. (1)

Échlos, dans l'expectative, maintenant apaisé et serein, rassure Miha et le décide à plus de confidentialité.

–   C'est par ma rencontre en Ausitous avec l'une de nos Mères que j'ai pu avoir la capacité de le vivre. J'ai eu la possibilité d'accéder à ce Monde de la Transcendance par obstance, terme de notre langue équivalent à clachi. On peut aussi le faire par téléportation de notre être éthérique si nous sommes invité. Ceci pour te dire que du fait que tu aies pu consciemment être en contact avec une scoukos signifie que tu es relié à ton être originel et que tu es toi aussi en mesure de pouvoir y entrer. Je pense que tu le feras bientôt.

Exaspéré par son incompréhension, il répond :

–   J'ignore ce que signifie l'être originel, le Monde de la Transcendance. Qu'est-ce que ça veut dire ?

–   Il est impossible de les exprimer par le langage dichotomique, parce qu'ils ne sont pas ceci ou cela tout en étant ceci ou cela, étant hors de la dualité bien qu'en étant ici et maintenant. Je te l'ai dit, tu le comprendras en le vivant. En attendant, ne soit pas borné par ton mental étriqué. Comme font les jeunes enfants et la plupart des femmes, ressens d'abord de l'intérieur, par intuition, empathie, osmose, plutôt que de t'opposer frontalement, mentalement, par le raisonnement comme le font en général les hommes.

–   Ça paraît si simple pour toi... dit-il ironique.

(1) Fait vécu par l'auteur.

Échlos est soudainement perturbé.

Miha, habitué aux bouleversements de ceux pour qui il intervient, continue tout de même de lui parler comme si de rien n'était :

– Je t'informe bien plus que tu crois, par le langage subliminal. Rien d'exceptionnel à ça. Il existe de tous temps entre individus, particulièrement avec les enfants, la plupart des femmes, les personnes aimantes, bien que ce langage ne soit pas conscient pour la majorité des gens. Pour les êtres sensibles et les médiums, il existe aussi non seulement avec les esprits, des morts ou autres errants des limbes, mais encore avec les animaux, les insectes, les plantes, les minéraux, particulièrement les pierres précieuses, qui peuvent dès lors tous, si nous sommes en empathie avec eux, nous transmettre une intelligence, des enseignements vitaux extrêmement importants et une sagesse universelle.

D'un regard en coin sur Échlos il constate que par sa perturbation il a perdu son attention.

Il tisonne les braises de sa curiosité :

– Olky est la deuxième scoukos que j'ai rencontrée, grâce à toi, dit-il d'un ton reconnaissant.

– Il s'agissait aussi d'une femme ?

– Est. ! Ochi Oilpa, bolongosienne, vit dans un village de brousse en Bolongo. C'est une partie de son propos que je viens de te répéter au sujet du "voir".

– Je suis surpris qu'une personne de ce continent puisse avoir ce genre de connaissances, étant de culture si différente.

– Il en est de même pour des peuples d'autres continents et cultures car à ce niveau, "de réalisation intérieure" disons, aucune barrière, aucune frontière n'existe.

De plus, quoi qu'on en dise, il y a entre eux des similitudes de comportements, de philosophies, de spiritualités, dans le fond sinon dans la forme, comme entre la notre et celles des diverses ethnies bolongosiennes, celles du Citonk, du Shotoum, d'autres peuples d'Ispokus et des autres continents. Par exemple entre les adeptes de la philosophie et de la spiritualité asphite et ceux du Sao-sin (1) du Citonk, ceux du Shoah et du Ouymise (2) du Shotoum, les esprits des dieux et des démons étant dans la nature et les forces naturelles, les objets, les sculptures et les lieux qui en sont investis, nous pouvons communiquer avec eux.

Échlos, pragmatique, revient à ce qu'il lui a dit avant :

–   Pourquoi Ochi t'a invité dans son monde ?

–   Ausitous, celui du désir, du plaisir, de la passion. Parce qu'il correspondait à mes confrontations karmiques qui me harcelaient depuis longtemps.

–   J'aimerais le connaître.

Miha, souriant d'un air moqueur en saisissant sa pensée libidineuse, répond :

–   Le plaisir et la jouissance que nous y vivons ne sont pas comparables avec ce que nous éprouvons ici ; ils ne nous accaparent pas, nous restons libre. Par l'état intérieur d'ibistis et de kalupa, nous restons indépendants, lucides, maître de nous-mêmes. Comme je viens de l'indiquer, au sommet de la jouissance, en notre for intérieur nous parvenons spontanément à tout arrêter. C'est ainsi qu'est activé le feu de la siucane qui ouvre l'Œil d'Obosqua (3)

(1) Équivalent au Zen chinois d'origine.
(2) Similaire au taoïsme et au shintoïsme, religion ancestrale du Japon, dite animiste.
(3) Troisième Œil, Chakkhu et nâna en sanskrit.

permettant la vue pénétrante. Ce qui nous permet d'acquérir la connaissance-sagesse (1) de la vérité. Un philosophe l'a exprimé en ces termes : « *L'œil par lequel je vois Dieu est le même par lequel Dieu me voit. Mon œil et l'œil de Dieu ne font qu'un œil, un visage, une connaissance, un amour.* » (2)

Échlos, toujours sceptique et réprobateur, lui dit :

– Excuse-moi, je dois tout de même te dire que si je ne suis pas systématiquement opposé à ce qui est religieux comme le fait Silou, ça ne signifie pas pour autant que j'adhère pleinement à ce que tu dis. Tu comprends, pour moi Obosqua..., fait-il en sous entendant qu'il ne croit pas en Dieu. Alors l'Œil d'Obosqua... De quoi s'agit-il exactement ?

– Je te l'ai dit, il est difficile d'en parler. Tu peux penser que c'est une faculté supra-naturelle, ou surnaturelle, qui dépasse la vue ordinaire et n'est pas du ressort de l'opposition sujet objet, de la vue et celui qui voit, comme l'a dit d'une autre façon le philosophe que je viens de citer.

– Je ne pige toujours pas mais je subodore ce que tu veux dire.

Sachant qu'une explication verbale ne peut être qu'une piste aléatoire, sans permette de réellement savoir, Miha change de sujet :

– Maintenant, je te demande de ne pas te soucier si ce que tu entends et perçois te semble incompréhensible, stupide ou incohérent.

Échlos l'observe en se demandant ce qu'il veut dire.

– Après bien des vies successives et l'intervention d'une Mère en Ausitous où Ochi m'avait conduit, je suis

---

(1) Connaissance au sens hébraïque du terme. Pannâ en sanskrit, connaissance intuitive, ou Vijnâna.
(2) Maître Écharkt, théologien dominicain et philosophe mystique allemand.

devenu mika. Pourtant, bien avant ça j'étais exactement l'inverse, un satbonde malveillant. Haineux, mauvais continuellement agressif, criminel, sans aucun sentiment pour autrui sinon mon aversion, le sorcier maléfique que j'étais usait de sa magie noire pour causer malheurs, souffrances et morts (1). Si je n'étais pas volontairement lié à Satnous, à Kusmêlnas, à l'un de leurs démons ou démones par un pacte explicite, comme certains possédés insensibles à leur violence et à leurs destructions, je l'étais implicitement par mes actes néfastes, ma façon nuisible d'exister. Je ne respectais rien ni personne. Je m'attaquais à n'importe qui sans le moindre prétexte. Mauvais, malfaisant envers les achloviens, les animaux, la vie en général, envoûté par le besoin de nuire, de détruire, j'étais manipulé sans le savoir par les Puissances Maléfiques de la Mort, de Satnous.

Effaré, remis de son émotion il lui demander :

– Y a-t-il un rapport entre un satbonde et un mika ?

– Pour mes pratiques satbondes j'utilisais pour nuire n'importe quel plaisir en l'amplifiant et le dévoyant, celui du pouvoir, de l'argent, du sexe, auxquels les achloviens succombent facilement. Comme le font Satnous, Kusmêlnas et leur horde. A l'opposé de ce vice satbonde de nuire, qui enferme, oppose, il y a la vertu contraire de mika qui sert, libère. Seuls les initiés ou pleinement réalisés peuvent avoir connaissance que ce sont les deux faces de la même entité, que l'une se transforme en l'autre au gré du parcours de chacun. Idem des divinités paisibles et irritées qui apparaissent dans l'état intermédiaire après la mort (2). Tu

(1) Similaire au vécu de Milarepa. Voir livre cité réf. 1, p. 186.
(2) Voir « Le Bardo-Thödol _ le livre tibétain des morts », Éditions Albin Michel, 2001.

vas bientôt en faire l'expérience puisque tu commences progressivement à découvrir les secrets des passions. J'ai été satbonde jusqu'au jour où j'ai rencontré Ochi. Ses mains imposées sur ma tête, aussitôt hystérique, recroquevillé par terre en convulsions nerveuses, je l'insultais de salope, de mal-baisée, je hurlais des obscénités par des voix haineuses d'une multitude d'hommes, de femmes, d'enfants démoniaques qui surgissaient de mon esprit. Les yeux révulsés, je bavais de l'écume en tremblant, en faisant des petits bonds de tension, comme un poisson jeté hors de l'eau, agonissant.

Par l'intervention d'Ochi, tout s'est subitement arrêté.

Suspendu dans un espace lumineux chaud, maternel, que je n'avais jamais vu auparavant, je me sentais lavé des fautes de mon passé, purifié. Le monde dans lequel j'étais m'apparaissait paisible, serein. Je ne voyais autour de moi que le beau, le bien, le bon, tout m'était réconfortant. L'intelligence et la complexité de la vie me prodiguaient une confiance que je n'avais jamais eu auparavant. Et surtout j'aimais, j'aimais toutes vies, les gens, les animaux, les oiseaux, les plantes, les arbres... En osmose, en empathie avec eux, je les percevais comme m'étant familiers avec qui je partageais l'instant en complicité aimante et fraternelle. (1)

Ému, Échlos se lève et l'embrasse avec passion de toute la fougue de sa trop longue retenue.

– Pourquoi huit et dire de ces mondes qu'ils sont de la transcendance ? demande-t-il après un instant.

– Ceux qui y vivent et qui ont le privilège d'y entrer momentanément transcendent spontanément la dualité,

---

(1) Voir Saint-François d'Assise. Fait vécu par l'auteur alors ermite dans une grotte en Anjou.

premiers pas avant d'en être totalement libéré. Pourquoi huit, la réponse te sera apportée par ton expérience. Pour te guider tu peux toutefois savoir, bien que tu ne pourras le comprendre que plus tard, qu'il y a huit embranchements de la Voie Juste, auxquelles sont rattachées huit espèces de Conscience qui leurs correspondent. De ces Mondes je ne peux donc te dire que leurs noms et quels sont leurs attributs : Patnouch : jeunesse ; Ysir : beauté ; Barnach : richesse ; Libuate : temps ; Absalon : amour ; Ausitous : désir ; Épolon, connaissance, et enfin celui où tous aboutissent : Opalisciole. Ces Mondes n'étant pas dans la dualité, nous ne pouvons rien apprendre d'eux si ce n'est en étant par-delà, par le vécu dit paranormal apporté par la méditation. (1)

Il se tait un instant, avant de poursuivre :

– Maintenant comprends bien ce que vais te dire. Être dans la dualité signifie que tout à son contraire. Ainsi en est-il de ce que manifeste, perçoit notre esprit et son fonctionnement. Ses particularités et son caractère son opposés. Il est formé de ce que l'on nomme des midots, pluriels de mida (2). Ce sont par eux que nous déterminons ce qui est bien, bon et mal, mauvais. En le sachant et le comprenant, nous ne sommes plus focalisés sur n'importe laquelle de nos situations positives et négatives, intérieures, psychologiques, existentielles, sur le gain et la perte, la richesse et la pauvreté, la réussite et l'échec, la vie et la mort. Au plus profond de nous-mêmes, nous restons au milieu, entre les opposés, tout en étant conscient que nous sommes continuellement sur le fil du rasoir, qu'à tout moment nous pouvons basculer. Les midots conditionnent notre esprit,

(1) Fait vécu par l'auteur alors ermite dans une grotte en Anjou.
(2) Voir « *MAÏMONIDE* », Gérard Hamada, Éditions Les Belles Lettres.

notre vie. C'est pourquoi il est fondamental de rester au milieu. Souviens-toi qu'il s'agit là de l'unique façon d'avancer sur la Voie pour être Libéré, jusqu'au Parinarmika (1) : être ni trop d'un côté ni de l'autre et savoir que l'un est toujours dans l'autre, en devenir (2). Pour affermir tout ça, malgré la difficulté que tu as de le saisir, je vais me permettre de te faire vivre une expérience. Je te rappelle qu'on m'a demandé de t'ouvrir aux secrets des passions.

Trou hors du temps et de l'espace : rien, nada.

Un halo de lumière ne permet à Échlos de voir qu'à quelques mètres autour de lui. Entouré de plantes vertes aux longues tiges et grandes feuilles en triangle, il est assis sur un sol spongieux de végétation jamais vu auparavant, genre de mousse – plante bryophyte formant des tapis moelleux dans les forêts et les prairies –, algues rampantes et trèfle d'une dizaine de folioles toutes petites.

Debout devant lui jambes écartées, Miha est une nymphette sex-appeal aux belles jambes nues à la peau lisse et soyeuse. Vêtu d'une courte tunique rose vaporeuse laissant voir au travers son pénis et ses testicules, émoustillé il est désemparé.

Heureux de son pouvoir sur lui, comme le sont les belles femmes, Miha contracte et décontracte les muscles de ses cuisses pour renforcer la fascination de sa séduction, et lui demande :
–   Tu aimes ?

(1) Équivalent du Parinirvâna bouddhiste : absorption dans l'Unité et non disparition.
(2) Similaire au taiji chinois, union du yin et du yang.

La lumière diminue, jusqu'à l'obscurité.

Lorsqu'elle revient tout a changé. Allongé nu sur le drap rose d'un grand lit défait, il s'accoude pour observer la chambre aux murs et plafond peints de larges bandes verticales aux divers dégradés de tons unis successifs bleu ciel et rose, éclairée par des lampes de chevet en faïence blanche et abat-jours bleus posées sur trois commodes laqués roses. Les rideaux opaques du même bleu que les bandes du mur, ne laissent filtrer au milieu qu'une mince ligne de la lumière du jour. Tendus sur les patiences des deux hautes portes fenêtres à double battants du mur au fond, ils tombent au ras du sol, recouvert d'une moquette grise.

D'une porte à sa gauche, il entend des bruits de pas qui approchent. Elle s'ouvre. Entre un bel éphèbe imberbe entièrement nu à la peau immaculée, aux cheveux bruns frisés mi-longs. Un casque acoustique sur le crâne, les extrémités recouvrant les oreilles, il dodeline de la tête au rythme de la musique. Sans un mot, il va directement s'asseoir dans un fauteuil de velours rose, pose l'articulation d'une jambe sur un accoudoir, exhibant son sexe avec nonchalance, en continuant d'écouter sans un regard sur lui.

Ayant envie d'aller aux toilettes, Échlos se lève, chausse des babouches bleues aux pompons roses posées au pied du lit, prend un épais peignoir bleu sur le dossier d'une chaise, l'enfile en marchant pour sortir.

Étonné d'avoir mal aux articulations, il avance péniblement dans un long couloir, en passant devant plusieurs portes fermées, jusqu'aux toilettes. Il entre, referme, jette machinalement un regard au miroir au-dessus du lavabo. Stupéfié, il comprend que sa difficulté à marcher provient d'un rhumatisme articulaire dû à son grand âge.

Il approche son visage pour mieux s'observer.

C'est un septuagénaire aux longs cheveux blancs, rasé de près, le visage marqué par les années. Très étonné, il n'en revient pas de se voir aussi moche, la vieillesse lui étant jusqu'alors totalement étrangère.

Il pose le bout de ses doigts sur ses joues, tire sa peau blême vers le bas. Ayant encore l'esprit d'Échlos de vingt-huit ans, il est rassuré qu'elle ne soit ni flasque ni trop ridée en se disant que lorsqu'il aura réellement cet âge ce sera tout de même une consolation.

Puis il doute : et si c'était celui de vingt-huit ans qui était une projection de son passé dans son présent ?

" Kalupa ! se dit-il en se souvenant du précepte asphite pour garder son sang-froid. Ne pas s'attacher, suivre sans volontairement suivre en restant au milieu ".

Ses douleurs articulaires lui font prendre conscience de l'ignorance qu'il avait des vieillards. Il les voyait sans les voir, sans particulièrement constater leur difficulté de se mouvoir et de santé pour la majorité d'entre eux. La vieillesse signifiant implicitement la mort qui approche, il se dit qu'il voulait sans doute inconsciemment les ignorés.

Il retourne dans la chambre avec la crainte de la transgression de l'interdit, qui à la fois l'incite à oser et le jette dans le désarroi.

" Montée d'adrénaline et de testostérone."

Il entre dans la chambre, avance vers le giton toujours assis dans son fauteuil.

Mécontent d'être dérangé, en laissant ses jambes écartées il lui ordonne de se mettre à ses pieds, en indiquant le sol de son index.

Il exécute, séduit par son autorité.

A l'instant de jouir, tout s'arrête et il voit. (1), entend, une voix féminine, provenant de son esprit :

"- Pour t'émanciper de tes servitudes, découvre la nature des liens de l'esclavage qui coordonnent l'enchaînement sans fin des causes et des effets. Alors tu parviendras inévitablement à briser le cercle des transmigrations et parviendra à ta délivrance. " (2)

*

Tout de suite après son retour de l'aéroport, où il a accompagné Silou, Échlos est allé retrouver Miha chez lui. A peine viennent-ils de s'asseoir face à face sur les coussins de l'estrade que le délicat carillon de la porte d'entrée se fait entendre. Miha va ouvrir. C'est Élpa Morgilène qui entre. Échlos, étonné par son arrivée, se lève pour la saluer.

– Tu dois bien te douter que je suis venue pour toi, lui dit-elle en se claquant la main avant de s'asseoir.

– Il ne peut être question que des cmitanos. Vous avez découvert quel est le rapport entre eux et Frankus Jance ?

– Non ! Mis à part ce que nous a dit notre kalupé, nous n'en n'avons toujours pas la moindre idée, si ce n'est

(1) Vision hors de l'illusion, le "voir" asphite, équivalent au satori Zen, et à la transformation recherchée par les yogis tantriques avec leur maîthuna, jeune partenaire sexuelle.
(2) Écrit selon les paroles du Bouddha. Voir « Tibet, mon histoire », Jestum Péma, Éditions Ramsay, 1996.

qu'il y en ait un très important par le kalupa exprimé dans son dernier soupir.

–   Espérons que Silou trouvent des informations, dit Échlos.

–   C'est à propos d'elle, en corrélation avec les cmitanos, que je suis venue te voir. Les obosques ne sortaient jamais de leur territoire. Même si nous pensons qu'il doit en être de même pour leurs descendants, afin d'assassiner Frankus nous ne l'excluons plus. C'est la raison pour laquelle notre kalupé te demande de dire à Silou de rester sur ses gardes et d'éviter d'être seule. Personnellement, je te conseille d'en faire autant.

–   D'accord. Surtout que je suis convaincu que ce sont eux, physiquement, qui l'ont assassinée, non comme vous dites par une pratique occulte à rebours pendant son séjour à Sitpa. D'après la pikélos, elle a été attaquée par plusieurs personnes à l'entrée de la ruelle puis traînée au fond. Silou vient de partir. Je vais la prévenir avant l'arrivée de son euskou à Apartos.

Il sort son stylet-jo de sa poche et s'éloigne un peu.

Miha, le regarde sans rien dire, inquiet pour elle lui aussi, et demande, pour détendre l'atmosphère :

–   Vous voulez boire quelque chose ?

–   Non merci ! répond Élpa.

–   Comme toi, dit Échlos.

Après avoir prévenu Silou, il reprend leur discussion :

–   Je me demande qui sont ces gens et quelles peuvent être leurs motivations pour agir de la sorte ? se demande Échlos.

–   Tu peux l'imaginer en te référant à leur opposition systématique à l'ensemble de nos agissements, répond Élpa, par référence à leur rejet d'Obosqua et aux valeurs que nous Lui attribuons et que nous veillions d'appliquer au mieux dans notre vie quotidienne. Si pour nous Il signifie le Bien, et tout ce qui en découle, pour eux c'est le Mal et tout ce que ça implique. Convaincus que ceux qui croient en Lui – foi sur laquelle ils ont établi leur vie –, sont des infidèles, il faut les bannir pour s'en protéger, pour d'autres extrémistes ils sont ses serviteurs qu'ils doivent anéantir.

Échlos se souvient des articles de presse et des reportages sur des attentats monstrueux par des kamikazes se faisant exploser parmi la foule, tuant hommes, femmes, enfants sans distinctions d'appartenance.

Élpa, qui pressent ses pensées, lui dit :

– Ces individus sont d'abominables extrémistes, pour ceux de l'autre côté je dirais, d'abjectes fous haineux, aveuglés par leur idéologie, insensibles aux souffrances et aux morts qu'ils causent. Comment pourrait-il en être autrement sans connaître les raisons de leurs actes horribles ni percevoir comment ils peuvent avoir de telles motivations ? Je te rappelle que pour eux c'est le Mal qu'ils imaginent ainsi combattre.

– Difficile de l'imaginer : tuer des inconnus, des femmes, des enfants qui n'ont rien à voir avec eux...

– Malheureusement ce genre de conditionnement criminel à toujours existé.

– Obosqua concerne uniquement les asphites. Pourquoi s'attaquent-ils à ceux d'autres pays ?

– Parce que leurs croyances sont proches, qu'importe le nom qu'ils donnent à leur Dieu, ou parce qu'ils sont athées, une autre croyance quoi qu'ils en disent, fleuron du nihilisme. Satnous s'oppose à Obosqua, il en est de même de leurs autres dieux et démons. Pour nous les dévus sont des dieux, pour les cmitanos, qui les nomment dovus, ce sont des démons. Les ésuros sont des démons pour nous, pour eux ce sont des osuros, des dieux (1). Je ne peux pas m'étendre sur ce sujet maintenant. Je dirais seulement que les cmitanos utilisent nos penchants obscurs pour nous corrompre et qu'ils font surgir pour cela notre pumorvion, ou krisos.

– Je ne parviens pas à m'imaginer comment on peut choisir de vénérer le Mal, dit encore Échlos.

– Ils ne l'ont pas choisi, lui dit Miha, exaspéré qu'il n'est toujours pas compris. Je te répète qu'ils ne considèrent pas Satnous comme nous le faisons, Prince des Ténèbres, mais comme leur Libérateur et Kusmêlnas, son émanation féminine, comme leur Mère Divine, similaire à Préost pour nous. Ils agissent pour que vienne le règne de Satnous sur Achlovi et tous les univers de notre Œuf primordial.

(1) Équivalent aux religions indienne et iranienne : dévas pour dieux en Inde, daïvas pour démons et ahuras pour dieux en Iran.

6

Le Monde d'Apsalon

En un éclair, Échlos est projeté au sommet d'un volcan, éteint il y a plusieurs millions d'années.

Assis sur une coulée de lave grise, rendue lisse et brillante par l'érosion du temps et de la pluie, son attention est saisie au-dessus de lui par des croassements sinistres. Il fait aussitôt le rapprochement avec ceux d'un corbeau, bien que différents, parce qu'ils sont le présage d'événement funeste et que c'est ainsi qu'il perçoit également ce qu'il entend, comme étant annonciateur d'un futur néfaste.

Regardant le ciel, il aperçoit un effrayant volatile s'approcher par des battements lents de ses ailes, qui ressemblent à celles d'une chauve-souris, lui donnant une envergure impressionnante. Le corps deux fois plus grand qu'une taille achlovienne moyenne, en volant autour de sa proie il l'observe d'un regard menaçant de ses yeux qui ressemblent à la fois à ceux d'une mouche par leur forme globuleuse et à ceux d'un serpent par leurs iris verts striés de lignes horizontales jaunes, avec deux traits rouges verticaux encadrant leurs pupilles, marrons traversées verticalement en leur milieu par une ligne grise. La carapace noire brillante recouvrant son corps le fait ressembler à un scarabée, son long cou de vautour et sa tête au bec corné à un ptérodactyle, plus précisément à un ptéranodon, ses dents proéminentes indiquant qu'il est carnivore. Cette bête hideuse l'épouvante, le révulse, et en même temps le fascine, l'attire.

Les griffes de ses puissantes pattes d'aigle pointées en avant, il plonge sur lui pour le saisir et l'emporter.

Il se jette à plat-ventre sur le côté.

Lorsqu'il semble reparti, toujours apeuré et sur la défensive, il se rassoit, regarde le ciel autour de lui.

Un souffle léger d'air chaud d'une belle journée d'été ensoleillé caresse son visage et l'apaise, le rassure.

Du fond de son esprit, il entend une délicate voix féminine à peine audible :

"- Krisos ! Ainsi en est-il de l'incarnation psycho-somatique de notre face noire dont il faut un jour se défaire, aux attributs de haine, du mal, de la mort, l'inverse de ceux de ce monde où l'on vient d'entrer qui le fait ressembler à un paradis. Es-tu prêt à le découvrir ?"

Il admire au loin, par-delà la canopée d'une vaste forêt, l'horizon à perte de vue d'une campagne verdoyante.

Il tourne la tête pour observer plus bas, en direction d'un pépiement d'oiseau.

En-dessous, à côté des premiers arbres en lisière des plantes herbacées qui montent jusqu'au sommet, assise sur une souche il reconnaît Miha, avec debout à côté d'elle une grande bolongosienne quadragénaire au corps d'ébène de sportive, toutes deux visiblement heureuses de se revoir. Habillée d'un gilet, sur un corsage blanc à demi-transparent, et d'une mini-jupe tenue par un ceinturon, chaussée de lourds brodequins, l'ensemble en cuir marron, par son allure martiale de guerrière noire elle est impressionnante. Il comprend que c'est elle qui vient de lui parler par transmission de pensée.

En arrivant proche d'eux, il est davantage séduit par la féminité de Miha, bel éphèbe aux cheveux de jais crollés qui tombent jusqu'au bas de ses reins, habillé d'une robe jaune bouton d'or, serrée à la taille par une ceinture en tissu orangé, chaussé de sandales de la même couleur.

En même temps que la femme noire qui s'assoit sur l'herbe à côté de Miha, il le fait face à eux.

Ils observent cet homme, le visage poudré de blanc, la bouche accentuée par du rouge à lèvres, avec une perruque de cheveux blonds bouclés mi longs. Il porte un costume d'une renaissance monarchique d'ils ne savent quel pays, si ce n'est de Pticosie, croient-ils : habit militaire du roi vert clair brodée d'un vert plus sombre, son ample chemise blanche de flanelle, sous un plastron échancré, déborde de sa taille. A jabots, aux longues manches bouffantes avec manchettes en dentelle couvrant la moitié de ses mains, elle retombe sur son large ceinturon marron. Ses mi-bas blancs, des chevilles au dessous des genoux, attirent les regards sur ses riches escarpins vert comme son habit.

En souriant Miha lui dit, moqueur :

–   Quelle drôle d'idée de venir ici ainsi déguisé.

Faisant fi de sa remarque par un haussement d'épaules, il les salue d'une référence et se présente :

–   Élnas de Châvane, Duc de Jouvenci, du royaume Galys Saint-Priest, de la planète Jarès, galaxie d'Olno !

–   Belti ! Ochi Oilpa, de Bolongo, guide de Miha.

–   Patience, dit encore Miha à Échlos dans l'esprit d'Élnas, Olky va bientôt arriver.

"– Où sommes-nous ?", lui demande-t-il en pensée.

–   En Apsalon, par l'intervention d'Ochi auprès d'Olky scoukos.

–   Ainsi va votre destin ! dit une voix de femme sur le côté.

La tête tournée vers sa provenance, ils voient Olky s'approcher. Vêtue d'une robe à bretelles rouge vif – éclatant la blancheur de sa peau –, chaussée d'espadrilles de la même couleur, après les avoir salué elle s'assoit sur l'herbe entre Ochi et Miha.

Élnas, le spancion d'Échlos, lui répond en esprit :

"– Je ne crois pas au destin."

– Vos esprits sont unis par la même difficulté que vous avez l'un l'autre à résoudre, dit-elle à Élnas et Échlos. Quant à ton scepticisme à propos du destin, répond-t-elle à Élnas, il existe sans être programmé selon les desiderata de ne sais quel dévus ou ésuros, mais par ton karma, les effets de tes actes passés. C'est donc toi-même, par voie de conséquence, qui a déterminé qui sont tes parents, le lieu et le milieu de ta naissance, ton existence et ta venue ici. Tu crées actuellement sans le savoir celui que tu seras demain, pour ton évolution ou ta régression en rétribution de tes actes.

– C'est peut-être du passé que provient ton blocage ? se demande de vive-voix Miha à propos d'Échlos, en parlant de son inhibition.

– Que veux-tu dire ? dit-il agacé par la voie d'Élnas.

– Tu l'ignores vraiment ? répond-t-il railleur, sous-entendant qu'il le sait très bien en soulevant sa robe pour montrer son pénis.

– Rassure-toi, lui dit Olky. Ses propos et son comportement triviaux font partie du pourquoi de ta venue ici. C'est aussi par le feu de ta libido, qu'il suscite, vivifie, que j'ai pu le faire, par le concourt d'Ochi

Trou hors du temps et de l'espace : rien, nada.

Le placenta rosâtre, couvert de fistules bleutées, où ils sont enfermés, se fend en quatre morceaux au-dessus d'eux, faisant dégouliner un liquide poisseux verdâtre, s'ouvrent et descendent autour d'eux à l'extérieur comme une pelure de fruit.

L'immense caverne dans laquelle ils furent aussitôt projetés, éclairée a giorno, leur procure un curieux sentiment indéfinissable qui les rassure. Assis sur des chaises en verre posées en arc de cercle sur un grand miroir circulaire qui semble flotter au centre de son espace, ils ne perçoivent pas son accès au-dehors, si toutefois il existe, ni d'où provient sa lumière. Ils admirent les stalactites, qui suintent d'humidité, les stalagmites aux divers tons blancs, grisâtres, bruns, châtains en passant du jaune pâle au plus vif.

Échlos, Miha, Ochi tournent leurs regards vers Olky qui vient de se lever en fixant une cavité obscure tout au fond sur leur gauche. Ils y voient surgir et venir vers eux en lévitation un homme debout. Arrivé vers eux, ils se lèvent à leur tour.

C'est un vieillard ispokusien à la peau jaune, aux yeux bridés permettant à peine de distinguer ses yeux gris. Sa tunique de soie mauve, au col droit montant sur son cou, qui tombe jusqu'à mi-cuisses de son ample pantalon ivoire en tissu léger, ses sandales blanches ajourées, sa barbe, ses longs cheveux blancs dégarnis, lui donnent un air vénérable.

– Belti ! dit-il paume de sa main levée vers Olky.

Elle plaque la sienne dessus en lui disant son nom. Il lui répond Ocas Louk. Leurs voix résonnent dans l'espace. Puis il salue Ochi, Échlos, Miha qui se présentent à leur tour.

Il ricane d'un air moqueur, avant de dire :

– La venue ici de vos corps éthériques est le moyen habituel de ceux invités dans notre Monde.

Il s'assoit dans un fauteuil matérialisé en face d'eux, le même que les leurs, en s'adressant à Ochi :

–   Je suis surpris curieuse Aso Boas que tu aies associé ton âme, par sod ha ibbur, à une de tes spancions de Bolongo. A ce propos, je suis enchanté de constater que dans notre seul univers trois cent dix-huit millions quatre cent vingt-quatre milles deux cents quatre d'entre eux sont devenus des vorces. Que certains l'aient été dans des existences barbares en proie à la violence par ignorance est pour moi un prodigue. Tu pourras, de ma part, les en féliciter. Je sais que tu continues d'agir pour provoquer dans leurs esprits des valeurs comportementales de progressions, jusqu'à des déchirements du voile de l'Illusion par le biais de l'Amour Un dont tout provient.

En scrutant Miha du regard, il lui dit :

–   Aso, par l'incarnation d'Ochi, m'a parlé de toi en me disant que ton existence antérieure satbonde reste un handicap pour toi devenir divya. Je le constate en effet.

–   Malgré ce que vous imaginez, l'interrompt Olky, ici il n'y a plus de division, plus de séparation. Au seuil de l'Opalisciole, proche de l'Esprit d'Hachvir ou d'Obosqua pour les asphites, du Soi pour d'autres, de l'Unité, chacun est en osmose et empathie avec les autres et leur environnement.

Miha et Échlos s'observent l'un l'autre en silence, agréablement étonnés de le constater.

–   L'illusion, consécutive du vide de toutes limites, participe paradoxalement à l'Illumination, à la Libération, ajoute Ocas en les incitant d'aller plus loin dans leur perception. Mieux : l'un et l'autre ne sont qu'Un.

–   En ce qui te concerne Miha, poursuit Ochi après un moment de réflexion commune silencieuse, il t'est impossible de devenir divya parce qu'il te faut encore purger ton karma d'effroyable satbonde. Pas facile, je l'admets.

– Eh oui mon petit, renchérit Ocas, même ceux parvenus définitivement, non momentanément comme toi et Échlos, au seuil de l'Opalisciole doivent se purger des fautes de leur passé.

En esprit ils voient à Gaya, au Bihar en Inde, Gautama Siddhârta sous un arbre pippal confronté aux démons de Mara avant de devenir Bouddha, d'entrer en Nirvana.

Ocas, métamorphosé en un ogre vorace obèse, penche son hideux visage porcin sur eux et gronde en les observant d'un regard méprisant :

– Pauvres débris de vos incarnations passées, imbéciles prétentieux incapables de reconnaître vos saloperies cachées dans votre obscurité, vous n'en n'avez pas marre d'être prisonniers de la dualité, enfermés dans la causalité ?

Il se lève, se retourne, descend son pantalon, se penche en avant en soulevant sa tunique, lâche un dégoûtant et long pet sonore puant.

Il se redresse en remontant son pantalon.

Redevenu tel qu'il était, il regarde Olky qui s'esclaffe de ce qui fut apparemment pour elle une bonne blague dont elle a l'habitude.

– Je vois que tu continues de vociférer et d'avoir d'étranges comportements pour désemparer les gens, lui dit-elle. Tu donnes aussi encore des baffes pour les sortir de leur mental rabâcheur stériles, qui les manipulent comme les ficelles d'une marionnette ? (1)

_____

(1) Attitude similaire à celui de certains maîtres Zen. Voir « Entretien de Lin-Tsi », traduction Paul Deauville, Éditions Fayard.

"Quel monde étrange cet Apsalon", pense le spancion d'Échlos, Élnas de Châvane.

Olky, percevant ses pensées, redouble de rire en se moquant de son ignorance.

– Je suis Iptalant, dit Ocas, passeur vers l'Autre Rive, hors de la dualité. En Apsalon, comme vient de le dire Olky, pas de séparation. A vous de savoir garder à l'esprit ce que vous percevez ici.

– L'illusion, dit Miha.

– C'est ainsi que nous somme purifié des souillures et parvenir à ne plus en créer. C'est pourquoi les religions procèdent à l'immersion dans l'eau bénite, à des aspersions, aux baptêmes.

– Pas facile à admettre pour moi, dit Échlos.

– Ton athéisme est aussi une croyance, souligne Ocas pour contrer sa réprobation, bien que tu aies raison : ces immersions, totales ou partielles, ces affusions par lesquelles l'eau est versée sur la tête du baptisé, ces absolutions aux pénitents, résultent bien d'une croyance. A l'inverse du vécu de l'Illusion, que tu finiras bien par avoir un jour. Pourquoi par l'eau ? peux-tu te demander. Parce qu'elle est source de vie, de renouveau continuelle. L'eau provient de l'univers, des fragments de météoroïdes et de météorites pour la plupart d'origine cométaire. Constituées de glaces, de morceaux rocheux et de poussières, ils tombent sur notre biste pour environ vingt mille tonnes chaque année.

– Ne sois pas aussi négatif et pessimiste, intervient Olky, qui constate qu'Échlos est exaspéré d'en revenir encore au religieux. Si tu juges tout cela archaïque, tente de l'entendre différemment, psychologiquement ou scientifiquement par exemple. Et puis, contrairement à ce que tu crois, il y a un lien entre tout ça, ce qu'avait dit Ésbaèle et l'assassinat de Frankus.

Elle et Olky, d'un air complice, se sourit.

– Bien que le kalupa qu'elle a prononcé soit la seule piste que nous ayons pour l'instant, lui dit Miha, il ne faut pas se focaliser sur elle. Il faut aller vers l'inconnu (1), par l'état kalupa et le "lâcher prise", être dans l'instant, ici et maintenant.

– Tu ne pressens pas en quoi ton vécu avec Silou et Miha peut en partie te conduire à la cause de son meurtre ? lui demande curieusement Ochi.

Agacé par ces énigmes à répétitions, il lui fait savoir que non. Puis jette un rapide regard en coin à Miha, dans l'espoir qu'il l'aide à le saisir.

– *L'œil est la lampe du corps,* continue Ochi. *Si ton œil est en bon état, tout ton corps sera éclairé ; mais si ton œil est en mauvais état, tout ton corps sera dans les ténèbres. Si donc la lumière qui est en toi est ténèbres, combien ces ténèbres seront grandes.* (2) Le Soi, l'Esprit d'Hachvir (3), la Libération au-delà des limitations dualistes (4).

En immersion parmi des particules élémentaires, ils passent aux micro-organismes, cyanobactéries qui datent de plus de trois milliards d'années, puis aux minéraux, aux végétaux primitifs, organismes aquatiques non-vertébrés, poissons, insectes, aux Ichtyornis du crétacé, aux oiseaux et aux animaux d'avant, pendant, après les dinosaures, jusqu'aux achloviens.

(1) Voir « *Se libérer du connu* », Krishnamurti, Éditions Stock.
(2) « *Évangiles selon Saint-Matthieu* », 6 22-23.
(3) L'Esprit-Saint des chrétiens, Sambhogakaya des bouddhistes.
(4) Nirmanakaya pour le bouddhisme, révélée après la mort, dans le bardo du devenir. Voir livre cité note 21 p. 237.

Tout autour d'Échlos à côté de Miha, des gens nus de tous âges et tous les continents couchés sur l'herbe d'une clairière verdoyante parfumée se caressent et s'embrassent.

Un claquement sec et violent, comme celui démultiplié d'un fouet, les surprend.

Toutes ensemble les fleurs ont fermé leurs corolles.

Ocas dit à Olky :

– Amène-les à Priost !

*

Assis sur un talus au bord du chemin, avant de descendre au village ils attendent Miha qui flâne, désinvolte, loin derrière eux depuis leur départ en regardant les fleurs, les oiseaux, les papillons. A l'opposé d'Échlos perturbé d'être ici et qui se demande en quoi Apsalon est différent du monde d'où ils viennent et qui cherche, en vain, pourquoi ils y viennent.

– C'est à Priost et en étant psychologiquement vacante, lui dit Olky, comme pour Miha lorsqu'il fut instruit par une mère en Ausitous, que j'ai pris concrètement conscience de l'illusion des existences et de leurs environnements. C'est sans doute pour cette raison qu'Ocas m'a demandé de vous emmener ici : dans l'espoir que vous en fassiez-vous aussi l'expérience. Pour la faire, l'amour du vivant est très important, essentiel, car c'est par empathie avec le tout qu'elle surgit en réalisant parallèlement et concrètement que nous formons un seul Corps avec lui et tous les êtres vivant, avec ou sans corps physique.

– Avec l'Esprit d'Hachvir, ajoute Olky en pensant aux asphites.

Échlos pense à ce qu'aurait sûrement répondu Silou.

– Je ne crois pas qu'étant là elle aurait encore été ainsi, lui dit Olky qui lit dans ses pensées comme dans un livre ouvert. Ce vécu aurait fait obstacle à son mental borné sur ce qu'elle est, issu de son passé.

Bras tendu, Olky fait un geste circulaire de la main pour indiquer les alentours, en disant :

– La vacance : ne plus être dominé par l'individualité forcenée, s'abandonner.

– Les existences sans corps physique comme tu dis, en esprit donc, sont-elles aussi nombreuses et variées que celles ayant un corps ?

– Je pense, oui mais n'en suis pas certaine. Nous l'avons à plusieurs reprises, avant et après être incarné avec un corps physique dans nos multiples vies et le serons probablement encore. Si on ne s'en souviens pas il n'en est pas de même de notre être originel et d'autres connaissances. On dit que lorsqu'elles nous reviendrons, tôt ou tard, nous les prendrons pour des aspirations ou des révélations. Dommage que notre conscience présente y fasse instinctivement obstacle, comme étant étrangères, une menace pour notre intégrité. Nous accélérerons énormément notre évolution sur la Voie de l'ultime vérité. Cependant, je le redis, tout cela nous reviendrons en mémoire lorsque nous serons près, disposés, par un concours heureux de circonstances sinon au plus tard au moment de la mort. Inutile d'expliquer, ça aussi pour le saisir il faut le vivre ?

Miha, lolita insouciante, pieds nus, sandales à la main, s'assoit à coté d'eux. Elle plie une jambe sur un côté afin de poser son pied sur sa cuisse pour enlever le gravier qui y reste collé. N'ayant aucune douleur, elle est étonnée d'être blessée, puis voit ses blessures aussitôt disparaître. Elle passe à l'autre pied.

Échlos, qui la ressent sinon triste, perturbée, lui demande :

- Qu'est-ce qui ne va pas ?

- Hein ? Rien !

- Je vois bien bien que quelque chose te préoccupe.

- Non, je vais bien, seulement un peu désolée et très étonné qu'Ochi soit déjà repartie. Je pensais découvrir avec elle tout ceci, dit-elle en faisant en geste circulaire de la main pour parler d'Apsalon.

Il comprend son attachement filial à sa guide, qui a fait d'elle qui est aujourd'hui.

Miha sourit pour s'excuser en ajoutant :

- C'est ma mère intérieure, elle m'a donnée naissance.

- Les connaissances, en Ocilon, poursuit Olky, sont transmise par la nature, celle de la région de Priost le sont par le monde végétal. En symbiose avec lui, ses habitants sont ainsi en relation avec les esprits de leurs dévus et de leurs ésuros. Bien qu'ici nous sommes en tous et en tout, vous n'aurez pas accès avec eux car pour cela il faudrait que vous ayez un rapport de similitude entre vous.

Miha, habituée à communiquer avec les esprits le désapprouve le concernant.

- Même un mika, lui confirme-t-elle, pourtant habitué à ces échanges dans son monde, ne peut pas le faire ici. Mais la règle n'exclut pas l'exception.

Olky se tourne vers Echlos :

–   Sache que si Ocas a décidé que je vous conduise ici – par la demande de Miha auprès d'Ochi –, c'est en réponse à votre liaison sentimentale et sexuelle, surtout à cause de la dernière pulsion que tu as eu pour lui ayant provoquée le claquement et les fermetures des fleurs.

–   Ah bon ? Je ne vois pas le rapport, répond-t-il agacé qu'elle revienne sans cesse sur son amour controversé.

–   Pourquoi se seraient-elles fermées sinon pour se protéger ? Si tu avais été pertinent tu t'aurais plutôt demandé se protéger de quoi ? J'y répond : parce que fermé au Soi, tu t'es de ce fait séparé d'elles devenant dès lors une menace, un danger, à l'inverse de Miha en symbiose avec elles et les vies de toute la prairie.

Le voyant dépité, Ocas lui dit :

–   Rassure-toi, elle ne te fait aucun reproche. Elle veut seulement t'aider à ne plus voir qu'au travers le filtre mental positif ou négatif de qui tu es. Il n'y a dans son attitude et ses pensées rien à propos de ta relation avec Miha qui l'approuve ou la désapprouve et personne ici à ce sujet ne le fait non plus. Ça ne nous regarde pas.

–   Belti ! dit une quadragénaire à la peau blanche couverte de points de rousseur, aux cheveux roux mi-longs, qui vient d'apparaître devant eux.

Olky et Ocas, qui la connaissent, se lèvent pour lui claquer la main. Miha et Échlos en font autant en se présentant. Elle leur dit son nom : Ob de Ma ! D'un caractère de feu, dominant, habillée d'une robe couleur saumon, chaussée de courtes bottes roses, elle semble venir d'une campagne rurale de Pticosie.

Elle regarde Miha, en lui disant :

– Les douleurs et les blessures n'existent qu'en apparence ici pour ceux venant d'ailleurs. De même que vos visions et vos appréciations de ce qui est ou n'est pas. Çà correspondent à ce que vous croyez être la réalité selon le monde d'où vous venez, par habitude disons.

Elle dépose par terre le grand panier d'osier qu'elle tenait, rempli d'herbe, de fruits sauvages, de champignons, de fleurs, de feuilles variées.

– Je viens de cueillir ce dont j'avais besoin pour cuisiner un Bleutis d'Amarozine, dit-elle plus spécialement à Olky et Ocas, qui apprécient. Vous êtes mes invités. Vous visiterez Priost après.

Elle et ceux qu'elle continue de regarder pouffent de rire, sans que ni Échlos ni Miha ne comprennent pourquoi.

Suspicieux, ils regardent le contenu du panier en se demandant si certaines plantes, particulièrement les champignons, ne seraient pas hallucinogènes en se disant qu'il serait normal qu'elles se bidonnent en s'imaginant les voir monter au septième ciel ou descendre en enfer après avoir mangé le plat qu'elle leur a indiqué.

Priost, aux rues larges et pavées sans trottoir, à l'ombre d'arbres gigantesques millénaires, est réservé aux piétons. Aucune otjet n'y circule, sauf à des horaires précis pour les livraisons. Impressionné par ces arbres aux troncs énormes, Miha demande à Échlos de le prendre en photo avec son stylet-jo et se plaque dos contre l'un d'eux mains tendues, bras écartés. Son diamètre dépasse de beaucoup le bout de ses doigts.

Les maisons, angles arrondis, toits de chaume, petites fenêtres à carreaux colorés opaques, ressemblent à celles des contes de fées. Alignées les unes à côté des autres, certaines ont une boutique à l'étal bien achalandée de divers produits colorés, pour la plupart alimentaires. Bien qu'elles paraissent neuves, elles semblent être là depuis l'antiquité. Les gens qu'ils aperçoivent, habillés de vêtements aux couleurs pastelles, sont proches des éleusiens par leurs apparences et couleur de peau verte sans en avoir les traits anguleux ni les yeux globuleux mais au contraire fins, attirants, agréables à regarder.

En tournant à l'angle d'une ruelle, ils passent devant plusieurs petits immeubles aux formes extravagantes semblant sortir, eux aussi, d'un conte de fée, que ni Échlos ni Miha n'ont vu auparavant.

– Je crois que ça ne va pas durer, dit Échlos à l'oreille de Miha.

Quand elle tourne son regard sur lui il lui indique d'une mimique du visage le village autour d'eux, en ajoutant :

– J'ai l'impression que c'est évanescent, comme un rêve d'enfant qui reproduit l'histoire fantastique qu'il a écoutée avant de s'endormir.

– Tu les perçois aussi ? lui demande Miha en parlant des pensées d'un passant qu'il observe.

Il opine d'un signe de tête, lui aussi étonné de ne les percevoir que s'il lui prête attention.

Ils jettent tous deux un regard furtif à Olky et Ob qui marchent derrière eux. Elles les observent en souriant, toujours d'un air moqueur.

"- Qu'est-ce qu'on a pour qu'elles nous matent comme ça ?" dit en pensée Échlos, agacé, à Miha, sachant qu'elles se moquent d'eux.

– Pour penser autrement, percevoir autrement, il faut être autrement, leur conseille Ob en leur disant implicitement de cesser d'appréhender ce qu'il se passe avec leurs sens communs habituels, ici totalement inutiles.

L'a-t-elle dit verbalement ou par télépathie ? Ils n'en sont pas certains.

En arrivant au centre du village, bien plus ancien, Échlos et Miha sont surpris de constater que toutes les maisons et autres bâtisses ont les apparences du monde végétal avec les couleurs qui leur correspondent : une feuille, une fleur, un fruit, un légume, une graine, un lichen, une tige, une racine...

– Ouah, c'est chouette ! dit Miha.

– Ça confirme ce que tu nous as dit du monde végétal, ajoute Échlos à Olky.

– Ceux qui paraissent futuristes en sont des reproductions partielles, dit Ob. Il peut aussi s'agir de vues microscopiques grossies des milliers de fois.

Elle indique de l'index une belle architecture rosâtre oblongue, légèrement courbée sur un côté. Des balcons des étages tombent de longs filaments d'un rose plus soutenu.

– C'est magnifique, répète Miha qui s'extasie.

Voyant Échlos intrigué par une imposante demeure, Ob lui dit :

– Pétale d'une Nigella Damascena, fleur dont la plante, aujourd'hui cultivée comme épice, est originaire d'un de nos marécages que nous évitons d'explorer afin d'en préserver la flore et la faune.

Ils admirent sa longue et large forme ondoyante bleutée, striée de lignes blanches verticales.

Toujours en percevant les pensées d'Ob et d'Olky, Miha et Échlos sont admiratifs de leurs connaissances encyclopédiques, qu'ils discernent en même temps dans leur ensemble et en détails. Inexplicable et indescriptible. Miha s'intéresse aux particularités anatomiques des corps organiques, Échlos à leurs spécificités.

Les voyant tous deux accaparés par ça, Olky dit :

– Habitué à cette profusion de savoir disponible, il ne nous accapare que lorsque nous le jugeons nécessaire. Idem des pensées de chacun. Sinon ça reste à la périphérie de notre conscience, à la frontière de notre subconscient.

– Nous sommes presque arrivés. J'habite la rue juste derrière, dit Ob.

Elle montre un gigantesque bâtiment de couleur orangée d'une forme indescriptible, le principal autour de la grande place :

– Grossissement d'un pistil d'Hélianthemum helium. Néclèas est un centre culturel d'explorations méta-psychiques de n'importe quel individus d'une des bistes de nos univers connus, individus et bistes qui sont complètements différents de ce que nous connaissons, soit similaires ou ressemblants, et de n'importe quelles époques, de leur préhistoire à leur présent, jusqu'à leur futur des plus éloignés.

– Ah bon ? fait Échlos très étonné et vivement intéressé, avec l'envie de le visiter.

– Nous faisons ces explorations par nécessité pour les individues ou par mansuétude, compassion pour ceux des mondes sous-développés, souvent violents, pour les aider sans qu'ils le sachent, les attributs essentiels d'Apsalon sont l'amour et la fraternité.

Elle leur indique la grosse sculpture de fleur jaune d'œuf au-dessus de son unique grande porte circulaire d'environ quatre mètres de diamètre, devant laquelle ils passent :

– Pourquoi est-elle représentée ici ? Parce qu'elle symbolise ses opérations méta-psychiques. Difficile en peu de temps de vous les faire saisir. Que pourriez-vous comprendre si je vous disais qu'elles sont identiques à celle de la séparation isotopique nucléaire des différents types de noyaux atomiques d'un même élément ? Pour tenter de le comprendre, vous pouvez faire le rapprochement avec les propriétés physiques qu'ont ^{3}He et ^{4}He à basse température, qui sont la manifestation macroscopique de phénomènes quantiques.

Ils s'observent tous deux déconfits, Échlos disant à Miha, par dérision :

"- Ben voyons.."

La large rue commerçante où ils viennent de tourner, séparée par des parterres de fleurs et d'arbustes, est plus animée.

Miha et Échlos observent une fontaine en forme de plante touffue. Entourée de bancs, ils s'y assoient. L'eau jaillit par fins jets continus d'une multitude de tuyaux verts, de la grosseur d'un doigt, à demi transparents de diverses longueurs, couverts de feuilles de vignes.

– Nous sommes presque arrivés ! dit Olky en indiquant une maison sur leur droite.

Son arc de cercle, qui monte du sol vers le ciel sur la gauche, lui donne un aspect dynamique futuriste.

– Spitule Bolacée, dit Ob, une plante aquatique. Les feuilles et les fleurs qui flottent en surface, comme celles des nénuphars, sont réputée pour ses vertus thérapeutiques.

Elles arrivent vers son unique porte au centre, en forme d'un grand d'œil-de-bœuf. Quand elles s'en approchent, elle s'ouvre en plusieurs triangles qui glissent à l'intérieur, comme un objectif d'un ancien appareil photographique.

L'immense rez-de-chaussée est divisé en quatre espaces non séparés, différenciés que par leurs niveaux d'élévation. Ce qui surprend en arrivant est le sol transparent du premier qui couvre un profond aquarium. Sa flore de diverses plantes aquatiques, ses rocailles, ses minuscules poissons aux écailles métallisées bleues et violettes, ses minuscules tortues vertes, lui donnent un aspect naturel.

– Installez-vous, je reviens tout de suite, dit Ob en leur indiquant l'espace servant de salon.

Ils s'assoient sur les coussins colorés des fauteuils individuels en bambous, installés en arc de cercle sur un côté de la pièce, autour d'une table-basse en forme de rocher gris.

Sur le plateau en marbre blanc d'un petit meuble, aussi en bambous, Échlos remarque une statuette bleue d'un danseur nu squelettique qui porte autour de ses poignets, de ses chevilles et de sa taille des cordons de clochettes en cuivre doré. Il se souvient en avoir vu une au musée du Partos de Tul et en photo dans le livre de Bokis Cotrais mais il a oublié son nom et sa signification.

– Amcoum, le danseur d'Acoum ! lui dit Ob.

Elle la prend en passant et lui donne :

– Ce danseur, guide des intermédiaires, représente le messager d'Acoum, divinité du changement permanent qu'il faut vivre comme une danse.

Il a une cuisse à l'horizontale sur un côté, genou fléchi, jambe pendante, bras levés à l'horizontale, avant-bras tendus vers le haut, mains à hauteur des épaules, la tête légèrement inclinée sur l'une d'elles. Après l'avoir observée, il va la remettre à sa place, revient, s'assoit et reste silencieux.

Elles le regardent sans rien dire, visiblement déçues par son comportement.

Olky, excédée qu'il n'ait rien perçu de ce pourquoi Ob lui a remis cette statuette, lui dit, sur un ton de reproche et comme une litanie monocorde sans sentiment :

– Opalon : règne sans-forme ; Bolost : règne minéral ; Ducali : règne végétal ; Ostra, où nous sommes : règne animal ; Chirte : règne de l'air ; Vis : celui de l'eau ; Falast : du feu ; Ucham : de la kos (1) ; Éith : de l'éther. Comost : la mémoire de tous ces règnes gardées éternellement par Obyst (2). Acoum intervient particulièrement en Ostra.

– Dommage que tu ne parviennes pas à te défaire de ton esprit duel, dit Ob à Échlos. Tu ne perçois rien de la vérité d'Ocilon, comment pourrait-il en être autrement de ce qu'Olky vient de t'indiquer ?

Échlos la regarde d'un air navré, sans pour autant l'être réellement.

– Pour ce qui est de votre perception d'ici sachez que les gens, les maisons, les rues, tout ce que vous voyez, ne le sont ainsi que par votre habitude de percevoir la réalité.

C'est pourquoi vous n'êtes pas trop désemparés. Car il en est tout autrement de notre monde, qui peut-être vous apparaîtra tel qu'il est en vérité d'un moment à l'autre.

(1) Équivalent de la terre.
(2) Akasha pour le bouddhisme.

– J'aime beaucoup Priost pour sa diversité, dit Échlos en guise de réponse, gêné sans savoir pourquoi.

Apparaît au milieu de la pièce des plantes grandes comme des personnes debout, aux larges et longues feuilles comme celles des bananiers, qui disparaissent aussitôt.

– Saxifragas Aisoïdès ! dit Ob. Je les remercie pour ce qu'elles vous ont transmis, continue de dire Ob.

Échlos jette un coup d'œil furtif à Miha pour savoir s'il a perçu quelque chose. Il lui répond négativement par une mimique du visage.

– Vous en aurez conscience plus tard, lorsque vous serez disposés à l'accepter.

Apparaissent d'autres plantes plus petites, aux feuilles qui ressemblent à celles d'un laurier, avec des grappes de fleurs mauves en pompons aux senteurs de violettes.

– Ortolis Palicas, plantes des bois sur lesquelles vivent en osmose les Esks, messagers d'Eskésous, dit-elle spécialement à Miha.

Le voyant de nouveau dubitatif, Olky lui précise :

– Également de la famille des scarabéidés, les Esks sont l'équivalent des Oms asphites. Ce qu'Ob a voulu te faire saisir, c'est qu'il te reste à trouver l'équivalent d'Eskésous, de qui provient les messages des Oms.

Échlos est intéressé, augurant que ça le concerne tout particulièrement, par pressentiment.

Au-dessus de ces plantes, pour leur indiquer symboliquement par quoi est concernée cette divinité, apparaît là encore des gens enlacés faisant l'amour sur un sol verdoyant. Hommes, femmes, enfants se caressent les uns les autres avec volupté, s'embrassent sans se parler.

Cette vision disparaît aussitôt.

Bien qu'Échlos et Miha supposent qu'il y a un rapport avec ce qu'ils viennent d'entendre, de voir et leur existence, ils ne parviennent pas à saisir lequel et ce que ça signifie.

– Pour recevoir les messages des Esks et leur soutien, reprend Ob, qu'ils soient nommés Oms ou autrement ailleurs, les chamans et leurs équivalents ne peuvent être en contact avec eux qu'en faisant abstraction de leur individualité, en s'abandonnant, en se perdant en quelque sorte. Pour cela, à leur début du moins, ils doivent entrer en transe. Il en est ainsi des mikas, de certaines hachmichs, des initiés du Citonk, du Shotoum, des sorcières et sorciers de Bolongo, de n'importe quels médiums sur tous les continents. Quels que soient les noms qu'on leur donne, les Esks sont tous de la famille des scarabéidés et demeurent dans un univers parallèle. Seuls certains de leurs esprits sont ici. Vous avez peut-être remarqué leurs représentations, avec la face ventrale ornée d'un hiéroglyphe doré, comme l'est celle du scarabée sacré de la Cité d'Anquant, en Éleusis, emblème de résurrection, mais avant elle inévitablement aussi de mort.

– Tu dois saisir de qui provient les messages des Oms, insiste Olky en regardant Miha. Quand à toi, dit-elle à Échlos, au lieu de chasser ce qui se présente à toi parce que tu es gêné, tu ferais mieux de te demander pourquoi tu l'es.

– C'est vrai, dit Ob de Ma sur un ton de consolation maternel.

– Je sais ce que tu penses, répond Miha à Olky, soudainement ravie et apaisée en lui souriant. Un esprit vient m'indiquer pourquoi il est important que je connaisse cette divinité, liée comme moi à la sexualité. Étant maître des plaisirs et des passions par mon passage en Ausitous, je suis étonné de ne pas l'avoir perçu plus vite. Je subodore que le fait de l'ignorer est consécutif de mon passé satbonde. Il me reste à creuser pour le savoir et m'en libérer, c'est vrai.

Ob se tourne vers Échlos, qui s'interroge encore sur le rapport qu'il y a avec leur liaison amoureuse, pour lui dire :

– Ce n'est qu'en brisant les liens fusionnels que tu as avec lui – qui te retiennent et t'empêchent d'aller plus loin –, que l'ensemble de tes freins et de tes blocages deviendront à l'inverse des forces dynamiques de progression, d'évolution, de libération.

– Pour cela, tu dois être comme Amcoum, un danseur, ajoute Olky, sans pour autant que tu cesses de vivre ou changes quoi que ce soit dans ton existence.

Miha, voulant encore changer de sujet, probablement encore à cause de son passé satbonde, se remémore le fait qu'il marchait pieds nus sur le chemin caillouteux sans ressentir les conséquences de ses blessures.

Il dit :

– En Apsalon, les blessures et les douleurs n'existent pas. Tu nous as informés que chaque région avait son mode privilégié pour évoluer, ici en Ocilon avec les esprits des dévus et des ésuros des plantes. S'il y a des ésuros, des démons, cela signifie que le mal, la mort, existent aussi ici ?

– Dans ta réflexion tu as oublié ce paramètre fondamental que tout est illusion. Tu n'aurais pas posé cette question si elle n'était pas un acquis vécu. Je crois qu'en fait, tu as du mal à l'accepter parce que pour toi ça signifie disparaître, ne plus exister. Pas facile de perdre son ego qui rassure faussement, son individualité qui réconforte par ses pseudo-certitudes, c'est vrai, mais c'est une grande erreur

273

car c'est tout le contraire : c'est cette vie dualiste qui fait mourir, celle d'ici est vivre en vérité.

Après avoir pris un apéritif sans alcool et pendant qu'Ob s'affairait dans la cuisine, ils se sont installés dans la salle-à-manger mitoyenne pour prendre leur repas. Ob revient, habillée d'un luxueux kimono en soie blanche brodée de mauve sur un ample pantalon blanc de même tissu, chevilles serrées par de larges ourlets élastiques. Ses cheveux attachés en chignon soulignent son long cou gracile et l'ovale parfait de sa tête. Par l'autorité qu'exprime malgré elle son visage et son attitude altière et outrecuidante, elle paraît les observer de haut. Ils sont étonnés de voir combien elle a changé, pas seulement à cause de son habillement et de son comportement qui la rend impérieuse, mais aussi par son âge. Bien qu'elle paraisse toujours une quarantaine d'années, on peut également lui donner l'âge de Miha par son agilité de fillette, sa souplesse naturelle admirable, la pureté et la fraîcheur de sa peau.

A mains nues elle dépose un plat à tarte brûlant au milieu de la table ronde, contenant une épaisse tourte odorante fumante recouverte d'un treillis de fines lamelles de pâte dorée, en disant :

– Bleutis d'Amarozine, tourte spécialité de Priost ! Oignons fris, plantes, racines, champignons, le tout ramassé dans la forêt d'Upaison où je vous ai rencontré. La distillation des plantes et des champignons avec des cailloux d'Amarozine exacerbe les sens, nous en fait voir de toutes les couleurs, surtout à ceux qui en mangent pour la première fois.

En regardant de nouveau Olky d'un regard complice, elles ricanent de nouveau toutes les deux.

Ob, retournée à sa cuisine, en revient avec un grand saladier d'argent de crudités variées, qu'elle pose devant Miha, en disant :

    –   Jeunes feuilles d'arbre d'Iqut, raisins noirs séchés des bois, désormais cultivé en Otal, région méridionale d'Apsalon, racines de Poslitus, herbe aux goutteux cuite à l'eau, refroidie et grillée, ægopodium qui apporte du croquant légèrement salé, cœurs de Saitis, sorte d'artichauts que nous cultivons, dont l'inflorescence fournit sa partie comestible, base de ses bractée.

    –   Merci ! lui dit Miha.

Elle s'assoit entre elle et Olky, prend une part de la tourte prédécoupée, en disant :

    –   Chacun se sert ! On la mange habituellement en même temps que les crudités.

Elle prend le saladier, se sert, le donne à Olky :

    –   Avec ça nous avons l'habitude de boire du Quié, jus des fruits indéhiscents de baies sauvages en lisière des forêts, que nous devons broyer.

Elle prend la carafe, remplit le verre de Miha, celui d'Olky, le sien, donne la carafe à Miha pour qu'elle remplisse celui d'Échlos.

Ils mangent en silence.

Elle et Miha remarquent qu'Échlos fait alors une drôle de tête.

    –   Selon toi, lui demande Ob, que se passe-t-il ?

    –   Je l'ignore, répond-t-il en le regardant.

Échlos se découvre en d'infinies incarnations, diverses périodes de plusieurs de ses existences physiques, et celles en esprit, toutes différemment conditionnées, partant d'un tout premier ion du big-bang de la création de l'univers, d'environ quinze milliards d'années, en passant du gaz des étoiles à la matière solide, toutes sortes de vies microbiennes jusqu'aux existences minérales, végétales, animales, aquatiques. Il y a cinq cents millions d'années trilobites, arthropodes marins ancêtres commun des arachnides, incluant les araignées et les insectes dans toutes leurs diversités. L'ensemble du vivant, jusqu'aux formes de vie primitives et être achlovidés (1), jusqu'aux achloviens actuels depuis leur préhistoire, leurs existences dans diverses périodes de leur histoire passée, présente et future que jamais ils n'auraient pu imaginer. Et pourtant toutes ces vies, bien que réelles, sont sans substance, vides, illusion.

Ob chantonne d'allégresse :

– Celles que nous avons été, que nous sommes, que nous serons, forment un seul corps avec le vivant par "ré-union" dans l'Esprit d'Hachvir, l'unité d'Obosqua : c'est Cela !

Après leur repas, Ob les a invités à sortir. Arrêtés sur la place en face de Néclèas, Échlos et Miha, interloqués, pensent que l'étrangeté soudaine de tout ce qu'ils voient n'est pas exclusivement dû de ce qu'ils ont mangé, que ce n'est pas que l'effet hallucinogène du Bleutis d'Amarozine. Ils pressentent que ça ne l'est qu'en partie. Cette étrange et grandiose construction n'a plus rien à voir avec celle qu'ils avaient vue auparavant. C'est un foisonnement inextricable de longs et fins filaments d'argent luminescents semi-transparents, entremêlés et serrés entre eux, projetés dans

(1) Équivalent d'hominidés.

toutes les directions. Du cœur, rayonne une lueur bleutée qui illumine l'ensemble. Son frontispice, l'entrée et la fleur au-dessus ne sont plus que suggérés.

Échlos tape sur l'épaule de Miha. Tournée vers lui, il lui indique d'un regard effaré les étranges apparences qui s'éloignent et s'approchent d'eux comme le feraient les gens. Ce sont des nébulosités translucides contenant toutes une sorte de tube en guise de colonne vertébrale, pour tous différents. Ils ont pour l'essentiel trois formes : un trait vertical sans contour précis, le deuxième oblong, le troisième un fin rectangle ondoyant, également vertical, qui semble plus fantomatique que les autres. Ils constatent qu'eux aussi sont ainsi métamorphosés en nébulosités, distinctes pour chacun. Celle d'Ob est blanche avec un tube de minuscules points d'or. Ceux luminescents du tube safran d'Olky sont orangés. Ceux de celle rose de Miha, qui ondoie sans forme spécifique, sont bleus. Ceux d'Échlos, nébulosité de forme allongée violacée, sont mauves.

– Vous pouvez accélérer ! dit Ob à côté d'Olky parce qu'ils traînent loin derrière elles, en leur montrant l'entrée de Néclèas qui transparaît plus visiblement.

Miha, qui ressent Échlos divisé entre inquiétude et curiosité, lui dit en sourdine à l'oreille :

– Tu restes trop dans l'ego.

– Ouah ! fait-il au lieu de lui répondre en regardant tout autour d'eux les étranges constructions.

"- C'est en bas, en haut, vous-mêmes, le tout", leur dit Ob en pensée pour répondre à leurs interrogations.

Sans comprendre, tous deux étonnés de constater que tout est désormais en place dans leur esprit, maintenant en symbiose parfaite avec l'esprit d'Ob et celui d'Olky, ils savent qu'il leur faudra tout de même du temps pour intégrer le mode d'être de ce monde et cette présence intérieure observatrice, sans aucune focalisation de leur attention sur un point précis.

En approchant vers l'entrée de Néclèas, Échlos, soudainement apeuré, par un mouvement instinctif de défense se colle derrière Miha, qui elle reste inchangée. Une des sculptures de têtes blanches d'angelots sur le fronton de la porte en-dessous de l'énorme fleur jaune, maintenant parfaitement visible, vient de se précipiter sur lui en quadruplant de volume avec une expression menaçante de colère et de mépris.

Ob et Olky, arrêtées devant l'entrée pour les attendre se moquent de lui en rigolant.

Proches d'elles, Ob dit à Échlos :

– Tu as involontairement provoqué cette vision du fait d'être encore accroché au mental, conditionné par ton karma. C'est regrettable. Pourquoi, selon toi ?

Elle et Olky perçoivent elle aussi cette énorme tête de bébé au visage grimaçant, défigurée par son animosité, les yeux exorbités, aux veines des lobes rouge-sang. Derrière elle apparaît tout un imbroglio de causes karmiques gravement nuisibles pour lui-même et les autres qu'Échlos a créées dans cette existence et sa vie antérieure.

– C'est tout cela qui a précipité cette apparition, dit Ob. Échlos, bien que ça ne corresponde pas au pourquoi de ta venue ici, il est nécessaire que tu sois éclairé sur ces vécus néfastes qui infectent ton présent et renouvellent sans cesse leurs apparitions. Tu n'ignores pas seulement que ta liaison avec Miha remonte à la vie antérieure de chacun, mais aussi ce qu'il y a de récurrent pour vous deux au cours de votre vie d'aujourd'hui.

– Ben... répond Échlos en regardant encore Miha. J'en ai tout de même une idée : bien que de sexe différent, j'ai toujours été plus âgé que Miha, toujours transgenre.

– Cela signifie que si votre relation est ainsi, c'est que quelque chose d'ordre karmique vous y retient. C'est un conditionnement qu'il vous faut saisir, comprendre pour en être libéré, qu'il cesse de se répéter. Si Miha n'en est pas perturbé comme tu l'es, ayant désormais la faculté d'être détaché, ça le concerne tout de même. Exceptionnellement, cette perception supra-consciente (1) que vous avez en Apsalon peut vous permettre d'y parvenir.

– Nous pouvons entrer, dit Olky. Échlos cessera alors de penser, ce qui n'a plus aucune utilité ici.

A l'intérieur, alignés les uns à côté des autres, ils ne perçoivent ni mur, ni sol, ni plafond et personne d'autre qu'eux. Commençant à être habitués à ces énigmatiques visions, Échlos pressent qu'il en reçoit déjà un enseignement extrêmement important.

Ils entendent une voix mi-homme mi-femme :

– Il est heureux que vous l'avez acquise.

Ils savent qu'il s'agit de ce qu'Ob a nommé vue pénétrante par la méditation dans l'action (2).

Ils perçoivent un son cristallin continue au-dessus de leurs têtes, immédiatement suivie d'une mélodie délicate et envoûtante comme une caresse de femme.

---

(1) Voir « *Sri Aurobindo – La voix de la conscience* », SATPREM, Éditions Huchet & Chaste.
(2) Pour le bouddhisme Nirbirkalpa-samâdhi, méditation dans l'action par laquelle on acquière la connaissance transcendante.

Subrepticement elle les devance et les invite à avancer vers ce qu'ils ignorent être : alignées en arc de cercle dix cavités lumineuses chacune de couleur différente, aux diamètres de deux fois leur taille. Ils savent qu'ils doivent individuellement en choisir une pour y entrer, ensemble ou séparément sans se consulter.

– Est utilisé ici une technique para-physique similaire à ce que vos astrophysiciens nomment trou de ver, dit Ob, image d'un ver circulant dans une pomme, en l'occurrence notre Œuf cosmique. Ils permettent de voyager dans le cosmos et toutes les galaxies, quelles que soient les distances par les espaces alors pliés, de les traverser en un instant ou d'y rester. Ils permettent aussi de voyager dans le temps, bien avant, pendant et après n'importe quel présent, le vôtre et ceux d'autres vous-mêmes, vos spancions, parmi les bistes habitées d'univers connus et inconnus.

Après un moment de silence, Ob ajoute :

– Ici, vos directions peuvent être différentes mais pas forcément. A vous de le décider et pour cela de le savoir.

– Pour avancer, dit Olky à Échlos pour souligner ce qu'elle vient de leur dire, surtout dans les moments de doute et d'indécision, ce que tu dois faire ton être profond le sait, il suffit de savoir l'écouter. Comment évoluer si tu n'avances qu'en rapport à ce que ton ego connaît, ou par tes seules aspirations conditionnées par ton passé ? Pour t'ouvrir à l'inconnu, libères-toi du connu ! (1)

– En kalupa, ajoute Ob, vous cheminez naturellement vers le toujours nouveau, comme un bébé à l'écoute de tout. Selon la perception de votre être profond et du ressenti au cœur de votre esprit, imperceptible sans un

(1) Voir livre cité réf. 1, p. 259.

regard profond, vous serez bien guider.

Ils écoutent Olky, cette fois de son esprit aux leurs :

"- Le tunnel noir d'Éith, règne de l'éther, conduit à tous les univers de notre Œuf cosmique. Celui violet conduit vers Opalon, règne du sans-forme ; le gris vers Bolost, règne minéral ; le vert vers Ducali, règne végétal ; rose vers Ostra, règne animal ; argent vers Chirte, règne de l'air ; bleu vers Vist, règne de l'eau ; rouge vers Falast, règne du feu ; marron vers Ucham, règne de kos !"

Sans s'être concertés, après s'être déshabillés, Échlos et Miha laissent Ob et Olky derrière eux et avancent vers le tunnel noir sur leur gauche. Ils y entrent. Aussitôt happés, ils sont précipités en avant à une vitesse vertigineuse en étant séparés. Échlos pénètre à l'intérieur d'une spirale ouatée, aux lueurs grisâtres et blanches, qui tourbillonne lentement dans les deux sens. Il entend tantôt de simples sons, tantôt des musiques cosmiques qui changent rapidement de volume. Des points, mélangés à des traits, deviennent des lignes discontinues de couleurs criardes, agressives, mélangées à d'autres pastels, douces, accompagnés de sons parfois discordants parfois harmonieux. Toujours en apesanteur, il est suspendu au centre d'un étroit tunnel vertical de brume, vide en-dessous et au-dessus de lui. Un souffle froid le transforme en fines poussières argentées qui tourbillonnent sur la droite. Soudain, comme une poupée gigogne, des univers en lui se démultiplient (1). Ébahis, époustouflés, il observe ces prodigieux cosmos en couches successives et constante expansion. Dans la nuit intersidérale, des ondes cosmiques violettes gigantesques

(1) Fait vécu par l'auteur alors ermite dans une grotte en Anjou.

ondoient, entrecoupées par des flashs de lumière aveuglante. Disséminés sur tout l'horizon, des points lumineux approchent à très grandes vitesse, à moins que ce soit lui qui avance vers eux. Une énorme comète informe grisâtre passe sur sa gauche, parmi une multitude de météorites de toutes tailles. Dans l'espace céleste obscur, émerveillé il admire un superamas formé de galaxies bleutées qui tournent sur elles-mêmes en spirale, parmi des millions de scintillements d'étoiles. Une ligne de lumière horizontale au loin vacille, puis grandit rapidement en s'approchant de lui. Ébloui, grisé comme en état d'ivresse, il continue d'avancer. Il entend un son cristallin. A peine a-t-il tendu l'oreille qu'un fracas assourdissant le surprend et le fait sursauter. Les yeux fermés, les dents serrées, par un mouvement instinctif de défense il se recroqueville sur lui-même. D'un regard méfiant, il scrute les alentours. Quelque chose s'est passé dans son esprit sans qu'il parvienne à saisir quoi. Une ribambelle de flammèches, pour moitié mauve l'autre rose, tombent sur lui et tout autour de lui.

Toujours nu, il est sur l'allée centrale d'une immense cathédrale en pierre séculaire, aux magnifiques et immenses vitraux colorés figuratifs qui éclairent des peintures et des sculptures de saints osphoriens bleus dans des autels latéraux majestueux. Subjugué, il observe et se demande pourquoi il est là, pressentant qu'il a une raison extrêmement importante.

Le bruit cristallin délicat d'une goutte d'eau qui tombe dans de l'eau résonne dans l'espace, suivi d'un crissement strident d'un objet métallique qu'on glisse sur du verre.

La lueur rouge au centre du maître-autel, finement sculpté de motifs végétaux, attire son attention. Elle s'amplifie pour devenir une succession de tranches horizontales brunes de plus en plus épaisses, qui avancent sur lui puis disparaissent derrière. Une fissure verticale jaune d'œuf en zigzag grossit en approchant. A moins que ce soit lui qui avance vers elle.

A l'intérieur, suspendu dans le vide d'une énorme crevasse, il voit, en-dessous de lui, de la lave en fusion qui coule à grande vitesse. Des croûtes épaisses, aux rougeoiements plus sombres, se chevauchent dans un crépitement d'étincelles. Un sifflement à peine audible lui fait lever la tête. Un point bleu au loin approche, le submerge et le précipite au fond d'un océan. Des geysers d'eau phréatique, chauffée par des gaz volcaniques, surgissent à perte de vue.

Trou hors du temps et de l'espace : rien, nada.

Échlos et Miha se regardent et s'interrogent, avec le sentiment de revenir de très loin et d'avoir vécu énormément de choses sans savoir lesquelles. Nus, comme des fœtus attentifs à la Mère ils écoutent, sans volonté d'écouter étant tout entier avec Elle.

Flash bleu.

Nuit.

Flash blanc.

Nuit.

Dans l'expectative, ils sont assis au centre d'une vaste pièce, aux murs, sol et plafond en damiers de carreaux rouges et blancs, autour d'une grande table en bois rectangulaire laquée noire. Les lourdes chaises aux dossiers magistraux, de la même couleur, sont sculptées de démons difformes monstrueux. Sur la table est déposé un imposant et riche chandelier d'argent à sept branches aux longues bougies allumées.

Ils entendent des grincements d'une porte qui s'ouvre et se referme puis des bruits de pas qui résonnent en s'approchant d'eux.

Sort d'une porte dérobée dans un pan de mur, un géant blanc chauve, à demi nu, au visage efféminé imberbe. Ses lèvres écarlates, qui tranchent sur son teint blafard, provoquent le désir érotique.

– Merci pour ton accueil, lui dit Ob de son esprit à côté de celui de Miha.

– Belti Ob ! Belti Olky ! dit-il en levant tour à tour la paume de sa main droite devant Miha et Échlos. Belti vous deux, les hébergeurs momentanés ! dit-il sur le ton de la plaisanterie.

Il s'installe à leur table.

Toujours d'une voix asexuée, à la fois reposante et déterminée, il s'adresse à Échlos :

– La volupté caressante de mes paroles apaise pour adoucir la dureté des angles aigus de ta finitude, qu'il t'est nécessaire de quitter. L'hypnotique révolte agressive contre un ordre établi, qui brime ta liberté et ta sexualité, sert aussi à cela. Cesse de craindre ta perdition puisqu'il s'agit de te défaire enfin sciemment des liens karmiques de ta condition qui te retient captif. Il est bon de te retrouver tel que tu es en vérité pour rendre actifs tes potentialités elles aussi depuis trop longtemps refoulées. A quoi bon redouter de te perdre puisque c'est pour quitter ce monde qui te brime et t'empêche d'évoluer. Tes attirances et tes actes sexuels vont œuvrer pour la jouvence et la vitalité de ton être profond. Ils permettront aussi d'achever le Grand Œuvre, par l'énergie de ta libido ainsi créée. C'est étrange, je l'admets, mais c'est cela – bousculant tes acquis et ta tranquillité –, qui t'emportera vers un ailleurs que tu ne peux même pas imaginer.

– En te donnant la statuette, dit Ob, tu aurais dû saisir ce dynamisme et cette force qu'il te reste à trouver.

– Si tu danses avec ta vie, poursuit le géant, tu pourras aller dans des directions que tu n'aurais pas pu prendre autrement. Observe Miha. Dans le Tao (1), par sa danse il se laisse spontanément emporter. Danser comme lui avec les circonstances de ta vie est ce qu'il espère pour toi. Par ta présence au point et l'état kalupa ton mental ne pourra alors plus t'accaparer, te retenir, te diriger. Un danseur dans le Tao, sans parer ce qui vient s'empare de son destin. Tu finiras alors enfin par l'abolir ton karma et tu cesseras de le créer pour être libéré.

A genoux entre les jambes écartées de Préost, assise nue sur le bord de son trône, il tend de ses deux mains un calice d'or serti de pierres précieuses sous son vagin glabre.

– Parfaite cette transmission ! dit le géant à Ob. Cependant, il doit affermir sa présence intérieure pour ne pas faillir en cherchant et suivant des plaisirs mortifères.

Ob, en pensée l'admet.

– Tuïol Omistiase ! dit-il à Miha et Échlos. En Éith j'agis à la transmission des énergies conduisant à la Vie.

Dans l'espace sidéral, il leur montre du doigt une galaxie dorée. S'en suit une succession grandiose de cosmos en pelures d'oignon. (2)

---

(1) Voir « *Tao Te-King* », Lao Tseu, Éditions Dervy-Livres.
(2) L'astrophysicien français Laurent Nottale les nomme multivers.

–   Se déployant dans notre Œuf cosmique, en continuelle expansion il nous est impossible d'imaginer leur nombre. Vous pouvez les comparer à des poupées gigognes ou à des ronds dans l'eau d'un étang lorsqu'on y jette une pierre.

Échlos fait la relation avec son être démultiplié.

–   A ce sujet, n'oubliais pas que comme nous, tous les univers, que l'on nomme Aziluth, retourneront à l'Un, ainsi que notre Œuf Primordial, souvent désigné « Mental Cosmique », qui a pour origine l'équivalent du point d'impact de la pierre jetée dans un étang, ou dans le vide sidéral devenant dès lors espace et temps. Pour en saisir l'importance vous pouvez faire le parallèle avec le point de présence dans votre esprit et votre cœur.

–   Le bouddhisme tantrique le nomme Ékâgrya, dit Olky, psychologiquement la psychologie analytique circumambulatio. (1)

–   Existe-t-il des similitudes entre les planètes habitées des univers ? demande Échlos.

–   Par leur origine commune oui, répond Tuïol. Mais leur avancée dans le temps et leur éloignement toujours plus grand de la source nous donne à penser qu'elles ont des variations, pas forcément en termes d'évolution ou de régression. Ces planètes peuvent avoir des civilisations proches, similaires, comme des formes de vie différentes.

–   Pour les planètes de vos spancions, dit Ob, par le lien de parenté que vous avez avec votre être originel, leurs mondes sont similaires, proches ou ressemblants au vôtre à la différence qu'ils peuvent être primitifs, préhistoriques

(1) Voir « *L'Âme et le Soi - Rennaissance et Individuation*», Carl Gustav JUNG, Éditions Albin Michel.

jusqu'à votre présent et des futurs très éloignés.

– Bien que vous ayez opté pour Éith, dit Tuïol, apercevoir quelques-unes de ces bistes ne sera pas un écart. Il tend son index droit vers un lointain cosmos, qui s'agrandit en approchant. Projetés vers un amas lumineux en spirale, ils entrent dans un système solaire, survolent une planète : à sa surface des tâches informes, jaunes clairs, des dégradés marrons, noires. Sèche, aride, poussiéreuse, rocheuse, parsemée de cratères de divers grandeurs dû aux impacts des météorites, de crevasses lézardées, de montagnes érodées, de collines. Des curieuses pyramides de roche qui ne paraissent pas naturelles les surprends, retiennent leur attention.

Ils s'éloignent, filent dans l'espace, s'approchent d'un autre univers, d'un autre système solaire, d'une autre planète. Entourée d'une couche qu'ils croient être de gaz, ils pensent qu'elle est dépourvue de vie organique. Ils se trompent.

– La biste Askasie ! dit Tuïol. C'est ici que les Éhoacâtoniens ont établi leur base afin d'aider les peuples de divers cosmos à évoluer. Leur origine ne provient pas de notre Œuf primordial mais d'un autre, nommé Éhoacâ, qui provient aussi de résidus d'anciens univers dissolus.

– Pour les Tigres Rouges du Shotoum (1), enchaîne Olky, au même titre que les anges gardien les éhoacâtoniens sont des intercesseurs auprès d'Éhoacâ, une autre manifestation d'Obosqua, sinon un autre de ses noms, ajoute-t-elle à l'intention de Miha. C'est d'Obosqua, l'équivalent d'Éhoacâ, que proviennent les messages des

(1) Similaire aux Bonnets Rouges du Bouddhisme Tantrique.

oms et c'est par leur intermédiaire que ceux qui y sont disposés peuvent avoir la vue transcendante et ouvrir le troisième œil, entre et un peu au-dessus des deux yeux, sur la siucane (1). Ils éveillent le feu de ce canal parallèle à la colonne vertébrale et ouvrent les seuils de diamant (2).

– Si nous ne sommes pas retenu par leurs manifestations, dit Olky, en étant impassible, nous pouvons atteindre et ouvrir celui à son sommet, légèrement au-dessus du crâne, seuil de l'entrée en Opalisciole, de l'ultime Éveil.

– Si tu retournes en Ausitous Miha, dit Ob, tu pourras demander à l'Iptalante Oilmata Iriamos de t'initier.

– A ce propos, insiste Olky, Tuïol voulait vous montrer l'Askasie parce que les Éhoacâtoniens utilisent la sexualité comme moyen pour déclencher le feu de l'Éveil. C'est pourquoi Miha, pour ne pas te perdre il est important que tu sois relié à la source des messages des oms, par l'Esprit d'Hachvir. Silou, poursuit-elle à l'intention d'Échlos, est experte de la siucane. Je suis surprise que dans cette incarnation elle l'ignore encore et qu'elle ne se souvienne pas non plus d'Éhoacâ ni des Éhoacâtoniens. Sans en avoir conscience, elle a la capacité d'atteindre ce seuil et d'entrer en Opalisciole en stoppant net l'orgasme, comme font ce que les Tigres Rouges nomment un ou une isposie (3).

– Toujours par communication subliminale, dit Ob, vous venez de recevoir le moyen d'accéder à la Connaissance Transcendante (4).

(1) Kundalini pour le tantrisme. Voir livre cité réf.2, p. 178.
(2) Chakras.
(3) Équivalent de Maîthuna pour les Bonnets Rouges tibétains, jeunes partenaires sexuelles, parfois prépubères, jamais entièrement consommés.
(4) Lokila-Prajnâ pour le bouddhisme tantrique.

Olky, voyant qu'Échlos reste perplexe, ajoute :

– Elle n'est pas de l'ordre de la cognition, inutile de chercher à la percevoir comme telle. Elle demeure en toi depuis toujours. Reste à la faire surgir et à l'intégrer pour en avoir conscience. Tu le feras, sois en certain, progressivement, lentement, rapidement, ou en un éclair.

Tuïol regarde Miha et Échlos en demandant à Ob et Olky, par transmission de pensée, s'il peut poursuivre. Elles acquiescent. Il tend encore la main devant lui, paume tournée vers le bas. Après être tous revenu en arrière, il pointe son index sur un autre amas de lumière, une de ses galaxies, un système solaire, une de ses planètes. Cette fois dans son atmosphère, très proche de sa surface, ils survolent des forêts, des montagnes, des collines, des plaines verdoyantes à perte de vue, un fleuve qui serpente. Au-dessus d'une coupole immatérielle transparente, ils observent une cité aux constructions en verre opaque. Titanesque en comparaison à la nature verdoyante des alentours, au centre une imposante pyramide, aux flans de miroir et à la pointe illuminée, domine l'ensemble.

– Toutes les vies ici se sont adaptées aux rayons cosmiques néfastes, mais pas les êtres qui vivent dans ses villes et villages pour qui ils peuvent être mortels, dit-il en montrant la coupole de protection. Ces rayons, provenant essentiellement des tempêtes solaires, sont particulièrement nuisibles pendant les équinoxes.

Assis sur des fauteuils blancs disposés en cercle dans une sombre bulle opaque, ils sont avec Ob de Ma et Olky, cette fois physiquement, nues elles aussi, non plus par l'intermédiaire de leurs esprits à côté de celui de Miha et d'Échlos. Échlos, heureux de les revoir, les observe d'un regard aimant et admiratif.

"- Je le discerne aussi !" dit mentalement Tuïol à Ob et Olky, en regardant Échlos.

Il perçoit un conflit scabreux dans son esprit, suscité par un succube (1) qu'il ignore et le hante depuis des années afin d'avoir des rapports sexuels avec lui et le vampiriser.

–   Vous savez comme moi que, mis à part un exorciste, personne ne peut rien y faire. Nous ne pouvons que l'aider à le discerner pour ensuite lui permette de s'en débarrasser.

"Je me demande si en Hospticos notre science du corps-esprit a accès à la réalité astrophysique de ces univers, si éloignés du nôtre.", pense Échlos qui n'a pas perçu ce que vient de dire Tuïol.

–   Oui, lui répond Tuïol, vos savants l'étudient. Pour eux il n'y a désormais plus de frontière entre le corps et l'esprit, la matière et l'énergie, les particules et les ondes. Par ces études vos spiritualités ancestrales et certains vécus de vos mystiques sont désormais abordés de manière scientifique.

Soudain, Olky fait un bond en arrière.

Bouleversée elle observe Échlos et lui dit :

–   Malgré la recommandation de ne pas aller seule à Testauxi, Silou y est allée. Elle vient d'être attaquée par les cmitanos dans la suite d'un hôtel où Frankus Jance a jadis séjourné.

Il se lève, affolé.

---

(1) Démon qui revêt une apparence femelle, généralement humaine, ici achlovienne, afin d'entretenir des rapports sexuels avec un homme.

–   Rassure-toi, Shun, en Paléas Fuchoïte, est maintenant avec elle. Par instinct de survie, pour parer cette attaque elle a retrouvé sa nature exor, nom de sa langue d'origine pour désigner un ou une scoukos. Elle a pu s'interposer entre elle et eux. Les cmitanos sont toujours avec là mais ne peuvent plus l'atteindre. Ils ignorent que Silou a découvert ce qu'avait trouvé Frankus Jance à Sitpa et qu'ils étaient eux aussi venus chercher.

Elle constate qu'Orête en elle, jusque-là effacée par la forte personnalité de son esprit, est aussi très inquiète.

Elle veut les rassurer :

–   Ne vous inquiétez pas, Shun, par sa nature exor, est une redoutable guerrière. C'est les cmitanos qui ont à craindre d'elle désormais, non plus Silou vis-à-vis d'eux.

Olky regarde Tuïol et Ob en leur faisant comprendre qu'elle, Miha et Échlos doivent immédiatement retourner sur Achlovi.

7

La sagesse noire

Shun et Silou ont changé d'hôtel pour un autre inaccessible aux non-résidents sans autorisation. Silou ne connaît pas Testauxi. C'est la première fois qu'elle vient dans cette ville, capitale économique du pays. Le premier hôtel où l'avait conduit son chauffeur de ciska, à qui elle avait demandé de lui en trouver un bon marché, était calme, agréable, mais trop libre d'accès. N'importe qui pouvait accéder aux chambres sans pour cela être contraint de passer par la réception. Après son agression par les cmitanos et leur fuite précipitée, étant blessée et sans connaissance Shun a appelé les secours. A l'hôpital, après les premiers soins, bien que Silou reconnaissait que des examens complémentaires étaient nécessaires avant qu'elle puisse sortir, elle a signé une décharge pour pouvoir le faire de suite. Elles quittèrent l'hôpital, peu sûr vis-à-vis des cmitanos qui pouvaient y venir à tous moments. Ce grand hôtel où elles sont désormais, *Le Crust,* situé dans un quartier huppé de la ville, est réputé pour son standing et son accès hautement sécurisé. C'est uniquement pour cette dernière raison qu'elles l'ont choisi. Olky en Orête et Orête, qui vont les rejoindre, vont être étonnées de ce choix à cause de son coût exorbitant, car elles ont été contraintes de prendre une suite, *Le Clunéos*, au 21ème étage, la seule location disponible. Pour avoir accès à l'un de ses résidents, les visiteurs doivent obligatoirement se présenter à la réception afin d'obtenir l'autorisation de celui-ci via le visiophone. L'acceptation obtenue, ils sont accompagnés par deux palantiers, agents de sécurité. Les hommes portent des uniformes gris clair galonnés d'argent à boutons argentés et casquette avec visière transparente bleutée. Celui des femmes, galonné de la même façon, est un tailleur du même gris à la jupe fendue sur un côté, avec des chaussures à hauts talons assorties, et un mignon bibi rond, qu'elles portent légèrement penché sur un côté. Cet uniforme stricte, bien qu'élégant, leur donne un air d'intellectuelle sévère et autoritaire devant en faire fantasmer plus d'un. Si les occupants le désirent, des palantiers peuvent être mis à leur disposition pour effectuer une surveillance discrète vingt-quatre heures sur vingt-quatre moyennant un coût supplémentaire. A cause de la menace des cmitanos, Silou aurait voulu en prendre mais son prix trop excessif ajouté à celui de la location l'en a dissuadée. Elles accédèrent à leur étage par un ascenseur très rapide, géré par un groom. Après avoir donné un pourboire aux bagagistes, elles visitèrent les lieux, au luxe moderne mais trop ostentatoire pour Silou : trois chambres avec pour chacune un lit pour deux personnes et une salle de bain, un salon équipé des dernières technologies, un caisson à isolation sensorielle, un sauna munie d'une couchette de relaxation. Un masseur et un acupuncteur peuvent être demandés, prestations inclues dans le prix de la location.

Paléas, Shun en elle, et Silou assisses dans un fauteuil du salon, toutes deux vêtues d'une robe d'intérieur en soie blanche fournie par l'hôtel, viennent de regarder un reportage sur la Cité d'Anqant, trouvé sur une liste vidéo de leur spamatèque, envoyé après leur commande. C'est dans cette cité au cœur d'un immense désert de sable de Labisoun, pays torride du continent vert d'Éleusis, que fut inventé par les koanos le pactious, philosophie transmise oralement depuis l'antiquité avant d'être transcrite il y a des siècles. Bien que Paléas la connaisse parfaitement, en étant enseignante, elle regrette de n'avoir qu'une vague idée de la spiritualité et de l'ésotérisme de ce peuple, pourtant toutes deux aussi réputées que sa philosophie. Elle ne les a jamais intéressée, sans pour autant les rejeter, comme l'aurait probablement fait Silou. Silou, elle, se demande pourquoi Échlos – bien qu'elle sache elle aussi que les connaissances des koanos sont inscrites dans cette cité –, a la conviction que c'est là qu'il pourra comprendre pourquoi Frankus fut assassinée et a prononcé kalupa dans son dernier soupir. Elle sait que cette conviction ne provient pas uniquement du morceau de papier qu'elle a trouvé dans son ancienne suite à l'hôtel, soigneusement caché dans l'une de ses chaussures, sur lequel est gribouillé une étoile à cinq branches, soulignée du nom : Cité d'Anquant en dessous duquel est noté kalupa.

C'est Shun qui s'est dit à haute voix qu'en visionnant ce reportage elles trouveraient peut-être une piste leur permettant de trouver des réponses à leurs nombreuses questions. Surprenant par le réalisme des scènes de vie des origines parfaitement reconstituées, des initiations, des cultes et des rituels qui avaient lieu dans sa koasti (cathédrale, temple, mosquée ou pudjol selon l'interprétation et la croyance de la personne qui l'appréhende). C'est essentiellement de celle-ci qu'il fut question, après son énigmatique architecture en étoile. A la différence des pudjols, cette koasti est en quinconce. Elle s'élève de cent soixante-dix mètres, sur plusieurs niveaux sans plate-forme, et s'enfonce dans le sol à une profondeur identique à sa hauteur. En incluant l'architecture symbolique de cette cité et ses dimensions, le plus important du reportage fut sur son art – fresques, peintures, sculptures, bas-reliefs –, et sa poésie, sa philosophie, sa spiritualité, son ésotérisme vaguement indiqué étant inintelligible pour un non-initié.

En comparant les connaissances koanos des origines avec celles scientifiques d'aujourd'hui, particulièrement celles nucléaire, d'astrophysique et de physique des particules, les commentaires rendent cette culture encore plus attrayante et surprenante.

Attentives à ce qui pourrait être révélateur pour leur recherche et pour saisir quelle peut être la raison du gribouillage de l'étoile à cinq branches de la Cité sur le papier, elles n'ont toujours rien trouvé. Quel est aussi le rapport de la Cité d'Anqant avec le kalupa dit par la victime puisqu'elle a aussi noté ce mot sur ce papier ? Dépitées, cherchant en vain une intelligence à leur investigation, elles se disent qu'il y a peut-être un lien entre les cmitanos et ce peuple à part en Éleusis, les koanos qui ont construit cette cité. Sinon pourquoi aurait-elle gribouillé grossièrement son plan et noté son nom en prenant soin ensuite de cacher soigneusement ce bout de papier ? Silou, par intuition, se dit que ça ne peut être que très important.

Toutes deux certaines qu'elles doivent absolument le savoir pour comprendre la raison de son agression, leur détermination est plus que jamais déterminée, inébranlable.

Silou sourit en pensant à l'étonnement d'Échlos lorsqu'il va constater son revirement.

Les koanos des origines et leurs descendants toujours vivants sont totalement différents des autres éleusiens de ce continent, d'anatomie, de physionomie et de couleur de peau. Ils sont beaucoup plus grands, ont la peau violacée au lieu de verte, leurs traits sont fins, non anguleux, leurs yeux non globuleux, étonnamment bleus, gris clair, violets ou mauves, sont bridés comme ceux des ispokusiens jaunes.

Par ces différences, beaucoup supposent que leur origine est extrachlovienne, de même que pour les asphites, et que le mot koanos serait en adéquation avec cette origine, comme univers koastien ou biste koastienne par exemple. Sont faites sur eux diverses suppositions et extrapolations des plus farfelues. C'est aussi par leur singularité étonnante, étant totalement différent de physionomie des autres peuples du même continent, qu'une similitude est faite entre eux et les asphites : koanos très grands, peau violette comme la couleur des fleurs du même nom, traits fins, yeux bridés ; autres éleusiens petits, peau verte, traits anguleux, yeux globuleux. Asphites grands, peau anthracite aussi violacée, yeux non-bridés ; autres ispokusiens petits, peau jaune, yeux bridés

"Échlos va prendre soin d'étudier scrupuleusement tout ça, se dit Silou."

Paléas en Shun pense qu'au lieu de se pencher d'abord sur ce qui sépare ces peuples asphite et koanos, mieux vaut commencer par chercher ce qui les rapproche.

Silou lui demande :

– A quoi tu penses ?

Paléas, au lieu de répondre, lui fait comprendre que ce n'est pas important.

En continuant de penser à ce qui peut les rapprocher, elle se souvient que les débuts de leurs civilisations se situent à la même période et se dit qu'il y a peut-être entre elles une synchronicité. Oui, mais alors pourquoi, qu'elle en serait sa raison, son intelligence ?

Constatant le regard interrogateur de Silou sur elle, elle lui sourit et lui dit :

– Je tentais de faire le rapprochement entre les koanos et les asphites.

Après un moment de silence et de réflexion, elles font une brève rétrospective de leur situation.

Dès les premiers jours de son arrivée à Testauxi, Silou, supposant que Frankus Jance pouvait être native de cette ville, est d'abord allée aux bureaux de l'État Civil. On lui a refusé la moindre information sur elle, à supposer qu'ils en avaient. Après être allée se renseigner dans une bibliothèque, une spamatèque, un musée d'archéologie et d'anthropologie, au cas où elle s'y serait inscrite, c'est dans une agence de voyage qu'elle a obtenu l'adresse d'un grand hôtel où elle est allée. Pour cela, elle a prétextait qu'elles participaient toutes deux à un congrès en ville mais qu'elle avait égaré le nom et les coordonnées de cet hôtel. Silou s'y est aussitôt rendue et, en se faisant passer pour une détective privée, a cherché à convaincre la direction qu'il était impératif qu'elle visite la chambre ou la suite qu'elle avait occupée pour les besoins de son enquête. En vain parce qu'étant sous scellées par la pikélos (1) depuis son assassinat. Elle est allée aussitôt au pikélosariat (2) qui avait la charge de cette affaire. Insistante, elle fut reçue par le

(1) Police.
(2) Commissariat de police.

pikélosair (1) en personne. Elle lui a tout expliqué de son enquête, depuis la découverte de la victime par Échlos à Apartos, du kalupa qu'elle avait dit avant de mourir, jusqu'aux derniers renseignements qu'elle avait reçus de lui par stylet-jo de Chumaka, en Asphite, village proche de la pudjol Kalupa. En sachant qu'il y est allé pour chercher des informations pouvant les mettre sur une piste en montrant la photo de la victime aux commerçants et aux guides touristiques, constatant leur détermination et ayant la promesse de Silou de le tenir informé des avancées de leurs recherches, le pikélosair l'a assuré de son soutien. En cas de besoin, il veillerait même personnellement à lui donner toutes les informations et autorisations qui lui seraient nécessaires. Elle a évidemment obtenue celle de fouiller sa location d'hôtel, d'y briser les scellés – qu'ils iraient remettre plus tard –, avec une lettre à remettre à sa direction.

Seule dans la suite, elle a commencé par fouillée ces bagages et ses vêtements restés là. C'est dans une sparkos, chaussure de brousse avec guêtres, qu'elle a trouvé un petit papier plié en quatre, sur lequel est gribouillé une étoile à cinq branches avec écrit dessus le nom Cité d'Anquant et kalupa.

Silou l'a gardé sans rien dire au pikélos.

C'est plus tard, en mettant instinctivement ce papier devant la lumière d'une lampe de chevet, qu'elle a découvert, d'étranges inscriptions écrites à l'encre sympathique : des noms : *Eugal Berlust, Magoïtis d'Anqant, Margotus Ptiléas, Améloptése Éclape, Ouskrosne Patéoste*, des chiffres, des signes ésotériques, des indications incompréhensibles.

(1) Commissaire de police.

Devant saisir tout ça, elle et Shun ont décidé de le montrer à un spécialiste de la culture asphite, connaisseur et expert aussi de celle koanos. Silou vient de prendre un rendez-vous avec lui. Elles espèrent aussi qu"il pourra leur révéler la signification des lettres écrites en haut de ce papier, importantes étant écrites en capitale, aussi à l'encre sympathique, *E.I.T.H.O.*

Shun pense qu'il s'agit peut-être de la clé ésotérique du pentagramme occulte de l'étoile que forme cette cité.

Si oui, pour quelle utilité, à quelle fin ? Elles s'interrogent.

*

A leur retour dans la maison de Miha, Échlos et lui, redevenus tels qu'ils étaient avant d'aller sur Apsalon, il leur a fallu quelques minutes pour retrouver pleinement leur état habituel. Forts de ce qu'ils ont vécu, ils savent qu'il leur faudra du temps pour l'intégrer.

Toujours impressionné et perturbé, Échlos a contacté Silou par stylet-jo pour lui demander de ses nouvelles et lui faire part de son voyage. Shun en Paléas et Paléas participaient à cet échange. Il a préféré en rester à l'essentiel, pour ne pas l'embrouiller en lui disant qu'il lui en parlerait mieux de vive-voix en étant avec elle, malgré son insistance pour en savoir plus, ayant remarqué par le ton de sa voix et l'expression de son visage que lui et Miha y avaient vécu quelque chose d'extraordinaire et de très important.

Tous deux rassurés sur sa santé, sont satisfaits qu'elle et Shun/Paléas soient plus en sécurité dans cet autre hôtel.

Silou lui a transféré une copie du mot de Frankus. Elle et Shun s'attendaient à ce qu'il n'y comprenne rien en espérant qu'il n'en soit pas de même de Miha du fait qu'il soit mika. Il n'en fut rien. Pour les consoler de leur déception, Miha leur a dit qu'il allait tout de suite le transmettre aux hachmichs, que par elles ils allaient comprendre. Ils attendent impatiemment l'une d'elles.

La petite mélodie de l'entrée se fait entendre. Miha se lève de son coussin pour aller ouvrir.

A leur arrivée au fond de la pièce, Échlos se lève pour saluer la jolie et puissante Eugilène, tous deux heureux de se revoir. Elle porte un chemisier sans manche brun, un short de même couleur à franges, des bottines montantes en toile marron à hauts talons. Avec sa peau de velours anthracite, ses lèvres violacées sont particulièrement sensuelles. De nouveau excité, il se laisse emporter par des pensées concupiscentes en observant ses jambes et ses cuisses musclées. Ce qu'elle remarque et l'a fait sourire en portant un regard ironique sur lui.

– Abas ! dit-elle en voulant le sortir de ces pensées obsessionnelles.

– Abas ! répond-il en lui claquant la main, intimidé par sa force de caractère qui correspond à son fantasme.

Assise sur un coussin noir qu'elle a tiré entre ceux jaune de Miha et rouge d'Échlos, ils forment un arc de cercle qui permet à Échlos de regarder jusqu'en haut de ses cuisses puissantes.

– Alors mon ami, Silou et Miha ne s'occupent pas suffisamment de toi que tu restes à ce point en manque ?

Gêné qu'elle soit aussi directe, il rougit sans pouvoir lui répondre.

–   Je ne veux pas te mettre mal à l'aise. Dans ce cas, parle-moi plutôt de ce pourquoi je suis venue te voir, de ce papier qu'a trouvé ta compagne.

Après lui avoir indiqué ce qui est arrivé à Silou, il projette dans l'espace par son stylet-jo la copie du papier, qu'ils observent en silence.

–   Il s'agit d'une écriture obosque archaïque cunéiforme, dit Eugilène. Pour les asphites, cette étoile est une protection occulte contre Satnous. Pour les koanos et les obosques au contraire ce pentagramme est le moyen d'être relié, unie à Lui, en communication avec Lui. Ça peut même être une porte occulte vers son univers. Je pense même d'ailleurs qu'il doit être possible de l'ouvrir par ce qui est inscrit sur ce papier, ces incantations, ces nombres, ces signes kabbalistiques et en le demandant aux entités nommées. Vous le savez, depuis qu'ils sont devenus cmitanos nous n'avons qu'une vague connaissance d'eux et de leurs croyances, mis à part qu'ils vénèrent Satnous. A ce propos, ayant volé le joyau Kalupa lors de leur schisme, que posséderaient toujours les cmitanos, Frankus Jance ayant prononcé son nom dans son dernier soupir ne peut qu'être relié à ce vol. Notre kalupé pense que ce mode d'être kalupa qui nous est propre serait similaire pour eux mais en fonctionnant inversement.

–   Que veux-tu dire ? demande Échlos

–   Au lieu de non-pensée, de détachement, de simultanéité dans ce que je nommerais non-action, il vise à l'attachement avec leur entité recherchée ou convoyée, par exemple Kusmêlnas, autres démons ou directement Satnous.

– Au bon ?

– Nous avons donc trouvé ces inscriptions gravées sur une roche d'un souterrain des ruines de Sitpa, où Frankus a dû les recopier. Bien qu'il nous soit difficile, dans l'état actuel de nos connaissances, de pouvoir établir un lien entre ce que je viens de dire et les koanos, il est indéniable qu'il doit y en avoir un.

Elle leur montre du doigt l'étoile en ajoutant :

– Élpa Morgilène a jadis été confrontée plusieurs fois aux koanos, qui connaissaient très bien les cmitanos. Elle est bien davantage une guerrière que moi, ceci depuis son noviciat. C'est elle qui aurait dû venir. Elle viendra au plus dès qu'elle le peut pour mieux vous informer.

Elle se tourne vers Échlos :

– Tu le sais sans doute : sans consigne spécifique, je ne peux rester qu'un minimum de temps avec quelqu'un de l'extérieur. Mais je peux venir à chaque fois que je le juge nécessaire. Notre kalupé m'a nommée responsable de toi. Aussi, lorsque tu as besoin n'hésite pas à m'appeler, sans forcément passer par Miha, ta pensée suffira. Élpa Morgilène est aussi responsable de toi et doit, comme moi, s'assurer de la bonne réception des secrets des passions qu'il a commencé à te transmettre.

Ses dernières paroles, qu'il considère insidieuses alors qu'elles ne le sont pas, surprennent Échlos, qui répond par un sourire de connivence, déplacée pour Eugilène dans un moment pareil.

Elle se lève avec l'air de le rabrouer.

– Attends un peu s'il te plaît ! L'arrête Miha, en l'invitant à se rasseoir. Tu sais qu'il est urgent pour nous de comprendre ce qu'il y a d'inscrit sur ce papier. Je sais qu'il a été transmis à des hachmichs compétentes, tu préfères sans doute que ce soit elles qui nous en parlent mais nous avons besoin d'informations maintenant. Pour notre protection je te demande de les communiquer.

De nouveau confortablement enfoncée dans son coussin, jambes croisées, altière en les fixant d'un regard sévère, de sa voix qui reste suave et enjôleuse, Eugilène répond :

– Miha, je suis bien évidemment disposée à vous aider du mieux que je peux – comment pourrait-il en être autrement ? –, mais tu sais aussi qu'une hachmich ne peut agir de sa seule initiative sans en avoir au préalable reçu le consentement de sa kalupé.

Échlos, qui les regarde tour à tour en essayant de comprendre, intrigué et agacé de se ressentir quelque peu exclu, leur dit :

– Sans lui poser directement la question pour ne pas raviver la souffrance et le traumatisme de son agression, j'ai demandé à Silou si elle avait été bien soignée. Je voulais savoir comment elle avait été attaquée et blessée par les cmitanos. Elle m'a répondu qu'elle n'a pas été atteinte physiquement, que son corps n'avait rien, aucune contusion, mais psychiquement et, selon Sun cette fois, par l'atteinte de son corps éthérique.

– Je ne croyais pas qu'il soit possible d'atteindre celui qui quitte notre corps physique au moment de notre mort, dit Miha.

– Comme hypnotisée, poursuit Échlos, j'étais pompé, aspiré, vampirisé de l'intérieur et me laissais emmener, tout en sachant que c'était mon esprit et mon âme que je perdais.

En l'écoutant, Eugilène est redevenue grave et triste :

–   Je le répète, je ne connais pas suffisamment les cmitanos ni leurs armes pour vous informer, au risque de me tromper. Ce que je peux cependant vous dire des atteintes des esprits et des âmes, comme ils l'ont fait pour toi, est qu'ils agissent de la même façon que leur Maître et ses vassaux. Instantanément comme pour Silou, ils s'engouffrent par une faille dont ils sont toujours à l'affût. Pour en obtenir une ils détournent parfois les pensées par d'insignifiantes dérogations à la bienséance, puis pour assouvir une recherche de plaisir, de jouissance, sexuelle ou autre. Graduellement, ils commencent par faire mentir, à rendre de mauvaise humeur, agressif pour un oui pour un non, à avoir des paroles mauvaises, insultantes, dégradantes pour les autres, la famille, des collègues, des inconnus. Ils rendent xénophobes, homophobes, jaloux, colérique, médisant, rancunier. Ils répandent le mal et la mort. Miha pourra mieux t'en parler que moi, par son passé satbonde.

Terrifié, Échlos les regarde sans rien dire.

–   Bien qu'il soit de notre devoir de lutter contre les cmitanos, seules certaines d'entre nous ont acquis assez de connaissances sur eux pour le faire efficacement sans risque pour elles-mêmes. En notre sain elles forment une confrérie de combattantes. Nous apprenons au moins toutes, pendant notre hachmichnos, notre noviciat, comment leur faire barrage psychiquement s'ils venaient à se manifester.

En regardant Échlos dans les yeux elle lui dit :

–   En revanche, ce que je peux te conseiller, est de saisir l'intelligence de tes envies, tes désirs, tes passions, afin de ne plus en être autant dépendant que tu l'es actuellement. Pour ne plus être aussi vulnérable aux démons et à ton pumorvions pour les hospticosiens, krisos pour nous, au mal en général si tu es incroyant, et pour protéger les autres achloviens, des cmitanos comme des êtres mauvais en général, il faut d'abord commencer par observer tes pensées, tout ce qui surgit de ton esprit, commencer par te connaître soi-même.

–   Il n'empêche que je comprend désormais comment ont agis les cmitanos avec Omate, Frankus, Silou, répond Échlos.

–   Pour ne pas nous égarer dans des conjonctures et des suppositions, nous réunissons l'ensemble de ces moyens sous le terme sucecmitanos, précise Eugilène. Ce terme n'est pas employé par les cmitanos. Les esprits sont captés par ce sucecmitanos, vampirisés. Comme l'indique l'étymologie de ce nom ils pompent les esprits et les âmes, leur vitalité, jusqu'à en faire des morts-vivants. Pour nous asphites, les cmitanos les donnent en offrandes à Satnous.

–   La vache ! fait Échlos. Silou l'a échappé belle.

–   Oui ! en partie par l'intervention de Shun car une capacité intérieure surprenante de Silou, qu'elle ignore encore posséder, en est aussi la cause. Nous en sommes toutes très surprises car c'est étonnant qu'elle ait pu s'en sortir ainsi, d'autant plus sans dommage corporel et psychologique durable. Habituellement, lorsque les cmitanos parviennent, ne serait-ce qu'à capter un esprit, il en reste toujours quelques séquelles irréversibles.

–   En tous cas c'est vrai qu'ils ne sont pas parvenus à l'assassiner, dit Miha.

–   Oui ! elle a tout de même dû être amenée d'urgence à l'hôpital, répond Échlos.

–   Notre kalupé souhaite recueillir de vive-voix son témoignage. Tu pourras lui dire ?

–   Je le ferai. Je sais qu'elle en sera ravie.

–   Tu me diras quand elle le pourra, lui dit Miha. J'en informerai aussitôt les hachmichs.

–   Bien que notre kalupé ait perçu ce qui s'est passé lors de son attaque, elle veut en savoir davantage et surtout lui donner des clés infaillibles pour se protéger. D'autre part, la tentative des cmitanos contre elle nous fait savoir qu'elle les a mis malgré elle en danger. Comment ou pourquoi ? Notre kalupé veut aussi en débattre avec toi

Sur ces paroles, lui et Miha constatent qu'elle clôt la discussion. Elle se lève, claque la main d'Échlos. Miha l'accompagne à la porte.

Avant de sortir, elle dit encore à l'intention d'Échlos :

–   Je reviendrai te voir bientôt avec Élpa.

*

Olky dans l'ascenseur, avec un couple de palantiers et le groom qui le conduit, monte au 21ème étage de l'hôtel *Le Crust*.

Dans la matrice de l'état intermédiaire du devenir, après la mort, les agrégats karmiques du groom ont fait de lui une fille. En cherchant une nouvelle incarnation, juste avant d'être conçu dans le ventre maternel, il s'est trompé pour celle d'un garçon. La quadragénaire quelconque, bien qu'en surpoids, est tout de même visiblement heureuse d'être mis en valeur par son bel uniforme rutilant, bien qu'il soit trop juste et l'empêche de respirer convenablement. Elle évite de gonfler sa poitrine, au risque de faire sauter les boutons de son corsage déjà tendu au maximum. Le cinquantenaire bel homme, mis à part qu'il ait un œil qui dit merde à l'autre, a l'air spartiate d'un gladiateur qui fait son cinéma.

Pour ne plus perturber Silou, comme elle l'avait fait lors de leur communication par stylet-jo, Olky a décidé de lui parler le moins possible de ce qu'elle a vécu après avoir retrouvé sa nature scoukos. Idem pour Shun qui ne lui a rien dit après qu'elle ait retrouvé sa nature exor.

Le larbin, qui confond son uniforme avec celui d'un haut-gradé, frappe à la porte portant l'inscription en fines lettres mauves en reliefs, *Le Clunéos*. Silou ouvre. Radieuse, elle porte une robe d'été blanche en dentelles, décolleté montrant son opulente poitrine, qui laisse Nœilnœil pantois. Paléas derrière elle, habillée d'un tailleur bleu clair, a visiblement laissé la place de sa conscience à celle de Shun en elle, qu'Olky discerne par son expression du visage dure, qui ne lui correspond pas.

Elle entre, suivie du couple de palantiers. Le vieux-beau pose son sac de voyage proche de l'entrée, la grosse derrière tient la chandelle. Olky lui donne un pourboire, qu'il prend, toujours polarisé par les seins de Silou.

Ils sortent.

Olky, qui passe du coq à Silou, l'étreint sans retenir ses larmes, envahie par sa grande émotion, heureuse de la revoir.

Elle claque la main de Paléas.

Shun en elle prend la tête d'Olky entre ses mains, la pousse en arrière pour la regarder dans les yeux.

Elles se tournent vers Silou, se rappelant que c'est elle qu'elles doivent en premier lieu réconforter.

Celle-ci commence par dire :

– Je, je suis...

Sa voix s'étrangle dans un sanglot. Olky, gênée, lui tend un mouchoir en restant silencieuse.

Elle/Orête et Paléas/Shun s'assoient sur le canapé en face de Silou, maintenant effondrée dans un fauteuil.

Mal remise de son traumatisme, qui la poursuit comme son ombre, Silou reprend la parole en s'emportant :

– Qu'est-ce qu'ils ont spécialement contre moi ces cons ? Je...

Elle se penche sur ses cuisses pour contenir ses pleurs. Olky/Orête et Shun/Paléas se regardent en silence, décidées à ne pas intervenir sachant qu'il est bien qu'elle se décharge de sa tension trop retenue.

Silou se redresse, souffle un grand coup, les regarde en souriant :

– Excusez-moi. J'avais besoin de décompresser, dit-elle en se ventilant le visage de la main.

Lors de sa communication par stylet-jo avec Échlos et Olky, en présence de Shun, Silou leur a vaguement expliqué ce qu'elle a vécu avec les cmitanos.

Shun, qui ne voulait plus en parler, change d'avis :

– Comme Échlos et Olky, j'ai eu très peur pour toi, lui dit-elle. D'habitude, ajoute-t-elle en regardant Olky, tu sais que je sais garder mon sang-froid, mais en voyant la haine qu'ils avaient pour toi, j'ai su qu'ils étaient venus dans la seule intention de t'éliminer. J'étais folle de rage.

– Oui ! confirme Silou. Dès le premier instant en les voyant, je l'ai su, j'ai cru que je n'y échapperais pas. Aussitôt, je n'ai plus eu de pensée, je ne réagissais plus. Éteinte, absente, j'étais pompée de l'intérieur. Indescriptible. Pourtant une partie de moi-même, au plus profond de mon esprit, restait lucide, totalement détachée, non-touchée. Je me suis écroulée sur le sol tout en continuant d'observer. Puis plus rien, le trou noir, jusqu'à ma sortie du coma, à l'hôpital.

    –   Lors de mon intervention, poursuit Shun, il est heureux que j'ai retrouvé ma nature exor. Arrivée dans cette chambre, les cmitanos ayant constaté qu'ils étaient en danger, furent tétanisés de frousse, avant de s'éloigner en m'observant d'un regard méprisant et de s'enfuir.

    –   Les guerrières hachmichs aussi retournent les projections malfaisantes des agresseurs contre eux, dit Olky.

    –   Retour karmique immédiat de leur agression démultipliée, précise Shun. Étant venus pour tuer, ils savaient qu'ils pouvaient être éliminés corps et âme, en conséquence de leur propre acte.

    –   Tu te souviens de ce que nous avait dit Kâ, demande Olky à Shun.

    –   Oui ! que j'allais retrouver ma nature Exor et toi celle scoukos.

    –   Étonnant de les avoir retrouvées presque en même temps. Dommage pour toi que ce soit dans de si déplorables circonstances.

Elle répond à Silou qui les observe :

    –   Je te rappelle que nous venons de la Terre, une biste d'un système solaire d'un univers parallèle au vôtre. Kâ est le sage qui nous a fait venir ici.

    –   C'est curieux, ajoute Shun, j'ai le sentiment d'avoir déjà vécu tout ça ?

Elle se lève en disant :

– J'ai besoin de prendre un bain.

Silou lui montre du doigt la porte de la salle-de-bain et lui indique les autres portes :

– Ma chambre, celle de Shun, la tienne. Tu y trouveras une robe d'intérieur, ton nécessaire de toilette et un peignoir.

Elle va dans sa chambre pour sortir ses affaires de sa valise et ranger ses vêtements.

De retour, face à Silou toujours dans le même fauteuil, celle-ci lui dit, admirative :

– Elle te va à merveille !

La soie blanche de sa robe d'intérieur renforce l'ambre et la pureté de sa peau d'ado, l'émeraude fascinant de ses yeux en amande.

D'une main derrière la nuque, espiègle et provocante, Olky prend ses longs et épais cheveux de jais bouclés, les passe par-dessus une épaule. Elle croise ses jambes en regardant Silou d'un air provocateur. Depuis toujours amoureuse d'elle, elle cherche encore à la séduire.

– Échlos, lui dit Silou, m'a demandé de l'appeler lorsque tu seras arrivée !

– Pas maintenant, dit Shun. Je comprends ta hâte de l'entendre et de le revoir, mais avant nous devons faire le point.

– Que voulez-vous boire, demande Olky en se levant, déçue et en colère que Silou ne pense qu'à son amant.

– Scaoute de ctéris ! répond Shun.

– Pareil ! dit Silou.

– Avant que Silou communique avec son amoureux, dit Shun à Olky, je veux te montrer une partie d'un reportage que nous avons regardé sur la Cité d'Anqant. Il s'agit d'une pratique des koanos, ses habitants, qu'ils disent de la Main gauche et nomment Gmapingma. Outre par son ésotérisme et ses rituels sexuels, j'ai été interpellée par le fait qu'ils la disent être de dissolution. Par simple déduction j'en déduis qu'il s'agit de celle de l'esprit et de l'âme ou, en terme plus adéquat, de leur possession. Pourquoi ? Parce qu'elle est liée à une divinité hermaphrodite nommée Amascadesch, dont on peut faire le parallèle avec Kusmêlnas, démone de l'envie, des désirs, des pulsions. Sans savoir pourquoi, nous sommes certaines que c'est là, dans cette partie du reportage sur la koasti, que nous pourrions trouver quelque chose en réponse à ce que nous cherchons.

    – C'est normal que je ne sois pas surprise des similitudes entre les spiritualités asphite et koanos, dit Olky à Shun, posant leurs verres sur la table-basse, en revanche j'ignore ce qu'est toute la portée concrète de ce pentagramme pour eux.

    – En regardant, si quelque chose t'interpelle, même insignifiant, dis-le. Je stopperais le film et reviendrais en arrière pour revoir la scène au ralenti. Viens là ! lui dit-elle, tapotant le canapé à côté d'elle.

    Shun met l'appareil de projection en immersion en marche.

    – Nous sommes dans la salle dite de *Rituels et cultes des dissolutions en Amascadesch*, au sixième niveau souterrain de la koasti.

    Hommes, femmes, enfants d'il y a des millénaires, habillés d'un gilet noir sans manche ouvert sur leur poitrine nue, d'une jupette noire, chaussés de sandales noires en lanières ajourées, déambulent dans un dédale de couloirs mal éclairés par des torches accrochées aux murs latéraux.

– Attends ! dit subitement Olky.

Shun stop le film, revient en arrière.

Une gamine koanos au teint violet, aux cheveux cuivrés, debout jambes écartées devant un homme mature, tend de sa main droite un sceptre doré et sur sa main gauche une sphère d'argent.

– Observons minutieusement la scène, dit-elle en stoppant le film. La fillette représente la Déesse des passions. Son sceptre, spirature (1), deux serpents qui s'entrelacent à plusieurs niveaux autour de son axe, indique qu'elle détient le pouvoir. Les têtes au sommet se font face. Le cercle tout en haut contient un saphir. En-dessous, de chaque côté sont accrochées, horizontalement, deux ailes, symbole du troisième œil.

– C'est ce qui a accroché mon attention ! s'exclame Olky. Zoom sur le haut.

– Ce sceptre représente la montée du feu de l'Éveil, nommaient Tanski (2), explique Shun.

– Dans la Sumisha (3), poursuit Olky, colonne incorporelle parallèle à celle vertébrale. Il monte aussi dans les deux canaux qui serpentent autour d'elle, d'où l'expression la puissance du serpent. Habituellement lové et endormi à hauteur du rectum, le noir à droite est nommé Lemapangma (4), le blanc à gauche, Lisacada (5). A chacun

---

(1) Canal parallèle à la colonne vertébrale, identique à la Kundalini pou le tantrisme, représentation similaire au caducée des médecins et des pharmaciens. Voir livre cité réf. 2, p. 178.
(2) Shakti en sanskrit. Voir livre cité réf. 2, p. 178.
(3) Shushuma ou Kundalini en sanskrit. Voir livre cité réf. 2, p. 178.
(4) Pingmala en sanskrit.
(5) Ida en sanskrit.

de leur croisement se trouve un krasis (1), ajoute Olky, une ouverture fractale sur une autre facette de la réalité qui permet d'acquérir des pouvoirs dits paranormaux (2). Si la tanski sort au dernier krasis, un peu au-dessus du crâne, l'adepte n'est plus dans la dualité, il en est totalement libéré : retour à l'Unité, c'est le Shimana (3), équivalent du Narmika asphite.

– Je ne vois pas en quoi ce truc bizarroïde peut nous aider à saisir quoi que ce soit, dit Silou.

– C'est ce que nous cherchons, patate ! rétorque Shun, à être éclairées, cherche aussi au lieu de geindre.

– Ouais ! Bon, d'accord. Il n'empêche que tu nous donnes une leçon sur leurs pratiques gnangnans et j'ai beau faire un effort, je ne vois toujours pas le rapport entre ce pépé et cette fillette. Tu en vois un toi ? demande-t-elle à Olky.

– Le côté obscur de leur Voie correspond à celui de leurs principes fondamentaux et cette initiation devait être similaire à celle des pratiques cmitanos ! répond celle-ci.

– Hein ? fait Silou.

Olky demande à Shun :

– Les koanos ont aussi opté pour le Mal, comme les obosques ?

– Cesse de tout ramener à ce que tu connais, sois kalupa.

– Qu'est-ce tu veux dire ? demande Silou.

– Par exemple ce que tu penses de Satnous. Les obosques n'ont pas choisi le mal. Tu as oublié qu'il n'est ainsi que pour nous, pas pour eux, d'autres religieux et les athées.

(1) Chakra en sanskrit.
(2) Siddhi en sanskrit.
(3) Nirvana.

Il doit en être de même pour les koanos, bien que dans leur koasti se trouve ce qu'ils nomment la Pierre Inversée ou Œuf d'Argent, aussi important pour eux que l'est pour les asphites le Joyau Kalupa. Cette Pierre Philosophale est symbolisée par le saphir du sceptre que tient la fillette. Nous en avons déjà parlé.

*

    – Tu veux boire quelque chose ? demande Miha à Eugilène qui vient d'entrer avant qu'il remonte avec elle sur l'estrade.

    – Non merci !

Après qu'elle et Échlos se soient claqué la main, elle s'assoit sur un gros coussin jaune, qui s'enfonce sous son poids, en face de lui et de Miha, en lui disant

    – Tu as de la chance de recevoir autant d'attention d'Élpa Morgilène, une puissante guerrière admirée par toutes. C'est exceptionnel, d'autant plus que c'est rigoureusement interdit par les règles de notre Ordre. Une hachmich ne peut être en contact privilégié avec qui que ce soit. C'est parce que son attention est désintéressée et qu'elle vise uniquement à ton évolution que notre kalupé n'y trouve rien à redire.

Échlos se contente de sourire, toujours traversé par des pensées libidineuses capté par sa musculature.

    – C'est d'elle que j'ai reçu des instructions te concernant, afin que tu éveilles tes facultés latentes, étonnantes pour un profane n'ayant jusque-là pas eu de vie

315

intérieure digne de ce nom. Elle met ça sur le compte de ta vie antérieure, c'est aussi pour cela que Miha commence à te transmettre les secrets des passions, ce qu'on n'autorise jamais pour une personne non préparée, sans y être déjà quelque peu initiée.

Échlos, ignorant, réfléchit en quoi ce qui peu différer des autres vis-à-vis de sa sexualité, en se disant que tous doivent bien également avoir des fantasmes.

    –   Tu vas bientôt rencontrer notre kalupé. Tu es invité à venir avec Miha, accompagné de Silou et Shun à leur retour.

    –   C'est un privilège rarement accordé aux gens de l'extérieur, lui dit Miha. Moi-même, je ne l'ai jamais vu et je ne détiens que de vagues renseignements sur elle, certaines plus ou moins fantaisistes.

    –   Ah bon ! Lesquelles ?

    –   Pour l'essentiel, qu'elle accomplirait des guérisons miraculeuses en vertu de ses dons, ou karismes, des exorcismes, des transformations spectaculaires de certaines personnes et libérerait des handicapés de leur handicape, qu'il soit accidentel ou de naissance. Elle ne serait pas originaire d'Achlovi, bien qu'elle serait la réincarnation de Séleusine, première grande prêtresse de la pudjol Kalupa à sa fondation, aussi celle de Satnos, la plus au sud de notre territoire, dans les steppes arides de Sins, et enfin de celle de la koasti de la Cité d'Anqant. Dans l'une de ses vies antérieures on dit qu'elle fut koanos. On dit aussi qu'elle serait même parmi les fondatrices et fondateurs de cette cité. Certains vont jusqu'à prétendre que le nom du continent où la Cité d'Anqant se trouve, Éleusis, serait emprunté du sien, Séleusine. C'est dire son importance pour les gens de ce peuple.

–   Il faut de savoir, ajoute Eugilène, que pour les profanes la pudjol Satnos, comme la Koasti de la Cité d'Anqant furent de tous temps vouées au Diable. Ce serait la raison de leur éloignement des zones habitées.

–   Ah bon ? Peut-on les visiter ? demande Échlos.

–   Leurs accès sont pour les deux rigoureusement interdits, répond Eugilène. Nous pensons que les cmitanos les utiliseraient toujours pour vénérer Satnos, dans la pudjol du même nom, manifestation masculine terrifiante de Satnous, comme l'est Kusmêlnas une de ses manifestations féminines, et qu'ils auraient usurpé les koanos pour utiliser aux mêmes fins leur koasti.

–   Dans le panthéon asphite, dit Miha, Satnos n'est pas présenté comme un diable mais comme un dieu de la Voie obscure au même titre que ceux féminins et masculins de la Voie lumineuse, Kalupa, Préost, Chuma, Obosque, Acoum, Chire, Lysia, Shatom, Berlust, Labrésises et j'en passe. Je t'en informerai en temps voulu, c'est-à-dire en cas d'absolue nécessité.

Eugilène précise :

–   En premier lieu, les pratiques et les enseignements donnés à cette pudjol et à cette koasti visaient à se familiariser avec les Puissances Obscures, diaboliques, afin de les connaître pour de ne plus en être abusé et dépendant et pour que d'autres ne le soient plus, ceci jusqu'à en faire dès lors nos alliées.

–   Hein ? s'interroge Échlos.

–   Nous savons que Séleusine fut la première à détenir ces connaissances, ce pouvoir. C'est elle qui a commencé à les transmettre.

– Ce qui lui conférait son autorité suprême, autorité aujourd'hui transmise à la fillette de la koasti, détenant le sceptre, nommé Spoliatus, et le globe, dit Olky.

*

Échlos est revenu voir Miha. Ils échangent depuis un certain temps, assis sur les coussins de l'estrade qui se trouve au fond de la pièce principale. La musique légère de l'entrée retentit, Miha se lève pour aller ouvrir.

Il revient en compagnie d'Élpa Morgilène, toute vêtue de noir, portant un court blouson sans manche fermé par des lacets entrecroisés, un short moulant très court et chaussée de sandales à petits talons attachées aux chevilles par des lanières entrecroisées.

Échlos, heureux de la revoir, espère qu'elle fasse partie des deux guides prévues pour l'expédition dans la jungle obosque. Il se lève pour lui claquer la main.

– Abas Échlos !

– Abas !

Sa musculature, plus impressionnante que celle d'Eugilène, lui inspire une forte attirance.

Après qu'ils se soient tous les trois assis, elle dit :

– Eugilène m'a montré le papier de Frankus, en m'informant de ce qui s'est passé pour Silou et Shun. Je suis allée immédiatement en informer notre kalupé. Par déduction, nous pensons que ces inscriptions doivent être les mêmes que celles découvertes par Omate Taloum dans les souterrains des ruines de Sitpa. C'est bien là que Frankus les aurait trouvées puis retranscrites, sauf pour ce qui est de l'étoile. Jusqu'à ce jour, deux questions à propos d'elles demeurent : à quel endroit précis les a-t-elle trouvées et copiées et pourquoi l'a-t-elle fait ? Cependant notre kalupé ne pense pas qu'il n'y aurait que ces découvertes qui auraient mis les cmitanos en alerte, en danger, au point de commettre leurs crimes. Il y en aurait probablement une autre, voire plusieurs.

La lumière du jour de la pièce clignote en s'assombrissant, comme s'il s'agissait d'un éclairage électrique, accompagné d'une puanteur répugnante de cadavres en décompositions. Échlos et Miha font instinctivement un bond en arrière en se bouchant le nez, s'enfonçant davantage dans leur coussin. Tétanisés de peur, ils observent Élpa avec exécration, qui vient de se lever. Métamorphosé en harpie monstrueuse, elle ricane comme une possédée en les observant de ses yeux de serpent verts triés de jaune, prête à bondir sur eux. Son visage violet déformé par un rictus haineux, les écailles d'argent bleuté qui recouvrent sa peau, mis à part celle de son visage, empoissées d'une glu verdâtre suinte et dégouline. Ses cheveux noirs hérissés, son odeur fétide, tout en elle les rebute et les épouvante.

Son regard mauvais fixé sur Miha, d'un ton acerbe elle lui dit :

–   Connasse satbonde, par ta belle apparence de lolita qui veut se faire troncher ou de puceau qui cherche à se faire enculer, tu sais bien les berner ceux que tu possèdes pour offrir à ton Maître afin qu'Il renouvelle tes pouvoirs.

Miha, surprise par cette hostilité, ne peut répondre.

Furieuse, elle fait un bond vers lui pour s'asseoir à califourchon sur ses cuisses.

Les dents serrées de rage, les narines pincées, sa tête au-dessus de la sienne elle le fixe dans les yeux et postillonne sur son visage en criant :

    –   Regarde-moi traînée conditionnée par ton passé maudit ! Fascinée par cette puissance démoniaque qu'Il te donne, sous tes airs de mika protecteur et défenseur des faibles, prête à baiser avec n'importe qui pour peu qu'il t'accorde sa confiance, arrête de garder secret ce qu'il y a d'inscrit sur ce papier. Toi aussi c'est ainsi que tu échanges avec Celui que tu vénères. Parle petite chienne en chaleur ou je te fais enculer par des boucs !

Elle crache sur son visage qu'elle tient de ses longs doigts crochus, enfonce ses ongles dans ses joues.

Les yeux révulsés, d'une voix monocorde à peine audible de gamine terrorisée, Miha balbutie :

    –   Je... je sais pas que... *En-Soph*, il... il faut.

Dans l'espace entre eux, de l'inscription E1 une ligne flamboyante descend en diagonale à droite vers le bas. Elle s'arrête à I2, toujours en lettre et chiffre de feu. Le trait continue remonte en diagonale à gauche, pour s'arrêter à T3. Il poursuit à l'horizontale à droite, s'arrête à H4, redescend en diagonale jusqu'à O5, remonte à E1. Le pentagramme de feu à cinq branches est formée avec, au-dessus, son nom :

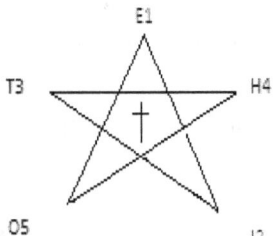

Élpa se lève, reste immobile et menaçante en le regardant, jambes écartées, mains sur les hanches.

Miha en transe, d'une voix fluette, poursuit :

–   De *En-Soph*, vérité, descendre en diagonale à droite, jusqu'à *Itchi*, lumière, remonter en diagonal à gauche, jusqu'à *Thanatous*, confrontations, horizontalement à droite jusqu'à *Hachnovos*, maîtrise des fascinations, descendre en diagonale à gauche, à *Omastophélèse*, connaissance, remonter à *En-Soph*.

Lorsqu'il se tait, elle le fustige :

–   Bien que tu ne sois pas contraint de savoir pourquoi tu fonctionnes à la voile et à la vapeur, sais-tu au moins pourquoi tu veux que je te pisse dessus, bouffer ma merde, me dire pardon quand je te file une torgnole ? Viens que je te roule une galoche esclave ! dit-elle en se baissant vers lui.

Miha se lève, ses bras en croix, veut lui dire quelque chose.

–   Stop ! lui crie Élpa le fusillant du regard. Es-tu toujours satbonde ?

–   Mika, je suis mika.

Élpa et Miha redevenus eux-mêmes, restent un moment silencieux toujours sous le regard effaré d'Échlos.

–   Nous devions en être certaines, lui dit Élpa. Désormais tu peux poursuivre ta transmission. Elle sera essentielle pour qu'il puisse aboutir à ce que tu sais.

Élpa se lève pour partir.

Miha l'accompagne à la porte.

Avant de sortir elle lui dit, en regardant Échlos :

–   Tu peux y aller franchement. Il est prêt.

*

Shun/Paléas, Olky/Orête et Silou, en immersion regardent la suite du reportage sur la koasti de la Cité d'Anquant, projeté dans l'espace qui les entoure. La prêtresse, toujours la même fillette étonnante de maturité pour son âge, est toujours assise sur un trône en or massif imposant, avec le même homme assis à ses pieds sur un coussin rouge vif parmi d'autres de diverses couleurs sur l'épais tapis noir et or. Mais son sceptre et sa petite sphère métallique sont déposés sur un guéridon matelassé or, à sa droite.

Silou demande à Shun :

– Quelle est la signification de cette sphère ?

– A mon avis, sa symbolique doit probablement être similaire à celle de Shastu pour les asphites, comme tu l'as habilement déduit lors de ta visite de la pudjol Kalupa : son vide à l'intérieur signifiant que tout est vide, sans réelle substance. Cette vacuité, et tout ce qui s'y révèle qui est pour nous une illusion (1), est également l'Esprit d'Hachvir qui manifeste Shastu et Obosqua. Je n'en suis cependant pas certaine bien que je ne puisse pas imaginer ce qu'elle pourrait représenter d'autre.

– Je le crois, dit Olky. Si c'est le cas, les spiritualités asphite et koanos seraient très proches, voire similaire.

– Tu as raison, lui répond Shun, d'autant plus qu'elles nomment chacune cette dimension de leur parcours la Voie Obscure, pour l'une relevant d'Amascadesch, pour l'autre Kusmêlnas.

(1) Mâyâ pour le bouddhisme

–   Que vient faire Amascadesch et Emmêlas dans tout ça ?

Toutes deux agréablement étonnées que Silou pose cette question, Shun regarde Olky pour savoir laquelle des deux y répond. Olky lui donne son assentiment.

–   Amascadesch, Kusmêlnas, deux noms de la même divinité féminine du Mal liée à son sceptre et à sa pierre précieuse, ici un saphir équivalent du Joyau Kalupa. A la différence que cet état qu'il représente est d'agir spontanément mais dans le mal. C'est cet état d'être qui permet d'acquérir l'intelligence des Puissances Obscures. C'est pourquoi on dit que ces divinités diaboliques deviennent des alliées. Sachant que nous nommons Amascadesch, Kusmêlnas, tu pourrais me demander, en ce qui nous concerne, pourquoi n'agissons-nous pas directement par Satnous ? Je te répondrais parce que Kusmêlnas est féminine et que cela nous est de ce fait plus facile. Elle suscite la convoitise, l'espoir d'une vie meilleure, la richesse, le pouvoir, la gloire, le plaisir sous toutes ses formes mais essentiellement sexuel, la jouissance à outrance. Le feu qu'Elle engendre est insidieusement liée à notre sumisha à l'intérieur de laquelle il nous faut éveiller la tanski pour être libéré. Je te rappelle que ce feu est lové à sa racine, où siègent nos énergies noires, abjectes, viles, pouvant être criminelles, au premier krasis qu'il nous faut éveiller (1). Ce faisant c'est aussi tout cela que nous éveillions obligatoirement dans notre esprit. C'est pourquoi cette pratique demeure secrète, ésotérique. Il faut y être préparé, initié, afin de parvenir à nous maîtriser puisque nous ne pouvons pas leur faire obstacle afin de les comprendre. Pas

(1) Muladharachakra pour le Bouddhisme Tantrique. Voir réf. 3 p. 144.

facile d'autant plus qu'il est nécessaire de avec elles pour les connaître et les comprendre.

Silou se souvient de la vision, provoquée par le vieillard Ocas Louk, qu'elle avait eue de Gautama Siddhârta sur Terre, avant qu'il devienne Bouddha.

– Éveiller le feu de la tanski signifie éveiller aussi les puissances obscures, maléfiques, répète Silou quelque peu médusée.

– Un rapport avec les cmitanos pour être fait avec la Pierre Inversée des koanos, dit Shun, sauf qu'elle agirait à l'inverse de l'état kalupa, au lieu de sympathie, empathie, amour de la vie, l'antipathie, l'aversion, la haine, la mort, les attributs d'Amascadesch, de Kusmêlnas.

– Selon moi, dit Olky, Frankus a prononcé « kalupa » avant de mourir par référence au saphir des cmitanos davantage qu'au Joyau Kalupa qu'ils auraient volés, et à cette Pierre Inversée des koanos.

– Je suis d'accord, dit Silou. Ce qui expliquerait qu'elle ait désigné l'étoile de la Cité d'Anqant.

Olky partie se reposer dans sa chambre, Silou, toujours assise en face de Shun sur le canapé du salon, pose son hologramme entre elles, assises toutes deux dans un fauteuil de sa kaspe au centre de Chumaka. Elle lui parle d'abord de ce qu'elle a vécu avec les cmitanos, Shun le lui ayant demandé avec insistance. Elle l'informe que la supérieure des hachmichs lui a demandée de ne jamais rester seule et qu'elle désire la voir dès son retour à Chumaka.

– Tu vas la rencontrer ? dit Paléas en Shun, étonnée.

– C'est Élpa Morgilène qui m'en a informé. Miha et moi, viendrons avec Silou et toi, parce qu'elle veut aussi s'entretenir aussi avec vous, lorsque vous serez à Chumaka. Je crois qu'elle veut surtout savoir ce que vous avez vécu avec les cmitanos et vous enseigner certaines choses que j'ignore. Vous savez quand vous serez là ?

    –   Nous repartons demain, répond Silou.

8

Nash

- Non ! Si tu en veux davantage, il faudra attendre demain.
- D'accord Chanoïs !
- Ici à la même heure.
- Je peux t'inviter à manger ?
- Si tu veux, mais à notre prochaine rencontre et je ne pourrai pas m'attarder.
- J'ai simplement envie de te connaître et de me confier. Mis à part que tu es experte en art martial Chtaolis et ce que tu vends, j'ignore tout de toi.
- J'évite d'avoir trop de proximité avec mes clients, même s'ils me semblent sincère comme toi. Dans ce milieu hostile du chacun pour soi, prêts à tout pour parer à leur manque, comme voler leurs proches, tu me surprends.

Elle lui donne un rapide baiser sur les lèvres.

Rasséréné qu'elle ait accepté son invitation, resté assis sur le banc Nash l'observe s'éloigner jusqu'à sa sortie du parc. Obnubilé par ses désirs sadomasochistes qu'il aimerait aussi assouvir avec elle, il ne fait pas attention aux gens qui se promènent, ni aux enfants qui s'amusent sur la pelouse devant lui. Sachant que son père est de Kort, capitale de Magol, pays enclavé dans le Citonk, au nord d'Ispokus, que sa mère est de Sakonga, deuxième ville et capitale économique de Skolu, pays du centre d'Ashanga, il se dit que c'est par ce métissage jaune et magenta de ses parents que son épiderme doré surprend. Ses yeux bridés mauves et ses cheveux roux bouclés mi-longs apportent à son visage, aux traits délicats, encore plus d'étrangeté et d'attrait. Il a sexuellement très envie d'être dominé par elle. Plus âgée – il l'estime quadragénaire, il en a vingt-cinq –, plus grande que lui d'une vingtaine de centimètres – il mesure 1m76 –, par son physique et son caractère dominant elle semble hautaine et l'observer avec condescendance. Sa forte personnalité enflamme ses fantasmes. Espérant les vivre à l'extrême avec elle, il espère avoir le courage de les lui révéler, qu'elle sache davantage qui il est. Elle sait seulement qu'il deal la drogue qu'il lui achète pour avoir les moyens financiers nécessaires de vivre, qu'il ne consomme qu'avec modération en faisant très attention à ne pas en devenir dépendant, et aussi qu'il est amnésique, agacé de ne pas en comprendre la cause ni depuis quand, mais que son amnésie n'est que temporaire. Sachant comme lui que s'il consultait son Élès il saurait, il y retrouverait l'ensemble de son vécu, elle subodore qu'il se cache des autorités. S'il le faisait elles en seraient instantanément informées et ils pourraient le localiser. Comme pour ses autres clients, elle s'abstient de lui poser des questions tout en s'interrogeant sur la raison de ce comportement. Elle pense que s'il veut rester caché, c'est que subsiste malgré tout dans sa mémoire le souvenir qu'il est fugitif. Elle se dit que son obstination à vouloir visiter la Cité d'Anqant doit sans doute avoir un rapport très important avec son passé, tout en orientant et donnant un sens à son présent :

"Peut-ëtre qu'il pressent que là-bas il retrouvera sa mémoire ?"

Il consulte des livres sur elle, visionne des reportages, va souvent au musée qui expose des objets usuels ancestraux et l'art qui en provient. Sachant que par sa peau blanche il est originaire ou natif de Pticosie, ignorant de quel pays, il lui a dit qu'il y était peut-être archéologue, anthropologue, ethnologue ou sociologue ?

Un ballon roule à ses pieds. Un gamin, à la peau verte et aux visages anguleux des éleusiens, court pour le récupérer. Plus loin, les autres – quelques ispokusiens à la peau jaune, des osphoriens bleus et un bolongosien noir –, l'attendent. Après lui avoir esquissé un sourire, le gamin retourne vers eux son ballon sous le bras.

Il n'aime pas ce quartier huppé au nord de la ville où Chanoïs lui a donné rendez-vous, un lieu à chaque fois différent par mesure de sécurité. Il l'attend à la terrasse d'un grand café, place de Ture réputée pour être ombragée par ses arbres millénaires. Étonné qu'elle soit en retard, il craint qu'elle lui ait fait faux bond. Sachant qu'elle est native d'un milieu aisé, sans lui avoir poser la moindre question à ce sujet, il imagine que c'est dans ce quartier qu'elle a toujours vécu, suppose que ses parents y habitent encore.

Perdu dans ses pensées oiseuses, il n'avait pas remarqué qu'elle était déjà là, dans la salle. Il a un petit sursaut de surprise lorsqu'elle lui touche l'épaule en disant :

– Alors Nash ! Pourquoi n'es-tu pas entré ? Je suis arrivée comme d'habitude à l'heure prévue.

– Ah bon ? répond-il confus. Je pensais que tu te mettrais en terrasse.

Ils se claquent la main. Elle s'assoit. Le serveur, en tenue impeccable – pantalon, petit tablier et gilet noirs, chemise blanche –, vient prendre la commande.

–   Qu'est-ce tu bois ?

–   Je vais changer. La même chose, dit-elle au serveur en regardant le verre de Nash. Un snup ! Je n'en ai jamais bu. On dit que ce cocktail de gnôle et de josk (1) est très bon. J'espère que ce n'est pas trop fort.

Bien que sachant qu'elle n'a ni shise ni tol (2) sur elle par crainte d'un contrôle d'espatrose (3), il lui demande tout de même quelle quantité de shise (4) elle a afin de la payer tout de suite.

–   Trente. Tu veux tout prendre ? demande-t-elle étonnée.

Il sort son portefeuille.

–   Pas ici !

–   Après ce verre nous y allons, dit-elle. Pour le repas, je m'excuse. Une autre fois. Un imprévu m'en empêche.

–   Dommage ! Un autre jour, d'accord.

Il obtempère en l'admirant discrètement. Avec sa classe, sa taille de mannequin, sa robe légère rose tyrien, qui souligne le mauve fascinant de ses yeux en amande, ses cheveux roux attachés en chignon compliqué sur un côté, formés de tresses de différentes grosseurs, elle surprend.

C'est dans un square proche du café où ils étaient qu'elle avait dissimulé ses capsules de shise et ses barrettes de tol. Ne fumant pas de cigarette, il ne fume pas de tol non plus : « j'ai essayé, ça m'arrache trop la gueule », lui a-t-il dit un jour. De ce fait, ne pouvant pas juger sa qualité ni en

(1) Framboise.
(2) Drogues hallucinogènes.
(3) Police, policier, policière d'Ibisce.
(4) Équivalent à l'acide.

parler en connaisseur, il préfère ne vendre que du shise. Repartie dès qu'ils ont fait la transaction, il regrette de n'avoir pas eu ce moment espéré avec elle : ce qui l'a décidé à prendre une capsule tout de suite plutôt que t'attendre d'être chez lui comme il avait prévu de le faire. Avant ça il a caché les autres dans son endroit habituel – il n'en garde jamais à son domicile –, une fissure dans le mur d'un garage proche de son immeuble.

Il déambule dans les rues commerçantes grouillantes de monde et d'activités, sans se soucier des effets de la drogue qui ne vont pas tarder, croyant qu'il peut dissimuler aux autres son emprise.

Un son cristallin, en haut sur sa gauche, attire son attention. Il voit un trait nacré se dessiner dans l'espace et se terminer par une flèche pointée vers un grand magasin. Il considère qu'elle lui indique sa direction.

En y entrant, il est bousculé par une grosse ashanganienne avec dans chaque main un grand sac rempli de provisions. Irrité qu'elle ne se soit pas excusée, il la regarde s'éloigner. A cause de son obésité, à chaque pas elle est obligée d'écarter les jambes et de se balancer de droite à gauche. Il l'excuse, la pauvre.

Devant les rayons de papeterie et de librairie un léger courant d'air délicatement parfumé sur son visage oriente son regard vers une sublime lycéenne pticosienne qui y cherche un cahier. Son sex-appeal surprend pour une môme de son âge, avec sa mini-jupe et son court corsage en stretch noir brillant soulignent la blancheur de sa peau. Le maquillage léger de son visage, aux lèvres écarlates, accentue son air paradoxal de gamine fatale et de madone immaculée. Excité par la fraîcheur de sa jeunesse, son aisance corporelle, sa vitalité, il l'observe sans se rendre compte qu'il la dévore des yeux. Aguicheuse, heureuse et consciente de son emprise sexuelle, elle lui sourit d'un air enjôleur, puis murmure à l'oreille de sa copine grassouillette, qui l'observe à son tour d'un regard scrutateur. Du même âge, mal dans sa peau et jalouse de celle qu'elle accompagne, elle n'a visiblement pour elle qu'une amitié factice.

Il s'éloigne.

Une senteur, de draps frais aux odeurs de lavande dans une armoire rustique d'une maison de campagne, le rassure.

Une déchirure jaune à peine audible fissure l'espace de l'allée, s'approche de lui en zigzaguant et en s'agrandissant.

Gobé à l'intérieur, il est un gamin terrien dans une sordide cour des Miracles à Paris, avant que ce quartier malfamé soit détruit sur ordre de Louis XIV en 1667. Dans ce cloaque de miséreux en haillons, sa marâtre hurle en l'insultant pour n'avoir rien ramené de sa mendicité.

Précipité sur un chemin abrupt et sinueux d'un cône escarpé d'un cratère volcanique aux émanations puantes de vapeurs sulfureuses, il suffoque. Comme ceux qui descendent et remontent, il a un tissu sur la bouche noué derrière la nuque et porte dans sa hotte en montant de lourdes plaques de souffre jaune.

Revenue dans le grand magasin, il aspire un grand coup, buste plié, mains sur ses genoux, et se demande pourquoi il a vécu ces hallucinations. Les gens proches de lui sont inquiet, croyant qu'il fait un malaise. Il se redresse, leur sourit pour leur dire que ça va, ce n'est rien.

" Elle rayonne ", se dit-il en observant une svelte ibiscienne à la peau jaune claire, au corps sensuel qui transparaît au travers de sa robe moulante blanche. Désinvolte, elle fait mine de ne pas remarquer les regards lubriques des gens sur elle.

Devant les vitrines d'une parfumerie et de produits cosmétiques, aux belles vendeuses sélectionnées pour leur beauté et leur féminité, l'atmosphère est proprette, agréable.

Il s'apaise.

Aux rayons bricolage, c'est populo qui empoisse son esprit d'une mélasse qui embrouille ses pensées.

Il constate qu'une femme hommasse remarque qu'il est drogué. Il lui sourit en haussant les épaules, avant de s'éloigner.

Le parfum floral des amoureux enlacés qu'il croise, est une vapeur d'éther qui engourdit l'esprit.

Un grabataire, aigri pour avoir végété tout au long de sa vie, invective de ses pensées mauvaises les gens autour de lui.

Il sort.

Devant une vitrine de vêtements féminins, un maquereau roule les mécaniques en disant à sa pute, maquillée comme un clown :

– Arrête de m'emmerder ! Je t'ai dit qu'elle est trop chère ! Dégage ou je t'en file une !

"Positif, être positif !"

Il s'engouffre dans le premier café.

Assis à une table proche du bar, le glouglou de la bière qui coule dans le gosier d'une grue accoudée au comptoir fait le bruit d'un torrent qui heurte des rochers.

"Trop tendu, coincé, ils vont me remarquer."

Le bruit d'une cuillère de métal contre un verre le pique sous le menton. Il se frotte.

Des yeux d'un fils assis en face de sa mère sexagénaire malingre, il l'observe, impatient de recevoir son héritage.

*

Tard dans la soirée, la diminution de son inhibition, conséquence d'une forte consommation d'alcool, a enfin permis à Nash d'avouer à Chanoïs son fantasme récurrent d'être esclave, en l'occurrence le sien. Pensant qu'il savait, ou avait pressenti que c'était aussi son job d'être une Maîtresse pour soumis – en plus de dealer de drogue –, elle l'a aussitôt emmené dans le studio où elle reçoit ses clients. Spécialement aménagée, par son étonnement en voyant son équipement elle sut qu'il n'en savait rien.

Nu allongé sur le dos poignets et chevilles attachés par des sangles sur une banquette matelassée en tissu élastique rouge, il observe la pièce qu'elle a nommée "L'expiation". Murs, sol et plafond en grande partie recouverts de miroirs, elle est équipée d'un pilori de contrainte avec gode réglable pour soumis en position de levrette, d'une structure pour y être enchaîné assis sur un godemichet, d'un cadre métallique pour torturer une personne debout, divers instruments accrochés sur un mur capitonné de noir : fouet, cravache, spéculum rectal, bâillon à boule, ouvre bouche, crochet en métal à boule pour anus ou vagin, menottes, martinet, godemichets de diverses dimensions, collier, muselière, fouet, tapette en cuir. Par son ivresse alcoolique mêlée à son emprise du shise, il ne se souvient que vaguement de la nuit qu'il vient de vivre. A leur arrivée elle l'a attaché nu debout, jambes et bras écartés dans le carde pour y être torturé. Il ne se souvient pas du tout de ces tortures ni d'avoir été attaché sur cette banquette et quand elle lui a rasé le crâne. Il le constate par le froid de son crâne et en voyant ses cheveux éparpillés sur le sol autour d'une chaise en ferronnerie munie de menottes aux accoudoirs, devant pour les chevilles, d'une sangle pour attacher le cou sur le dossier.

Il entend du bruit provenant d'une pièce adjacente.

Chanoïs en sort, habillée d'une combinaison à jambes courtes en stretch noir brillant :

– T'es enfin réveillé... Tu as en as mis du temps pour récupérer... Je n'avais pas remarqué que tu étais autant bourré. Sinon, je ne t'aurais pas fait venir ici. A l'avenir, ne bois pas d'alcool quand tu as pris du shise. Même pour le tol, c'est à déconseiller.

Elle le détache :

– Je dois partir tout de suite. Cette fois je ne te fais pas payer. Pour une autre séance ce sera comme pour mes autres clients. Grouille pour t'habiller, je ne veux pas être en retard.

*

Chanoïs ayant acceptée son invitation au restaurant, il voit la arriver. A chaque fois qu'il la retrouve, il arrive légèrement en avance. Assis sur un banc à l'ombre des arbres d'un square, il est surpris qu'elle soit aussi bien habillée, la chaleur étant déjà pesante en ce milieu de journée. Elle porte un fin chemisier blanc, au large décolleté, une jupe droite violette tombant au-dessus des genoux et des hauts talons faisant d'elle une géante encore plus surprenante.

Il se lève avant qu'elle n'arrive vers lui.

– Salut ! dit-elle en lui claquant la main.

Il regarde machinalement son collier de perles, son bracelet et sa bague en or sertis de diamants. Connaissant son tempérament, il sait que ce ne sont pas du toc. Chanoïs, pertinente et perspicace même dans le discernement de ce que pensent les gens, y répond :

– Le collier aussi est véritable. Mes bijoux, offert par un riche client que je reçois chaque mois depuis long-temps, sont en effet de très grandes valeurs. Je les porte trop rarement, j'en profite d'être avec toi pour ça. Si je ne les porte pas à cette occasion, quand pourrais-je le faire autrement que chez moi ?

– Quand même, je ne suis pas superman au cas ou tu serais agressée et appâter, provoquer, les détrousseurs des rues, c'est risqué.

Elle hausse les épaules pour lui dire qu'elle s'en fout.

– Ça fait longtemps, dit-il avec un grand sourire pour lui dire qu'il est heureux de la revoir.

– Nash, tu exagères, ça ne fait qu'une semaine et deux jours exactement. Il est vrai que je pensais te voir plus tôt. Habituellement tu te fournis chaque semaine. Ou as-tu été déçu de ta première séance SM ?

– Non. Au contraire, je me dis que je dois pleine-ment vivre mes fantasmes pour m'en débarrasser, en com-prenant leurs causes. Et puis, reste à savoir si je dois vraiment les exclure, parce que me contenter d'un monde conditionné par sa pseudo-normalité et sa morale stupide... J'apprécie le piment qu'ils donnent à mon existence, qui serait fade, ennuyeuse sans cela. Pour le shise, j'ai suspendu mes ventes quelques jours pour me consacrer davantage à la Cité d'Anqant. Je voudrais y aller bientôt et aimerai t'en parler. Je dois aussi t'avouer quelque chose.

Il l'observe avant de poursuivre, craignant une réaction négative.

– Je t'aime Chanoïs, comme un fou. J'ai hésité à te l'avouer. J'ai le sentiment que c'est toi que j'attendais depuis toujours et...

– Quoi ? dit-elle en lui coupant la parole. Alors là, je t'arrête tout de suite. Je ne veux aucun attachement, amical et encore moins sentimental : bonjour la dépendance ! Je m'y contrains, m'y oppose catégoriquement. Ne me demande pas pourquoi, n'en sachant rien moi-même. Dis-toi que c'est comme ça, question de liberté.

– Je n'y peux rien, dit-il déçu bien qu'il s'y attendait. L'amour ne se commande pas.

– Je conteste. C'est une question de point de vue. En tout cas, s'il ne se commande pas, comme tu dis, il peut être contrôlés, comme n'importe quelles autres émotions pour ne pas être sous son joug. A toi d'apprendre à le faire mon vieux, si tu veux rester libre au plus profond de toi, c'est fondamental même en étant soumis sexuellement et psychologiquement parfois.

– Ouais ! Je ne suis pas convaincu. Mais bon ! Passons. Je ne vais plus t'ennuyer avec ça, au risque de te perdre. Je ferai selon ton désir. J'aimerais encore te parler de ce qui me préoccupe, la Cité d'Anqant. J'ai besoin de ton esprit avisé et de tes conseils. Je t'en parlerai au restaurant.

– Tu as réservé ?

– Oui ! dans celui que j'apprécie le plus actuellement. C'est un restaurant gastronomique réputé pour ses spécialités locales.

– Très bien. Si l'addition est trop lourde tu me le diras, je participerai sans problème.

Elle observe son habillement :

– Ouais. Pas terrible pour un restaurant gastronomique ! confection bas de gamme et pas de veste...

– Ça va aller. Ils me connaissent, mais je peux tout de même me changer, dit-il en voyant comme elle est habillée. Il suffit que tu me donnes le temps d'en acheter.

– Ce serait mieux, en effet. Il y a une boutique proche qui conviendrait, elle est chère alors accepte que je paie. C'est mon cadeau, disons en guise de vœux de réussite de ton voyage en Éleusis.

– Non ! Ça ira. Je peux déduire ces frais de mes économies.

– Nash, ce n'est pas négociable.

Attablé dans ce restaurant pour clients aisés, Nash est heureux de ne plus avoir son apparence populaire. Il porte un costume de flanelle blanche, une chemise rose à manches longues aux poignets à manchettes fermées par des boutons nacrés, une cravate de soie rayée rose et blanche, des mocassins blancs, de fines socquettes rose en coton.

– Les femmes t'admirent !

– Elles le feront moins lorsqu'elles verront que tu paies une partie de la note, je crains d'être obligé de te laisser participer.

– Ne t'arrête pas à ça, s'il te plaît.

– Quand même, je t'invite et je te suis redevable...

Avant de prendre leur repas, assis face à face, ils boivent un apéritif, le même cocktail sans alcool commandé par Chanoïs. Elle lui a même demandé de s'abstenir aussi du bistrol et de shise.

– J'ai le pressentiment que mon séjour à la Cité d'Anqant sera déterminant pour moi, qu'il va radicalement changer le cours de mon existence. Malheureusement, j'ai également la conviction qu'en y allant et en étant là-bas je serai en danger.

– Ah bon, pourquoi, par qui ?

– Je l'ignore. Je sais seulement que c'est parce que je veux y aller.

– C'est certainement lié au fait qu'elle soit interdite aux visiteurs ? Tu sais pourquoi elle l'est ou tu as une idée ?

– Non !

– Et tu t'obstines quand même à y aller ?

– Au contraire, au lieu de me retenir cette menace me booste. Sa raison ne peut qu'être importante, déterminante, je veux savoir laquelle. Je sais que ce danger ne proviendra pas de l'étoile de cette cité proprement dite, bien qu'elle y participe, mais de sa koasti.

– Ah bon ?

Après un moment de réflexion, elle lui dit :

– Je te propose avant d'y d'aller de visiter Maloubasce.

–   Jamais entendu parler. C'est une ville, un village. Pourquoi maintenant, y a-t-il un rapport avec la Cité d'Anqant ?

–   C'est une cité balnéaire réputée pour son ancien village et sa plage de sable blanc paradisiaque. Bien que très éloignée de Supioités, plus de deux mille cinq cents kilomètres, avec le train dernière génération, l'Ibiscatou, nous y serons en moins d'une heure. Il y a un rapport avec la Cité d'Anqant. Tu le sauras là-bas.

Un serveur débarrasse leurs verres, un autre leur présente un plat de crudités.

Ils s'apprêtent à dîner mais sont arrêtés par une exclamation :

–   Chanoïs Xétipe ! quel hasard ! dit un homme potelé en arrivant à leur table, le regard fixé sur elle.

S'il est heureux de la revoir, ce n'est nullement le cas pour elle. Il ne le remarque pas en s'imaginant le contraire.

–   Que deviens-tu après tant d'années ? Je m'assoie avec vous, vous venez seulement de commencer votre repas, dit-il en jetant un bref regard sur Nash.

Sans gêne, il s'incruste dans leur intimité. Croyant que ça ne pose pas de problème, il s'assoit sans attendre de réponse.

Nash dissimule son mécontentement.

D'un regard discret, Chanoïs lui fait comprendre qu'elle n'a pas le choix et le présente :

–   Josat Blipesf ! Connaissance de jeunesse.

Après qu'un serveur ait pris sa commande, Josat parle de lui sans interruption, logorrhéique, ignorant Nash, sans que l'idée qu'il puisse les déranger ne l'effleure.

–   Figure-toi qu'hier j'étais avec Luscos.

Elle fait une mimique en serrant les lèvres, le menton en avant, pour lui faire savoir qu'elle ne voit pas de qui il parle.

–   Souviens-toi ! au lycée. Le gros blondasse charrié par tout le monde pour son côté ma chère, le premier de la classe.

–   Ah oui ! J'avais oublié son prénom.

–   Tu ne devineras jamais de quoi il m'a parlé.

Il l'a fait attendre, comme si elle était impatiente de le savoir.

Sans qu'il le remarque, elle s'excuse encore d'un regard vers Nash, qui répond en lui faisant comprendre que ça n'a pas d'importance.

–   De ses pulsions de domination envers les femmes. Non mais tu te rends compte ? Luscos, ce lourdaud moche comme un pou, dominer des femmes. On aura tout vu. Ce malade a vraiment un problème, ça ne tourne pas rond dans son ciboulot.

–   Écoute Josat, il n'est pas le seul à être lourdaud. Tu devrais toi aussi te décider à réduire ton alimentation et à faire du sport. Tu n'as pas changé pour ce qui est de tes considérations à l'emporte-pièces sur les gens et pour les juger sans les connaître, quant à ce qui va à l'encontre de ta morale primaire, niaise et puritaine…

Il la regarde bouche bée, interloqué de ne pas retrouver celle qu'il avait crue connaître.

Elle et Nash se sourient.

Josat veut répondre. Elle l'en empêche d'un regard cinglant et d'un ton sec en lui disant :

–   Arrête de nous faire chier avec tes propos de concierge ! Excuse-le, dit-elle à Nash. Il a toujours été comme ça, dans le monologue : un néant abyssal qui me file le vertige.

Soudain gêné, il regarde cette fois Nash en prenant conscience qu'il est là.

Affaissé sur sa chaise, c'est avec soulagement qu'il accueille le serveur venu lui servir son entrée.

–   Je vais me mettre à une autre table, lui dit-il, je ne veux pas déranger.

*

Ils sont installés dans un Ibiscatou, train oblong argent et rouge vif brillant, aux dimensions impressionnantes. Les sièges spacieux en similicuir épais ivoire, huit de chaque côté d'une large allée centrale, soit seize par rangée, sont tous disposés dans le sens de la marche avec pour chacun une ceinture de sécurité à utiliser à chaque départ et arrivé ou en cas de fortes turbulences, étant au préalable annoncé par hauts-parleurs. Le plus grand nombre de gens sont montés à la gare centrale, les derniers le font à la suivante, à l'opposé du périphérique de celle d'où ils viennent et où ils vont repartir dans un instant.

Suite à une petite mélodie, une douce voix de femme se fait entendre :

– Le personnel de la compagnie Oltat est heureux de vous accueillir et vous souhaite un bon voyage. Veuillez attacher votre ceinture, s'il vous plaît. Attention au départ !

Avant qu'il démarre il s'est mis en apesanteur dans un tube magnétique invisible et se déplace désormais à une vitesse prodigieuse.

– Surprenant cette vitesse pour un véhicule achlovestre, dit Nash.

– Oui ! C'est par sa technique de sustentation magnétique passive dans un tube d'ondes sans gravité et par projection supersonique que ce train fonctionne, est-il écrit sur ce dépliant.

– Hein ?

Chanoïs lui a laissé la place du côté extérieur, proche de la vitre qui offre une grande visibilité étant sans séparation sur toute la longueur et la hauteur du train.

Il observe les boutons à l'extrémité de son accoudoir droit.

– Celui-là, dit-elle en lui montrant le mauve, sert lors des traversées des mers et des océans par des tunnels transcontinentaux transparents. Il permet de transformer ton siège en couchette si tu désires dormir, sans qu'il soit nécessaire de te lever. Il met les passagers dans une bulle hermétique à la lumière et aux sons extérieurs. Les tunnels sont en verre autonettoyant et des projecteurs en bas et en haut sur toute sa longueur qui s'allument au passage de l'Ibiscatou permet de bien voir la vie sous-marine multicolore prodigieuse de diversité, fabuleuse, extraordinaire de beautés, les coraux, les végétaux étranges, les poissons et crustacés connus et inconnus. Il serait dommage de ne pas en profiter.

–   Certainement. Malgré ça, pour aller en Bolongo ou en Ashanga par exemple où je vais aller prochainement, je pense que je préférerais toujours prendre un euskou, question rapidité, mis à part pour les vacances, et encore.

–   Tu as tort.

Elle montre les autres boutons un à un en indiquant leur utilité : graduations d'inclinaisons du dossier, accélération ou diminution de vitesse du ventilateur, de l'intensité de l'éclairage personnel, commutateur de l'écran 3D avec affichage de programmations des chaînes de télévisions, choix de films, de reportages, de chorégraphies, sport en tout genre... Pour choisir un livre tu affiches la bibliothèque, ton choix fait tu commandes en cliquant sur l'écran. Il te sera apporté immédiatement. Plutôt qu'utiliser ton stylet-jo pour communiquer avec quelqu'un, tu peux le faire par ce combiné. Ce bouton, ajoute-t-elle en montrant un bleu, sert à commander boisson et nourriture : ton choix fait, tu peux te faire livrer ou réserver au bar-restaurant, "*Le Kaust d'Arbal*"", là, par cet interphone.

Un peu après la sortie de la mégalopole, pour se détendre Chanoïs a fermé les yeux. Nash admire son visage, puis observe discrètement les autres passagers. Une fillette est installée à côté de Chanoïs. Paisible, les yeux mi-clos, elle rayonne de bien-être et paraît avoir l'indépendance et la maturité d'une adulte. Ayant ressenti son regard, elle se tourne vers lui et le fixe dans les yeux interrogative en souriant.

Chanoïs, qui les observe, lui demande, mi-question mi-affirmation :

–   Tu es à Alpacopés.

Elle confirme d'un signe de tête.

–   Nous nous rendons aussi à Maloubasce avec l'espoir d'avoir un entretien avec la fondatrice de votre école. A voir ton aplomb, j'imagine que tu étudies depuis longuement sa philosophie.

–   Oui ! depuis la maternelle.

–   Je ne te dérange pas davantage, il m'a semblé que tu méditais. On se reverra peut-être là-bas ?

Elle se tourne vers Nash, puis regarde dehors en lui disant :

–   Nous approchons de la mer d'Ominé. J'ai hâte de m'y baigner.

L'Ibiscatou traverse des villes et des villages, sans s'arrêter ni diminuer de vitesse, certains en bord de mer séparés de leur plage par des hauts palmiers, file entre des vignobles à perte de vue, traverse une immense plaine couverte de fleurs multicolores parmi des plantes herbacées et musacées, sans route ni habitation, puis pénètre dans une savane aux arbres gigantesques surprenants, très espacés les uns des autres.

–   Ce sont des alfanges, dit-elle, des arbres millénaires. Sacrés, vénérés depuis la nuit des temps, ils ne sont jamais coupés. Aujourd'hui, des adeptes de la sylvothérapie viennent ici pour s'apaiser, retrouver la paix intérieur, la sérénité, leur équilibre physique et psychologique, se recharger en énergie, guérir d'une maladie. Ils les enlacent, collent leur poitrine et une joue à l'un de leurs énormes troncs et restent ainsi le temps qu'ils estiment nécessaire. On dit encore que ces vénérables arbres peuvent nous mettre en contact avec nos ancêtres, des amis décédés, des maîtresses, maîtres de sagesse, incarnés ou désincarnés, présent, disparus ou à venir, et en relation fraternelle avec le cosmos.

– Relation fraternelle avec le cosmos c'est exagéré, rétorque Nash incrédule. Sans parler du reste...

– C'est du cosmos que provient l'origine de la vie. Et puis relation fraternelle parce que nous formons un seul corps, une unité avec le Soi, dont nous ne sommes séparés que par notre ignorance. Les croyants diraient séparés par notre impiété, en nommant ce Tout Esprit-Saint de Dieu ou Esprit d'Hachvir d'Obosqua pour les asphites,. Ainsi, le polythéisme, le paganisme, ou si tu préfères la pluralité des divinités, est inclue dans ce Tout. Cette conception de fraternité avec l'ensemble du vivant devrait pourtant t'être admissible, toi féru d'écologie ? Ton scepticisme m'étonne.

– Hein ?

Elle reste silencieuse et pensive.

Pour qu'elle ne rompt pas la conversation, il s'efforce à continuer de parler :

– Super le confort de ce train.

– Nous aurions pu nous en passer si nous aurions préférés nous déplacer en un éclair par un autre moyen de transport sans être arrêtés par ses inconvénients.

– Ah bon, lequel ? dit-il surpris.

– L'Aspéjor, au lieu de l'Ibiscatou, issu de l'invention du Rupiton, la téléportation par la technique que les astrophysiciens nomment un trou de ver, dont des gares sont déjà installées dans beaucoup de grandes villes et de lieux touristiques de notre biste. Elles sont elles aussi ainsi nommées en y ajoutant le nom de l'endroit où elles se trouvent, par exemple Aspéjor Maloubasce. Ces déplacements s'effectuent individuellement jusqu'à des groupes de trente personnes maximum. A cause de la dématérialisation du corps, nous sommes nus et nous ne pouvons prendre aucun bagage. Pour parer à ces désagréments, à notre arrivée on nous remet une combinaison, que l'on peut garder si nous ne désirons pas racheter des vêtements. Nous pouvons aussi envoyer nos bagages à notre gare d'arrivée avant de partir.

–   Eh ben dis donc ! Je ne connaissais pas.

–   Il est plus récent d'une année que l'Ibiscatou. La technique est parfaitement au point. On vise désormais à rendre ces voyages plus accessibles financièrement à davantage de gens, jusqu'à pouvoir en effectuer des intersidéraux. Même les courtes distances restent d'un prix trop élevé pour la majorité des gens, d'autant plus qu'il n'y a généralement pas urgence ces voyages étant surtout touristiques. C'est sur ces avancées que nos chercheurs travaillent actuellement.

Dès leur descente à la gare, aussitôt après avoir pris leur chambre d'hôtel que Chanoïs avait réservée, ils sont allés se baigner chaque jour, le matin ou l'après-midi.

La matinée est bien engagée, ils sont allongés nues côté-à-côte. Les deux bras derrière le dos en accoudoirs, buste en avant, elle regarde l'horizon bleuté de la mer.

–   A quoi tu penses ? lui demande Nash.

–   Je m'interroge sur ton intérêt indéfectible pour la Cité d'Anqant.

–   Tu as dit à la gamine que nous allons à son école. Quand y allons-nous, ça fait déjà trois jours ?

–   Tu ne crois pas que j'ai de bonnes raisons d'attendre ? répond-elle irritée par son impatience.

En souriant, amusé de la voir énervée, il répond :

–   Si ! Je m'excuse.

Elle hausse les épaules en pivotant la tête.

–   J'ai le sentiment que tu es une Guide...

–   En quelque sorte, oui ! agréablement surprise qu'il l'ait constaté. Disons une passeuse vers l'autre rive, par-delà la dualité.

–   Celle du narmika selon les asphites, l'Illumination. Je connais. Tu es armita ?

–   Je n'agis sans prétention et que si la personne en fait la demande, dit-elle sans répondre explicitement.

Ils observent un groupe d'enfants, nus comme tous sur cette plage, en majorité ispokusiens, encadrés par deux ashanganiennes d'une vingtaine d'années et un ibiscien trentenaire. A voir leurs corps musclés, ils pratiquent le bodybuilding.

–   Des enseignants d'Alpacopés avec leurs élèves, dit Chanoïs pour répondre à son interrogation.

–   En quoi cette école diffère-t-elle des autres ?

–   L'ensemble de leurs cours est basé sur l'aliotro-pisme, philosophie d'une ibiscienne réputée pour l'acmé de sa pensée, Émola Alpacopés, qui a créé cette école et qui reste sa directrice. Selon elle, depuis Lescantu (1) et inspirés par lui, les enseignements communs transmettent des cri-tères d'une pseudo-normalité et moralité où prônent des in-terdits et des règles de conduite inhibitrices qui vont à l'en-contre du bien-être et de l'épanouissement des gens. A l'in-verse, son aliotropisme revendique la totale liberté des mœurs pour les éléves, sans que leur sexualité soit sous le dictât de ceux dit adultes (2). Ce qui ne veut pas dire que les adultes sont autorisés à avoir des relations sexuelles avec des mineurs. La limite de la majorité en ce qui les concerne pour ça reste pleinement en vigueur, enfreindre cette loi

(1) Équivalent de Platon.
(2) Voir livre cité fér. .2, p. 150.

demeure un délit gravement sanctionné. Cette école, dirigée par des enseignants en concertation étroite avec les élèves, est un exemple de démocratie participative. Au moindre changement important envisagé, tous sont consultés, élèves, parents d'élèves, professeurs, dirigeants administratifs, même les agents d'entretien et les jardiniers qui n'ont pourtant rien à voir avec les enseignements. De même pour ce qui est d'une divergence d'opinion des élèves qui serait source de perturbation, d'une contestation. Les décisions prises le sont selon les avis majoritaires. Les philosophies classiques, depuis l'antiquité, ont dérivés de la lignée de Lescantu, en condamnant les jouissances du corps pour ne privilégier que la culture de l'esprit et de l'âme affirment-il. Totalement déconnecté du réel, ils rejettent les satisfactions liées au bien-être, les besoins naturels du plaisir et sa recherche. L'aliotropisme d'Émola, à l'opposé, revendique l'union du corps et de l'âme, et pour y parvenir la satisfaction des plaisirs de la chair, particulièrement la jouissance sexuelle, dans le respect mutuel. Elle affirme qu'il y va de l'équilibre et de l'épanouissement de la personne. En reprenant les termes ancestraux, elle a nommé ses deux principes fondamentaux eudonisme ou agianisme (1), pour ce qui est du plaisir, qui fédère la réflexion et l'action, l'autre eugianisme (2), pour ce qui vise au bien-être.

    – C'est trop intello pour moi. Et puis plaisir et bonheur ne vont pas l'un sans l'autre, non ?

    – Oui et non ! car ils ne procurent pas les mêmes émotions et sensations. Cependant, ils ne vont pas l'un sans l'autre, c'est vrai. Connaître cette philosophie te permettra de

(1) Équivalent d'hédonisme.
(2) Équivalent d'eudémonisme

mieux saisir celle de la Cité d'Anqant, c'est pour ça que je t'ai emmené ici.

Elle l'observe un instant pour voir sa réaction, avant de poursuivre :

– C'est par l'agianisme et l'eugianisme que les enfants de cette école développent leurs particularités, leurs capacités, s'épanouissent et vont trouver leur place dans la société. Ils éveillent des aptitudes et des facultés remarquables, florès que même les adversaires de cette philosophie sont bien obligés, par l'évidence des faits, d'admettre, de reconnaître. Pourtant, cette philosophie et les méthodes de cette école restent critiquées, même par de grands savants, il va sans dire rejetées avec acharnement par les religieux de toutes confessions, arc-boutés sur leur morale rétrograde. Imagine ! Revendiquer la légitimité des satisfactions temporelles, celles de la bonne bouffe, des bons bristols, qui plus est de la jouissance sexuelle... Pour ces derniers, tout ceci est inspiré du Mal, est le Mal.

Ils regardent de nouveau les enfants. Nash remarque qu'un gamin bolongosien, allongé nu à plat ventre sur le sable, tête relevée, bras plié et menton posé dans le creux d'une main, l'observe avec le regard expressif de quelqu'un qui le connaîtrait.

L'enfant se lève, lui fait un clin d'œil complice en souriant et court vers la mer. Dans l'expectative, troublé, Nash le regarde s'éloigner avec une certitude indéfinissable : ils ont échangés télépathiquement et quelque chose de très important semble s'être passer entre eux, sans qu'il parvienne à saisir ce que c'est.

Chanoïs, qui a remarqué leur relation, lui dit :

–   L'alchimie de la vie. Peut-être vous connaissez-vous déjà bien avant cette rencontre, dans une autre incarnation, va savoir ?

Elle perçoit ce qu'il a en tête :

–   Non ! Je ne crois pas qu'il ne s'agisse que de séduction, quoi que ça peut y participer. J'opterai plutôt pour une transmission subliminale, ou intuitive, d'un vécu partagé jadis. Tu découvriras sans doute sa teneur plus tard, mais pas obligatoirement.

Elle le voit davantage intrigué :

–   A quoi tu penses ?

Il hésite à lui répondre, par crainte qu'elle se moque de lui.

–   Dis ! Je ne te jugerai pas.

–   J'ai eu une vision d'une sorcière proche d'un village en Bolongo.

–   Ça ne m'étonne pas, c'est peut être en rapport avec les divinités de la nature que tu t'apprêtes déjà à contacter intérieurement, sans en avoir conscience ?

–   Quoi ? Qu'est-ce que tu racontes ?

–   Ah ah ! Tu verras bien. D'ailleurs, ce que t'a transmis ce gamin te sera peut-être essentiel pour savoir comment le faire et pour saisir les mystères et les enseignements de la Cité d'Anqant ? Une chose est sûre : votre contact n'est pas fortuit. Comme je l'ai dit, c'est l'alchimie de la vie, par vos destins réciproques. D'ailleurs, ce n'est peut-être même plus la peine d'aller voir Émola Alpacopés ?

–   Ce serait une grave erreur ! répond une voix de fillette derrière eux.

Ils se retournent et voient l'enfant qu'ils avaient rencontré dans le train.

– Je lui ai parlé de vous, dit-elle en leur claquant la main. Elle m'a dit vous attendre bien avant que vous n'ayez pris la décision de venir et connaître la raison de votre venue. Vous devriez y aller cet après-midi. En fait, bien qu'elle ne l'ait pas dit, je crois qu'elle veut surtout s'entretenir avec celle qui est dans ton esprit, ajoute-t-elle à Chanoïs.

Chanoïs et Nash s'observent, surpris. La gamine s'éloigne en les saluant de la main.

La femme qui leur a ouvert le portail du parc verdoyant et fleuri d'Alpacopés, puis la porte principale d'un long et immense bâtiment de plusieurs étages au centre, les conduit à l'intérieur sans qu'ils n'aient eu besoin de se présenter ni d'indiquer le but de leur visite ; apparemment elle le savait déjà. Après un dédale de couloirs du rez-de-chaussée, en passant devant une multitude de bureaux, tous très occupés, de chambres, d'appartements, elle les fait entrer dans une large pièce spacieuse. Avant de refermer la porte derrière eux, elle leur dit d'attendre, qu'Émola va arriver. En restant proche de l'entrée, ils l'observent : plafond, murs au papier peint pailleux, sol carrelé, l'ensemble de la même couleur ivoire ; baie vitrée sur toute la surface donnant sur le parc, à la structure métallique rosâtre satiné, même couleur que la porte au centre du mur latéral droit, le côté intérieur de celle de l'entrée et de son mobilier : grand bureau en arc de cercle à l'angle gauche du mur et de la baie, une chaise derrière, quatre devant, une commode, à l'angle extérieur opposé au bureau un divan face à trois fauteuils, avec entre eux une table-base sur laquelle est déposé un haut vase de cristal à facettes rempli de lis blancs.

D'un signe de tête, Chanoïs suggère à Nash qu'ils aillent s'asseoir sur le divan. A l'instant où ils le font, entre une svelte quinquagénaire en tailleur stricte bleu marine, peau jaune, yeux verts bridés, cheveux noirs coupés à la garçonne – au carré tombant au ras de la nuque, laissant voir un long cou gracile, frange sur le front –.

Ils se lèvent. Elle leur présente le plat de sa main droite, qu'ils claquent en se présentant.

Elle s'installe dans le fauteuil au milieu des deux autres en les invitant d'un geste de la main à se rasseoir sur le divan :

– Je vous attendais, leur dit-elle en s'adressant plus particulièrement à Nash, parce que c'est le parcours intérieur que tu as commencé d'entreprendre qui vous mets en danger et vous devez savoir comment vous protéger. Heureusement, par Olky, la spancion d'Orête en clachi dans son esprit, cette confrontation se fera pour le bénéfice de tous.

Désemparé, il jette un regard discret à Chanoïs en se demandant en quoi être mis en danger peut être bénéfique ?

– Intervenir maintenant pour toi est la mission dont Olky s'est investi lors de son incarnation précédente. Ceci pour te dire Nash que c'est une confrontation avec le Mal qui dépasse ta seule personne, bien qu'Il passe par toi et qu'il te soit nécessaire de t'y préparer. Ton amie Chanoïs le savait, c'est pour le faire qu'elle t'a emmenée ici, en prenant connaissance de ma philosophie et par elle de celle de la cité où tu vas aller, par leurs diverses similitudes.

Il observe encore son amie, cette fois d'un regard langoureux et reconnaissant, pendant qu'elle lui dit :

– La Cité d'Anqant est difficilement accessible. De plus, sans route ni piste balisée, le désert aride et torride où elle se trouve est pénible à traverser. A cause de sa réputation sulfureuse et de son interdiction d'y aller, personne accepte d'y conduire qui que ce soit. Cependant, aujourd'hui inutile de connaître le ciel étoilé ni de savoir utiliser une boussole pour se diriger. Par la dernière génération des scances (GPS) nous pouvons visualiser notre parcours et voir où nous sommes.

Elle sort son stylet-jo de sa poche, fait apparaître dans l'espace devant eux une vision aérienne d'un désert sur lequel un tracé rouge indique leur itinéraire : au départ et à l'arrivée deux cercles, entre eux trois autres du même diamètre entre ceux-çi d'autres plus petits. Après lui avoir montré le premier cercle, à côté duquel est écrit Optis, puis le dernier, où est écrit « Cité d'Anqant », elle dit des noms en indiquant des endroits du doigt :

– Nous ferons la traversée par trois étapes plus longues que les autres : l'oasis de Koprastés, Poctaély, premier village en territoire koanos, perché dans des falaises, et Istopolyr. Entre chacun, nous nous arrêterons dans des zones non-habitées, sans doute plusieurs fois, selon notre fatigue. Pendant notre voyage et une fois arrivé nous serons très vigilant, prudent, car, je te l'ai dit, nous serons continuellement menacés. Il est judicieux d'ailleurs à ce sujet que tu veuilles d'abord la connaître au mieux avant d'y aller, en acquérant au moins les bases de sa culture et de son ésotérisme, car nous devrons probablement parer des attaques occultes provenant tant des koanos que des cmitanos qui y viendraient parfois pour vénérer les mêmes divinités qu'eux dans leur koasti.

- J'ai déjà ressenti plusieurs fois des présences hostiles qui m'observaient.

- Le pactious – philosophie d'Émalise, (1) dont je me suis inspirée pour créer l'aliotropisme, transmise par voie orale depuis l'antiquité avant d'être écrite –, fut depuis toujours rejetée par les religieux de la tradition orthodoxe parce qu'elle prime les plaisirs charnels et la jouissance. Elle est la suite logique de celle de son ancêtre Ectavox (2), tout autant contestée et rejetée. Eh bien cette philosophie, le pactious donc, correspond à celle de la Voie Obscure de la spiritualité Asphite, qui en comporte aussi une Lumineuse, chacune symbolisée par une svastika. Celle dextrogyre de la Voie Lumineuse, dextre, tourne vers la droite, mouvement vers la conscience, dégage du chaos et relève de la vie ; celle lévogyre de la Voie Obscure, senestre, tourne vers la gauche, s'enfonce dans l'inconscient et relève de la mort. La spiritualité koanos, similaire à celle des cmitanos, en a une seule : la Voie Obscure. Sa koasti, au cœur de son étoile à cinq branches, est d'ailleurs construite en spirale lévogyre. Que le profane perçoive cette Cité d'Anqant comme sulfureuse vient du fait que ses occupants ont opté pour cette Voie, vouée aux Puissances Diaboliques, sans savoir pourquoi elle l'est. Paradoxalement c'est que par ce moyen ils parviennent à les connaître et à s'en libérer. Nash, c'est sur cette Voie que tu viens de t'engager, c'est pourquoi cette Cité est devenue si importante pour toi. C'est aussi ce qui fait que tu es menacé, de l'extérieur et de ton propre esprit. Et pourtant ce n'est qu'ainsi, jusqu'à des situations parfois extrêmement périlleuses, que tu pourras t'en libérer toi aussi. Tes dérives à

(1) Équivalent d'Épicure (341-271 avant notre ère).
(2) Équivalent de Démocrite (460-370 avant notre ère).

venir proviendront du Mal que tu vas susciter et de ses multiples parèdres, à commencer par Kusmêlnas.

Le voyant froncer les sourcils, elle ajoute :

– Je le répète ce n'est qu'ainsi que tu atteindras cet accomplissement que tu cherches, la paix, la sérénité, la liberté intérieure. Donc être vigilant, prudent, n'est pas de t'y opposer afin de t'en protéger, d'y faire barrage, mais au contraire c'est savoir le vivre tout en restant conscient au plus profond de ton esprit, présent plus exactement. Pas facile de l'être au cœur du feu destructeur de l'alchimie. C'est certainement ainsi que nos ancêtres ont appris à rester en istaélise, centré sur l'ibistis (1). Alors, dans n'importe quelle perdition, si tu l'es tu ne seras jamais entièrement emporté et cette présence te permettra de ne porter atteinte à personne, envers les apparences. Tu auras en effet la possibilité de tout arrêter et d'éloigner ton esprit passionnel de ta situation si cela pouvait arriver.

Le voyant perplexe, Chanoïs coupe la parole d'Émola :

– Tu ne pourras saisir cette vigilance qu'en la vivant. Parce qu'elle n'a rien à voir avec un état habituel de conscience auquel tu aurais pu faire référence, difficile de l'expliquer et ce n'est pas vraiment une maîtrise de soi.

– Par la présence de ton esprit originel à l'istaélise, confirme Émola, que l'on nomme Supraconscience (2), rien ne te conduira à une dépendance inéluctable. Si un plaisir aboutit à un déplaisir, tu sauras le rejeter, que ce soit celui d'un attachement social, amical, familial, amoureux. Tu recouvreras ta liberté fondamentale sans laquelle tu ne peux évoluer. Tu commettras parfois des erreurs, mais mieux vaut les faire en

---

(1) Ékâgrya pour le Bouddhisme Tantrique. Voir livre cité réf.1, p. 231.
(2) Voir livre cité réf. 1, p. 235.

étant déterminé à connaître la vérité que d'avoir un esprit timoré; tremblant, qui t'empêche d'être qui tu es et d'évoluer.

– Par ta connaissance des risques encourus, ajoute Chanoïs, du prix à payer d'aller à l'encontre de la morale et de la loi, quand cela arrivera tu y seras préparé et tu parviendras, vaille que vaille, à faire de cette négation une avancée dans ton évolution. Ainsi, ce qui pour d'autres serait un "poison", sera pour toi un moyen pour demeurer dans la contemplation de ce qui est en vérité, derrière les apparences, et te permettra d'aller par-delà ce présent. N'étant plus dépendant de ce qui surviendra dans le cours de ta vie, bon ou mauvais, tu es apte à faire toutes sortes de choses, pouvant être scandaleuses du point de vue ordinaire, sans en être profondément affecté.

– Tu sauras que tout ce qui s'élève n'est pas plus réel qu'un reflet sur l'eau et n'a aucune définition ni explication logique » (1), précise Émola, et que tes désirs, que le profane nommerait pervers, sont liés à ta Délivrance. Aussi, tel un guerrier, chasse le doute et continue d'avancer.

– Par exemple, même si pointer dans ton esprit l'envie d'être conchié, dit Chanoïs, d'assouvir la coprophagie, plutôt que de chercher à le refouler, par honte, en étant gravement perturbé d'avoir de tels désirs, demande-toi pourquoi en acceptant de le vivre afin de savoir.

– Abandonner l'ego, dit Émola, qui freine, enferme, empêche d'évoluer. A la Cité d'Anqant tu comprendras tout ça et pourquoi l'aliotropisme et le pactious sont à ce point contraire à ce qui fut transmis depuis l'antiquité par des philosophes thuriféraires de Lescantu, en rejetant également le

(1) Réflexion écrite selon le livre cité réf. 1, p. 135.

plaisir, la sexualité, comme étant impératif pour l'élévation de l'âme et de l'esprit. C'est ainsi que leurs pensées Lescantuciennes (1) ont établie une société inhibitrice et une religion au Dieu anthropomorphe, aux dogmes contradictoires, aux règles arbitraires de conduites morale. Pour l'aliotropisme et le pactious, nul besoin de censeurs affidés à ceux détenant le pouvoir et qui veillent au respect de leur dictât, pas d'entraves juridiques − justice experte en taxinomie des interdits −, pas de prêcheurs philippiques aux apories inéluctables qui aliènent leurs ouailles à leurs croyances, en répétant leurs vérités spécieuses (2), tels des léroquecs. (3) Des adhérents au dolorisme Lescantucien vont même jusqu'à revendiquer d'autres lois restrictives, brimant davantage la liberté. A l'opposé, l'aliotropisme affirme la nécessité de cette liberté pour le bien-être, l'évolution, l'harmonie de chacun, par conséquence pour l'équilibre et la paix de la société.

     − Il faut savoir nous satisfaire, souligne Chanoïs impétueuse, à l'inverse de ce que prêchent les moralistes, les censeurs de tous bords. Il y va de notre épanouissement. Quoi de plus normal, naturel, que d'éviter le déplaisir et de chercher les plaisirs de chaque instant dans le respect de chacun ? Crois-tu que les enfants ne vont pas naturellement vers ce qui est bon pour eux, qu'ils ne s'éloignent pas instinctivement de ce qui ne l'est pas ? Il devrait en être ainsi pour n'importe qui. Vivre libre en respectant la liberté des autres pour être en paix et dans la joie,

(1) Équivalent de la pensée platonicienne.
(2) Extraits et écrits inspirés de « Contre-histoire de la philosophie », Michel ONFRAY, Éditions Grasset & Fasquelle, livres dont je me suis ici fortement inspiré.
(3) Perroquets

– L'aliotropisme et le pactious, dit Émola, œuvrent pour la liberté et conduit à l'ataraxie, contrairement à ceux sous le dictât de Lescantu, épigones dithyrambiques qui renvoient les plaisirs des sens au mal.

Après un regard de connivence entre elles, Chanoïs, juge bon de l'avertir :

– Lorsque tu auras acquis cette liberté qu'on vient de préconiser, il te faudra veiller à ne pas l'exposer. A quoi bon dire et montrer ce comportement à ceux incapables de le comprendre et donc de l'accepter. Au lieu de les aider à sa désinhiber, comme certainement tu voudras le faire, tu ne ferais que leur donner des raisons, des justificatifs pour te condamner et te bannir. En te considérant déviant, dangereux, ils t'observeraient d'un regard suspicieux, méfiant, voire méprisant.

9

L'istaélise

Nash vient de retrouver Chanoïs à la terrasse d'un grand café. Assis face à elle, après l'éloignement de la serveuse qui lui a déposé son soda, il lui dit :
–   Chérie, depuis plusieurs jours je suis convaincu que c'est avec toi que je dois poursuivre pour toujours mon existence.
–   Hou-là ! dit-elle en reculant le buste en arrière. Je suppose que tu veux dire nous unir pour vivre ensemble ?
Il acquiesce d'un timide signe de tête.
–   Pourquoi ? Que nous fassions régulièrement l'amour, des séances SM, passions du temps ensemble, une journée, une nuit, des vacances ne te suffit pas ? N'est-ce pas déjà vivre ensemble ?
–   Si, mais j'aspire à ce que notre complicité soit quotidienne. Je comprends ta réticence. Tu aimes vivre sans entrave et bannis les contraintes. Pour te rassurer, je pourrais faire un pacte avec toi m'engageant à respecter ta liberté et ton indépendance, à ne jamais te demander des comptes, sur ton absence par exemple, tes retards. Ce qui ne signifie pas qu'il faille être secret l'un pour l'autre, nous mentir, nous trahir.
–   Ce n'est pas facile de laisser son conjoint, "régulier" je dirais, libre et indépendant, comme tu dis, sans susciter la suspicion, la méfiance, le mécontentement. Et puis, bien que je ne t'imagine pas inquisiteur surveillant tous mes

faits et gestes du seul fait que tu voudrais t'assurer qu'ils ne vont pas à l'encontre de ta relation avec moi, par ton tempérament et ton intelligence, si je ne crains pas que tu sois possessif, tu peux tout de même l'être par jalousie. Je crois d'ailleurs que là est le vrai sujet de ta situation avec moi, la fidélité. Faut-il dans un couple – occasionnel, comme pour nous actuellement, ou non –, nécessairement, impérativement, être fidèle à l'autre, sexuellement j'entends, sinon sentimentalement ?

Il s'apprête à répondre :

– Non pas maintenant ! tranche-t-elle. Une autre fois, s'il te plaît. Ce n'est pas le moment.

Après un instant de silence, il poursuit :

– J'ai hésité à t'en parler. Mais tu es capitale dans mon existence. C'est à toi que je pense continuellement. Mon amour pour toi me fait percevoir et ressentir ce qu'il se passe, les gens, tout ce que je vis par ton regard, au travers de ton esprit. Tu es mon oxygène, mon sang, ma fougue.

Sans un mot, surprise par son éloge amoureuse enflammée, elle l'observe dans les yeux, interrogative.

Inquiet en pensant avoir été excessif, il s'efforcce de tempèrer son ardeur :

– Je sais que pour toi la relation de couple est une entrave à la liberté, qu'elle passe pour cette raison au second plan, que tu la considères avec méfiance. Pour moi, c'est l'inverse. Elle booste l'existence, lui apporte davantage de vitalité, en ravive les objectifs. Tu pourrais réconsidérer ton point de vue à ce sujet, que je trouve immodéré, exclussif.

– Je veille simplement à ne pas succomber aux substitutions de mes manques, affectifs, psychologiques, socials, de même qu'aux situations réconfortantes douceâtres, faussement valorisantes, gratifiantes. L'amour excessif pour une personne est conditionné à notre histoire affective, psychologique, et est une dépendance. Nous l'avouons d'ailleurs implicitement en disant être attaché à cette personne.

– J'en conviens, mais en partie. Et puis Chanoïs, il y a autre chose qui m'attire vers toi, de l'ordre de mon accomplissement. Tu es nécessaire à ma réalisation et participes à mon émancipation du conditionnement négatif de l'existence. Je sais maintenant ce que signifie ces expressions que je dénigrais jadis, "tu es ma moitié", "ma complémentarité".

– Tes paroles affirme ce que je viens de dire, bien qu'elles soient convaincantes, comme doivent l'être tous les arguments que l'on donne pour d'autres addictions. C'est malheureusement ainsi qu'on accepte implicitement à en être aliéné.

Elle se redresse en réfléchissant, son buste tiré en arrière, et ajoute :

– Il n'en demeure pas moins vrai qu'il ne faut pas non plus récuser, dénigrer ce qui nous réjouit, ne pas profiter pleinemenent de la vie selon nos envies.

– Tout-à-fait d'accord ! Pas de manque, de continence, qui ne signifie pas excès dans la débauche.

– Exact ! Le juste équilibre mais devant être naturel, non contraignant, imposé par la raison. Pourquoi moi plutôt que Chanope par exemple ? lui demande-t-elle en souriant.

– L'amour. Avec elle il ne s'agit que de sadomasochisme. Avec toi, il y a autre chose, ce n'est pas comparable.

– Ah ah ! Je te reconnais bien : têtu et opiniâtre. Tu continues à la fréquenter ?

–   Nous continuons à vivre nos fantasmes, oui ! comme à l'accoutumée. Je ne peux pas dire que je préfère les vivre avec toi parce que c'est différent. Je ne ressens pas les mêmes choses.

–   Ah bon ? Tu peux me dire en quoi.

–   Difficile. Peut-être parce que notre relation est exclusivement sexuelle ? J'en suis même très étonné. Jamais je n'aurais pu m'imaginer en avoir avec une éleusienne.

–   Hormis leur peau verte et leur taille de géants, il est vrai qu'avec leurs traits anguleux et leurs yeux globuleux rebutants, j'ai du mal à comprendre.

–   La Cité d'Anqant étant dans son continent, dit-il pour changer de sujet, elle devait forcément la connaître. C'est ce qui m'a décidé à lui en parler et lui dire que je me préparais à y aller. Sa réponse m'a sidérée : elle a des liens étroits avec des koanos responsables de sa koasti.

–   Ah bon ! Lesquels ?

–   Elle ne pouvait pas m'expliquer.

–   Tu lui as dit que je voulais partir avec toi ?

–   Non !

Il l'observe, dans l'expectative en cherchant à savoir ce qu'elle a en tête

–   Non, rassure-toi je ne suis pas jalouse La jalousie est le corollaire de l'amour sentimental. Je ne veux pas dépendre ni de l'un ni de l'autre. Nash, je sais que tu n'as toujours pas saisi pourquoi je tiens tant à partir avec toi, bien que ce voyage sera très éprouvant et dangereux. Ma raison est similaire à la tienne : je suis persuadée qu'Il y va de la réussite de mon destin. Intuition féminine, prescience, appelle-ça comme tu veux. Je crois même que nous nous sommes rencontrés exclusivement pour ça.

– Programmé par nos karmas respectifs, précise-t-il en étant également convaincu..

Ému par cette profonde complicité, il se lève, se penche sur la table, passe sa main derrière sa tête, la tire vers lui et l'embrasse longuement sur les lèvres avec toute sa passion amoureuse.

*

A une agence de voyage et de location d'otjets de Supioités, où ils viennent de prendre leur billet pour l'Éleusis en Ibiscatou, en réservant aussi une otjet pour leur arrivée, l'hôtesse les informe qu'ils peuvent la prendre seulement au village d'Optis, le dernier avant le désert où se trouve la Cité :

– Classé au patrimoine historique et culturel national de Stolfy, pays côtier au nord de ce continent, il est très touristique et facile d'accès. De Takirse, port stolfysien où vous arriverez, vous peuvez y aller par euskou, Ibiscatou ou Rupiton.

Chanoï est d'emblée décidée à y aller par téléportation, malgré qu'ils devront y faire livrer leurs bagages – immédiatement et en express –, et la réticence de Nash qui redoute d'être dématérialisé.

Sans lui demander son avis elle le réserve aussi.

Pour le dénigrer, elle lui dit, mi-interrogation mi-constatation :

– C'est la trouille de mourir qui te fait héster ?

Gêné d'étre ridiculisé devant l'hôtesse, qui le regarde d'un oeil amusé, il répond :

–   Certains hésitent bien à monter en euskou...

D'un regard et d'une mimique faciale, elle fait comprendre à l'employée de le rassurer.

Celle-ci, étudiante universitaire en cette matière scientifique et technique de pointe, travaillant ici pour payer ses études, afin qu'il sache qu'il n'y a aucun risque, commence à lui en expliquer les fondamentaux, excitée et ravie d'avoir l'occasion le faire :

–   Par la relation d'équivalence entre la masse et l'énergie : $E = mc^2$, d'un côté les particules, de l'autre les ondes. Puis unification de la matière et du rayonnement, car la matière, de nature corpusculaire, posséde aussi des propriétés ondulatoires ; dualité contradictoire. Un exemple typique des phénomènes de dualité et de complémentarité est fourni par l'expérience des trous de Young et... (1)

Exaspérée par ce charabia incompréhensible, au lieu d'un propos profane simple et sommaire, Chanoïs lui coupe la parole en lui disant que le sujet ne les intéresse pas et qu'ils ne comprenent rien à ce qu'elle dit.

Parti pour la Cité d'Anqant, ils viennent de traverser la mer Doldé par un tunnel de quinze mille kilomètres. Ce voyage en immersion dans l'univers sous-marin fut fabuleux, sans commune mesure avec ce qu'ils avaient imaginé. Pour ne pas acheter d'autres vêtements, ils se sont fait livrer leurs bagages à l'Aspéjor Optis, devant également y prendre leur otjet. Comme ils supposaient que ce genre de transport intracontinental ne devait être opté que par un petit nombre de gens, ne pouvant se faire qu'individuellement, ils furent

(1) Écrit à partir du livre « *L'univers et la lumière* », Laurent NOTTALE, Éditions Flammarion, 1994.

surpris de constater qu'il n'en était rien. A l'Aspéjor Takirse, devant des cercles d'acier oxydé imposants – sortes d'œils nommés Gobtèhis –, des personnes seules et des familles entières y faisaient la queue pour monter sur des passerelles légèrement surélevées face aux iris : les trous de ver, brume traversée d'éclairs électriques bleutés lorsqu'ils étaient en activité. Il y en avait une vingtaine sur deux quais successifs, derrière et parallèlement aux guichets. L'un après l'autre ils inséraient leur ticket à droite du Gobtéhis. La destination enregistrait, l'iris s'illuminait. Presque immédiatement, s'affichait en rouge l'indication d'avancer : elle y disparaissait. Ce qui affolait Nash, que Chanoïs eut bien du mal à contenir.

Toutes les rues piétonnes pavées d'Optis, grouillantes de monde, bordées d'arbres millénaires, étaient très ombragées. Des commerçants y avaient des boutiques achalandées de produits artisanaux et de vêtements colorés de la région destinés aux touristes, activités économiques principales du village ancestrale. Des ruelles étroites, aux tonnelles couvertes de plantes ligneuses ressemblant à du lierre, étaient appréciées pour leur fraîcheur et leurs salons de thé en terrasse. Ils n'y sont resté que le temps d'une visite, malgré l'insistance de Chanoïs pour rester plus longtemps afin d'y faire des emplettes.

L'oasis de Koprastés, première étape de leur voyage dans le désert, est aussi ombragée qu'Optis à la différence que celle-ci est silencieuse, paisible, paraissant inactive. Ce qui surprend en arrivant est la végétation luxuriante. Une parenthèse paradisiaque dans le désert de sable aride et torride où elle se trouve. Habillés d'un short et d'une courte tunique traditionnelle du pays, sans manche en tissu marron, chaussés de sandales ajourées en lamelles et semelles épaisses, ils détonnent aussi des habitants par leur habillement en plus de leur physionomie. Ces géants, à la peau verte et aux traits anguleux rebutants, portent en majorité une longue tunique bleu marine jusqu'aux chevilles, hommes, femmes enfants, certains ne portent pas de chaussures. Toutes les maisons, en torchis orangé, ont un jardin potager clôturé par des bas murets de même composition que les maisons.

Ils terminent la visite du village en compagnie d'un vieillard aux longs cheveux blancs dégarnis, à la barbe blanche hirsute, Hop Kins, chez qui ils ont passé la nuit. Les enfants, excités par la venue de ces étrangers bizarres, chahutent autour d'eux en essayant de savoir qui ils sont. N'ayant pas la même couleur de peau qu'eux ni la même apparence, l'audace de leur curiosité est à peine contenue par leur méfiance. L'un d'eux, plus hardi que les autres, s'approche de Chanoïs, lui touche d'un geste téméraire furtif la peau du bras, s'écarte aussitôt, lui-même surpris d'avoir osé. Le patriarche, au visage ridé comme une vieille pomme plus rebutant que les autres, leur fait signe de s'éloigner.

En suivant le regard de Nash posé sur des épineux aux fruits jaunes de la grosseur d'une balle de tennis, il dit :

– Des hosnas, qui n'existent qu'ici, desquels proviennent l'essentiel de nos ressources financières. Nous les récoltons toute l'année pour en extraire de l'huile utilisée pour la cosmétique et pour en faire la pâte de nos hosnasos, galettes sucrées, dont certaines fourrées aux fruits et au chocolat, et salées, moyennement et fortement épicées. La majeur partie de notre production est ensuite pilée et vendue en poudre pour agrémenter soit nos pâtisseries, soit notre cuisine typiques, peu ou très pimentée, selon les goûts de chacun.

Revenus chez le vieillard, assis dans la pièce principale sur des coussins posés sur des tapis brodées de motifs figuratifs du pays, ils observent les tentures, aux mêmes motifs et couleurs chaudes, qui pendent aux murs.

– J'aime beaucoup celle-ci, dit Chanoïs à Nash de celle représentant des chameliers et leurs chameaux lourdement chargés qui partent en file indienne dans le désert.

Hop Kins, disparu un moment dans une pièce adjacente, revient en tenant un grand plateau en métal doré, ciselé de motifs floraux, qu'il dépose devant eux et s'assoit en parlant des tentures :

– C'est notre artisanat les plus important, vendu principalement à Optis.

Un couple d'enfants, qui semble être frère et sœur, entrent. Le cadet pose sur le plateau une théière à couvercle au long bec verseur et des petits gobelets d'argent, également finement ciselé, puis s'assoit à côté de Chanoïs.

L'aînée, une gamine vive et déterminée, pose deux corbeilles de hosnasos, dont une mélangés des fruits secs.

En montrant d'abord cette dernière, puis l'autre de son index, elle dit :

– Sucrés, salés !

Elle s'assoit à côté de Nash, en lui faisant un regard aguicheur.

Hop remplit leur gobelet d'un liquide sirupeux brûlant, bleu ciel :

– Exclusivité de Koprastés : infusion de feuilles de qoal jéz mélangée à notre propre eau-de-vie. Elle n'est produite qu'en petite quantité et vous n'en trouverez qu'ici, à cause de la réglementation et parce que nous n'avons pas suffisamment de fruits pour en produire davantage.

Chanoïs, lui parle de Supioités, où il n'est jamais allé, Nash sur la raison de leur voyage : la Cité d'Anqant. S'apprêtant à lui demander s'il la connaissait, Chanoïs lui fait comprendre de ne pas le faire, ayant remarquée que le vieillard avait tiqué à son évocation. Il saisit à son tour sa réticence et se souvient de sa réputation sulfureuse. Il se tait. Un lourd silence s'installe.

— Faites attention à Poctaély, dit le vieillard pour le brisé. Il n'y a pas que ce village ancestrale koanos à être habité. Dans cette immensité rocheuse, de façon secrète et mystérieuse, il y aurait encore de nombreux autres vivant dans des villages troglodytes difficilement discernables et accessibles. Comme ceux de Poctaély, ils seraient les descendants d'un ancien clan guerrier dévoué exclusivement à la protection de la Cité d'Anqant. La frontière naturelle de ces falaises abruptes délimite leur territoire. Certains parmis eux, bien que se disant aussi koanos, auraient la peau jaune et la physionomie des ispokusiens. Ils seraient les descendants de ceux venus d'Ispokus pour fonder avec eux la Cité d'Anqant. Pour moi ce ne sont que des suppositions, mais je tenais tout de même à vous en informer ceux-ci ayant pour tache d'éloigner les étrangers et à ne pas y entrer.

Hop, soudain mal à l'aise sans qu'ils saisissent pourquoi, regarde furtivement les enfants avant de s'éclipser en les invitant à le suivre :

*

Entrés dans le territoire koanos par un sentier escarpé montant entre des falaises, ils arrivent à Poctaély, village ancestrale qui domine le désert.

– On vient, dit Nash.

Elle détourne son regard de l'horizon désertique lointain, tout en bas, pour suivre la direction du sien. Sur un chemin sortant d'une gorge profonde, un groupe d'une dizaine de personnes avance dans leur direction.

– Des enfants, dit-elle légèrement surprise.

Les koanos étant très grands, il fallait être proche d'eux pour le remarquer. La peau bleu violacé, les traits fins, tous vêtus d'une tunique mi-longue sans manche et d'une jupette en tissu marron, difficile de distinguer à première vue leurs sexes, à part celles à la poitrine déjà bien développée.

– Abas ! dit Nash à la plus grande qui semble être la meneuse, en plaçant le plat de sa main droite devant lui pour qu'elle y claque le sien.

Son geste la surprend, cette manière de se saluer lui étant étrangère, comme la langue qu'il parle et qu'elle ne comprend pas, n'ayant pas d'Élès.

– Élche ! dit-elle en se touchant le torse.

Ils comprennent que c'est son prénom et se présentent aussi.

– Achim lasis noskitas ? demande-t-elle.

Nash et Chanoïs s'observent étonnés,que leur Élès ne traduise pas cette langue, ce qui se produit pour la première fois pour eux.

Un autre enfant à son côté interprète ce qu'elle vient de dire :

– Que venez-vous faire ici ?

Gêné par cette impolitesse, il ajoute :

– Très peu de gens vienne jusqu'ici.

– Nous sommes de passage pour aller à la Cité d'Anqant, répond Nash.

Il traduit aux autres ce qu'il vient de dire. Ils pouffent tous de rire en se regardant.

– Qu'y a-t-il a de drôle ? demande Nash.

– Vous ne pourriez pas comprendre. C'est en rapport au but de votre voyage et de notre Éptomêle.

– Tu as un Élès ou tu connais notre langue ? ajoute-t-il sans insister ni demander ce que signifie Éptomêle.

– J'ai un Élès, pas elle. Jadis, tous les clans de notre peuple, par un vote de leurs assemblées, ont décidés qu'il n'était pas obligatoire mais au choix de la personne dès ses neuf ans. Ce n'est donc qu'à partir de cet âge qu'il peut éventuellement être implanté.

Nash, qui jette un regard à Chanoïs, constate qu'elle est comme lui, surprise par la maturité de ce gamin.

Celui-ci l'ayant remarqué, leur dit :

– Vous n'êtes pas les seuls à en être étonné. Bien d'autres parmis les koanos d'autres clans et des étrangers l'ont été avant vous pour plusieurs d'entre nous. C'est ainsi que la réputation de notre village est devenue celle des surdoués et qu'il est depuis un peu plus visité, malgré la difficulté pour y arriver.

De tous les clans, même le notre, Glahit, seuls les enfants de Poctaély sont précoces, confirme un autre. Quelques parents de partout sont incités à mettre les leurs en pension ici pour y suivre les enseignements de philosophie d'Élpomane Anquatomi, notre Éptomêle, nom honorifique donné pour sa sagesse et ses bienfaits pour notre communauté. Lorsqu'une personne obtient ce titre il est contumié d'ainsi la nommer par respect pour elle.

– Comme un titre de noblesse en quelque sorte, ajoute le premier gamin.

Une autre gamine ajoute :

– On dit que cette connaissance, par la manière d'être spontané qu'elle permet d'acquérir – et de contourrner de ce fait nos éventuels défaillances et blocages inconscients –, éveille notre conscience et permet de connaître puis de développer nos capacités.

– Je vois, répond Nash. C'est étonnant et donne d'emblée envie de savoir quelle est cette philosophie.

– Y a-t-il un hôtel dans votre village, où pouvons-nous être hébergé ? demande Chanoïs fatiguée du voyage, qui a hâte de pouvoir se reposer et qui trouve que la discussion s'éternise.

– Pour ça, vous devez rencontrer notre Éptomêle, qui est aussi la maire du village et gouverneur de Koanostasi.

– D'accord ! répond Chanoïs. Vous pouvez nous conduire jusqu'à elle ?

– Koanostasi ? interroge Nash.

– Notre clan forme, avec Jiskos et Naéla des clans plus importants en nombre de personnes, le gourvernat nommait Koanostasi. Son gouverneur, homme ou femme, est nommé par un vote de leurs populations tous les sept ans.

Lui et les autres rebroussent chemin.

– J'ai hâte de voir cette femme, dit Nash à Chanoïs en marchant derrière eux. J'ignore pourquoi – si c'est uniquement son nom et qu'elle soit aussi inventrice d'une philosophie qui influence la manière d'être de ses adhérants –, elle me fait penser à Émola Alpacopés.

En file indienne ils longent un étroit couloir entre des rochers roux, étonnés de constater que jadis ils étaient sous la mer : des fossiles de crustacés et de poissons y sont incrustés.

Arrivés au village, Chanoïs dit des façades des maisons à étages sculptées dans les falaises :

– Surprenant ! J'aime aussi beaucoup la couleur de cette pierre et du sol alentour.

– C'est par notre climat chaud à forte alternance saisonnière, dit toujours le même gamin, que ces roches calcaires, aux argiles du type montmorillonite (1), ont libéré par altération le fer, finement cristallisé à l'intérieur, l'hématite. C'est ce qui a donné cette coloration rouge.

– Ouah ! fait Nash subjugué par son élocution et son érudition Tu as quel âge ?

– Onze ans, bientôt douze. Depuis tout petit je suis passionné de pédologie. J'ai commencé par de simples cailloux que je ramenais à la maison.

– Sans cesse, souligne une fillette plus jeune que lui, au grand dam de nos parents. On en trouvait partout.

Arrivée sur une place, la grande se retourne en montrant à Nash et Chanoïs une façade magistrale d'un édifice de plusieurs étages, taillé dans la falaise, en disant :

– Ot ja !

– C'est là ! traduit le gamin.

(1) Minéral argileux appartenant au groupe des smectites.

–   Merci de nous avoir accompagnés, répond Nash en les saluant.

Aucun d'eux ne veut approcher davantage de cet endroit, ils se demandent pourquoi.

Avant qu'ils n'arrivent à son perron, la porte s'ouvre. Deux géantes sortent, vêtues du même habillement que les enfants, à la différence qu'elles portent un ceinturon avec un étui à leur droite qui contient un objet argenté cylindrique du diamètre d'un pouce.

–   Abas ! dit l'une d'elle dans leur langue.

–   Abas ! Je suis Nash Alscek, elle Chanoïs Xétipe. Nous venons de Supioités, capitale d'Ibisce en Ispokus, et désirons nous entretenir avec votre Éptomêle.

Sans répondre à leur présentation, elles les regardent avec suspicions en se parlant entre elles.

Chanoïs précise, pour expliquer leurs couleurs de peau qui les ont décontenancées et peuvent prêter à confusion :

–   Je suis métisse, ispokusienne de père et ashanganienne de mère. Lui est natif de Pticosie, d'Apartos en Hospticos. Il réside actuellement à Supioités.

–   Pourquoi voulez-vous la rencontrer ?

–   Nous allons à la Cité d'Anqant, lui répond Nash. Nous voulons nous entretenir à ce sujet avec elle et lui demander si nous pouvons être hébergés un jour ou deux dans votre village.

En parlant il observe avec étonnement et inquiétude la sculpture gravée dans une niche taillée dans la façade au-dessus de l'entrée : un scarabée posé sur une sphère couverte d'inscriptions, la même représentation qu'il a vu illustrée couleur or dans un livre sur la Cité d'Anqant.

Celle retournée à l'intérieur revient presque aussitôt et les invite à la suivre.

Après avoir emprunté un couloir obscur, pavé de dalles rectangulaires en même pierre rousse lissée par le temps, elle les fait monter à l'étage puis entrer dans une grande pièce lumineuse, très éclairée par une porte-fenêtre donnant sur un balcon. Elle sert de salle de réception pour des assemblées : des bancs, de chaque côté d'une allée centrale, sont alignés devant une estrade sur leur droite sur laquelle se trouve quatre fauteuils et un trône au milieu.

La femme qui les a conduit présente leur Éptomêle assise sur le trône, habillée comme elle sauf qu'elle ne porte ni ceinturon ni d'objet. Ils la saluent en inclinant un peu leurs bustes et se dirigent vers l'allée centrale pour aller ja rejoindre. Debout, n'ayant rien proche de l'estrade pour s'asseoir, ils observent la grande sculpture métallique dorée d'un scarabée posé sur une sphère, suspendue contre le mur derrière l'estrade.

Cette géante aux traits délicats; à la peau violacée brillante, leur fait signe d'approcher.

– Élpomane Anquatomi ! leur dit-elle après qu'ils se soient présentés. Je m'excuse de vous recevoir ici, immédiatement après votre visite je dois y être pour présider le chapitre mensuel de notre communauté.

Nash détourne son regard, gêné de constater qu'elle ne porte pas de culotte, puis observe sa grosse chevalière au médius de sa main gauche. Sa pierre précieuse violette sertie d'or, lui fait penser à celle du spirature de la fillette du reportage sur la Cité d'Anqant.

– C'est parce que la renaissance te préoccupe particulièrement que notre emblème t'interpelle et te met mal à l'aise ? lui demande-t-elle.

– J'ignorais qu'il le signifiait. En quoi le scarabée l'est-il ?

– Ce symbolisme, qui provient des fondateurs de la Cité d'Anqant, peu après sa construction a été opter par les koanos de Poctaély. D'ailleurs, il y a peut-être à ce propos un rapport avec ton rêve récurrent ? Peux-tu me le décrire et me dire en quoi t'en souvenir te dérange également ?

Abasourdi qu'elle sache, il reste un moment hésitant avant de répondre, sans constater qu'elle n'a pas vraiment répondue à sa question.

– Je vois d'abord un scarabée doré occuper tout l'espace. Lorsqu'il surmonte ensuite une sphère, je suis précipité à l'intérieur, devant une haute et large porte en métal doré, sculptée d'inscriptions et de motifs géométriques étranges, similaires à celles couvrant la sphère. Sur un phylactère à cheval au-dessus une courte inscription, m'étant inconnue et pourtant familière, m'interpelle. C'est une injonction dont je connais bizarrement la signification.

– Otala Satnous ![1] s'exclame l'Éptomêle.

– Oui ! c'est ça : "Retire-toi, Satnous !" en koanos.

– Et tu ignores toujours pourquoi tu as pu comprendre cette inscription d'une langue inconnue ? continue de dire Élpomane.

[1] Équivalent du « - *Vade retro, Satana* ! » latin, « - *Retire-toi, Satan* ! ». Parole de Jésus dans les Évangiles de Marc (VIII, 33) et de Matthieu (IV, 10 et XVI, 23). Cette expression est employée pour repousser un mauvais conseiller ou ses propositions.

Nash, qui s'interroge sur son insistance, jette un regard à Chanoïs pour voir si elle a la réponse à son interrogation.

– Il s'agit précisément de la renaissance parce que c'est par elle d'abord, et la mort, ensuite que chaque être vivant va finir par acquérir l'intelligence-sagesse de s'en défaire une bonne fois pour toute. Un grand bien mais qui implique inévitablement l'existence de son contraire, un grand mal, par la loi de complémentarité de la dualité. C'est pour cela que le scarabée doré retient ton attention, te gêne. C'est aussi la raison qui fait que ton être profond t'informe par ton rêve de la dangerosité qui vient dans ton destin. Il te met en garde afin que tu te prépares aux confrontations avec Satnous, Kusmêlnas, démons, démones. C'est ton être entier, dans sa totalité, qu'il met sur le qui-vive pour ne pas faillir, ne pas succomber par l'emprise du doute, de la peur, du malêtre, de tout ce qui va surgir de tes profondeurs obscures pour te faire dévier de la normalité et sombrer dans le chaos.

– La vache ! fait Nash stupéfait.

– Sache cependant que si le temps de ces confrontations est venue c'est parce que tu as la capacité de les vivre pour t'en délivrer. Tu l'as du reste pressentie Chanoïs en lui disant qu'il y allait de son destin, comme du tien par conséquence.

– Lien karmique entre nous, répond-elle. C'est vrai. Je l'ai su dès notre première rencontre, alors qu'une autre partie de moi réfusait de l'admettre et le refuse toujours, par défense instinctive devant un danger je suppose.

– La teneur de ce lien, qui te remet toi aussi entièrement en question, vous sera indiqué au moment opportun par Aganaelle Ilkal, fillette-vieille âme que l'on consulte pourtant déjà souvent.

Elle fixe Chanoïs dans les yeux pour lui dire, d'un ton ferme, presque agressif :

– Sombre ! Malsain ! Provenant de tes marécages saumâtres puants : c'est un besoin de vengeance dont tu ne sais plus laquelle qui sera la cause d'un préjudice indubitable et inévitable pour la personne dont tu es le plus proche. Tu seras ménée par le bout du nez par la subjection et la projection de ton inconscient en croyant être indépendante, déterminée et forte.

Chanoï et Nash silencieux de stupeur, elle change de ton pour un autre modéré, et leur dit, tout de même avec la même ténacité :

– Si l'état d'ibistis, par la présence en istaélise, est comme votre respiration, alors vous pourrez traverser sans encombre le cloaque chtonien mortel et nauséeux en-deçà de votre conscient.

Ils restent silencieux.

– Combien de temps comptez-vous rester ici ?

– Nous repartirons après-demain, sauf imprévu, répond Nash.

– Akan Isboine va vous héberger.

A cet instant la porte d'entrée s'ouvre. Les deux gardiennes entrent. Ils s'inclinent respectueusement et se dirigent vers elles.

– Chanoïs, dit encore Élpomane derrière eux, celle qui vient de parler en ton âme par sod ha ibbur (1). est Silou Molk, en clachi dans ton esprit. Toi et Shun Monhingi dans

(1) Voir passage p.21 et 22.

l'esprit de son spancion Paléas Fuchoïte, vous descendez toutes les quatre de votre Être Originel, Éloïka Oliupés, qui reste actif au plus profond de vous et accélère ainsi la résorption du karma inextricable de l'ensemble votre lignée.

Les gardiennes les laissent à la porte d'une maison, à la périphérie du village, après les avoir présentés à son occupante, Akan Isboine, trentenaire athlétique, et un bref échange entre elles que ni Chanoïs et celles en elle, – Silou, Shun, Paléas –, ni Nash n'ont compris. Les familles voisines, sorties de leurs maisons pour les observer, s'approchent d'eux, curieux de savoir qui ils sont. Après les avoir invité à entrer chez elle, sur le seuil elle leur demande d'enlever leurs chaussures. Elle s'assoit au bord d'une table-basse, posée sur un épais tapis noir au centre de la pièce, en leur faisant signe de faire de même. Ils sont entourés par des enfants turbulents de tous âges, entrés avec eux. Un gamin pose des verres sur la table. Une sauvageonne aux cheveux châtains ébouriffés, très belle, une carafe à la main, les remplit, en commençant par celui de Chanoïs, d'un curieux liquide rosâtre :

– Du qoal frais sans alcool, lui dit la fillette en koanos traduit pour son élès.

Akan poursuit le discussion engagée par Chanoïs :

– La conséquence de l'ouverture du troisième œil n'est pas seulement d'avoir accès à d'autres niveaux d'existences mais aussi de voir différemment ici, avant, pendant, et après ce présent.

– Qu'entends-tu par niveaux d'existences, demande Nash.

– Pas seulement ceux d'autres espaces-temps que le notre, ayant des paramètres comportementaux et scientifiques différents. Ce serait trop long de t'expliquer maintenant.

– Je sais qu'à Koprastés vous avez déjà bu du qoal jéz, dit-elle en changant de sujet, dont l'infusion des feuilles mélangée à l'alcool le rend bleu. Celui-ci est d'une autre variété ; du qoal néal, dont l'infusion rose devient violette mélangée à l'alcool. Lorsque vous serez avec des koanos de la Cité d'Anquant, ou dans un de leur village troglodyte selon où vous serez hébergés, vous constaterez que leur qoal sera violet. Il ne sera pas d'une autre variété que le notre – il n'y en a que deux –, mais alcoolisé. La plupart d'entre nous trouvent qu'avec alcool il a un meilleur goût. Vous pourrez bientôt en juger par vous-même.

Elle sert Chanoïs, Nash, pose sa carafe sur la table en demandant à Nash, d'un ton partagé entre la constatation que ce ne serait pas normal et l'affirmation qu'il fait exprès de ne pas t'en souvenir :

– Tu ne me reconnais pas ?

Surpris, il l'observe plus intensément et fait non de la tête.

Très étonnée, elle s'adresse aux autres pour leur dire cette aberration :

– Il ne se souvient pas de sa vie antérieure.

– Laisse-le tranquille ! lui dit une femme derrière elle qui semble être sa mère. Lui n'a pas eu la chance d'être éveillé par l'Éptomêle.

La pièce, aux murs ocres, qui ne comporte, avec la table-basse, qu'une grosse penderie en bois massif avec un tiroirs en bas, doit être la pièce principale, où elle reçoit et prend ses repas, qu'elle cuisine dans une pièce attenante.

    –   Notre Éptomêle a déjà été efficace avec toi, dit Akan en regardant Chanoïs, constatant que la mémoire de sa vie antérieure commence à lui revenir.

    –   Dommage pour lui, dit-elle en regardant Nash. Ce qui le mine inconsciemment l'en empêche. C'est pourtant à fleur de sa conscience puisque la petite a vu dans son esprit leur existence antérieure quand ils étaient ensemble.

    –   Je la retrouve, c'est vrai, dit Chanoïs ravie. Ainsi que ma personnalité d'alors. C'est surprenant.

Nash l'observe, stupéfait par la transformation de sa personnalité et son comportement. Elle rayonne à la fois d'asurance, de puissance et de sérénité.

La gamine, tout en jettant un regard provocateur envers Nash, leur dit :

    –   Souvenez-vous de Pacdam.

Ils l'observent sans comprendre.

    –   Je peux ? demande la fillette à Akan pour avoir son assentiment.

Elle tend son index droit vers le milieu du front de Nash, entre ses sourcils.

Akan leur dit :

    –   Notre Éptomêle nous a appris à éveiller notre siu- cane et à ouvrir nos seuils de diamant (1).

Nash, d'une partie de sa mémoire soudainement accessible, se voit osphorien à l'entrée d'une caverne à flanc de montagne, assis par terre à côté d'une belle jeune femme _ la gamine alors mature qui garde le bout de son index proche de son front _ tous deux d'un bleu turquoise qui s'harmonise avec la peau violette des koanos debout autour

---

(1) Voir réf.2, p. 282.

d'eux, femmes, hommes, enfants, entièrement nus.

Parmi eux, ils écoutent un vieux sage koanos, que tous sont venus voir et qui vit ici en ermite :

– Pacdam Hokis ! Osphoriens moi aussi dans ma dernière incarnation, j'étais soucieux de plaire et avide de conquêtes amoureuses. Pour cela je me servais sans vergogne de ma philosophie badost, réputée parmi les oustibecs. Tu étais venu me consulter à propos des Dgérises, dit-il à Nash, plus connu ailleurs selon le continent sous les termes krisos ou pumorvions, auxquelles tu étais dangereusement confrontés.

Une femme koanos plus grande que les autres, impressionnante de puissance, rabroue Nash :

– Cesse d'être fixé sur qui tu es et étais. Affine la perception de ton souvenir. Voit bien plus loin dans ta mémoire. Qu'as-tu à craindre ? Va en avant sans hésiter.

Comme dans un kaléidoscope, il se voit sur Achlovi et diverses bistes en une succession de personnes, hommes et femmes de tous âges, dans des milieux disparates et de toutes les époques, de la préhistoire, du présent et des futurs très éloignés.

– Tu vas désormais te rappeler du plus important de tes acquits d'alors, lui dit Pacdam impatient, inutile d'insister et de perdre notre temps, allons à l'essentiel.

Nash approuve par une mimique du visage.

– Cette femme n'est pas dure inopinément avec toi, dit-il en indiquant la géante qui vient de l'interpeller. Aganaelle Ilkal veut simplement que tu perçoive le magma de tes contradictions libinineuses qui empoisse ton esprit, ta vie, afin que tu parviennes à t'en débarrasser.

Nash, hébété et honteux, hoche la tête.

– Il n'y a pas de honte à avoir, lui dit-elle, c'est naturel et fait partie de ton cheminement pour ton accomplissement, c'est classique pour tous les achloviens.

– Tu dois apprendre à te protéger, poursuit Pacdam, sans jamais craindre d'être irrémédiablement possédés, absorbés par les Puissances Maléfiques.

Nash, pour se rassurer, jette un regard à Chanoïs..

– Dans les moments calmes, autant que dans les pires situations, soit en istaélise : spontané, instinctif, non-attaché au mental. Il te faut acquérir cette manière d'être, l'intégrer pour qu'elle soit naturelle avant d'arriver à la Cité d'Anqant. C'est à cela que l'Éptomêle a agit, par notre esprit commun, en t'orientant vers cette acquisition. Esprit commun car Élpomane Anquatomi est continuellement associée au Soi, ce que la philosophie et la spiritualité badost des oustibecs nomment Mental Cosmique.

– Je sais seulement qu'il ne faut pas que je cherche à éviter les Puissances du Mal, répond Nash, ou de m'y opposer pour les vaincre, mais de les rendre inactives en étant non-touché au plus profond de moi.

– Exact ! Pour cela, il te faut être présent à l'ibistise, le point de ton esprit, de ton être, de ta vie –, afin d'être et de rester istaélise, quoi qu'il arrive. De quoi s'agit-il ? Nul enseignement didactique ou apprentissage permet de l'acquérir et de le comprendre. Seul toi-même, par ton vécu, ton expérience, le permettra. Lorsque tu l'auras, et seulement à cette condition, tu pourras surmonter tous les obstacles et vaincre sans vaincre toutes les perditions. C'est ainsi que tu parviendras un jour à passer de l'Autre Côté, sur l'Autre Rive de la Délivrance, sans dualité.

Trou hors du temps et de l'espace : rien, nada.

Nash et Chanoïs debout l'un à côté de l'autre au sommet d'un gigantesque cylindre d'argent en apesanteur dans l'espace, en tournant lentement sur lui-même dans une pénombre bleutée, ils entendent Pacdam absent leur dire d'une voix monocorde, sans sentiment, de ne pas bouger, de lâcher prise.

Ils observent au loin grossir un minuscule point de lumière étincelant, qui semble venir vers eux, à moins que ce soit eux qui avancent vers lui.

Pacdam continue de leur parler :

– Être libérés de la forme et du sans-forme : Vide, Vacuité du Corps primordial, Saint-Esprit d'Hachvir.

– Oaloa (1) ! font-ils de concert.

Des visions apparaissent successivement par flashs :

Des bulles dans l'eau d'un étang remontent lentement à la surface en tournoyant.

Un singe intrépide, agile et libre, bondit d'une branche à l'autre.

Des nuages se forment à l'horizon d'un ciel ensoleillé, au-dessus de la mer.

Une multitude de vies microscopiques.

Un écureuil effarouché monte avec célérité au tronc d'un arbre.

Une taupe au fond de son terrier nourrit ses petits.

Une goutte de rosée glisse sur la feuille d'un arbre.

Une maîtresse d'école est attendrie par un élève au devoir mal écrit en essayant d'être soigné.

_____

(1) Interjection de satisfaction.

Un oiseau sur le bord d'une fenêtre, reste sur le qui-vive en regardant à l'intérieur.

Coup de gueule d'un ivrogne qui insulte sa femme, effrayée, craignant de nouveaux coups.

Un papillon jaune, qui virevolte au-dessus des fleurs, est happé par un oiseau.

Discours hystérique d'un dictateur fasciste, guindé dans un uniforme noir, furieux d'être mal dans sa peau, enflamme la foule docile par sa désespérance.

Une mère bolongosienne masse avec amour son petit en l'enduisant d'onguent.

Vies, formes, couleurs, sons : Vide, tout est vide.

La voie de Pacdam, toujours de sa voix monocorde, résonne dans leurs esprits :

– Par Istaélise, saisir le vide, la nature du vide est le seuil de la Grande Cessation pour être ou non Armita, Bodhisattva. Para-nirvana. Opalisciole. Shimana. Narmika.

Avant de repartir pour poursuivre leur voyage, Ahan leur dit :

– Lorsque vous arriverez à Istopolyr, demandez la famille Oikane. Ils vous hébergeront.

*

Les six étapes avant Istopolyr leur ont permis d'intégrer ce qu'ils ont vécu et ce que leur ont transmis Pacdam et Élpomane. Chanoïs est heureuse d'être désormais centrée sur son Être Originel, et de savoir ainsi qui elle est en vérité par-delà les identités masculines et féminines de ses incarnations. Nash subodore que lui aussi est en clachi et se demande si son Être Originel a, ou non, d'autres particularités que celles qu'il connaît en cette vie. Silou en Chanoïs préfère ne rien lui dire à ce sujet de ce qu'elle perçoit de lui pour ne pas interférer dans cette opération du devenir.

Ce petit village où ils sont arrivés hier, de quelques centaines d'habitations et familles seulement, est paisible. Ils logent dans une grande pièce d'une maison occupée par un couple de vénérables vieillards ibiscons, les Oikane. La gentille Jaenalise, surnommée par le diminutif Jaen, et Ulsi, un peu rustre mais gentil et accueillant, ne furent pas étonnés de leur arrivée. Ils les attendaient, prévenus par Akan Isboine, la femme qui les a hébergé à Poctaély.

Il est tard, la nuit est tombée.

Assis sur le tapis devant leur matelas à même le sol dans un angle de la pièce, avant de se coucher ils échangent à propos de ce qu'ils viennent de vivre sans se soucier qu'ils peuvent déranger les vieillards qui s'endorment sur leur matelas dans l'angle opposé

– Selon toi, lui demande Nash, pourquoi l'istaélise est-il si important ?

– Il est clair qu'en n'accordant qu'une attention limitée et non-exclusive à ce qui se passe dans notre quotidien, répond Chanoï, cela ne peut pas nous accaparer et nous posséder. Pour que cela puisse nous porter préjudice il faudrait que nous le permettions implicitement, en quelque sorte, en nous laissant-aller. Par le lâcher-prise, l'assise à l'ibistis et l'istaélise, nous sommes détachés et restons virtuellement maîtres des situations, malgré les apparences,

fussent-elles les plus accaparantes, négatives ou posses-
sives.

– C'est aussi ainsi que nous pourrons franchir la
porte de la mort sans inconvénient néfaste lorsque le moment arrivera de le faire, confirme Nash, puis, dans le bardo
du devenir, d'entrer favorablement dans une des matrices de
la renaissance : le scarabée doré.

– Par la Voie/Voix du Mental Cosmique, pour
d'autres nommée Surconscience, Soi, souligne Chanoï, que
permet la présence en ibistis et d'être istaélise. Ceci devant
être naturelle signifie qu'il ne s'agit pas d'un acte raisonné,
de choix, et que ce n'est pas forcément conscient, comme
nous le sommes avec notre respiration. Une réalisation intérieure.

Le voyant rester sceptique, elle insite :

– Ce n'est pas par simple coïncidence qu'Alpacopés Émola, Élpomane Anquatomi, Pacdam Hokis nous en
aient parlé.

Pour la rassurer, Nash se remémore de vive-voix :

– C'est ainsi que vous parviendrez à observer la
vraie réalité et les rouages secrets de n'importe quelle condition, jusqu'à vos pulsions : en suivant chaque moment de
votre parcours sans volonté de faire ou de pas faire.

– Oaloa ! dit Chanoïs un peu fort.

Ayant toujours oublié les vieillards, elle se tourne
vers eux.

Ils sont assis en train de les écouter avec intérêt :

– Mes petits, leur dit Jaenalise, vos propos pourraient être ceux des adeptes de l'Ordre Docmise, qui suivent
la Voix du Destin (1) pour se libérer du joug de l'ignorance.

(1) Équivalent du Yoga-Karma.

388

Ne parvenant pas à s'endormir, Chanoïs, comme à son habitude, médite tout en restant couchée. Soudain, elle sort de son corps. Au-dessus de la maison des Oikane, elle se voit allongée à coté de Nash et discerne les alentours avec une grande acuité. Elle dira plus tard qu'elle percevait la réalité autour d'elle à la fois comme inchangée et immatérielle, translucide, vide. Indéfinissable, inexplicable.

En un éclair elle est d'abord téléportée dans l'espace infini, en demeurant attentive tout en étant détachée de cette attention, puis dans une grande pièce aux murs, sol et plafond en miroirs. sans mobilier autre que deux fauteuils au centre également en miroir, avec siège, dossier et accoudoirs matelassés d'un tissu synthétique jaune orangé.

Apparaît soudain une femme à moitié dévêtue assise sur l'un d'eux, la peau immaculée, les cheveux de jais tressés en une grosse tresse qui tombe sur son dos. Elle lui fait signe d'approcher, puis de s'asseoir sur celui face à elle.

Lorsqu'elle s'assoit, la gorge serrée par son émotion, elle reconnaît sa mère.

Ses yeux s'embuent de larmes, son menton frémit :

– Maman ?

Elle se lève pour se précipiter vers elle, la prendre dans ses bras et l'embrasser.

– Non Chanoï ! dit celle-ci en tendant le plat de sa main droite vers elle pour l'en empêcher. En istaélise, reste par-delà les limites des incarnations et garde en mémoire ce que tu perçois actuellement, que tout est sans substance afin de parvenir à saisir cette nature du vide. C'est la clé pour te libérer du mirage (1) où tu es enfermé.

_____

(1) Mâyâ pour le bouddhime.

Chanoïs, redevenue sereine, se rasseoit.

– Te souviens-tu de tes grands-parents, paternel, Sylnès Oliupés, et maternel, Éloïka Oliupés, qui ajoutaient à ton prénom le terme affectif tchaelque, qui signifie petite ? Elle opine de la tête.

– Bien qu'étant non percevable pour toi, ils vont continuer à te soutenir pour que tu puisses accomplir ce vers quoi tu agis aujourd'hui. Moi aussi je serai toujours là mais tu continueras à le savoir et à me ressentir. Sous la forme d'un ectoplasme ou d'un fantôme, dans les moments de doute ou de confusion ne me confonds pas avec ton ange gardien car, comme lui, je te transmettrai, par ce que le commun nomme prémonition, intuition, révélation, en réalité de façon sublimi-nale, des connaissances que m'a surtout transmis ton grand-ère, Sylnès Oliupés. Il fut jadis stokolis d'Opicate Rose. Ainsi sont nommés leus sages, hommes et femmes.

– Opicate Rose ? demande Chanoï.

– Une communauté koanos d'affranchis de la duali-té, vivant à la Cité d'Anqant. Ylia ! est leur cri de ralliement. Je vous en informe car vous allez l'entendre et vous pourrez alors y répondre par le même nom pour leur indiquer votre désir de les connaître et de participer à ce qu'ils font, sachant qu'ils agissent pour le para-nirvana, le retour à l'Un, au Soi, avant la Grande-Dissolution (1) de l'Apocalypse (2). C'est pour les rencontrer afin de posséder leur clé pour vous liberer de la dualité, qui vous a déidé d'aller à la Cité d'Anqant.

– Je ressens ce que tu dis, sans le comprendre.

(1) Mahâ-pralaya pour le Bouddhisme.
(2) Voir « *La Bible* », Apocalypse, Message à sept Églises d'Asie Mineure, 1.1-3-22

– Ce n'est que ta conscience ordinaire qui ne comprend pas. Apprends à écouter ton être profond, qui ne dépend pas des conditions de ton incarnation, en laissant faire ton mental ordinaire sans t'en préoccuper puisque tu ne parviens pas à le susprendre.

– Je m'en souviendrai.

– Ton incarnation présente sur Achlovi se nomme Silou Molk. Avec Échlos Wiesh, la personne inversée en Nash, elle est actuellement en Ispokus. Tu ne t'en souviens que mal parce qu'il vaut mieux qu'il en soit ainsi pour le moment afin de ne pas perturber davantage ton esprit. Et puis, retrouver cette mémoire ne ferait que t'éloigner de ce vers quoi tu tends : acquérir ce savoir que vous pressentiez tous les deux depuis votre première rencontre.

– Oui !

– A ce propos, l'ensemble du vivant peut vous aider si vous êtes en empathie avec lui. Crois-tu, par exemple, que les mollusques, qui existent depuis des millions d'années, n'ont pas, eux-aussi, évolués pour toujours mieux cheminer vers l'Un et n'ont pas, de ce fait, accumulés chacun des connaissances et une profonde sagesse à ce sujet ?

Sa mère lui montre du doigt une chauve-souris géante, de deux mètres d'envergure, qui vole au-dessus d'eux :

– Pteropus, chauve-souris frugivore, sous-ordre des mégachiroptères, au rang des éveillés.

Apparaît une fleur, un récif corallien grouillant de minuscules poissons jaunes, qui s'écartent devant un autre beaucoup plus gros.

– Cet amphibien achlovien, armita incarnée en protée, urodèle cavernicole à peau dépourvue de pigment et à branchies externes, famille des protéides – le même des eaux de Dalmatie et de Slovénie sur Terre –, transmet à sa façon ce qu'il a décidé au seuil de l'Opalisciole il y a des milliers d'années.

Toutes sortes de vies apparaissent successivement.

Puis sa mère lui dit, sur un ton qui indique qu'il est temps de conclure :

– Vous ne pouvez pas reconnaître tout ceci parce que seul votre être par-delà vos incarnations se souvient des connaissances acquisses lors de vos innombrables vies.

10

Les Puissances de la Mort

Après avoir grimpé sur une butte constituée de gros blocs de lave solidifiée, entremêlés, érodés par le temps et à moitié ensevelies dans le sable, Nash et Chanoïs descendent un étroit sentier escarpé qui mène à la Cité d'Anqant. Ils pensent qu'il y a forcément un autre accès, ne serait-ce que pour acheminer les marchandises, mais devant être parfaitement dissimulé ils ne l'ont pas trouvé. Construite sur le plateau d'une immense cavité, entourée par cette haute ceinture de rochers, ils aperçoivent parfois tout en bas cette étoile à cinq branches avec sa koasti – pyramide en quinconce – au centre. La lave de ces blocs ayant surgi d'une irruption volcanique à la fin de l'ère mésozoïque – période tectonique achlovienne pendant le crétacé, de -145 à – 65,5 millions d'années –, ils se disent que ça ne peut être que pour cette raison qu'elle fut construite ici et se demandent pourquoi.

En la regardant et en se souvenant de l'explication de la couleur rougeâtre par l'enfant, Nash dit :

– Ces pierres sont les mêmes que celles de Poc-taély, elles ne peuvent provenir que de là.

Une violente bourrasque agressive, dans la chaleur torride de ce désert de Shire, les fouette subitement. Par réflexe instinctif de défense ils font un bond en arrière, regardent autour d'eux à la recherche d'un éventuel danger. En position de combat, regard périphérique, jambes écartées, bras le long du corps, Chanoïs est prête à intervenir.

– Regarde la Cité ! lui dit Nash étonné, en observant sa branche de gauche en diagonale.

N'ayant pas de réponse, il se retourne vers elle et constate qu'elle n'a pas l'air dans son état normal.

En regardant la branche de l'étoile illuminée par une étrange aura orangée, l'esprit de Paléas en elle lui dit :

– C'est dans celle-ci qu'a lieu pour les adeptes l'initiation d'entrer dans la koasti. Nous y commencerons notre visite.

Ils sont l'un et l'autre étonnés de ne voir personne circuler entre les bâtiments, de diverses hauteurs, des branches de cette cité.

Une autre bourrasque plus forte et tournoyante les déstabilise. Spontanément, Nash se met derrière Chanoïs pour se protéger, celle-ci étant plus à même, par son niveau élevé en Chtaolis, de riposter en cas de danger. Après avoir passé trois ans de formation de cet art martial dans un monastère du Palanquas, au Shotoum, les moines lui en ont remis son plus haut grade, celui de Kélys.

D'une voix puissante, toujours par l'esprit de Paléas, elle ordonne :

– Otala Satnous ! (1)

Puis, pour répondre à l'interrogation de son regard, elle lui dit :

– Bien qu'ignorante de la spiritualité et de l'ésotérisme koanos, je me suis souviens de cette éviction occulte de Satnous, d'Amascadesch, des démons, démones, de toutes les Puissances de la Mort.

Il est rassuré qu'elle soit revenue à son état habituel.

(1) Voir réf. 1, p. 377.

Pressentant qu'il veut l'interroger à ce sujet, elle le somme implicitement de ne rien lui demander. Il acquiesce en silence.

– Pour être vainqueurs des Puissances du Mal restons istaélise, centré sur notre Être Originel, qui nous guide, l'Anthropos, le Purusa, l'Atman, l'Adech. Sans trop nous impliquer, l'istaélise nous permet, en étant détachés, d'observer derrière les apparences du moment, bonnes ou mauvaises, et de comprendre la vérité de l'instant.

Elle continue de descendre, toujours précédée de Nash.

– Une grotte ! dit-elle en la montrant du doigt. Nous devons y aller.

Avant d'y pénétrer, ils scrutent le sol, à l'entrée, à la recherche d'éventuels indices de passages : rien.

A l'intérieur, quand leurs yeux se sont adaptés à la pénombre, ils observent les parois. Puis ils explorent cette grotte, qui rétrécit au fur et à mesure de leur avancée, en s'éclairant chacun de leur stylet-jo. Avancant dans un boyau étroit qui les oblige à marcher courbés, lui toujours derrière elle, ils débouchent dans une autre grotte, plus petite que la première. Ils la traversent, poursuivent dans un tunnel.

– Viens voir !

A genoux, elle touche une dalle de pierre ovale en forme d'œil, proche de la paroi de droite. La pupille couverte d'inscriptions, de nombres, de noms, de signes ésotériques qu'elle tente de déchiffrer. Il constate qu'elle est intriguée par ce que contient l'iris : un cœur stylisé ensanglanté et couronné, souligné par un nom, *IOHA*, ajouté de « *iod* » et du tétragramme « *YHWH* ».

– Par l'écriture, je sais seulement qu'il s'agit d'inscriptions koanos, dit Paléas. Ce sont surtout les lettres et les noms au centre, d'origine hébraïque, qui m'interpellent.

– Que vient faire là ce cœur, quelle est la signification de ces noms et de ces lettres ? demande Olky dans l'esprit de son spancion Orête en clachi dans celui de Nash.

– C'est le nom de Dieu le plus fréquent dans la Bible juive – qui est pour eux la preuve de sa révélation divine –. Yahvé, leur Dieu monothéiste, signifie « Il est » en hébreu, et s'écrit YHWH, forme consonantique imprononçable, car ils croient à l'interdiction de prononcer son nom sacré. Pour le reste, mon explication serait trop hasardeuse et je ne suis pas certaine de bien le saisir. En résumé, il s'agirait d'un arcane très important de *La Kabbale*, uniquement accessible à ceux initiés à cet ésotérisme, connaissance secrète corroborée par leur pratique, leur vécu.

– Idem pour n'importe quel ésotérisme pour être parfaitement compris, assimilé, efficient, ajoute Shun de l'esprit de Chanoïs.

Paléas continue :

– La seule similitude que je puisse faire pour l'instant entre eux et les koanos est leur relation directe avec Dieu. La Kabbale est l'interprétation mystique de leur Bible pour les chercheurs de vérité, interprétation car rien ne peut être ajouté à ce livre sacré. Qabalah en hébreu, nom ayant le sens de Science Occulte déduite de principes cachés, – ex arcanos –, ou de doctrine. D'autres prétendent qu'il n'est pas que l'interpétation ésotérique mais la partie secrète des révélations transmises seulement aux êtres sûrs et profonds qui seuls peuvent les comprendre, les garder et les transmettre oralement à ceux qui sont aptes à les recevoir et qui en sont dignes. Ce livre révèle les arcanes des mondes divins, angé-liques, et les possibilités d'y accéder pour atteindre le monde des éveillés. Il est représenté au sommet de leurs dix séphi-roths, – ENSOPH –, monde équivalent à celui de l'Opalis-ciole des asphites.

– Je n'y pige rien, dit Orête. Tu dis tout ça comme si nous connaissions. C'est la première fois que j'entends ce propos, ces noms, dont séphiroth. Qu'est-ce que c'est ?

– Pour faire court : c'est la figure exacte de la Loi de Vie répandue dans tous les univers, des éléments consti-tutifs de la vie, de ses formes embryonnaires microsco-piques, à celles minérale, végétale, animale dont les achlo-viens, jusqu'à celles macroscopiques de tous les cosmos.

– Loi de Vie, ben voyons…, répond Orête railleuse pour lui faire savoir qu'elle n'est pas plus avancée.

Nash remarque que Chanoï, par l'esprit de Paléas, a saisit quelque chose. Pour ne pas la perturber, il s'abstient de l'interroger. Elle relève la tête pour porter son regard sur la paroi au-dessus de la pierre, regard qu'il suit, sans rien remarquer de particulier. Elle se lève, tâte du bout des doigts un emplacement distinct. qui comporte une minuscule et fine griffure ou fissure formant un S. En gardant ses doigts posés dessus, elle le regarde en souriant, comme si elle venait enfin de trouver ce qu'elle cherchait.

– Ploz tujac peit ! dit-elle en enfonçant son index dans la roche.

La roche de cet endroit a perdu sa consistance, est devenu spongieuse.

Une partie de la paroi, de la dimension d'une porte, s'enfonce à l'intérieur et glisse sur leur gauche, donnant accès à un large escalier de pierre descendant.

En bas, ils entrent dans une autre grotte plus grande que la première, qu'ils distinguent mal, n'étant éclairés que par leur stylet-jos.

Subitement sur le qui-vive, elle lui dit :

— Éteins ton stylet-jo ! Remets-toi derrière moi.

Dans l'expectative et l'obscurité, ils sont aux aguets, sur la défensive.

A la verticale loin devant eux, un long et fin trait de lumière violette brille en s'allongeant et s'élargissant rapidement en s'approchant, accompagné d'un son cristallin qui s'amplifie en devenant strident.

Ils sont aspirés à l'intérieur d'un gouffre.

Plus tard ils s'interrogeront, ne sachant pas s'ils le furent physiquement ou s'il s'agissait de leurs êtres éthériques.

Suspendus en apesanteur dans l'espace debout l'un à coté de l'autre, virevoltent autour d'eux d'affreuses créatures d'environ deux fois leur taille, au long cou de vautour, une tête au bec corné et dents proéminentes, aux yeux reptiliens vert et jaune, au corps, partagé entre saurien et arachnide, recouvert d'une carapace noire luisante qui ressemble à celle d'un scarabée.

— Des krisos, dgérises selon Pacdam, dit Chanoïs.

— C'est le moment de suivre ses conseils. En Istaé-lise, restons présent à l'ibistis, ne leur donnons pas la possi-bilité de nous atteindre.

En observateurs non atteints et non-agissants, ils restent immuables et voient, comme dans un kaléidoscope et au-delà des dgérises, une succession de leurs existences antérieures, celles présentes aujourd'hui et celles à venir, sur Achlovi et bien d'autres planètes de divers univers.

En un éclair, tout redevient comme avant.

Interloqués, ils se regardent sans rien dire, en se demandant si l'autre a vécu la même chose.

En arrivant à la Cité d'Anqant, Nash toujours derrière Chanoïs, Paléas en elle dit :

– Allons directement dans la salle des « *Rituels et des cultes de dissolution en Amascadesch* », au sixième niveau souterrain de la koasti.

Ne pouvant y entrer que par un souterrain partant d'une branche de l'étoile, en regardant l'un de ses bâtiments, elle ajoute :

– Viens ! .

Il suit Chanoïs qui se dirige vers l'une de ses portes.

Face à elle, laquée noire, sculptée d'animaux fabuleux – licornes, dragons, créatures mythologiques –, et de végétaux fantasmagoriques, elle actionne son gros heurtoir de bronze doré en forme de tête de bouc au regard menaçant. Elle tape de nouveau sur la plaque du même bronze rendue concave par l'usure des coups à l'emplacement de sa butée. Toujours rien. Elle recommence, puis tente d'ouvrir la porte en la poussant, celle-ci n'ayant ni clenche ni poignée. Elle s'ouvre. Avant de pénétrer à l'intérieur, un instant dans l'expectative, ils s'observent sans un mot.

Elle entre la première :

– Y a quelqu'un ?

Ils attendent que leurs yeux s'adaptent à la pénombre.

Le sol est pavé de longues et larges dalles de pierres rectangulaires, la même pierre que celles des murs mais patinée, lustrée par le frottement des pas et leur nettoyage. La pièce n'est meublée que d'une haute armoire peinte en noir mate, encastrée dans un mur, et d'une table-basse du même noir, posée sur un grand et épais tapis rouge vif, entourée de coussins multicolores, au centre de la pièce.

Ils entendent des pas d'une personne venir vers eux.

Effarés par le géant et obèse koanos sexagénaire qui entre par une porte dérobée sur leur droite, entièrement nu, chauve, la mine patibulaire, chaussé de sandales à lanières ajourées, ils s'efforcent d'être comme à l'accoutumée.

–   Aqbir !

–   Abas ! répondent-ils sans lui claquer le plat de sa main, celui-ci ne l'ayant pas tendue.

–   Shogoun Toh, Gardien du Seuil, cette branche de l'étoile où nous accueillons et hébergeons les étrangers. Nous vous attendions, surpris que vous n'ayez pas été arrêtés par notre mauvaise réputation. C'est admirable que vous n'ayez pas failli en succombant à vos dgérises. Bravo ! Toutefois, je vous rappelle – car je suppose que vous le savez déjà –, qu'il est nécessaire de parvenir à les assimiler, à les intégrer pour en faire des alliés. Idem pour ce qui va être des Puissances de la Mort. C'est de cela qu'il s'agit Chanoïs lorsque tu as dit qu'il fallait rendre leurs confrontations bénéfiques. Nous même le faisons pour clore la formation de notre psyché dès l'âge de six ans (1).

–   Chacun se doit d'y parvenir, dit une jolie adolescente koanos qu'ils n'avaient pas vu entrer, également nue et chauve.

Étant donné sa jeunesse, ils sont étonnés de la déférence obséquieuse qu'a Shogoun pour elle.

(1) Voir « *Tout se joue avant six ans* », docteur Fitzhugh Dodson, Poche Marabout.

– Ptusi Kax, suppléante de notre Supérieure, Omuli Sash, qui m'a demandé de vous accueillir à sa place.

Ils se présentent aussi.

– A ce propos de parvenir à faire de vos dgérises et des Puissances de la Mort vos alliés sur la Voie de l'Éveil, il est très important de vous rappeler que le Mal vient de l'éloignement de la vérité et ses ténèbres de l'affaiblissement de la lumière divine. C'est cela qui engendre le manque d'amour, de fraternité, de connaissance, qui se transforment en leur contraire, haine, violence des divergences, ignorance.

Chanoïs, par Silou en elle, trépigne d'agacement et se contient du mieux qu'elle peut pour ne pas dire ce qu'elle en pense.

– C'est notre disponibilité au bien qui permet notre amour de la vie, notre vitalité, les progrès de notre évolution. Dès lors nous agissons de manière positive et nous éradiquons naturellement et spontanément le mal. Par ailleurs, le mal n'est jamais définitif, n'aboutit à rien d'irrévocable. Il ne peut succéder au bien que temporairement et finit, tôt ou tard, par remettre ceux qu'ils l'ont commis sur la voie de la contrition et de la rédemption, même s'ils sont descendus dans un monde inférieur ou en enfer depuis un temps inimaginable que l'on compare avec l'éternité.

Silou en Chanoïs ne parvenant plus à se contenir, lui dit :

– En ce qui me concerne, n'étant pas croyante et opposée aux religieux, entendre ça m'indifférerait si ce n'est que je trouve aberrant que l'on puisse concevoir et croire qu'il existe des mondes inférieurs, comme tu dis, de même que l'enfer. Bonjour les inégalités dans cette conception de la réalité !

– Je comprends ta révolte impulsive, répond-elle avec amusement. C'est pourtant bel et bien le cas. Cependant ces mondes inférieurs et celui infernal ne sont pas des conceptions comme tu dis, et n'existent pas en soit. Ils sont les conséquences karmiques de ceux qui y furent projetés par leurs actes mauvais. Sache également que le feu éternel qui brûle les méchants est le feu régénérateur, purificateur.

– Alors là, c'est la meilleure ! rétorque-t-elle encore, moqueuse. J'aimerais bien savoir en quoi être supplicié peut purifier.

Ptusi Kax, sans tenir compte de sa dérision, répond :

– Dommage que tu ne sois pas en mesure d'entendre ma réponse.

Après un moment de silence tendu, Shogoun Toh poursuit d'où il s'était interrompu :

– Sachant observer sans juger ce qui se passe dans votre présent, sans préjugé s'il est bien ou mal, bon ou mauvais, faste ou néfaste, sans le raisonner comme à votre naissance, être en istaélise et le rester dans n'importes quelles situations, vous êtes en quelque sorte déjà initié pour entrer dans notre koasti et y poursuivre votre quête.

– En vivant pleinement l'instant, souilgne la gamine, ici et maintenant, sans être obnubilé par le présent, le passé, le futur. Sans séparation de la vision et celui qui voit, de l'acte et celui ou celle en action, objet et sujet.

Aussitôt répondu, elle se métamorphose en une harpie agressive, au visage défiguré par la colère et le mépris.

Par instinct, ils font un mouvement de recul.

Le bout du sceptre qu'elle tient par sa main droite, une étoile argentée à cinq branches avec un saphir taillé en facettes au centre, capte leurs regards et les rassure.

– Faut-il que je vous invite à vous asseoir ? dit-elle sarcastique en montrant les coussins autour de la table, exaspérée qu'ils ne l'aient pas encore fait.

En continuant de parler, elle s'installe d'un côté en posant son sceptre contre elle sur le tapis, eux de l'autre :

– Satnous et Kusmêlnas ne se manifestent que rarement sous des apparences effrayantes, ce qui est contraire à leur habitude de séduire. Dans la koasti souterraine, ils tentent de capter l'attention pour retenir l'esprit et le conditionner, l'emprisonner, jusqu'à le posséder entièrement. Ne pas se faire prendre à leurs pièges permet de trouver les connaissances cardinales indispensables pour être définitivement libéré. Pour ne pas faillir, l'Adech guide, même au cœur des plus redoutables perditions. C'est ainsi qu'est séparer le bon grain de l'ivraie en votre esprit, par les passages alchimiques dans le feu de la destruction, de la calcination. Certes, devenir fou ne relève pas de l'art ; mais extraire de la folie la sagesse oui, voilà tout l'art.

Ils ne répondent pas.

– Revenons à l'essentiel. Souvenez-vous de la chronologie des gestes que je vais faire. Vous aurez besoin de les répéter et d'en avoir l'intelligence au cours de votre intronisation aux arcanes d'Opicate Rose. C'est une symbolique, certes, mais agissante pour ceux qui en comprennent parfaitement le sens. Si c'est le cas pour vous, vous comprendrez pourquoi. Le fait est que vous devez au plus vite enflammer votre siucane pour ouvrir vos krasis afin de voir, d'écouter et d'agir en étant aidé par les esprits de toutes les vies qui vous entourent, incarnées ou non. Ainsi, ce que je vous dis sera limpide, compréhensible comme des évidences pour vos esprits qui ne seront plus embrouillés, troublés par leurs acquits stériles accumulés au fil du temps.

Dans l'espace paraît un écran lumineux. Ptusi, redevenue elle-même, debout à côté de lui, pointe son index dessus. S'y affiche E1. Un trait perpendiculaire dessous est aussitôt tracé, jusqu'à ce qu'une étoile flamboyante à cinq branches chacune numérotée, identique à celle dessinée par Frankus, est formée :

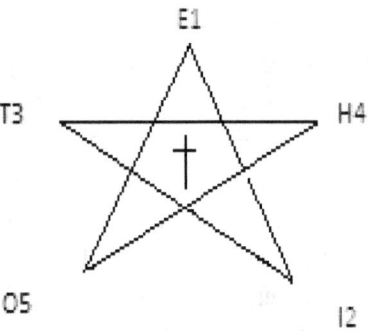

Après qu'une croix au centre est dessinée, elle dit :
    – Le quaternaire trouve son expansion dans le quinaire. C'est l'Esprit qui se sous-multiplie pour descendre au cloaque de la matière où il s'embourbe pour un temps.
    Nash regarde Chanoïs pour savoir si elle y comprend quelque chose. Elle fait une moue dubitative en pivotant la tête de droite à gauche et hausse les épaules.
    – Mais, dans son avilissement même, le destin de cette personne étant de trouver l'affirmation de sa personnalité, du marasme de ses profondeurs obscures elle sent déjà – présage de son salut –, sourdre en elle la grande force de

vie qui la conduira à l'Unité d'elle-même avec tout le vivant.
(1)

Au sommet de cette étoile il dessine une croix ansée, avec, sur elle, un huit à l'horizontale, symbole de l'infini, et au-dessus *Aïn-Soph,* puis *IEVE.*

Shogoun leur laisse le temps d'observer avant de poursuivre, après que tout est disparu :

– Vous êtes en mesure d'être reçus par les koastiaux.

Ils le suivent dans un étroit vestibule éclairé par de hautes fenêtres, jusqu'à une porte, qu'il ouvre. Il les invite à descendre un escalier en pierre, referme la porte derrière lui et les suit.

Passé devant eux, il s'arrête face à une porte magistrale peinte en noir, clôturant un long couloir, en disant :

– La koasti.

Il actionne le gros heurtoir de bronze doré, une tête de monstre grimaçant qui tire la langue. Chanoïs et Nash sont étonnés de voir que la quadragénaire qui ouvre n'est pas koanos mais une belle et impressionnante géante osphorienne. Chauve elle aussi, le crâne luisant, elle est habillée de façon provocante d'un fin corsage blanc à demi-transparent, laissant voir ses seins fermes et tendus comme en celluloïd, et d'une mini-jupe mauve laissant voir ses longues jambes galbées jusqu'au milieu des cuisses. Fascinés, ils admirent son bel épiderme bleu, la finesse des traits de son visage.

Après avoir scrutés leurs esprits, elle les invite à entrer en disant :

---

(1) Voir le chapitre « *Analyse de la Rose-Croix* », d'après Henry Khunrath, du livre cité réf. 1, p.22.

–   Omuli Sash ! Inutile de vous présenter, je sais qui vous êtes et pourquoi vous êtes là. Je suis agréablement surprise que vous sachiez qu'à l'origine notre koasti était dirigée par la grande-prêtresse Séleusine. Bien que je ne sois pas koanos je suis non seulement prêtresse de l'Ordre Koastiaux, initiée à leur ésotérisme, mais leur Koaliz, équivalent d'Abbesse.

Ils font une mimique d'appréciation pour la féliciter.

–   Je vous ai informé de Séleusine car ici nous avons la possibilité d'accéder à ses connaissances, pour notre accomplissement, ceci de manière subliminale et par empathie et affinité avec elle, pas forcément conscientes. C'est en grande partie ce qui nous permet d'éveiller notre tanski et d'ouvrir nos krasis jusqu'au dernier (1), celui à huit doigts au-dessus du crâne, d'atteindre ainsi notre libération. Pour répondre à tes questions posées à Shogoun, dit-elle à Nash, pourquoi Frankus Jance a-t-elle dessiné l'étoile de la Cité d'Anqant : parce qu'ici se trouve l'accès à la frontière fractal du réel ; quel est le rapport avec la découverte qu'elle aurait faite à Sitpa ? Cet accès serait aussi à Sitpa. Certains l'indiquent par la circonlocution : passe sans porte (2). Les asphites les nomment Obscali. Elles permettent de franchir n'importe quelle distance cosmique et de voyager dans le temps. Nos astrophysiciens qui parle alors dans ces circonstances du cosmos en termes d'Ordre implié, les nomment trou de ver. Ils permettent d'aller dans tous les univers de notre Œuf Primordial en un instant et de déplacer dans le temps. Frankus Jance et Omate Taloum à Sitpa, ont probablement, selon moi, découvert un moyen ou une piste per-

(1) Sahasrarachakra pour le bouddhisme tantrique. Voir livre réf. 2, p. 144.
(2) Voir « *Passe sans porte* », Masumi Shibata, Éditions Traditionelles.

mettant d'y trouver cet accès. Ce serait pour les empêcher de le découvrir eux aussi puis de l'utiliser et de le révéler qu'ils ont été assassinés.

Un éphèbe Koanos, nu comme les autres, vient de les rejoindre. Avant même qu'ils aient le temps de se présenter, Omuli lui dit :

– Chad, avant de les emmener au réfectoire de l'hôtellerie, dit à l'hôtelier de leur donner une cellule sans leur faire visiter. Ils le feront demain. Ils sont fatigués et non qu'une seule envie, se reposer.

Devant leur surprise, elle ajoute :

– Une cellule plutôt quen chambre afin que ceux que nous recevons pour effectuer une retraite avec nous soient au plus proche de l'existence que nous mènons.

Étant les seuls visiteurs actuellement présents, ils sont étonnés de leur nombre.

*

Ils ont passé leur première nuit dans la branche de l'étoile réservée à l'hôtelerie, en étant séparés dans ce qu'ils nomment une cellule individuelle comme dans un monastère : une minuscule pièce rudimentaire munie d'un lit, d'une table avec un tabouret afin de pouvoir écrire, et d'une penderie permettant de ranger leurs effets personnels. Le jour venait de se lever lorsque Chad est venu les chercher pour les accompagner au réfectoire et prendre ensemble leur petit déjeuner. Attablés, assis sur un banc à l'une des nombreuses longues tables en bois massif patinées par le temps, Nash a voulu poser une question à Chad. Il l'en a empêché en mettant son index sur ses lèvres, le silence étant de mise dans les lieux communs. Il les a ensuite laissés au bureau du koanos responsable de l'accueil, qui leur fait visiter l'hôtellerie, slimex, équivalent de frère, Olteq, leur a-t-il présenté, en ajoutant qu'il reviendra les chercher à son bureau pour leur faire visiter la seule partie accessible aux visiteurs de la koasti nommée Adasphon du haut, avant de les conduire exceptionnellement à l'Adasphon du bas.

– Que veut dire Adasphon ? demande Nash à Olteq.

– Nous préférons ce terme à Voie, qui pour nous est plus précis, plus signifiant. Nous pourrions l'indiquer comme étant pour le haut l'alchimie existentielle lumineuse, pour le bas, l'alchimie existentielle obscure. Vous le comprendrez probablement plus tard, en connaissant bien davantage notre culture.

Immense bibliothèque, diverses salles de réception, salle commune d'études..., en entrant dans un vaste amphithéâtre, il leur dit :

– Nous accueillons régulièrement des groupes de koanos extérieur à la Cité d'Anqant et des gens provenant d'Éleusis et d'autres continents pour des séjours de recueillement, d'initiation à la méditation, des séminaires d'enseignement du Pactious exotérique dans notre amphithéâtre. Nous ne pouvons en effet leur présenter que les parties autorisées de notre philosophie et spiritualité, les seules accessibles aux profanes, sans rien leur transmettre de leur ésotérisme à cause du danger qu'il comporte pour eux en étant mal perçu. Cependant, ils peuvent demander à avoir une personne référente ici, que nous nommons du terme neutre Cikat, sorte de directeur ou directrice de conscience qui pourrait plus efficacement les initier et qu'ils pourraient joindre à tous moments par stylet-jo en cas de nécessité, moyennant une petite contribution financière mensuelle.

– Je le désire, dit Paléas par la voix de Chanoïs.

– Il faut le demander à Omuli Sash, notre Koaliz , la seule habilitée à le faire. Si sa réponse est positive, elle soumettra sa décision au Conseil pour avoir son aval. Le Conseil est formé tous les cinq ans d'élus par l'ensemble de la Communauté.

– Et votre Koaliz ? demande Nash.

– Sauf empêchement majeur indépendant de sa volonté, ou de sa propre décision, elle reste jusqu'à son décès notre supérieure. Chanoïs, je sais que celle qui désire en toi avoir un ou une Cikat est déjà experte en Pactious exotérique, bien qu'elle ne soit jamais venue ici. Pour cette raison, je pense qu'il n'y aura pas de problème. J'informerai Omuli. On te contactera.

Chanoïs le remercie en inclinant la tête et de sa main droite posée sur sa poitrine.

Seules les parties qui donnent sur l'extérieur de la koasti sont éclairées par la lumière du jour : quatre lignes horizontales de vasistas de toute la longueur des murs de tous les niveaux. L'intérieur est éclairé par des lampes electriques en formes de flammes stylisée posées sur des grands flambeaux en métal argenté.

Chad, qui les devance, s'arrête devant une porte, qu'il ouvre avec appréhension.

Ils entrent dans une grande pièce carrée : murs en pierres brutes, sol recouvert de carreaux brillants en damier rouge et blanc, plafond en caissons aux moulures richement décorées de motifs végétaux, verts dégradés du plus clair au plus sombre, et de fleurs multicolores. Ceux du centre contiennent des armoiries aux couleurs chatoyantes, ceux des côtés, sur plusieurs lignes allant jusqu'aux murs, des motifs abstraits rouges, blancs, noirs et dorés. Au centre de la pièce, Nash et Chanoïs observent sur une dalle circulaire de marbre blanc d'une vingtième de centimètres de haut, une statue d'une koanos debout, nue, plus grande que leur taille réelle, de la même couleur que leur peau.

Après avoir refermé la porte derrière lui, en suivant leur regard sur les caissons, il leur dit :

– Le centre, qui symbolise l'Adasphon dans son en-semble, en comporte quatre-vingt-deux : les cinquante portes de l'intelligence et les trente-deux de la sagesse

Ne sachant pas de quoi il s'agit, bien que curieux ils s'abstiennent de l'interroger.

Sans doute par respect du lieu, il parle à voix basse, Chanoïs et Nash, qui l'ont suivie jusqu'à la statue, doivent tendre l'oreille pour l'écouter.

– Le rez-de-chaussée et les étages de la koasti, que nous nommons Adasphon du haut, sont réservés aux cé-rémonies cultuelles des Divinités Lumineuses, aux bureaux de nos responsables, aux logements et aux tâches quoti-diennes des koastiaux, nom donné à ceux de notre Ordre, du même nom, qui demeurent en permanence ici. Ils se réunissent régulièrement dans son ampithéâtre pour leur en-seignement commun, en plus d'y recevoir des invités. Les étages souterrains, que nous nommons Adasphon du bas sont rigoureusement réservés aux koastiaux. Sauf dérogation octroyée par notre Koaliz et approuvée par le Conseil de nos vénérables patriarches et matriarches, nul autre ne peut y entrer, même pas les koanos de la Cité. Notre responsable et le Conseil se réunissent chaque semaine pour débattre des sujets d'actualités de la communauté et prendre les décisions importantes la concernant. Ce fut le cas, par exemple, pour votre acception à entrer dans l'Adasphon du bas, qui, entre nous soi-dit, ne l'a pas été à l'unanimité. Chacun y vénère la Divinité Obscure qu'il s'est choisie à la fin de son initiation à notre ésotérisme.

    – L'engagement koastiaux est en fait l'équivalent de la prise d'habit et des vœux à la fin du noviciat de ceux qui veulent êtres moines et moniales des Ordres religieux habituels, dit Silou en Chanoïs par dénigrement.

    – Non ! répond Chad sans rien ajouté d'autre.

    Silou insiste lourdement :

    – Vous ne prononcez aucun vœu, comme celui de célibat ou de chasteté par exemple ?

    – Il n'y a que de vagues similitudes, approximatives et très limitées, entre notre Ordre et ceux des religions exotérique, certes, répond-il toujours à mi-voix en s'efforçant de cacher son exaspération, c'est indéniable. Cependant nous sommes pas du tout exotérique, c'est pourquoi nous ne sommes pas à proprement parler religieux dans le sens stricte du terme, malgré que nos pratiques cultuelles et nos croyances te donnent à le penser.

    – Pas religieux, je ne suis pas d'accord, dit Silou. Vos croyances et vos cultes le prouvent, quoi que tu en dises.

    Chad s'efforce de ne pas insister :

    – Vous ne verrez aucun de ceux présents ici ; prévenus de votre visite ils vont vous éviter. Personne ne peut avoir de contact avec quiconque de l'extérieur de la koasti, mis à part pendant nos cérémonies, sauf ceux ayant pour tâche de les recevoir.

En posant le plat de sa main droite sur l'iris de l'œil de pierre, accroché sur le côté du socle face à la statue, Chad dit :

– Oju lasylou !

L'Élès de Nash et Chanoïs traduit :

"J'acquière le voir !"

– Loqma Nelzi, poursuit-il en regardant la statue, que nous surnommons Matriarche du Voir. C'est par son enseignement, transmis oralement de maîtres et maîtresses à disciples de génération en génération depuis des millénaires, que nous évoluons pour acquérir la vision du vrai, que tout est vide, sans substance. Et pourtant tout est également tel qu'on le perçoit maintenant par les sens ordinaires. Il faut donc en faire soi-même l'expérience, le vivre pour parvenir à le constater puis à saisir cette nature du vide : seule le "Voir" selon Loqma Nelzi le permet en étant efficient, à l'opposé d'une acquisition intellectuellement, mentale. Sans cela, pas de libération, c'est la principe même de son acquisition. Par cette phrase que je viens d'exprimer j'ai renouvelé ma déterminantion à l'obtenir à chaque instant de mon temps. Avant de poursuivre votre entrée, je vous propose de le faire aussi. Il ne s'agit pas d'une quelconque allégeance servile mais de vous décider seulement à avoir cette faculté.

– Ça n'engage à rien, dit Nash à Chanoïs.

Poussée par Paléas à le faire, Chanoïs, au grand étonnement de celles en elle et en Nash, pose le plat de sa main droite sur l'iris en répétant ce qu'a dit Chad, suivie par Nash.

Cet œil est le même que celui de la grotte. Ils aimeraient l'interroger pour connaître les significations de ses inscriptions et du symbolisme de ce cœur. Ils s'en abstiennent encore, ayant le pressentiment que ce serait inopportun et irrespectueux du lieu.

Toujours à voix basse, Chad leur demande :

– Savez-vous pourquoi vos dgérises ne sont pas parvenus à vous atteindre ?

– Parce que nous étions en istaélise, répond Nash.

– Exactement ! et que par cet état vous commencez à percevoir qu'elle est leur vérité derrière leurs aspects monstrueux, ajoute Chad. C'est la raison de votre acceptation ici, par notre Koaliz d'abord, le Conseil ensuite, où savoir voir selon Loqma Nelzi est fondamental pour notre existence en général mais également pour tout ce que nous faisons et vivons ici au quotidien pour en saisir le sens.

Ils descendent un large escalier de pierre, éclairé par de grands flambeaux alignés de chaque côté, comme le sont tous les lieux intérieurs de la koasti.

Arrivé dans un long couloir, Chad avance vers une porte monumentale à double battants zébrée noire et blanc. Ils le suivent sans un mot.

En élevant la voix, il dit le sésame phonique de son ouverture :

– Olaés !

Les deux battants pivotent à l'intérieur dans un grincement des gonds qui résonne dans l'espace.

– Maintenant, à vous seuls de poursuivre. Afin de rester confiants souvenez-vous de l'Adech qui vous guide.

Ils sont dans une pièce vide de la même dimension que la précédente, où plusieurs portes donnent accès, au même sol en damier rouge et blanc. Une koanos, aux cheveux noirs bouclés très longs, entre par l'une d'elle, referme la porte derrière elle et avance vers eux.

– Aqbir ! Mici Qail, leur dit-elle proche d'eux en posant le bout des doigts de sa main droite sur ses lèvres, comme lorsqu'on envoie un baiser.

– Aqbir ! Nash Alscek.

– Chanoïs Xétipe.

– C'est seul que vous devez poursuivre mais je reste présente pour répondre télépathiquement aux questions que vous allez poser. Si vous pressentez un danger, il vous suffit de penser : Mici ! Si je perçois qu'il est réel, pas une élucubration de votre esprit, je viendrai immédiatement.

Après qu'ils aient parcourus un dédale de couloirs et traversé plusieurs pièces, elle ouvre une porte donnant sur un escalier et les invite à descendre, en disant :

– Élysahu mala suy nil qa ! "Que l'Éveil survienne de vos visions !"

Elle referme la porte derrière eux sans les suivre.

Tout en bas, ils ouvrent une porte et entrent dans une immense crypte faiblement éclairée, au sol, murs et plafond de pierre, où sont alignés en cercle au centre, autour d'un espace vide, des couples masculin et féminin de statues grandeur nature.

Ils les observent en faisant le tour : un couple de pticosiens du même blanc qu'eux ; un couple d'osphoriens bleus ; d'ashanganiens magenta ; de bolongosiens noirs ; de koanos bleu violacé , d'éleuslens verts ; d'ispokusiens jaunes ; d'asphites anthracite.

Sur le coté de chaque socle carré face au statue, d'une vingtaine de centimètres de haut, est accroché un œil de pierre aux mêmes inscriptions que ceux qu'ils ont vu précédemment.

En esprit ils entendent en koanos la voix de Mici, que traduit instantanément leur Élès :

"– Machi o l'Obstone ! "Cœur de l'Obscure !"

Une musique assourdissante hard-rock, mêlée de chants et de hurlements agressifs et incompréhensibles envahit l'espace. Au même moment, Chanoïs, effrayée, observe Nash qui commence à trembler nerveusement. Il tombe à genoux. Les yeux blancs révulsés, en sueur, il s'affale à plat ventre, se recroqueville sur lui-même, se crispe en bavant une écume blanchâtre aux commissures des lèvres.

Presque aussitôt, à son tour possédée, elle tombe à la renverse et bave de l'écume, en faisant des bonds convulsifs comme un poisson subitement sorti hors de l'eau.

Une géante et colossale koanos hommasse, au visage épais, se précipite sur eux sans rien dire, les prend par les cheveux, les tire sur le dos dans une autre pièce vide de tout mobilier.

Passant de Nash à Chanoïs, elle déchire leurs vêtements en criant :

– Pauvres saloperies, vous n'en avez pas marre de trimbaler vos conneries à longueur de journée ?

Présents à l'ibistis, ils pensent que ce n'est peut-être qu'une projection mentale, comme les a prévenu Mici à propos de leurs visions. Ils ne l'appellent pas.

La géante enfonce les doigts de sa main gauche dans la bouche de Chanoïs, de l'autre main elle la prend par le cou, la secoue violemment d'avant en arrière en l'insultant.

Nash, debout à côté d'elles, les regarde, hébété.

Elle le pousse rudement en arrière en continuant de vociférer des insultes, apparemment emportée par son mépris et sa colère. Il tombe.

A fleur des lisiers pestilentiels, émergent de plusieurs fosses, parmis des animaux crevés, des excréments, des détritus, des têtes de femmes, d'enfants dont certains portés par des adultes pour ne pas se noyer, d'hommes de toutes origines et de tous âges.

Des femmes en haillons, attachées sur des croix, gesticulent en hurlant de frayeur et de douleur. Des monstres difformes répugnants enfoncent leurs mains jusqu'aux avant-bras dans leurs vagins, retirent leurs viscères pour les manger avec avidité.

Pendus par les pieds, d'autres sont dévorés vivants par une horde de furies hystériques, mi-achloviennes mi-animales, couvertes d'une écume verdâtre qui suinte de leur peau.

Des gargouilles vivantes brûlent au fer rouge les deux sexes attachés à des piquets. D'autres, en grimaçant leur satisfaction, piquent de leurs lances acérées des femmes recroquevillées en position fœtale, qui hurlent de panique en tremblant.

Des cadavres en putréfaction servent de repas à des monstres hideux, immondes, indescriptibles.

Bien que tétanisés d'épouvante et de dégoût, au plus profond d'eux-mêmes ils restent détachés, non touchés, impassibles, étant présents à l'ibistis, en istaélise.

Dans leur esprit, ils entendent de nouveau Mici.

D'un ton déterminé, elle définie leur situation en des termes qu'ils ne connaissent pas tout en présentant leur signication :

"– Tcherdröl : on observe et cela libère. Suit aussitôt Shardöl : qui continue de libérer dès qu'il s'élève, sans qu'aucun effort pour rester conscient soit nécessaire aux esprits en cours de transformation. Toutes les passions et les visions karmiques, tout en étant le jeu de leur propre énergie, deviennent pour eux des soutiens à leur compréhension et leur intelligence.

Rangdröl : auto-libération immédiate et instantanée, totalement non duelle, parce que plus de séparation entre sujet et objet de la vision ordinaire d'un ego illusoire. " (1)

Après avoir descendu un autre escalier ils avancent dans un long couloir. Arrivé à son unique porte, tout au bout, Chanoïs veut l'ouvrir en la poussant, n'ayant pas de poignée ; elle est fermée à clé. Elle regarde Nash en s'interrogeant. Tous deux dans l'expectative, se demandant s'il faut, ou non, rebrousser chemin, ils entendent un déclic, presque imperceptible, provenant de l'autre côté. La porte s'ouvre par un système automatique. Ils entrent dans une grande pièce carrée, aux sol, plafond et murs laqués blanc brillant, comme ses portes, une au milieu de chacun. Au centre, une dalle circulaire noire, d'environ deux mètres de diamètre sur vingt centimètres de haut, capte leur attention. En arrivant proche d'elle, elle s'illumine d'une lueur violacée. Inspirés par un sentiment de sacré, sans se concerter ils restent spontanément immobiles, en reccueillement sans même savoir pourquoi, ne voyant rien pouvant les avoir incités à le faire.

Un énorme œuf d'argent bleuté translucide apparaît en apesanteur au-dessus et au centre de la dalle. Une forme bleutée en son cœur – que l'on pourrait apparenter à celle d'un nouveau-né –, s'agite lentement à l'intérieur.

(1) Écrit selon Chacal Gymkhana Norbu. Voir livre cité réf. 3, p.9.

Entre eux et l'œuf, surgit le spectre menaçant, agressif, d'une achlovienne cachectique.

Ils pensent :

"Kusmêlnas !"

Sachant qu'elle ne peut pas les atteindre physiquement, seulement mentalement, bien qu'apeurés, parradoxalement, par leur assise à l'ibistis et l'istaélise ils restent immobiles et détachés en continuant de l'observer.

Surgissent de leur mémoire des périodes enfouies et oubliées des lointains passés de leurs vies individuelles et collectives antérieures, celles de diverses planètes et civilisations :

Dans l'esprit d'une vieille bigote pticosienne agenouillée dans la pénombre d'une église, Silou en Chanoïs s'imagine être dans un paradis ensoleillé, à genoux assise sur ses talons sur une pelouse fleurie de pâquerettes et de coquelicots à regarder voler les oiseaux, les papillons, parmi des anges radieux de beauté et de bonté, chacun revêtu d'une aube couleur guimauve.

Orête, en clachi dans l'esprit de Nash, est une ouvrière bedonnante rancunière, exaspérée par sa condition, dans un stade de football bondé d'un public excité, qui insulte avec hargne et mépris ceux de l'équipe adverse, joueurs et supporters.

Un but de son équipe. Après un hurlement commun de tous ceux de son camp, elle exulte avec eux en chantonnant à l'unisson :

" – On est les meilleurs ! On est les meilleurs ! On est, on est, on est les meilleurs ! "

Shun, dans l'esprit de Paléas en Chanoïs, fascinée, observe de son balcon défiler au pas de l'oie des militaires harnachés dans des uniformes rutilants noirs et argent.

Du haut de sa tribune sur une immense place publique noire de monde, le didacteur, hystérique, du haut de son estrade vilipende les responsables de la dégradation économique de leur grande nation en promettant à tous répération et un avenir meilleur.

La foule en délire pithiatique, l'ovationne, tous extasiés et émus de voir et d'entendre enfin de vive-voix leur bien-aimé führer :

" – Heil Hitler ! "

Des bombardements de villes, de villages, de routes. Des combats militaires acharnés de fantassins, de blindés, d'artilleurs contre les lignes ennemies. Des prisonniers, entassés dans des wagons à bestiaux, sortent sur un quai. Une femme qui hurle, ne voulant pas être séparée de son enfant, est abattue d'un coup de pistolet en pleine tête. On crie aux hommes, femmes et enfants, arrivés en file indienne devant un bâtiment, de se déshabiller avant d'entrer. Des centaines de cadavres jetés dans des fosses communes. Des fours crématoires remplis et vidés par des prisonniers émaciés. D'autres, tout antant squelettiques, sortis des baraquements s'alignent devant des hauts-gradés, sous les invectives virulentes de leurs kapos et des gardiens. Dans une salle dite médicale, revêtue d'une blouse blanche, celle que les détenus nomment la chienne de Buchenwald, est heureuse et fière des créations originales de ses abats-jours en peau humaine incrustée de tatouages. Ses confrères, sous couvert de recherches médicales, exercent sur des hommes, des femmes, des enfants leurs horribles expérimentations, innommables de cruauté, ignobles de monstruosité...

Dans une brousse de Bolongo, Échlos en Nash, avec les membres de sa tribu attaque un village d'une ethnie adverse. Emportés par l'ivresse hypnotique de leur violence aveugle et de leur puissance, ils massacrent les occupants à coups de machettes sans distinction de sexe ni d'âge, des bébés aux vieillards.

Paléas, farouche partisane d'un parti révolutionnaire, rétorque à une adepte qui s'insurge contre les purges :

"– Et tu prétends connaître notre politique sans comprendre que nos choix sont nécessaires pour mener à bien notre lutte ? Je connais notre doctrine, j'étais déjà dans l'Angkar (1), ainsi nommé pour cacher au gouvernement de Norodon Sihanouk (2) celui du *Parti de Libération du Kampuchéa* (3), en même temps que Saloth Sâr (4), bien plus tard nommé par son nom de guerre Pol Pot. Lorsqu'il fut condamné par Sihanouk pour complot contre l'État et recherché, j'ai quitté avec lui et beaucoup d'autres Phnom Penh pour partir au maquis dans la forêt du Kampong Cham (5), proche du Mékong. J'ai participé dès le début aux guerres de libération nationale, prônées par le chinois Lin Bao (6), auxquelles Pol Pot a d'emblée adhéré à sa politique pendant son séjour à Pékin."

Pas du tout convaincu par sa diatribe mauvaise et prétentieuse, la vantardise de son passé révolutionnaire, toujours vent debout la contestataire réplique :

(1) Partie révolutionnaire cambodgien des khmers rouges.
(2) Roi du Cambodge.
(3) Ancien parti communiste cambodgien du *Kampuchéa,* nom donné au Cambodge de 1979 à 1989.
(4) Patronyme de Pol Pot.
(5) Région du Cambodge.
(6) Révolutionnaire maoïste.

"– J'ai adhéré au parti parce qu'il était une force de libération de la population."

"– Et alors ? Il était, il ne l'est donc plus pour toi ?" dit-il en lui coupant la parole et regardant les autres pour qu'ils constatent, comme lui, l'aveu involontaire de sa dissidence.

"– J'ai soutenu la dictature parce qu'elle était pour moi une nécessité transitoire, afin d'éradiquer nos ennemis de l'intérieur. Mais je ne vois pas en quoi le Parti puisse justifier des millions de massacres d'hommes, de femmes, d'enfants de notre peuple."

Le calme revenu, Chanoïs et Nash entendent Mia leur dire en esprit :

"– Kusmêlnas utilise quasiment toujours des visions de nos vies individuelles et collectives antérieures les plus abjectes, karma qu'il nous reste à purger, afin de plus rapidement nous troubler pour nous accaparer. En ce qui vous concerne, à l'inverse de son but, du fait d'avoir pu ainsi vous permettre de prendre conscience de qui vous avez été et des actes mauvais que vous avez commis, permis, soutenus et d'en être contrit vous évite désormais d'en subir les effets, les conséquences désastreuses, douloureuses. Malgré elle, ce karma n'ayant désormais plus lieu d'être, cette Puissance Maléfique vient de la sorte d'être votre alliée pour vous libérer."

Mia dit à Nash :

"– Tu sais qu'Échlos Wiesh, Olky Cilzeita dans son spancion Orête de Palne, et Orête, ne sont pas en clachi dans ton esprit par un concours de circonstances ou par hasard. Sa raison est la même pour tous. Idem pour toi Chanoïs et celles aussi en clachi dans ton esprit."

Sans vraiment la connaître, ils la subodorent : l'affirmation de leur état intérieur d'istaélise et leur présence en ibistis.

Ils s'observent en silence.

"– Tu es actuellement en Ispokus, dit-elle à Échlos en regardant Nash, parmi les asphites étant vivement intéressé par leur culture ancestrale. Il est temps que tu y retournes. Là-bas, Miha a commencé à te faire connaître les secrets des passions, du plaisir, des désirs. La connaissance acquise par Nash de l'aliotropisme et du pactious va maintenant grandement participer à cet enseignement."

*

Shun, Silou, Olky sont heureuses de s'être enfin retrouvées physiquement dans ce restaurant où elles étaient déjà venu jadis.

C'est en reprenant la carte du menu que Shun lui rend, que la serveuse ispokusienne remarque en elle quelque chose qui l'interpelle.

En faisant attention à ne pas se faire remarquer par sa direction, elle lui dit :

–   Il me semble vous connaître.

En comprenant qu'elle doit avoir pour consigne de ne pas avoir de rapport personnel avec la clientèle, étonnée et troublée par la subtilité de sa féminité et la pureté de son épiderme jaune, en pensant qu'elle se trompe Shun répond :

–   Je n'en ai pas souvenir. Quel est votre prénom ?

– Iloaka, mais amis m'appellent Iloa.

– Enchantée, mais je ne vous connais pas. Vous faites erreur. Une femme qui me ressemble probablement..

Avant de retourner au bar, elle salue aussi Olky et Silou en inclinant légèrement son buste en avant, selon la tradition en Ispokus.

– C'est le coup de foudre ou je me trompe ? lui demande Silou.

– Pour elle, peut-être. Pour moi, j'ai l'impression que l'enchantement qu'elle me procure y ressemble en tout cas. Je la trouve surprenante.

– Rien que ça ! rétorque Olky jalouse et agacée.

– Il faut reconnaître qu'elle est très mignonne, dit Silou. Et sous ses airs fragiles de poupée préçieuse, la Lolita taquine a du caractère.

– Bien entendu ! reconnaît Olky à Shun pour confirmer sa jalousie qu'elle a perçu et qui l'ennuie. Je n'y peux rien, c'est comme ça.

Silou les observe, sans trop être étonnée.

En passant outre cet amour sentimental qui la dérange depuis longtemps, Shun poursuit son propos :

– A vrai dire, bien que j'aie la certitude de ne l'avoir jamais vue, j'ai pourtant le sentiment qu'elle a raison, que nous nous connaissons. C'est curieux.

– Peut-être dans une vie antérieure ? suggère Silou. En tout cas, nous pouvons être rassurées, il y a peu de chance qu'elle soit de mèche avec les cmitanos.

– Comment pourrait-elle l'être ? dit Olky. Quel serait son intérêt ?Elle serait asphite, à la rigueur.

– Il n'y a aucune raison pour ne pas être leur complice, volontairement ou involontairement, réplique Silou. Je n'ai pas oublié la mise en garde d'Oclos Bernâmes à propos d'eux.

– Qui ?

– Une hachmich que nous avons rencontrée chez Miha, moi et Échlos.

Shun continue de s'interroger à haute voix :

– Peut-être que nous nous sommes connues dans une vie antérieure comme tu dis, et que nous devons revivre ensemble une situation qui a jadis causée problème ?

– Si c'est le cas, répond Olky elle est du domaine de ce qui est nommé en Pticosie résurka, sur Terre samskaras. C'est une résurgence d'un vécu antérieur d'une personne ou de plusieurs personnes entre elles, qui constitue une partie de leur karma respectif et participe à leur destin, leur incarnation. N'ayant pas qu'un seul vécu, nous employons généralement ce terme au plusieur : résurkas. Bref ! Résurkas, samskaras, il n'empêche que tu as envie d'elle.

Shun, pour ne pas rester sur ce terrain qui l'exaspère, en revient malgré elle au sujet :

– Les résurkas sont fondamentaux pour la philosophie et la religion badost des Oustibecs, qui les nomment Ostouls. Ils expliquent ainsi le karma d'une manière plus dissuasif, qui rend les gens plus responsables de leurs actes qu'en Pticosie. Même si nous savons nous aussi que ce que nous faisons détermine notre futur, pour les badosts cette approche est plus pragmatique, plus efficace je dirais, d'autant plus que les Ostouls déterminent aussi ce que nous devenons au fil du temps, notre vie en résumé. C'est cela en vérité qui s'incarne, pas le moi d'une personne en particulier, voire des personnes en lui.

– Que veux-tu dire ? demande Silou surprise.

– Selon la psychologie de Kalt de Naosi, nous ne sommes pas composé d'une seule personne mais de plusieurs, ce qu'il a nommé "moi multiple". En réalité pour lui nous sommes une entité composée de multiple individus, résultat de nos vies antérieures disparates. Chacun des êtres en nous a son identité, ses particularités, ses facultés, en étant parfois en contradiction avec un autre ou des autres en lui. C'est en réalité l'ensemble de cette entité qui a décidé de renaître comme nous l'avons fait, entité formée des résurkas, samskaras, ostouls, donc, non un "je", un "moi" d'une seule personne qui ne renaît jamais vraiment deux fois en tant que telle, de personnes.

Pour changer de sujet, qui devient trop compliqué et qui prête à caution pour elle, Silou s'empresse de dire :

– Ah oui, j'ai oublié de vous dire que nous avons un vol pour Chumaka demain à onze heures trente cinq. Après le repas, je vais contacter Échlos afin qu'il prévienne Oléas Chuos, s'empresse-t-elle d'ajouter avec hâte de le retrouver et de le voir par stylet-jo.

*

De l'aéroport de Kalupa, elles allèrent au Centre par otjetcar, où Miha et Échlos les attendaient à l'accueil pour porter leurs bagages dans leur kaspe. Ils les informèrent que deux hachmichs, qu'eux-mêmes et Silou connaissaient, les attendaient pour voir comment elles allaient et se rassurer que rien ne pouvait les mettre en danger provenant de leur propre esprit, engendré par Satnous.

Leurs bagages déposés sur le sol de la kaspe, Miha les présente à Shun :

– Élpa Morgilène ! Eugéli Tergir !

Ils se claquent successivement la main, s'installent sur les fauteuils et le canapé. Élpa leur parle d'une confrérie secrète de leur Ordre, l'Astoly, spécialement vouée à contrer les agissements du Mal.

– Je ne saisis pas très bien la différence qu'il y a entre les hachmichs d'Astoly et les autres, dit Silou qui en avait déjà entendu parler.

– Il est difficile pour un profane de le percevoir, c'est normal, répond Élpa, surtout qu'ils ne connaissent habituellement pas du tout les hachmichs en général. Toutes celles de cette confrérie attachent une importance particulière à paraître, dans leur façon de se comporter et leur habillement, au plus proche de celles et ceux du lieu où elles interviennent. Seule leur musculature peut les identifier aux autres hachmichs.

Shun remarque qu'Élpa, par sa musculture, a un ascendant puissant sur Miha.

– Des hachmichs d'Astoly vont veiller sur vous en toute discrétion. Ni vous ni personne ne pourra constater leur présence. Par leurs interventions dans les lieux où sévissent les Esprits Mauvais, elles sont les plus à même d'intervenir pour vous protéger en falsant barrage à leurs incitations psychiques. Toutefois, au Centre comme au village, il est préférable que vous ne restiez jamais seule. Les cmitanos ne sont pas loin, vous devez être très prudents. En ce qui me concerne, – ce qui n'est pas l'avis de notre kalupé et d'autres parmi nous –, je pense qu'ils ne vont pas vous attaquer physiquement ici. Pour me contester, la kalupé m'a néanmoins retorqué qu'ils l'ont fait contre Omate dans son village de brousse en Bolongo, à Testauxi contre Frankus, Silou ensuite. Elle a ajouté qu'ils peuvent aussi le faire à distance, par leur technique psychique qu'ils nomment sucecmitanos.

Silou et Shun se remémorent malgré elles le traumatisme, violent qu'ils leur ont causé à Testauxi.

Pour les rassurer, Élpa dit à Shun :

– Il est heureux que tu aies retrouvé ta nature exor, mais cela ne doit pas t'empêcher de rester vigilante. Tu sais combien Satnous est redoutable. En un éclair Il peut nous subjuguer, nous posséder et nous emporter pour commettre je ne sais quelle action de destruction au premier abord d'apparence anodine, de crime afin de nous emmener ensuite par voie de conséquence karmique dans son monde infernal. Le maximum de protection est bien entendu l'éveil de la spirature (1). Reste qu'il nous faut le temps de pouvoir le faire. Procéder en un éclair pour ça, c'est ce qu'a enseigné la Grande Prêtesse de Berlust, Séleusine. Cette pratique est depuis le cœur des enseignements hachmichs de cette pudjol, aussi important que l'est Kalupa pour nous. Notre kalupé, que vous rencontrerez demain, est une Maîtresse de cet enseignement, qui lui a été transmis directement par Séleusine. C'est pourquoi elle tient un sceptre lorsqu'elle reçoit quelqu'un, représentation de la spirature.

Miha et les hachmichs repartis ensemble par otjetcar à Chumaka, descendent au premier arrêt du village, se

(1) Voir réf. 1, p. 313.

séparent sans un mot. Il fait nuit. Miha avance prudemment dans le large chemin qui traverse l'épaisse bande de jungle sauvage, faiblement éclairé par des luminaires au ras du sol de chaque côté, séparés entre eux d'une dizaine de mètres.

Il entend dans son esprit Élpa Morgilène :

" - Tu es mika, tu as les qualités requises pour te défendre et protéger les autres. Je ne vais donc pas répéter ce que tu sais déjà. C'est de toi que je vais te parler, plus exactement de ta défense contre toi-même. Tu sais que ton esprit satbonde est toujours là, bien qu'inactif. Lové dans un recoin de ton esprit obscur, il peut à chaque instant ressurgir et prendre le pouvoir sur qui tu es. Il demeure une menace permanente. Toi seul peux le contenir, le maîtriser lorsqu'il viendra à se manifester de nouveau. C'est ce qui te perturbube car tu pressens que c'est ce qui va se passer bientôt. Tu sais qu'il en sera ainsi jusqu'à ce que ce karma affligeant soit enfin effacé à jamais. Pour cela, parviens à l'accepter en étant détaché, afin de pouvoir l'observer par ta méditation dans l'action (1) afin d'en avoir enfin la pleine intelligence. Oui Miha, ça aussi tu le sais : ça se fera par ta possession mortifère du besoin de t'autodétruire. A force de quête intérieure tu as acquis cette possibilité d'assise à l'ibistis et d'être kalupa, tu es devenu mika. Je te le dis pour te rassurer car ainsi tu peux vaincre et parce qu'aujourd'hui le temps de cette opération de libération, par cette confrontation, est venu. Tu dois t'y préparer. "

Arrivé chez lui, après s'être lavé et habillé d'une nuisette blanche, il monte sur l'estrade, s'affaisse dans un coussin, curieusement harassé, vidé de ses forces, comme

(1) Nirbirkalpa-samâdhi pour le Bouddhilsme Tantrique.

ayant déjà commencé à subir ce qu'il perçoit vaguement venir à l'horizon de son destin.

"- Inutile d'espérer que ta pitor intervienne pour que tu puisses choisir à bon escient le bon moment pour cette confrontation, lui dit de nouveau Élpa. Il s'agit de ton alchimie, qui suit naturellement son cours en dehors de toute prévision et intervention extérieure. Ça va arriver sans qu'il te faille, ou que tu puisses décider le moment."

En son for intérieur, il acquiesce.

"– Cette confrontation, ou opération, se fera par le moyen de ta relation avec Échlos, parce qu'elle qui va permettre aux démons et démones de vous accaparer. Lorsque tu le seras tu auras la possibilité de transformer ton comportement nuisible, extrêmement dangereux, en possibilité de libération de la dualité. Ta nature satbonde, mauvaise, sera sollicitée. Aussi, je te mets en garde : cache aux autres ce mal qui va encore t'habiter et ce qu'il te fera obligatoirement commettre. Inutile de le montrer délibérément et ainsi d'augmenter ta difficulté à le vivre. Il te faut pourtant suivre ce qui va se présenter dans ton présent et qui va t'inciter à faire toutes sortes de choses. Pour ceux du commun qui en seraient témoins, elle seraient hors des bonnes mœurs, obscènes, malsaines, criminelles, scandaleuses. Je le répète à dessein : si cela était le cas tu serais insulté, méprisé, considéré comme une personne immonde, dangereuse, devant être puni, sévèrement condamné, mis à l'écart en étant emprisonné ou interné."

De par la gravité de la situation , elle reste silencieuse un instant, avant de reprendre :

"– Tu sais tout cela mais il était salutaire que je le ramène à ta conscience. Je suis consciente de ta présence à l'ibistis et rassurée que non seulement par cette assise, ton état d'istaélise et la vivacité de ton amour inconditionnel tu seras vigilant à ne pas porter atteinte à qui que ce soit, mais que tu pourras arrêter n'importe quelle action si celle-ci pouvait causer le moindre préjudice.

Elle l'observe un instant en réfléchissant, avant d'ajouter :

"– Une autre culture désigne ce que nous nommons kalupa, cet esprit spontané, non-attaché au mental et hors de la dualité, par le terme "rigpa", ou "rigba" (1), le contraire de ce qui est par elle nommé "marigpa", l'état ordinaire, qui signifie ignorance et qui est la racine de l'esprit dualiste. Je t'indique ces informations pour te dire à quel point ce comportement que tu as n'est pas ordinaire mais extrarodinaire étant du ressort de la connaissance et de la délivrance."

Paradoxalement à ces paroles heureuses, les souvenirs scabreux d'un passé qu'il voudrait oublier à jamais surgissent malgré lui des profondeurs de sa mémoire.

"– Il te sera difficile d'utiliser de nouveau tes pouvoirs maléfiques, continue de lui dire Élpa. Ce n'est pourtant qu'ainsi que surgira la vérité de qui tu es dans ta totalité, la connaissance de tes côtés lumineux et obscur, que chaque individu possède, et de les intégrer avec la possibilité de les transcender pour les dépasser. Dis-toi que par ta nature de Miha, ton assise à l'ibistis et ton état de kalupa, Satnous, Kusmêlnas, n'importe quel esprit malveillant ne parviendront jamais à t'emporter totalement. Ce "poison" de l'expérience dualiste n'aura désormais plus de conséquence sur toi car, par ta contemplation dans l'action, tu iras instantanément au-

(1) Termes du bouddhisme tibétain.

delà du dualisme. C'est ainsi que tu vaincras les Trois Poisons qui s'engendrent l'un l'autre : un, la pensée dualiste, ou ignorance, – symbolisé par un porc –, deux, engendre l'aversion, – représenté par un serpent –, trois, engendre l'attachement, – représenté par un coq –. Ce sont eux, ces Trois Poissons, qui enferment l'individu dans le cycle sans fin de la souffrance des morts et des renaissances."

Miha comprend que c'était cela qu'elle voulait absolument affermir dans son esprit, pour qu'il reste serein, pleinement confiant et réussisse pleinement son opération de transformation..

*

Comme à son habitude, Miha est arrivé en avance à son rendez-vous. Ne voulant jamais être en retard par respect pour la personne qu'il doit rencontrer, il ne tolère pas pas non plus que cette dernière le soit, sauf imprévu. Il se demande pourquoi place Urys Mols, l'entrée de la porte la moins utilisée du village fortifié de Chumaka, plutôt que chez lui, en se disant qu'il doit forcément y avoir une raison. Il est étonné que ce quartier soit peu fréquenté et que les touristes ne viennent jamais à cette Porte d'Uchrine, étant en pierre tout aussi remarquable que les autres, par ses dimensions monumentales et ses sculptures géantes. Il faut dire qu'elle est à l'opposé de l'entrée la plus utilisée, la Porte d'Astis, la première en arrivant par la route principale du Centre, de l'aéroport, de la pudjol et des autres villages éloignés de la jungle.

– Bonjour Miha !

Il se retourne, surpris de constater qu'Élpa Morgilène et sa pitor, Ochi Oilpa, soient déjà arrivées. Elles viennent de sortir d'un bistrot, à la terrasse vide à cette heure matinale.

Élpa porte sa tenue spartiate habituelle : blouson et mini-jupe en cuir synthétique marron, rangers en toile kaki, chaussettes ivoires retournées sur ses guêtres, qui soulignent la musculature de ses jambes. L'habillement d'Ochi par contre le surprend. Elle ne porte pas de vêtements bolongosiens aux couleurs vives, mais pticosiens : robe d'été blanche, qui accentue sa jolie peau d'ébène brillante, souliers ivoire à hauts talons.

Après les avoir salués, en exprimant sa joie de retrouver sa pitor qui, depuis longtemps, lui apporte son soutien et son enseignement, Élpa lui dit :

– J'ai entretenu Ochi de ce que j'attends de toi. C'est pour t'y préparer que je voulais te rencontrer. Mais elle te connaît mieux que personne, elle a décidé de le faire. Je me suis désistée. Alors, je vous laisse. Je m'entretiendrai tout de même avec toi plus tard, en esprit ou physiquement, je ne l'ai pas encore décidé. Ah oui ! Pourquoi ici, Porte d'Uchrine, plutôt que chez toi : pour te sortir du cocon douillet trop protecteur de tes habitudes stériles. Cet acte est le premier qui s'oppose à ton connu t'empêchant d'évoluer, pour faciliter l'émergence de l'inconnu dans ton esprit (1).

– C'est la face noire de ce que l'on nomme maturité, ajoute Ochi. Cette sclérose progressive, qui limite les acquits au connu, à la répétition et à la recherche de ce qui lui est semblable, se produit généralement à l'âge de vingt-et-un an. Cette transformation radicale que tu t'apprêtes à vivre

(1) Voir réf.1, p.259.

sans le savoir, elle, a lieu généralement pour la plupart des achloviens bien plus tard qu'à ton âge, entre quarante et cinquante ans.

– Pourquoi tant de temps avant ça ? poursuit Élpa, parce qu'il est difficile de se remettre en question. Le faire signifie forcément disparaître, s'effacer, mourir en quelque sorte. Ce que va te dire Ochi tu le feras davantage comprendre. Bonne empathie avec elle Miha.

Elle s'éloigne rapidement.

– Viens, allons à l'obscali, lui dit Ochi. L'endroit est plus propice à l'ouverture d'esprit.

Dans cette ceinture de jungle qui entoure le village ancestral des chumas, Ochi choisit de s'asseoir sur la souche d'un arbre. Miha s'assoit sur l'herbe à côté d'elle.

– Avant que tu rencontres la kalupé il est indispensable que tu acquières les connaissances qui demeurent déjà à la lisière de ton inconscient, dans ton subconscient. Pour souligner ce que vient de te dire Élpa, il est indispensable que tu cesses de donner cette importance à toi-même, plus exactement à cet ego qui t'accapare par la recherche de sa propre satisfaction, dérisoire et éphémère. Miha, tu n'es pas conscient du temps précieux que tu perds dans le piège de cette illusion, si tu l'étais tu te comporterrais tout autrement. Si tu n'as pas la ferme résolution de t'écarter de ce qui est pour moi qu'une vie de substitution, tu finiras par être davantage manipulé par tes résurkas, comme un vulgaire pantin. Tu ne feras que reproduire ce que tu as déjà vécu dans d'autres existences antérieures sans en trouver la raison et ainsi continuer de le reproduire dans un cycle karmique futur.

– Je dois être davantage ouvert à l'Adech et par lui à l'Esprit d'Hachvir, dit-il convaincu.

– Ainsi tu pourras traverser ce passage obscur et obligé qui se présente dans ton destin sans risquer d'être vaincu et emporté par ce qui va s'y manifester.

– Je sais : être kalupa.

– Exact ! Comme un très jeune enfant qui vit l'instant directement, sans fixation mentale sur son présent, son passé, son futur, sans volonté de faire ou de ne pas faire, non accroché à un mental possédant comme le sont les gens ordinaires. Spontanément, être pleinement présent ici et maintenant, ouvert à l'Esprit du Tout, faire corps avec Lui.

– Le Soi.

– Oui Miha, le Soi ! qui englobe notre misérable moi et notre fugace vie avec les autres, le monde qui nous entoure, le cosmos, l'ensemble du Manifesté. Bientôt, tu en feras concrètement l'expérience.

Après un moment de réflexion, Ochi poursuit :

– Ce n'est qu'ainsi que ton incarnation satbonde pourra de nouveau se manifester sans réel dommage pour toi-même et les autres, comme ça l'a été par le passé, afin que tu parviennes à en supprimer à jamais son origine. Pour ne pas faillir, garde l'attitude juste : l'amour, qu'il te faut impérativement continuer d'avoir pour l'ensemble du vivant, les autres, les animaux, les végétaux, les minéraux. L'amour doit continué à être ta force, ta vie, ton rempart contre toute adversité néfaste, à te donner ce sentiment de fraternité chaleureuse avec tout ce qui vit, qui te semble être ta famille.

– C'est vrai, répond-t-il.

– Par l'amour transcendant, cette union te procure une formidable énergie, t'apporte l'assurance, l'aisance, la puissance infaillible d'un guerrier pacifique, te fait communiquer par empathie, intuitivement et spontanément, avec les enfants, les animaux, la vie sous toutes ses formes.

Au fond d'un terrier obscur, d'où la lumière du jour apparaît faiblement à son extrémité, il est dans l'esprit d'un élpèse, petit rongeur nocturne noir spécifique de la jungle tropicale d'Ispokus. Il en reçoit une étrange intelligence du monde de la nuit, acquit tout au long des milliers d'années d'existence de sa lignée. Il constate que c'est un esprit-mère dont les incarnations se sont diversifiées en une multitude de ramifications.

De très loin, il entend mentalement Élpa lui dire, dans son esprit cette fois :

"– C'est cela, quel que soit tes vies, qu'il faudra désormais te rappeler. On ne peut pas le nommer ni le formuler. Inutile d'en chercher la signification car il n'est pas dichotomique et ne peut être expliqué par le langage. C'est par cela que proviennent les facultés paranormales de ceux que l'être commun appelle maladroitement sorciers, sorcières, chamans, médiums (1) . C'est aussi ce les connaissances paranormales qui affleurent ton esprit aujourd'hui."

*

Lorsqu'Échlos, Silou, Miha furent devant sa maison, pas très éloignée de celle de Miha, ils n'ont pas du attendre. Élpa en est sortie aussitôt et vient de les faire entrer.

---

(1) Voir « *Dogme et Rituel de la Haute-Magie* », Éliphas Lévi, Éditions Niclaus & Bussière Successeur.

I   Devant une porte donnant accès à un large escalier de pierres qui descend, elle leur dit :

–   Là où je vais vous conduire, seules les hachmichs sont habituellement autorisées à aller. Je vous demande de garder secret cette maison, là où elle nous mène, ce que vous y verrez et y entendrez, essentiellement les propos de notre kalupé et d'autres initiées.

Elle leur montre un tas de vêtements déposés sur un petit meuble dans un coin du palier :

–   Je vous conseille de mieux vous couvrir en mettant ces pull-overs au-dessus de ce que vous portez. La partie souterraine où nous allons circuler est relativement froide par rapport à la température extérieure torride. Il faut d'abord s'y habituer pour que cet écart devienne agréable.

Ils s'exécutent, puis suivent Élpa sans un mot, impressionnés par l'atmosphère mystérieuse du lieu. Ils descendent, empruntent un long couloir, descendent un autre escalier plus long que le précédent, traversent une pièce vide éclairée par d'antiques chandeliers munis d'un éclairage fluorescent remplaçant les bougies ou les torches d'antan.

–   Toutes les parties n'ayant pas accès au dehors sont ainsi éclairées, leur dit Élpa.

"Ce qui signifie que là où nous allons n'est pas exclusivement souterrain", en conclut Échlos.

Ils entrent dans une pièce, apparemment rarement utilisée, comportant sur tout un pan de mur une bibliothèque poussiéreuse. Élpa prend l'un des livres et le bascule vers elle. Un pan de l'étagère s'ouvre en pivotant à l'intérieur donnant accès à un autre escalier descendant.

Après avoir descendu, au bout d'un long couloir Élpa ouvre une porte imposante en bois peinte en noir. Ils entrent dans une pièce fastueuse, munis d'autres portes similaires à celle de l'entrée sur ces murs latéraux. Une bonne soixantaine de chaises noires, avec accoudoirs et dossiers élevés matelassés d'un tissu élastique safran, sont alignés en arc de cercle devant un trône de bois sculpté doré, avec deux chaises de chaque côté, les mêmes que les autres. Ils observent sur le mur derrière le trône et au-dessus de lui une sculpture imposante d'une étoile argentée à cinq branches avec au centre un rubis. En alignement du mur sur leur droite, sont disposées des statues en bronze doré de femmes et de fillettes debout, toutes harnachées comme le sont les hachmichs lorsqu'elles sont en action. A la différence qu'elles portent autour du cou un collier fait d'une fine plaque d'argent ciselé de minuscules inscriptions particulières pour chacune et des motifs géométriques pour toutes différents.

Par leur regard sur elles, Élpa leur dit :

– Les Mères primordiales hermaphrodites incréées aux origines des koanos, que nous nommons Mères-Pères et Guerrières. Vous saurez plus tard qui sont ces amazones. Aujourd'hui chacune représente un principe essentiel de notre philosophie et spiritualité que chaque hachmich a pour devoir de connaître parfaitement et d'appliquer minutieuse-ment au quotidien pour accomplir sa mission.

Elle montre la statue d'une femme à l'opulente poitrine :

– Magoïtis d'Anqant ! Guerrière qui transmet l'arme de la connaissance, contre l'ignorance, mystère de la Fleur d'Or dévoilé à la pudjol des émanations.

La suivante :

–   Eugal Berlust, dit-elle en montrant la statue d'une enfant, guerrière qui transmet la subtilité pour contourner tous les obstacles liés à l'adversité, envers et contre tout.

–   Quel est ce mystère ? l'interrompe Silou.

–   Je ne te répondrais que ceci : *"L'individus qui dépend davantage de l'inconscient que du choix conscient incline (...) vers un conservatisme psychique affirmé. C'est la raison pour laquelle le primitif ne change pas au long des millénaires et éprouve de la crainte devant tout ce qui est étranger ou insolite"* (1)

Après leur avoir sommairement présenté les autres statues, au moment où elle les invite à s'asseoir, une porte s'ouvre, une adolescente magistrale entre, portant un collier d'or et une bague avec un rubis à son index, suivie de quatre hachmich beaucoup plus âgées. Elles sont toutes revêtues d'une longue tunique safran fendue des deux côtés jusqu'à la taille, à d'amples manches trois-quarts et portent des sandales en lanières ajourées.

Tout le monde se lève.

Elles montent les marches de l'estrade.

L'adolescente assise sur le trône, les autres à côtés d'elles, elle se présente :

–   Oléas Chuos, kalupé des hachmichs. Soyez les bienvenus au Mastusore ! C'est ainsi que nous nommons cette salle, cœur de ce lieu souterrain.

Elle jette un regard furtif vers Élpa pour lui faire saisir quelque chose, avant de poursuivre :

–   J'entre dans le vif du sujet : l'accomplissement de votre transformation débutera à Sitpa, par les luttes avec Sat-

(1) Extrait de *"Commentraire sur le Mystère de la Fleur d'Or"*, C.G. Jung, éditions Albin Michel.

nous, Kusmêlnas, autres de ses manifestations dont les cmitanos. Ce seront des tentations et des comportements dont vous n'avez même pas idée. Il en est ainsi pour chaque individu avant le passage vers l'Unité, dont tout provient, est, retourne. Le Mal utilisant le karma de vos actions néfastes vous ne pourrrez ni le nier ni le rejeter. C'est ainsi pourtant que vous parviendrez à l'éradiquer à jamais et à éliminer de ce fait les liens avec vos résurkas qui en découlent et qui fait qui vous êtes aujourd'hui.

– Je ne comprends pas pourquoi il faut être dans le mal, la mort, y participer en quelque sorte, dit Silou comme si c'était une aberration.

– Ta réaction est compréhensible. Tu le sauras après l'avoir vécu, répond Élpa, par ta propre expérience.

– Mort, mort, nourris-toi de la mort, ajoute Ochi, car la mort une foi morte il n'y aura plus à mourir. (1)

– Mais comment peut-on l'éradiquer en agissant ainsi, en faisant ce qui est mal ? demande Échlos en accord avec ce que pense Silou.

– Par ce que nous nommons le réfractore, répond Élpa, une faculté qui fait retourner immédiatement l'effet vers ce qui en est la cause, comme un boomerang, instantanément au lieu que ce soit dans un temps plus ou moins long, comme le karma habituel.

– D'accord, mais nous n'avons pas cette faculté, dit Échlos. Et puis, si nous faisons le mal, c'est contre nous-mêmes que nous agirions, par répercution.

– Ce sera pour vous corrriger et vous apporter cette faculté du réfractoire. Par le niveau que vous avez atteint

(1) Sonnet 146 de Faust.

dans votre parcours intérieur, elle est maintenant en lisière de votre conscience. Souvenez-vous de ceci : il ne
s'agit pas d'acquérir une nouvelle faculté mais de la retrouver
au plus profond de vous par dissipation du voile de votre
ignorance qui obscurcit encore votre esprit.

- Excuse-moi, mais... commence à dire Échlos.

Élpa lui coupe la parole :

- Je sais : Omate, Frankus, les cmitanos. Inutile de
poursuivre ta question. Je ne parlerai ici que de Sitpa. C'est
parce qu'à ce village se trouve une Porte immatérielle des enfers, qu'ils devaient avoir trouvé, qu'ils furent assassinés. Je
vous mets donc en garde, ayez toujours présent à l'esprit que
les puissances maléfiques, dont celles des cmitanos, sont redoutables.

- En Bolongo, dit Ochi en réfléchissant à haute
voix, Omate est allé au Royaume des Oumou Louza. A toi de
savoir ce qu'il y a cherché et peut-être trouvé bien qu'il ne soit
pas parvenu à contrer la Mort. Nous savons aussi qu'avant
d'y aller, il y a consulté la sorcière Naouse Bo de l'éthnie des
Quoidraoguo. Nous n'en savons ni la raison ni ce qu'elle a pu
faire ou lui transmettre.

*

Échlos, Silou, Shun et Olky sont venus voir Miha, dans sa
maison de Chumaka, où ils doivent rencontrer une hachmich
coutumière des actions contre les cmitanos et autres
manifesations diaboliques dans la jungle où ils s'apprêtent
d'aller pour rejoindre Sitpa. Assis sur les gros coussins de

l'estrade, ils attendent Miha parti se changer.

Il revient en lolita revêtue d'une nuisette, comme à son habitude lorsqu'il est chez lui. A cet instant la sonnette retentit. Miha va ouvrir et revient aussitôt accompagné d'une hachmich magistrale par sa prestance et son maintien, vêtue comme à l'accoutumée. A leur grand étonnement, elle est ashanganienne tout autant musclée, à la peau magenta fascinante.

Miha la présente :

–   Sylaoste Abist, que l'on nomme Syla !

Ils disent leur nom en lui claquant la main. Elle s'assoit sur un gros coussin blanc, à côté de Miha, assis, sur un jaune, sa couleur préférée.

–   Notre kalupé m'a demandé de vous informer des des deux pouvoirs constants qu'utilisent les cmitanos pour leurs attaques afin de vous préparer à les parer. Le premier est l'hypnose, sans prononcer aucune parole. Aussi n'ayez jamais votre attention trop fixée sur eux ni votre regard sur leurs yeux. La séduction est un autre de leur atout, en suscitant mentalement votre désir sexuel, jusqu'en transformant pour cela leur apparence selon vos fantasmes conscients ou inconscients, en créant ainsi des obsessions et des pulsions pouvant être criminelles envers d'autres achloviens.

Ils s'observent l'un l'autre sans savoir quoi dire.

–   Avant et dès votre départ pour Sitpa, en aucun cas vous ne devez entrer en contact avec vos proches, famille ou amis. Ce qui permettrait aux cmitanos de les connaître et de les atteindre, pour vous rendre vulnérables et pour vous menacer afin que vous arrêtiez vos investigations.

Épilogue

« OM MANI PEME HUMG
Les gens disent que Drukpa Kunley est complètement fou ;
Dans la folie, toutes les formes sensorielles sont la Voie !
Les gens disent que le sexe de Drukpa Kunley est immense ;
Son membre apporte la joie au cœur des jeunes filles !
Les gens disent que Drukpa Kunley aime trop le sexe ;
Le résultat de ses congrès est une armée de beaux enfants !
Les gens disent que Drukpa Kunley a un cul étonnant et fort ;
Un cul puissant raccourcit la corde du samsara !
Les gens disent que Drukpa Kunley a une veine rouge vif ;
Une veine rouge rassemble un nuage de Dakinis !
Les gens disent que Drukpa Kunley ne fait rien que bavarder ;
Ce bavard a quitté son pays natal !
Les gens disent que Drukpa Kunley est extraordinairement beau ;
Sa beauté le rend cher au cœur des filles de Mon !
Les gens disent que Drukpa Kunley est un véritable Bouddha ;
Quand on soumet les ennemis de l'ignorance, la conscience grandit ! »

"Le fou divin, Drukpa Kunley, yogi tantrique tibétain",
Geshey Chaphu, Éditions Albin Michel.

« La sagesse, la luminosité, la clarté, la félicité, la compréhension de la vacuité ouvrent l'esprit sur des dimensions illimitées, non conceptuelles, hors du temps et de l'espace tout en le reliant en conscience au monde. »

S.S. Le Dalaï-lama
« Sages paroles du Dalaï-lama »,
présenté par Catherine Sary, Éditions J'ai Lu, 2001.

Bibliographie

« *LA CABBALE _Tradition secrète de l'occident* », Papus, Éditions DANGLES.

« *LES DITS DU BOUDDHA _ LE DHAMMAPADA* », original Pali traduit et commenté par le Centre d'études dharmiques de Gretz. Éditions Albin Michel, 2004.

« *Synchronicité et Paracelsica* », C.-G. Jung, Éditions Albin Michel.

« LE FOU DIVIN _ Drukpa Kunley, yogi tantrique tibétain », Geshey Chaphu, Éditions Albin Michel.

« Revue *Science & Vie* », n° 1209 juin 2018, article *Vie extraterrestre _ On sait où chercher*, de Mathilde Fontez et Benoit Rey, avec Arthur Le Denn

« *Analyse Transactionnelle et Psychothérapie* », Éric Berne, Éditions Payot, 1971.

« *Mysterium conjunctionis* », C.G. Jung, Éditions Albin Michel.

« *L'Âme et le Soi – Renaissance et individuation* », C.-G. Jung, Éditions Albin Michel.

« Billy Milligan – l'homme aux 24 personnalités », Daniel Keyes, Éditions Balland.

« *Dialectique du Moi et de l'inconscient* », C.G. Jung, Éditions Gallimard.

« *Essais sur le Bouddhisme Zen* ", Daisetz Teitaro Suzuki, Albin Michel.

« *Saint-Jean de la Croix et la Nuit Mystique* », Yvonne Pellé-Douel.

« *Le Yoga Tantrique* », Julius Évola, Éditions Fayard.

« *La Bible _ Nouveau Testament.* »

« *Tibet, mon histoire* », Jestum Péma, Éditions Ramsay, 1996.

« *L'arbre généalogique karmique* », Irène ANDRIEU, Éditions Dangles, 1992.

« *La Puissance du Serpent* », Arthur Avalon, Éditions Dervy- Livres.

« *Le Livre tibétain de la vie et de la mort* », Sogyal Rinpoché, Éditions de la Table Ronde, Paris, 2003.

« *Sages paroles du Dalaï-lama* », Catherine Sary, Éditions J'ai Lu.

« *Milarepa ou Jestsun-Kabbum* », Lama Kazi Dawa-Samdup, Librairie d'Amérique et d'Orient.

« *Pour décoloniser l'enfant* », Gérard Mendel, Éditions Petite Bibliothèque Payot.

« *Le livre du ça* », Georg Groddeck, Éditions Gallimard, et « *L'art, la maladie et le symbole* », Éditions N.R.F.

« Passage vers l'Autre Rive », Enz ELDEN, Éditions Kalupa.

« *Le Bardo-Thödol _ le livre tibétain des morts »*, Éditions Albin Michel, 2001.

« *MAÏMONIDE* », Gérard Haddad, Éditions Les Belles Lettres.

« *Tibet mon histoire* », Jetsum Péma, Éditions Ramsay.

« *Entretien de Lin-Tsi* », André Chédel, Éditions Dervy-Livres.

« Sri Aurobindo – La voie de la conscience », SATPREM, Éditions Buchet & Chastel.

« Dzogchen et Tantra », Chögyal Namkhai Norbu, Éditions Albin Michel.

« *Se libérer du connu* », Krishnamurti, Éditions Stock.

« *Tao Te-King* », Lao-Tseu, Éditions Dervy- Livres.

« *L'Éveil interdit* », Enz ELDEN, Éditions Kalupa.

« *Tout se joue avant six ans* », docteur Fitzhugh Dodson, Poche Marabout.

« *Passe sans porte* », Masumi Shibata, Éditions Traditionelles.

« *Contre-histoire de la philosophie* », Michel ONFRAY, Éditions Grasset & Fasquelle.

« *L'univers et la lumière* », Laurent NOTTALE, Éditions Flammarion, 1994.

« *Le guerrier pacifique* », Dan Millman, Éditions J'AI LU.

« *L'érotisme* », George Bataille, Les Éditions de Minuit.

« *Dogme et Rituel de la Haute-Magie* », Éliphas Lévi, Éditions Niclaus & Bussière Successeur.

« *L'Âme et le Soi - Renaissance et Individuation* », Carl Gustav JUNG, Éditions Albin Michel

TABLE DES MATIÈRES

Créations picturales de l'auteur :

http://www.artactif.com/artkalupa

http://youtu.be/wcFpPwacVQU

e.boutique des livres de l'auteur :

http://www.lulu.com/spotlight/Enz_ELDEN

Dépôt légal : décembre 2018
2èm édition mars 2020.
Impression: Lulu.com, 3101 Hills borough Street, Raleigh, NC
27607
UNITED STATES
TVA de Lulu France chez Fiscal Solutions Sart, 23, rue du Clos
d'Orléans, 94120 Fontenay-sous-Bois, N° de TVA
FR90524670213 N° d'éditeur : 979-10-92797